國家出版基金資助項目

儒家文明省部共建協同創新中心研究成果

山東大學文史哲研究專刊

杜詩學通史

唐五代編

張忠綱 著

国家出版基金项目
NATIONAL PUBLICATION FOUNDATION

張忠綱 主編

圖書在版編目(CIP)數據

杜詩學通史. 唐五代編 / 張忠綱著. —上海: 上海古籍出版社, 2023.7
(山東大學文史哲研究專刊)
ISBN 978-7-5732-0735-7

Ⅰ. ①杜… Ⅱ. ①張… Ⅲ. ①杜詩—詩歌研究—中國—唐代-五代(907-960) Ⅳ. ①I207.227.423

中國國家版本館 CIP 數據核字(2023)第 115549 號

山東大學文史哲研究專刊
杜詩學通史·唐五代編
張忠綱 著
上海古籍出版社出版發行
(上海市閔行區號景路 159 弄 1-5 號 A 座 5F 郵政編碼 201101)
(1) 網址: www.guji.com.cn
(2) E-mail: guji1@guji.com.cn
(3) 易文網網址: www.ewen.co
山東韻傑文化科技有限公司印刷
開本 890×1240 1/32 印張 10.25 插頁 6 字數 257,000
2023 年 7 月第 1 版 2023 年 7 月第 1 次印刷
印數: 1—1,800
ISBN 978-7-5732-0735-7
I·3729 定價: 68.00 元
如有質量問題,請與承印公司聯繫

杜甫像

采自南薰殿舊藏《唐名臣像》

杜工部集記

翰林學士兵部郎中知制誥史館修撰太原王　洙　撰

杜甫字子美襄陽人徙河南鞏縣曾祖依藝鞏令祖
審言膳部員外郎父閑奉天令甫少不羈天寶十三
年獻三賦召試文章授河南尉辭不行改右衛率府
胄曹天寶末以家避亂鄜州獨轉陷賊中至德二載
竄歸鳳翔謁肅宗授左拾遺詔許至鄜迎家明年收
京扈從還長安房琯罷相甫上疏論琯有才不宜廢
免肅宗怒貶琯邠州刺史出甫爲華州司功屬關輔
亂弃官之秦州又居成州同谷自　採梠

［宋］王洙、王琪編《杜工部集》宋刻本書影

此集爲後世杜集之祖本

出版説明

山東大學素以文史見長。二十世紀三十年代，以聞一多、梁實秋、楊振聲、老舍、沈從文、洪深等爲代表的著名作家、學者，在這裏曾譜寫過輝煌的篇章。二十世紀五十年代以來，以馮沅君、陸侃如、高亨、蕭滌非、殷孟倫、殷焕先爲代表的中國古典文學、漢語言文字學研究，以丁山、鄭鶴聲、黄雲眉、張維華、楊向奎、童書業、王仲犖、趙儷生爲代表的中國古代史研究，將山東大學的人文學術地位推向巔峰。但是，隨着時代的深刻變遷，和國内其他重點高校一樣，山東大學的文史研究也面臨着挑戰。如何重振昔日的輝煌，是山東大學領導和師生的共同課題。“周雖舊邦，其命維新。”山東大學文史哲研究院正是在這一特殊歷史背景下成立的，肩負着不可推卸的歷史責任，將形成山東大學文史學科一個新的增長點。

文史哲研究院是一個專門從事基礎研究的學術機構，所含專業有中國古典文獻學、中國古代文學、漢語言文字學、史學理論與史學史、中國古代史、科技哲學、文藝學、民俗學、中國民間文學等。主要從事科研工作，同時培養碩士、博士研究生。著名學者蔣維崧、王紹曾、吉常宏、董治安等在本院工作，成爲各領域的學科帶頭人。

“興滅業，繼絶學，鑄新知”，是本院基本的科研方針；重點扶持高精尖科研項目，優先資助相關成果的出版，是本院工作的重中之重。《山東大學文史哲研究院專刊》正是爲實現上述目標而編輯的研究叢書。感謝上海古籍出版社對本叢書的支持，歡迎海内外學友對我們進行批評和指導。

山東大學文史哲研究院
2003 年 10 月

【附記】

《山東大學文史哲研究院專刊》已陸續編輯出版多種,在海內外引起廣泛關注和好評。2012 年 1 月,山東大學文史哲研究院與山東大學儒學高等研究院、山東大學儒學研究中心和《文史哲》編輯部的研究力量整合組建爲新的山東大學儒學高等研究院,許嘉璐先生任院長,龐樸先生任學術委員會主任(龐樸先生于 2015 年病故)。本院一如既往,以中國古典學術爲主要研究範圍,其中尤以儒學研究爲重點。鑒于新的格局,專刊名稱改爲《山東大學文史哲研究專刊》,繼續編輯出版。歡迎海內外朋友提出寶貴意見。

2019 年 3 月

總　序

張忠綱

“杜詩學”之名，始于金代元好問。他在《杜詩學引》中云：

竊嘗謂子美之妙，釋氏所謂學至于無學者耳。今觀其詩，如元氣淋漓，隨物賦形；如三江五湖，合而爲海，浩浩瀚瀚，無有涯涘；如祥光慶雲，千變萬化，不可名狀，固學者之所以動心而駭目。及讀之熟，求之深，含咀之久，則九經百氏，古人之精華，所以膏潤其筆端者，猶可彷佛其餘韵也。夫金屑丹砂、芝术參桂，識者例能指名之。至于合而爲劑，其君臣佐使之互用，甘苦酸鹹之相入，有不可復以金屑丹砂、芝參术桂而名之者矣。故謂杜詩爲無一字無來處，亦可也；謂不從古人中來，亦可也。前人論子美用故事，有着鹽水中之喻，固善矣。但未知九方皋之相馬，得天機于滅没存亡之間，物色牝牡，人所共知者，爲可略耳。先東巖君有言，近世唯山谷最知子美，以爲今人讀杜詩，至謂草木蟲魚，皆有比興，如試世間商度隱語然者，此最學者之病。……乙酉之夏，自京師還，閒居崧山，因録先君子所教與聞之師友之間者，爲一書，名曰《杜詩學》。子美之傳志年譜，及唐以來論子美者在焉。①

---

① 姚奠中主編《元好問全集》卷三六，山西人民出版社 1990 年版，下册，第 24—25 頁。

元好問從杜詩研究史的角度,第一次明確地提出"杜詩學"的概念,成爲杜詩學史上一個重要的理性標記。自此以後,"杜詩學",作爲一門專門學問,千餘年來,就像研究《文心雕龍》的"龍學"、研究《紅樓夢》的"紅學"一樣,成爲中國古典文學研究領域中的一個熱點,歷久不衰,彌久彌新,至今猶盛。

元好問的《杜詩學》一書,今已不存,我們無法窺知它的全貌和具體内容。詹杭倫、沈時蓉所撰《元好問的杜詩學》一文認爲,元氏已佚的《杜詩學》包含三個組成部分:(一)元好問之父及其師友有關杜甫的言論,(二)有關杜甫生平的資料,(三)唐、宋(指北宋)以來有關杜甫及其詩作的評論,並進而指出:元的《杜詩學》,是以杜詩輯注之學爲其根柢,以杜詩譜志之學爲其綫索,以唐、宋、金諸家論杜爲其參照,確實是一部博綜群言、體例完備的杜詩學專著①。我們今天借用其"杜詩學"一詞,所涵内容與其或有不同。杜甫是中國古典詩歌的集大成者,具有承前啓後、繼往開來的偉大功績。因此,對杜詩學的研究,一直是新時期杜甫研究的一個熱點,出版了一些著作,發表了大量論文。但迄今爲止,還没有一部完整描述自唐至今杜詩研究全貌的《杜詩學史》。我們的《杜詩學通史》,試圖對唐代以來古今中外的杜詩學研究作一簡要的介紹,並稍加探討,總結杜甫研究的經驗和得失,主要集中于以下三個方面的内容:

(一)自唐迄今,杜甫其人其詩對後世的影響概述。

(二)自唐迄今,歷代對杜甫其人其詩的研究概況。

(三)杜詩流傳、刊刻、整理情況的研究。

《杜詩學通史》由張忠綱主編、多人撰寫,具體分工如下:

(一)《唐五代編》,張忠綱撰寫。

(二)《宋代編》,左漢林撰寫。

---

①　詹杭倫、沈時蓉《元好問的杜詩學》,《杜甫研究學刊》1990年第4期。

（三）《遼金元明編》，綦維撰寫。

（四）《清代編》，孫微撰寫。

（五）《現當代編》，趙睿才、劉冰莉、裴蘇皖撰寫。

（六）《域外編》，趙睿才、劉冰莉、夏榮林撰寫。

《杜詩學通史》因所涉時間長，地域廣，内容繁富多樣，資料汗牛充棟，又成于多人之手，錯訛失察之處，在所難免。敬祈方家與讀者批評指正。

目　録

緒論　杜甫——繼往開來的偉大詩人

一

杜甫(712—770),字子美,排行第二。自稱杜陵布衣、杜陵野老、杜陵野客,世稱"杜少陵"。郡望杜陵(今陝西西安東南),祖籍襄陽(今屬湖北),生於鞏縣(今河南鞏義)。十三世祖杜預,爲魏、晋間名臣,人號"杜武庫",言其學識豐贍,無所不有。繼羊祜鎮守荆州,講武修文,興修水利,造福一方,衆庶賴之,號曰"杜父"。其文治武功甚爲當時與後人稱賞。南土爲之歌曰:"後世無叛由杜翁,孰識智名與勇功。"以平吴功封當陽縣侯。杜預精通曆法,尤精于《左傳》之學,自謂有"《左傳》癖"。著《春秋左氏經傳集解》三十卷,爲流傳至今最早的《左傳》注解。杜甫對遠祖杜預至爲景仰,引以爲榮,嘗撰《祭遠祖當陽君文》盛贊其功德。曾祖杜依藝,歷任監察御史、洛州鞏縣令,遂遷居鞏縣。祖父杜審言,爲武后時著名詩人,與崔融、李嶠、蘇味道號稱"文章四友"。歷官著作佐郎、膳部員外郎。杜甫對其祖父極爲景仰,盛贊"吾祖詩冠古"①,視"詩是吾家事"。父親杜閑,曾任武功縣尉、奉天縣令、兖州司馬。二叔杜并,年十六爲報父仇而手刃仇敵,視死如歸,人稱"孝童",蘇頲爲撰墓志,劉允濟爲作祭文。叔父杜登,爲杜審言繼室盧氏所生,曾任

---

① 《贈蜀僧閭丘師兄》,蕭滌非主編《杜甫全集校注》卷七,人民文學出版社 2014 年版,第 2053 頁。以下凡引杜甫詩文之語,皆據此本,非有必要者,不另注出。

武康縣尉。杜甫外祖父的母親,是唐高祖李淵第十八子舒王李元名的女兒。外祖母的父親李琮,是唐太宗李世民的孫子,即太宗第十子紀王李慎的次子,被封爲義陽王。杜甫的母親崔氏是清河東武城(今屬山東)人,她在杜甫幼年就去世了。父親杜閑續娶盧氏,爲杜甫的繼母。但是杜甫並没有從盧氏身上得到多少母愛,反倒是他二姑承擔了母親的角色,把小杜甫撫育成人。杜甫的夫人楊氏,弘農(今河南靈寶)人,爲司農少卿楊怡女。杜甫有弟四人:穎、觀、豐、占,皆繼母盧氏所生。杜穎,曾任齊州臨邑縣主簿。杜甫有妹,嫁韋氏,居濠州鍾離(今安徽鳳陽)。杜甫有子二人:宗文、宗武。大曆中,宗武曾被桂州刺史、桂管防禦觀察使李昌巙以秘書省正字辟爲從事。

杜甫早慧,七歲即能作詩,十四五歲時,即與文壇名士交往,受到他們的稱許。十九歲時,出遊郇瑕(今山西臨猗)。二十歲時,漫遊吴越,歷時數年。開元二十三年(735),回故鄉參加"鄉貢"。二十四年(736),在洛陽參加進士考試,結果落第。其父杜閑時任兖州司馬,遂赴兖州省親,開始齊趙之遊。二十九年(741),返回洛陽,築室首陽山下。約在此時,與楊氏結婚。天寶三載(744)四月,在洛陽與被唐玄宗賜金放還的李白相遇。兩人相約爲梁宋之遊。之後,杜甫又到齊州(今山東濟南)。四載(745)秋,轉赴兖州與李白相會,二人一同尋仙訪道,談詩論文,結下了"醉眠秋共被,攜手日同行"的深厚友誼。秋末,二人相别,杜甫結束了"放蕩齊趙間,裘馬頗清狂"的齊趙之遊。

天寶六載(747),玄宗詔天下通一藝者到長安應試,杜甫也參加了。由於權相李林甫作梗,全部落選。杜甫爲實現自己的政治理想,不得不奔走權貴之門,投贈干謁,但無結果。天寶十載(751)正月,玄宗舉行祭祀太清宫、太廟和天地的三大盛典,杜甫於九載(750)冬預獻"三大禮賦",得到玄宗的賞識,命待制集賢院。十四載(755),授河西尉,不就,旋改右衛率府兵曹參軍。十一月,往奉先省家，就長安十年的感受和沿途見聞，寫成著名的《自京赴奉先縣詠懷五百字》。因遠祖杜預爲京兆杜陵（今陝西西安東南）人，故自稱杜陵布衣、杜陵野老、杜陵野客。困居長安時期，曾一度住在城南少陵附近，自稱少陵野老，世因稱“杜少陵”。天寶十四載十一月，“安史之亂”爆發。第二年六月，潼關失守，玄宗倉皇逃往成都。七月，太子李亨即位于靈武，是爲肅宗。這時，杜甫已將家搬到鄜州（今陝西富縣）羌村避難，聞肅宗即位，即於八月隻身北上，投奔靈武，不幸途中爲叛軍俘虜，押送長安。至德二載（757）四月，杜甫冒險由長安奔赴鳳翔行在。五月被授爲左拾遺，故世稱“杜拾遺”。後因疏救房琯，觸怒肅宗，詔三司推問，幸宰相張鎬救免。閏八月，敕放鄜州省家，寫了《北征》《羌村三首》等詩。乾元元年（758）六月，貶華州司功參軍，從此永遠離開朝廷。

乾元元年冬，杜甫由華州赴洛陽，二年春，返華州，就沿途所見所感，寫成著名的“三吏”、“三别”。七月，棄官去秦州（今甘肅天水），開始了“漂泊西南天地間”的人生苦旅。十月，赴同谷（今甘肅成縣）。年底，由同谷抵成都。上元元年（760）春，卜居西郊草堂。二年（761）歲末，嚴武任成都尹兼劍南節度使，給予不少照顧。寶應元年（762）七月，武奉代宗召入朝，甫送至綿州（今四川綿陽）。因劍南兵馬使徐知道叛亂，被迫流寓梓州（今四川三台）、閬州（今四川閬中）。廣德二年（764），召補京兆功曹，不赴。二年正月，嚴武再鎮成都。六月，表薦杜甫爲節度參謀、檢校工部員外郎，世又稱“杜工部”。永泰元年（765）正月，退出幕府。四月，嚴武病逝。杜甫失去依靠，于五月離開成都乘舟南下，經嘉州（今四川樂山）、戎州（今四川宜賓）、渝州（今重慶）、忠州（今重慶忠縣）至雲安（今重慶雲陽），次年暮春遷居夔州（今重慶奉節）。居夔近兩年，寫詩400餘首。大曆三年（768）正月出三峽，經江陵、公安，暮冬抵岳陽。之後，詩人漂泊湖南，貧病交加，瀕臨絶境。五年（770）秋冬之際，病死在湘江舟中，時年五十九歲。

二

人所公認,杜甫是中國古典詩歌的集大成者。他,人被尊爲"詩聖",詩被譽爲"詩史",在中國文學史上享有崇高的地位。杜甫生當李唐王朝由盛轉衰的歷史轉折時期,也是整個中國封建社會由上升期轉入下坡路的轉折關頭。而這一重大歷史轉折的界標,就是唐玄宗天寶十四載(755)十一月爆發的"安史之亂",杜甫時年四十四歲。這就是説,杜甫一生,有四分之三的時間是生活在所謂的"開天盛世",而四分之一的時間,即最後十五年,是在戰亂漂泊中度過的。盛世的熏陶和戰亂的體驗形成强烈的反差。而這種反差却造就了偉大的詩人。詩人杜甫正是用如椽之筆,廣泛而深刻地反映了"安史之亂"前後唐王朝廣闊社會生活的巨大變化。一部杜詩,是他自己的一部自傳,也是他生活的那個時代的忠實記録,使詩的表現範圍達到空前的廣度和深度。由於杜甫具有深厚的文化修養、深刻的社會體驗和廣闊的觀察視野,"不薄今人愛古人","轉益多師是汝師",對中國傳統文化採取廣收博取的開明態度,加之"詩是吾家事"的家學傳統,他對中國詩歌便有着一種超人的執着精神,"爲人性僻耽佳句,語不驚人死不休",他簡直是視詩爲生命的。正因如此,杜甫不僅使詩的題材和體裁範圍空前地擴大,達到了無事不可言、無意不可入的程度,而且使詩歌藝術達到了出神入化、登峰造極的境地。正如唐人元稹所云:"予讀詩至杜子美,而知小大之有所總萃焉。……至於子美,蓋所謂上薄風騷,下該沈宋,古傍蘇李,氣奪曹劉,掩顔謝之孤高,雜徐庾之流麗,盡得古今之體勢,而兼人人之所獨專矣。……苟以爲能所不能,無可不可,則詩人以來,未有如子美者。"①宋代秦觀亦云:"杜子美之於

① 《唐故工部員外郎杜君墓係銘并序》,《元稹集》卷五六,中華書局冀勤校點本。

詩,實積衆家之長,適當其時而已。昔蘇武、李陵之詩,長於高妙;曹植、劉公幹之詩,長於豪逸;陶潛、阮籍之詩,長於沖澹;謝靈運、鮑昭(照)之詩,長於峻潔;徐陵、庾信之詩,長於藻麗。於是杜子美者,窮高妙之格,極豪逸之氣,包沖澹之趣,兼峻潔之姿,備藻麗之態,而諸家之作所不及焉。然不集諸家之長,杜氏亦不能獨至於斯也。豈非適當其時故耶?孟子曰:伯夷,聖之清者也;伊尹,聖之任者也;柳下惠,聖之和者也;孔子,聖之時者也。孔子之謂集大成。嗚呼,杜氏、韓氏,亦集詩文之大成者歟!"①明末劉榮嗣也説:"少陵詩靡所不有,有爽徹胸臆,浄洗鉛華,亭亭獨舉者;有包舉萬物,勾稽典麗,八音奏而五采錯者;有和邕渾噩,佩玉鳴裳,聲容都雅者;有危側嶮巇,歷落縱横,如奔濤轟雷、斷弦裂帛者;有托言寄興,遠致近含,驟而即之,莫見形似者;有直紀世變,如史傳紀論,曲盡描畫者。上之而漢魏、六朝、初盛,罔不備於少陵;即下之而中晚、宋元,少陵集中隱隱具一種變相,兹少陵所以爲大歟!"②所以清人劉熙載云:"杜詩高、大、深俱不可及。吐棄到人所不能吐棄,爲高;涵茹到人所不能涵茹,爲大;曲折到人所不能曲折,爲深。"③

必須指出,杜甫對中國詩歌的貢獻,絶不僅僅是"集大成"而已,更重要的,是對詩歌的創新,是在繼承基礎上的創新,是從内容到形式的全面創新。中國古典詩歌的發展歷程表明,詩到《詩經》爲一大變,到以《離騷》爲代表的楚辭又一大變,到漢代的五言詩又一大變,到南朝齊、梁的"永明體"又一大變,而到杜甫更是一大變化,是更深刻的變化。郝敬説得好:"詩至子美而大成,亦自子美而

① 秦觀《韓愈論》,《淮海集》卷二二,《四部叢刊》景明本。

② 盧世㴶《杜詩胥鈔·知己贈言》,明崇禎間刻本。

③ 劉熙載《藝概·詩概》,上海古籍出版社1978年版。

大變,不可不知。"①陳廷焯亦云:"詩至杜陵而聖,亦詩至杜陵而變。顧其力量充滿,意境沉鬱。嗣後爲詩者,舉不能出其範圍,而古調不復彈矣。故余謂自《風》《騷》以迄太白,詩之正也,詩之古也。杜陵而後,詩之變也。自有杜陵,後之學詩者,更不能求《風》《騷》之所在,而亦不得不以杜陵爲止境。韓、蘇且列門牆,何論餘子。昔人謂杜陵爲詩中之秦始皇,亦是快論。"②又曰:"詩有變古者,必有復古者(如陳伯玉掃陳、隋之習是也)。然自杜陵變古後,而後世更不能復古(自《風》《騷》至太白同出一源。杜陵而後,無敢越此老範圍者,皆與古人爲敵國矣)。何其霸也。不知古者,必不能變古,此陳、隋之詩所以不競也;杜陵與古爲化者也,惟其與古爲化,故一變而莫可復興。"③賀貽孫《詩筏》進而曰:"余觀子美詩,創而不沿,孤而無偶,竟不能指某篇某句出《風》《雅》,出沈、宋,出蘇、李,出曹、劉,出顏、謝,出徐、庾也。如蜂採百花以釀蜜,不能別蜜味爲某花也;如秦人銷天下兵器爲金人十二,不能別金人之頭面手足爲某兵器也。合衆體以成一子美,要亦得其自體而已。"④信矣!簡而言之,"與古爲化,化而能新"八字,可以概括杜甫對中國古典詩歌的貢獻。宋初王禹偁《日長簡仲咸》詩云:"子美集開詩世界。"⑤所以説,杜甫又是中國文學史上繼往開來的偉大詩人。

大概説來,杜甫對中國古典詩歌的貢獻主要表現在以下幾個方面:

一,在詩歌表現内容和功能上,杜甫可以説是發揮到了極致。

---

① 仇兆鰲《杜詩詳注》卷一八《荆南兵馬使太常卿趙公大食刀歌》注引,中華書局 1979 年版,第 1584 頁。

② 陳廷焯《白雨齋詞話》卷七,中華書局《詞話叢編》本。

③ 《白雨齋詞話》卷七。

④ 賀貽孫《詩筏》,《清詩話續編》本,上海古籍出版社 1983 年版,第 179 頁。

⑤ 王禹偁《小畜集》卷九,《四部叢刊》景印宋本配抄本。

杜詩反映的内容極其廣泛,涉及社會生活的各個方面,大到軍國大事、帝王將相,小到個人瑣事、生活情趣,都可成詩。劉熙載《藝概·詩概》云:"無一意一事不可入詩者,唐則子美,宋則蘇黄。要其胸中具有爐錘,不是金銀銅鐵强令混合也。"①

他以詩寫時事,如《哀江頭》《悲陳陶》《悲青阪》《喜聞官軍已臨賊境二十韵》《洗兵馬》《收京》《有感》《三絶句》等。孟啓(舊作"孟棨")《本事詩·高逸第三》云:"杜逢禄山之難,流離隴蜀,畢陳於詩,推見至隱,殆無遺事,故當時號爲'詩史'。"②明許宗魯《刻杜工部詩序》云:"夫謂杜詩爲史者,豈不信哉!是故開元治平之迹,天寶喪亂之因,至德中興之由,上元、寶應迄乎大曆,紛攘小康之故,靡不綜述,夫其禆史氏之遺略,備一代之典籍,蓋深有徵焉者,故謂之爲史者,信矣!信矣!"③郭正域《批點杜工部七言律序》云:"有直寫世變,兼之論言,如傳如記,世謂'詩史'者,《諸將》《恨别》諸什是也。"④吴瞻泰《杜詩提要·評杜詩略例》云:"'詩史'二字,非徒謂其筆之嚴正如《春秋》書法也。如《北征》、《留花門》、前後《出塞》、《哀王孫》、《悲陳陶》、《哀江頭》、《洗兵馬》、《冬狩行》、《收京》、《有感》、《洞房》、《秋興》、《諸將》等詩,能括全史所不逮,足使唐之君臣聞之不寒而慄,謂非史乎?"⑤仇兆鰲評《八哀詩·故司徒李公光弼》曰:"光弼怵於禍患,畏縮不行,竟至悔恨而亡。詩

---

① 劉熙載《藝概·詩概》,上海古籍出版社 1978 年版。

② 《本事詩·高逸第三》,《歷代詩話續編》本,第 15 頁。陳尚君《〈本事詩〉作者孟啓家世生平考》(《唐代文學研究》第十二輯,廣西師範大學出版社 2006 年)指出,《本事詩》作者之名,有"啓"、"棨"、"綮"三種説法,現據新出土文獻,可以確定"啓"字爲正,今從其説。

③ 許宗魯《刻杜工部詩序》,《唐李杜詩集》卷首,明嘉靖萬氏刻本。

④ 郭正域《批點杜工部七言律序》,《批點杜工部七言律》卷首,明崇禎間閔齊伋刊本。

⑤ 吴瞻泰《杜詩提要·評杜詩略例》,《杜詩叢刊》本。

云'直筆在史臣',此微顯闡幽,欲爲純臣表心也,一語有關大節。《唐書》本傳,史官力爲暴白,皆公詩有以發之矣。"[1]徐秉義《問齋杜意序》云:"杜詩不易讀也!……觀其身當明皇、肅、代之世,任將用兵,播遷克復,天時人事,無所不紀。雖有得於比興諷刺之體,而其奇變綜博,則有似乎子長、孟堅之書,又其學富,其言遠,經史百家,以至佛老輿象,莫不陶冶而出之。有經濟,有權略,妙達情變,深窮物理,自謂致堯舜,比稷契,泣鬼神,愁花鳥,良非誇言。"[2]

以詩發議論,如《戲爲六絶句》《題桃樹》《偶題》等。郝敬評《諸將五首》云:"此以詩當紀傳,議論時事,非吟風弄月,登眺遊覽,可任興漫作也。必有子美憂時之真心,又有其識學筆力,乃能斟酌裁補,合度如律。其各首縱横開合,宛是一章奏議、一篇訓誥,與《三百篇》並存可也。"[3]楊倫亦云:"此與《有感五首》皆以議論爲詩,其感憤時事處慷慨藴藉,反復唱歎,而於每篇結末,尤致丁寧,所謂言之者無罪,而聞之者足以戒。"[4]劉克莊評《詠懷古迹五首》其五云:"卧龍公没已千載,而有志世道者,皆以三代之佐許之。如云'萬古雲霄一羽毛',如儕之伊吕伯仲間,而以蕭曹爲不足道,此論皆自子美發之。考亭、南軒,近世大儒,不能發也。"[5]浦起龍亦云:"此詩後四句,非窺見霸王器局、聖賢心事者不能道。今日兔園夫子,見坊本《史斷》、俗本《三國》,便道帝蜀之説,固然無足怪。不知當公之世,獨見惟公一人,由公而前,僅一習鑿齒耳。宋儒定論,原本此詩。"[6]吴瞻泰評《題桃樹》云:"此杜公一首道學詩,平生

---

① 《杜詩詳注》卷一六,第1383頁。
② 徐秉義《問齋杜意序》,陳式《問齋杜意》卷首,清康熙間刻本。
③ 《杜詩詳注》卷一六引,第1371頁。
④ 楊倫《杜詩鏡銓》卷一三,上海古籍出版社1980年新1版,第640頁。
⑤ 劉克莊《後村詩話》卷一〇,文淵閣《四庫全書》影印本。
⑥ 浦起龍《讀杜心解》卷四之二,中華書局1978年版,第659頁。

經濟皆具於此，可作張子厚《西銘》讀，然却無理學氣。"[①]《杜詩言志》卷八又據此發揮説："儒者動言天地萬物爲一體，而皆未曾説得明白諦當。惟《西銘》一篇，略見大意，然亦説個體段腔子，不能盡其情實。……惟讀先生此詩，則一歌一詠，躍然言下。"[②]浦起龍謂《承聞河北諸節度入朝歡喜口號絶句十二首》："十二首竟是一大篇議論夾叙事之文，與紀傳論贊相表裏。"[③]翁方綱謂《喜聞盜賊蕃寇總退口號五首》其五："雅頌箴銘歌謡史乘，杜公合而一之。"[④]張溍評《戲爲六絶句》云："《六絶》爲詩道指南。"[⑤]李因篤則云："《六絶》論詩之源流當祖風騷，固矣。然遞相承述，則舍六朝初唐無從入也。可謂卓識確見，獨冠古今矣。"[⑥]

以詩寫人物傳記，如《寄李十二白二十韵》《八哀詩》等。《唐詩快》卷十三評《寄李十二白二十韵》云："此二十韵竟可作太白小傳。"[⑦]王嗣奭評《八哀詩》云："此八公傳也，而以韵語紀之，乃老杜創格，蓋法《詩》之《頌》，而稱爲'詩史'，不虚耳！"[⑧]李因篤評云："《八哀詩》叙述八公生平，稱而不誇，老筆深情，得司馬子長之神矣。"[⑨]

以詩寫傳奇，如《義鶻行》等。楊倫評云："記異之作，憤世之篇，便是聶政、荆軻諸傳一樣筆墨，故足與太史公争雄千古。得之

---

① 吴瞻泰《杜詩提要》卷一一，《杜詩叢刊》本。

② 佚名撰《杜詩言志》卷八，江蘇人民出版社 1983 年版。

③ 《讀杜心解》卷六之下，第 857 頁。

④ 翁方綱《杜詩附記》卷下，手抄本。

⑤ 張溍《讀書堂杜詩注解》卷七，《杜詩叢刊》本。

⑥ 諸名家評定本《錢牧齋箋注杜詩》卷一二引，清宣統三年上海時中書局石印本。

⑦ 黄周星編《唐詩快》，清康熙三十二年刻本。

⑧ 王嗣奭《杜臆》卷七，上海古籍出版社 1983 年新 1 版，第 235 頁。

⑨ 劉濬輯《杜詩集評》卷三引，《杜詩叢刊》本。

韵言,尤爲空前絶後。"①

以詩寫奏議,如《塞蘆子》等。楊倫亦云:"以韵語代奏議,洞悉時勢,見此老碩畫苦心。學者熟讀此等詩,那得以詩爲無用,作詩爲閒事。"②

以詩寫贈序,如《奉贈韋左丞丈二十二韵》《投贈哥舒開府翰二十韵》等。王嗣奭就盛贊《投贈哥舒開府翰二十韵》爲"投贈之最工致者"③。

以詩寫書劄,如《蕭八明府實處覓桃栽》《從韋二明府續處覓綿竹》《憑何十一少府邕覓榿木栽》《憑韋少府班覓松樹子栽》《詣徐卿覓果栽》等。王嗣奭亦云:"諸章皆以詩代劄,乃公戲筆。"④

以詩寫自傳,如《壯遊》《遣懷》等。王嗣奭評《壯遊》云:"此詩乃公自爲傳。"⑤趙次公則云:"公之平生出處,莫詳於此篇,而史官爲傳,當時之人爲墓志,後人爲集序,皆不能考此以書之,甚可惜也。"⑥

以詩寫遊記,如《陪鄭廣文遊何將軍山林十首》《渼陂行》等。王嗣奭評《陪鄭廣文遊何將軍山林十首》云:"此十詩明是一篇遊記,有首有尾。中間或賦景,或寫情,經緯錯綜,曲折變幻,用正出奇,不可方物。有自爲首尾者,有無首無尾者;詩不可無首尾,因有總首尾在也。"⑦

至於詠物抒懷之作,更是比比皆是。胡應麟《詩藪・内編》云:"詠物起自六朝,唐人沿襲,雖風華競爽,而獨造未聞。惟杜諸作自

① 《杜詩鏡銓》卷四,第193頁。
② 《杜詩鏡銓》卷三,第132頁。
③ 《杜臆》卷一,第18頁。
④ 《杜詩詳注》卷九引,第732頁。
⑤ 《杜臆》卷八,第257頁。
⑥ 趙次公《新定杜工部古詩近體詩先後並解》成帙卷一〇,明抄本。
⑦ 《杜臆》卷一,第20頁。

開堂奥,盡削前規。"①在杜甫手中,詩差不多成了萬能的工具,把詩的表現功能發揮到了極致。

二,杜詩之所以能集大成,一個重要原因,就是杜甫能够比較正確地對待前人文化遺産。既不肯定一切,也不否定一切,而是博取衆長,爲己所用,化爲己有。劉克莊《跋黄貢士詩卷》云:"少陵實兼風、雅、騷、選、隋唐衆體。"②鄭日奎《讀少陵集》謂杜詩"蕩除塵翳斬荆榛,爲經爲騷復爲史"③。葉燮《原詩・内篇上》云:"今之人固群然宗杜矣,亦知杜之爲杜,乃合漢、魏、六朝并後代千百年之詩人而陶鑄之者乎?"④鄭板橋《板橋後序》云:"是《左傳》,是《史記》,似《莊子》《離騷》,而六朝香豔,亦時用之以爲奴隸。大哉杜詩,其無所不包括乎!"⑤黄子雲《野鴻詩的》曰:"杜陵兼風、騷、漢、魏、六朝而成詩聖者也。"⑥

以對六朝文學爲例,最能看出杜甫對待文化遺産的正確態度。魏晋六朝,誠如魯迅先生所説,是一個"文學的自覺時代"。但自唐迄今,千餘年來,對六朝文學的評價,却是毁譽參半,褒貶不一,大概言之,貶多於褒,毁多於譽,甚至在某個時期,幾近全盤否定。對六朝文學的評價,涉及許多重大文學問題,甚或關係到對文學本質的認識。但直至近三十年來,對其評價方接近歷史的本來面目。而詩聖杜甫,可謂是公正評價六朝文學之第一人。杜甫之前,對六朝文學幾乎是一片撻伐之聲。隋末大儒王通,對六朝文學攻擊不遺餘力。其《中説・事君篇》云:"子謂文士之行可見:謝靈運小人哉!其文傲,君子則謹。沈休文小人哉!其文冶,君子則典。鮑

---

① 胡應麟《詩藪・内編》卷四,上海古籍出版社1979年新1版。
② 劉克莊《後村先生大全集》卷一一〇,《四部叢刊》景鈔本。
③ 《杜詩詳注》附編《諸家詠杜》,第2297頁。
④ 葉燮《原詩・内篇上》,《清詩話》本,第570頁。
⑤ 卞孝萱編《鄭板橋全集・集外詩文》,齊魯書社1985年版,第247頁。
⑥ 黄子雲《野鴻詩的》六,《清詩話》本,第848頁。

照、江淹,古之狷者也,其文急以怨。吴筠(當爲“均”)、孔(稚)圭,古之狂者也,其文怪以怒。謝莊、王融,古之纖人也,其文碎。徐陵、庾信,古之夸人也,其文誕。或問(劉)孝綽兄弟,子曰:鄙人也,其文淫。或問湘東王兄弟,子曰:貪人也,其文繁。謝朓,淺人也,其文捷。江總,詭人也,其文虚。皆古之不利人也。”①對南朝文人幾乎一一罵倒,其所肯定者,僅顔延之、王儉、任昉數人而已!李諤《上隋高祖革文華書》亦云:“魏之三祖,更尚文詞,忽君人之大道,好雕蟲之小藝。下之從上,有同影響,競騁文華,遂成風俗。江左齊梁,其弊彌甚,貴賤賢愚,唯務吟詠。遂復遺理存異,尋虚逐微,競一韵之奇,争一字之巧。連篇累牘,不出月露之形;積案盈箱,唯是風雲之狀。世俗以此相高,朝廷據兹擢士。禄利之路既開,愛尚之情愈篤……故文筆日繁,其政日亂,良由棄大聖之軌模,構無用以爲用也。”②降及李唐,對六朝文學的譴責之聲仍不絶於耳。唐初史臣,對六朝文學多持批判態度,《周書·王褒庾信傳論》更直斥集南北朝文學之大成的庾信爲“詞賦之罪人”。“初唐四傑”雖有變革文風的自覺意識,但其對六朝文學的認識仍有極大的偏頗。王勃《上吏部裴侍郎啓》所云:“自微言既絶,斯文不振。屈、宋導澆源於前,枚、馬張淫風於後。……故魏文用之而中國衰,宋武貴之而江東亂。雖沈、謝争騖,適先兆齊、梁之危;徐、庾並馳,不能止周、陳之禍。……天下之文,靡不壞矣。”③與乃祖王通一脈相承。楊炯、盧照鄰輩,持論亦與王勃無異。以高倡復古爲革新的陳子昂,對六朝文學更是一筆抹倒。他在《與東方左史虯修竹篇書》中説:“文章道弊,五百年矣。漢、魏風骨,晋、宋莫傳,然而文獻有可徵者。僕嘗暇時觀齊、梁間詩,彩麗競繁,而興寄都絶,每

---

① 王通《中説》,文淵閣《四庫全書》影印本。

② 魏徵《隋書》卷六六,中華書局2000年校點本。

③ 蔣清翊《王子安集注》卷四,上海古籍出版社1995年版,第130頁。

以永歎。"[1]大詩人李白,時或難免子昂的偏頗:"大雅久不作,吾衰竟誰陳? ……自從建安來,綺麗不足珍。"[2]又曰:"梁、陳以來,豔薄斯極。沈休文又尚以聲律,將復古道,非我而誰與?"[3]但太白在創作實踐上對六朝文學還是頗多借鑒的,尤其對謝朓,更是情有獨鍾,贊不絶口,可謂"一生低首謝宣城",太白的創作和理論是充滿矛盾的。

唯獨杜甫不然! 他在創作和理論的結合上,較爲正確地解决了借鑒六朝文學的問題。其《戲爲六絶句》有云:"不薄今人愛古人,清詞麗句必爲鄰。竊攀屈宋宜方駕,恐與齊梁作後塵。"這"清詞麗句必爲鄰",正是對六朝文學的肯定;而"恐與齊梁作後塵",則是對六朝文學的批評。故清人馮班云:"千古會看齊梁詩,莫如杜老。曉得他好處,又曉得他短處。他人都是望影架子話。"[4]六朝時期的重要詩人,杜甫幾乎都已論及。他對陶、謝、庾、鮑、陰、何的贊譽,更是人所共知。李白是杜甫最景仰的詩人和朋友,而他用"清新庾開府,俊逸鮑參軍"來褒揚這位詩仙,足以見出詩聖杜甫對六朝文學的高度評價。杜甫既"别裁僞體",又"轉益多師",博取衆長,細大不捐,故能成就一部博大精深的杜詩。中唐詩人元稹正是基於此而率先提出了"杜詩集大成"説,嗣後秦觀在《韓愈論》中又加以發揮。而微之、少游所論列者,大半爲六朝詩人。舍六朝,何來律詩的成熟! 何來唐詩的繁榮! 舍六朝,杜甫何以集其成,又何以成其大! 故清人厲志云:"終唐之世,善學漢魏六朝,以少陵爲

---

① 陳子昂《與東方左史虬修竹篇書》,《全唐詩》卷八三,中華書局排印本,第 895 頁。

② 李白《古風》其一,《全唐詩》卷一六一,第 1670 頁。

③ 孟啓《本事詩 · 高逸第三》,《歷代詩話續編》本,第 14 頁。

④ 馮班《鈍吟雜録》卷四,文淵閣《四庫全書》影印本。

最。”[①]張溍更進而云:“千古善學六朝者,唯(杜)公。”[②]

杜甫之善學六朝,爲我們提供了許多有益的經驗。而杜甫之所以善學六朝,則有其深刻的文化淵源和時代背景。以門閥士族佔據統治地位和儒學思想束縛相對鬆弛爲背景的魏晋、六朝與初盛唐屬於同一文化範型,這就内在地决定着初盛唐在政治層面否定六朝而在深層文化精神以及價值觀、詩學觀方面對魏晋、六朝一定程度的繼承,由此决定着杜甫人格思想、審美趣味對於六朝亦有一定程度之繼承,而這正是杜甫客觀評價六朝,進而學習六朝詩歌的潛在前提。杜甫詩歌不僅表明中國詩歌史從浪漫轉向寫實的重大變化,而且以更加内在的社會政治與文化的轉型以及士人社會地位的調整爲背景,反映士人文化心理與時代文化精神的重大變化,以及隨之而來審美範型的重大轉變。就詩歌演進的歷程而言,杜詩肇示了詩歌由“唐韵”向“宋調”的轉變。吴瞻泰評杜詩《和裴迪登蜀州東亭送客逢早梅相憶見寄》即云:“用意曲折,飛舞流動,直自是生龍活虎,不受排偶之束者,陳後山最得其法,然宋人門庭,公亦開之矣。”[③]浦起龍評《野人送朱櫻》詩云:“通體清空一氣,刷肉存骨,宋江西派之祖。”[④]又評《放船》云:“叙事明晰,寫景波峭,五律之開宋者也。”[⑤]仇兆鰲評《奉觀嚴鄭公廳事岷山沱江畫圖十韵》云:“昔人論此詩,爲宋人詠畫之祖。”[⑥]喬億評《謁文公上方》詩

---

① 厲志《白華山人詩説》卷二《東屯茅屋四首》其二評語,《清詩話續編》本,第2281頁。

② 《讀書堂杜詩注解》卷一七《自瀼西荆扉且移居東屯茅屋四首》其二評語,《杜詩叢刊》本。

③ 《杜詩提要》卷一一,《杜詩叢刊》本。

④ 《讀杜心解》卷四之一,第626頁。

⑤ 《讀杜心解》卷三之三,第460頁。

⑥ 《杜詩詳注》卷一四,第1188頁。

云:"格制平正,詞旨洞達,大開北宋人門徑。"①後人謂韓愈及宋人以文爲詩,以議論爲詩,實肇自杜甫。胡夏客曰:"《赴奉先詠懷》,全篇議論,雜以敘事;《北征》則全篇敘事,雜以議論。"②他如《石笋行》《石犀行》《杜鵑行》《題桃樹》《偶題》等,亦是議論佳篇。楊倫評《劍門》詩云:"以議論爲韵言,至少陵而極,少陵至此等詩而極,筆力雄肆,直欲駕《劍閣銘》而上之。"③

三,杜詩衆體皆有,諸體兼擅,諸法俱備,爲後世開無數法門。據浦起龍《讀杜心解》統計,杜詩共 1 458 首,其中五古 263 首,如《望嶽》、《自京赴奉先縣詠懷五百字》、《北征》、《贈衛八處士》、"三吏"、"三别"、《佳人》、《夢李白二首》、《遭田父泥飲美嚴中丞》等;七古 141 首,如《兵車行》《麗人行》《丹青引》《古柏行》《觀公孫大娘弟子舞劍器行》等;五律 630 首,如《房兵曹胡馬》《畫鷹》《夜宴左氏莊》《春望》《月夜》《月夜憶舍弟》《天末懷李白》《春夜喜雨》《旅夜書懷》《登岳陽樓》等;七律 151 首,如《蜀相》《聞官軍收河南河北》《登樓》《閣夜》《宿府》《又呈吴郎》《登高》等;五排 127 首,如《冬日洛城北謁玄元皇帝廟》《寄李十二白二十韵》《秋日夔府詠懷奉寄鄭監李賓客一百韵》《風疾舟中伏枕書懷三十六韵》等;七排 8 首,如《清明二首》《岳麓山道林二寺行》等;五絶 31 首,如《八陣圖》等;七絶 107 首,如《贈李白》《贈花卿》《江畔獨步尋花七絶句》等。

杜詩不僅名篇衆多,而且富於創造,成爲流傳千古的藝術瑰寶。如《自京赴奉先縣詠懷五百字》《北征》,向被譽爲"古今絶唱"。"新題樂府"更是杜甫開創的一種新的詩歌體式,爲中唐以後的新樂府樹立了榜樣。元稹《樂府古題序》説:"近代唯詩人杜甫

---

① 喬億《杜詩義法》卷上,清刻本。

② 《杜詩詳注》卷四引,第 274 頁。

③ 《杜詩鏡銓》卷七,第 309 頁。

《悲陳陶》《哀江頭》《兵車》《麗人》等，凡所歌行，率多即事名篇，無復依傍。余少時與友人樂天、李公垂輩，謂是爲當，遂不復擬賦古題。"[1]蔡居厚云："惟老杜《兵車行》《悲青阪》《無家别》等數篇，皆因事自出己意立題，略不更蹈前人陳迹，真豪傑也。"[2]《飲中八仙歌》亦是創格，句句用韵，一韵到底，不發一句議論，而八人醉態活現。王嗣奭評云："此創格，前無所因，後人不能學。描寫八公都帶仙氣，而或兩句、三句、四句，如雲在晴空，卷舒自如，亦詩中之仙也。"[3]李因篤評曰："此詩别是一格，似贊似頌，只一二語，可得其人生平。大家之作，妙是叙述，一語不涉議論，而八公身分自見，風雅中馬遷也。"[4]夏力恕評云："此篇爲少陵創格……蓋謡諺之别體，樂府之遺音，故有重韵。"[5]梁運昌評《白絲行》曰："本是平調，但仄韵换仄，詞句自緩，音節自緊，此杜老新調。"[6]一代宗師王士禛認爲："七言古詩，諸公一調。唯杜甫横絶古今，同時大匠，無敢抗行。"[7]把杜甫的七言古詩奉爲"千古標準"。

管世銘《讀雪山房唐詩序例・五排凡例》云："杜工部有三體詩古今無兩：七言古、七言律、五言長律也。"[8]律詩，至唐始定型。五言律詩，至杜審言、沈佺期、宋之問時已成熟。但七言律詩直到杜甫始成熟，並大量創作七律。僅據清編《全唐詩》統計，初盛唐七律

---

① 《元稹集》卷二三，中華書局冀勤校點本。

② 胡仔輯《苕溪漁隱叢話》前集《國風漢魏六朝上》引《蔡寬夫詩話》，人民文學出版社廖德明校點本。

③ 《杜臆》卷一，第8頁。

④ 《杜詩集評》卷五引，《杜詩叢刊》本。

⑤ 夏力恕《杜詩增注》卷一，清乾隆十四年古泉精舍刻本。

⑥ 梁運昌《杜園説杜》卷七，書目文獻出版社1995年影印本。

⑦ 王士禛《居易録》卷二一，文淵閣《四庫全書》影印本。

⑧ 管世銘《讀雪山房唐詩序例・五排凡例》，《清詩話續編》本，第1559頁。

總共不過四百六十餘首,而杜詩七律就有一百五十餘首。這就是説,杜甫七律數量不僅在他自己作品中占有重要地位,並且遠遠超過初盛唐其他任何一位詩人。如王維寫七律算是比較多的,也不過二十來首,高適有十二首,岑參有十一首,李白只有六首。杜甫之前的七律多被用來應制唱和,到了杜甫手裹,七律在表現題材内容上才真正獲得了與五律平等的身份,突出標志就是杜甫把動亂的時局、沉鬱的感受寫入詩中。能把憂時的題材内容引入七律,以憂時取代頌聖,表現出杜甫的超卓膽力。此外,杜甫還用七律寫各種題材内容,議政、憂民、懷古、送别、山水、田園,以及個人漂泊流離的生涯,七律在他的手中已經達到爐火純青、出神入化的極致。清錢良擇《唐音審體·律詩七言四韵論》云:"七言律詩始成于初唐咸亨、上元間,至開、寶而作者日出。少陵崛起,集漢、魏、六朝之大成,而融爲今體,實千古律詩之極則。同時諸家所作,既不甚多,或對偶不能整齊,或平仄不相黏綴,上下百餘年,止少陵一人獨步而已。"①明胡應麟更把杜甫的《登高》奉爲"古今七言律第一":"杜'風急天高'一章五十六字,如海底珊瑚,瘦勁難名,沈深莫測,而精光萬丈,力量萬鈞。通章章法、句法、字法,前無昔人,後無來學。微有説者,是杜詩,非唐詩耳。然此詩自當爲古今七言律第一,不必爲唐人七言律第一也(元人評此詩云:'一篇之内,句句皆奇;一句之中,字字皆奇。'亦有識者)。……若'風急天高',則一篇之中,句句皆律,一句之中,字字皆律,而實一意貫串,一氣呵成。驟讀之,首尾若未嘗有對者,胸腹若無意於對者;細繹之,則錙銖鈞兩,毫髮不差,而建瓴走阪之勢,如百川東注於尾閭之窟。至用句用字,又皆古今人必不敢道,决不能道者,真曠代之作也。"②

杜甫又是拗體七律的創始者。拗體律詩的創作,如《白帝城最

① 錢良擇《唐音審體·律詩七言四韵論》,清康熙四十三年昭質堂刻本。
② 胡應麟《詩藪·内編》卷五,上海古籍出版社 1979 年新 1 版。

高樓》《白帝》《愁》《晝夢》等，爲律詩的發展增添了生命力。方回曰："拗字詩在老杜集七言律詩中謂之'吴體'，老杜七言律一百五十九首，而此體凡十九出。不止句中拗一字，往往神出鬼没。雖拗字甚多，而骨格愈峻峭。今'江湖'學詩者，喜許渾詩'水聲東去市朝變，山勢北來宫殿高'、'湘潭雲盡暮山出，巴蜀雪消春水來'，以爲丁卯句法。殊不知始于老杜，如'負鹽出井此溪女，打鼓發船何郡郎'、'寵光蕙葉與多碧，點注桃花舒小紅'之類是也。如趙嘏'殘星幾點雁横塞，長笛一聲人倚樓'，亦是也。唐詩多此類，獨老杜'吴體'之所謂拗，則才小者不能爲之矣。"①

杜甫到夔州後寫的一些長篇排律和聯章詩，如《秋日夔府詠懷奉寄鄭監李賓客一百韵》《諸將五首》《詠懷古迹五首》《秋興八首》等，以它獨特的風貌，標志着他對這些詩體的創造、運用已達到全新境界。明人高棅説："排律之盛，至少陵極矣，諸家皆不及。"②王嗣奭評《秋日夔府詠懷奉寄鄭監李賓客一百韵》云："唐人百韵詩自公倡，而句句峭拔，字字精彩，乃此公獨擅之長。"③浦起龍《讀杜心解・發凡》云："千言、數百言長律，自杜而開，古今聖手無兩。"④清人許印芳説："七律連章詩最難出色，古來惟杜擅長。《詠懷古迹五首》《諸將五首》《秋興八首》，魄力雄厚，法律精密，後學誦習，受益無量。"⑤可以説，夔州時期，杜甫的詩藝已達到爐火純青、出神入化的境地。胡應麟《詩藪・内編》卷四云："老杜字法之化者，如'吴楚東南坼，乾坤日夜浮'、'碧知湖外草，紅見海東雲'，坼、浮、知、見四字，皆盛唐所無也。然讀者但見其闊大而不覺其新奇。又如'孤

---

① 方回《瀛奎律髓》卷二五，文淵閣《四庫全書》影印本。

② 高棅《唐詩品彙・五言排律敘目》，上海古籍出版社 1988 年影印本。

③ 《杜臆》卷七，第 255 頁。

④ 浦起龍《讀杜心解・發凡》，中華書局 1978 年版。

⑤ 《瀛奎律髓彙評》卷二五，上海古籍出版社 1986 年李慶甲集評校點本。

嶂秦碑在,荒城魯殿餘'、'古牆猶竹色,虚閣自松聲',四字意極精深,詞極易簡,前人思慮不及,後學沾溉無窮,真化不可爲矣。句法之化者,'無風雲出塞,不夜月臨關'、'露從今夜白,月是故鄉明'、'江山有巴蜀,棟宇自齊梁'、'近淚無乾土,低空有斷雲'之類,錯綜震盪,不可端倪,而天造地設,盡謝斧鑿。篇法之化者,《春望》《洞房》《江漢》《遣興》等作,意格皆與盛唐大異,日用不知,細味自别。"又曰:"七言如'錦江春色來天地,玉壘浮雲變古今'、'織女機絲虚夜月,石鯨鱗甲動秋風'、'香稻啄餘鸚鵡粒,碧梧棲老鳳凰枝'、'聽猿實下三聲淚,奉使虚隨八月槎',字中化境也;'無邊落木蕭蕭下,不盡長江滚滚來'、'二儀清濁還高下,三伏炎蒸定有無'、'永夜角聲悲自語,中天月色好誰看'、'絶壁過雲開錦繡,疏松隔水奏笙簧',句中化境也;'昆明池水'、'風急天高'、'老去悲秋'、'霜黄碧梧',篇中化境也。"①邊連寶《杜律啓蒙・凡例》云:"惟杜律變化,神明不可方物,動以古文散行之法,運於排比聲偶之中,所謂杜甫似司馬遷者,不獨《八哀篇》爲然,亦不獨古詩爲然也。"②杜詩,特别是律詩,可以説是從容於法度之中,而又變化於法度之外。他於法度中求變化,縱横變化中自有法度,使二者達到完美的統一。宋誼《杜工部詩序》云:"唐之時以詩鳴者最多,而杜子美迥然特異……其詞曲而中,其意肆而隱,雖怪奇偉麗,變態百出,而一之於法度,不幾於古之言志而詠情者乎!"③沈德潛云:"杜詩近體,氣局闊大,使事典切,而人所不可及處,尤在錯綜任意,寓變化於嚴整之中,斯足凌轢千古。"④馮舒曰:"律詩本貴乎整,老杜晚

---

① 胡應麟《詩藪・内編》卷四,上海古籍出版社 1979 年新 1 版。

② 邊連寶《杜律啓蒙・凡例》,清乾隆四十二年初刻本。

③ 宋誼《杜工部詩序》,《四部叢刊》景宋本《分門集注杜工部詩》卷首。

④ 沈德潛《唐詩别裁集》卷一〇,上海古籍出版社富壽蓀校點本。

年以古文法爲律,下筆如神,爲不可及矣。"[①]杜詩内容與形式的完美結合所呈現出的主體風格是"沉鬱頓挫"。所謂"沉鬱頓挫",是指杜詩内容上的博大精深、憂憤鬱勃,形式上的波瀾老成、頓挫變化,語言上的精煉準確、含蓄藴藉,從而形成了千彙萬狀、地負海涵、博大宏遠、真氣淋漓的美學風貌。

前人最佩服的是杜詩的"無一字無來處"。這一方面説明杜甫的學識淵博,經、史、子、集,無所不讀,諸子百家,無所不精;但另一方面,更重要的,是説明杜甫對前人典籍的熟諳妙用,已達到了運化無迹、有如己出的純熟境地。正如杜甫自己所説的那樣:"讀書破萬卷,下筆如有神。"而他對詩律與技巧的追求是終生不懈、愈老彌篤的,"晚節漸於詩律細",確實道出了他對詩律慘澹經營的匠心。宋代陳師道説:"學詩當以子美爲師,有規矩故可學。"[②]清人吴瞻泰説:"子美作詩之'本',不可學也;子美作詩之'法',可學者也。"[③]韓國著名杜詩研究專家李丙疇更説:"杜甫復生百次,也不可能趕上李白寫詩的磅礴氣勢;而李白死而復生百回,仍比不上杜甫作詩的技巧。"[④]詩聖杜甫作詩的豐富經驗,他對作詩律法與技巧的不懈追求與勇於實踐,爲我們留下了一份寶貴的藝術遺産,是值得我們繼承和借鑒的。

三

杜甫是一位德藝雙馨的詩人。他博大精深的思想和出神入化的詩藝相輔相成,相得益彰,對後世産生了深遠的影響。

---

① 《瀛奎律髓彙評》卷一〇,上海古籍出版社 1986 年李慶甲集評校點本。

② 陳師道《後山詩話》,中華書局《歷代詩話》本,第 304 頁。

③ 《杜詩提要·自序》,《杜詩叢刊》本。

④ 高光植《杜詩研究三十載——南朝鮮杜詩研究者李丙疇一席談》,《國外社會科學》1988 年第 5 期。

杜甫出身於一個“奉儒守官”的家庭,受的是儒家正統教育,他在《進雕賦表》中説:“自先君恕、預以降,奉儒守官,未墜素業矣。”在《祭遠祖當陽君文》中更説:“不敢忘本,不敢違仁。”他的政治理想就是“致君堯舜上,再使風俗淳”。“安史之亂”後,他過着顛沛流離的困苦生活,親身經歷了國家深重的苦難,接近了廣大勞苦群衆,他的積極入世的儒家思想至死不衰。

杜甫是原始儒家思想即孔孟思想的繼承者和實踐者。他繼承和發揚了孟子的“大丈夫”精神,以天下爲己任,憂國憂民。杜甫忠君,但並非愚忠,他身歷玄、肅、代三朝,對三代皇帝都有所諷喻和批評。唐玄宗早年勵精圖治,而晚年耽于逸樂,倦理朝政,寵信奸佞,國事日非,終於招致了“安史之亂”,唐王朝由盛轉衰,一蹶不振。早在“安史之亂”爆發的前幾年,杜甫以政治家的敏感覺察到了在表面繁榮掩蓋下的社會危機。在《兵車行》中,詩人毫無顧忌地抨擊了玄宗窮兵黷武的開邊政策:“邊庭流血成海水,武皇開邊意未已。”而這樣拓邊的結果是生産的大破壞和百姓的家破人亡:“漢家山東二百州,千村萬落生荆杞。”“新鬼煩冤舊鬼哭,天陰雨濕聲啾啾!”這幅蕭瑟淒慘的景象,不是對最高統治者的悲憤控訴嗎?其言詞之激烈,感情之鬱憤,不是至今還使我們深感欽佩嗎?要知道,這是杜甫在皇帝脚下的國都長安發出的大聲疾呼!在《前出塞》中,詩人寫道:“君已富土境,開邊一何多!”“殺人亦有限,立國自有疆。苟能制侵陵,豈在多殺傷?”這裏的“君”,指的也是唐玄宗,這組詩是直接抨擊玄宗的擴張政策的。玄宗外則興師勞民,内則驕奢淫逸,和楊貴妃過着糜爛的生活,所以杜甫説是“宫中行樂秘,少有外人知”(《宿昔》)。在《同諸公登慈恩寺塔》中,詩人與同登諸公不同,他别具慧眼,看到唐玄宗“惜哉瑶池飲,日晏崑崙丘”的侈靡生活,不禁隱憂國事:“秦山忽破碎,涇渭不可求。俯視但一氣,焉能辨皇州?”可謂高瞻遠矚,預見未來。在《麗人行》中,詩人淋漓盡致地描繪了玄宗所寵幸的楊氏兄妹的窮奢極侈和炙手可熱的囂張氣焰,揭露了他們的荒淫無恥。在《自京赴奉先縣詠懷五百字》中,對玄宗"君臣留歡娱,樂動殷膠葛"和"中堂舞神仙,煙霧蒙玉質"的侈靡生活進行了抨擊,揭示了"朱門酒肉臭,路有凍死骨"(二句實脱胎於《孟子·梁惠王上》之"庖有肥肉,厩有肥馬;民有飢色,野有餓殍")的貧富對立和殘酷的社會現實,而"群冰從西下,極目高崒兀。疑是崆峒來,恐觸天柱折",更是對"安史之亂"前唐王朝岌岌可危的政治形勢的形象描繪。這是政治家的預見。就在詩人寫此詩之時,"安史之亂"終於爆發。這場造成"五十年間似反掌,風塵澒洞昏王室"(《觀公孫大娘弟子舞劍器行》)的社會大動亂,唐玄宗負有不可推卸的責任。對於玄宗的寵信和縱容安禄山,杜甫不止一次地提出了批評。馬嵬兵變,楊貴妃和楊國忠被處死,杜甫高興地説:"奸臣竟葅醢,同惡隨蕩析。"熱烈贊揚爲國除害的陳玄禮將軍是"仗鉞奮忠烈。微爾人盡非,於今國猶活"(《北征》)。對於肅宗的寵信宦官李輔國和受制于後宫張良娣,作爲臣子的杜甫敢於大膽揭發隱私:"關中小兒壞紀綱,張后不樂上爲忙。"(《憶昔二首》其一)對於肅宗的借兵回紇和遣嫁寧國公主和親,杜甫都多次地明確表示了反對意見:"花門既須留,原野轉蕭瑟。"(《留花門》)"聞道花門破,和親事却非。"(《即事》)"和親知計拙,公主漫無歸。"(《警急》)對唐代宗,杜甫也是多所批評。他原是"周宣中興望我皇"(《憶昔二首》其二)的,可是代宗寵任宦官李輔國、程元振之流,杜甫就大聲疾呼:"君側有讒人!"(《百舌》)對於代宗的不誅程元振,杜甫尖鋭指出:"不成誅執法,焉得變危機?"(《傷春五首》其三)他的《往在》詩更連續批評了玄宗、肅宗和代宗。上述足以證明,杜甫對皇帝並非愚忠,更不是只忠於皇帝一人一姓,而更多地是從整個國家和人民利益着想的,正如他所説:"上感九廟焚,下憫萬民瘡。"(《壯遊》)他希望有一個好皇帝,能使人民過上安居樂業的生活:"幾時高議排金門,各使蒼生有環堵。"(《寄柏學士林居》)這種願望是好的。可見,杜甫的忠君,實質是愛國愛民。

與其説杜甫是忠臣,不如説他是直臣。在關鍵時刻,他敢於挺身而出,仗義執言,疏救房琯就是一個明顯的例證。房琯與杜甫爲布衣交,友情很深。房琯爲人正直,有遠謀。安史亂起,他從玄宗幸蜀,建諸王分鎮之策,使安禄山聞之生畏。後琯與韋見素、崔涣等人奉册靈武,謁見肅宗,深得肅宗重用。但因他"頗以直忤旨",對肅宗不那麽馴服,加之賀蘭進明獻讒,肅宗"始惡琯"。至德元載(756)十月,房琯率軍與安史叛軍遇于陳濤斜,交戰不利,"琯欲持重有所伺",而"中人邢延恩促戰",致使大敗,四萬義軍幾盡覆没。肅宗"雖恨琯喪師,而眷任未衰"。第二年春,因門客董庭蘭"賂謝"事,爲有司劾治,琯爲己申訴,招致肅宗震怒,遂於五月罷相。可見房琯罷相的直接導火綫是所謂董庭蘭涉嫌賄賂之事。前人已辨此事之妄。北宋朱長文《琴史》載,與杜甫同時而以琴待詔翰林的薛易簡"稱庭蘭不事王侯,散髮林壑者六十載,貌古心遠,意閑體和,撫弦韵聲,可以感鬼神矣。天寶中,給事中房琯,好古君子也,庭蘭聞義而來,不遠千里。余因此説,亦可以觀房公之過而知其仁矣。當房公爲給事中也,庭蘭已出其門,後爲相,豈能遽棄哉!又賂謝之事,吾疑譖琯者爲之。而庭蘭朽耄,豈能辨釋,遂被惡名耳。房公貶廣漢,庭蘭詣之,公無愠色。"①這當是可信的。房琯罷相的政治原因,就是因爲他是玄宗的人,他的諸王分鎮的建策對肅宗是不利的,加之賀蘭進明、崔圓、李輔國之流的讒毁,遂使肅宗决定罷掉房琯。而所謂董庭蘭"賂謝"事,只不過是政敵捏造的一個堂皇藉口罷了。房琯實際上是玄宗和肅宗之間權力之争的犧牲品。而杜甫不察其中奥妙,却仗義執言,上疏諫諍,力辯"罪細不宜免大臣",遂觸怒肅宗,詔三司推問,幸虧宰相張鎬救了他。但杜甫並未改變自己對房琯的看法。對肅宗的赦放推問,自然表示萬分感激,

① 朱長文《琴史》,清曹寅《楝亭藏書十二種》本。

但他懇切希望肅宗"深容直臣",則"天下幸甚！天下幸甚!"杜甫雖因疏救房琯而斷送了自己的政治前程,但他始終未悔。房琯罷相,貶官在外。杜甫在漂泊西南的歲月裏,仍時時不忘房琯,寫到他的詩文就有七八篇。在廣德元年(763)寫的《祭故相國清河房公文》中,杜甫對房琯受命於危難之際極爲贊許:"小臣用權,尊貴倏忽。公實匡救,忘餐奮發。累抗直詞,空聞泣血。"對他的忠而遭貶深表憤慨:"高義沉埋,赤心蕩折。貶官厭路,讒口到骨。"對自己的疏救無成深感愧耻:"見時危急,敢愛生死","伏奏無成,終身愧耻"。對房琯之死深致痛悼:"天柱既折,安仰翼戴。地維則絶,安放夾載。"從杜甫對房琯的一貫態度,可以看出杜甫並非愚忠,更不會阿諛奉承,無原則地迎合最高統治者的意旨。故李綱贊曰:"肅宗之怒房琯,人無敢言,獨子美抗疏救之,由是廢斥終身而不悔,是必有言之不可已者,與陽城之救陸贄何以異！然世罕稱之者,殆爲詩所掩故耶?"①

杜甫這種義薄雲天的浩然正氣,還表現在他對李白、鄭虔等老朋友深摯的友誼上。

"安史之亂"爆發後,李白和杜甫的命運都遭遇了巨大的變化。安史亂起,李白避難江南。至德二載(757)正月,隱居廬山,永王李璘派謀士韋子春三次上山聘請他入幕府。永王兵敗,李白以"從逆"獲罪,被繫潯陽獄。乾元元年(758),流放夜郎。李白實際上是肅宗李亨和永王李璘之間權力鬥爭的犧牲品。李亨是皇帝,大權在握,永王李璘被指斥爲"謀反",李白是同案犯,自然罪責難逃。其實,李白出於愛國熱忱參加永王李璘的幕府,他是無辜的。值得贊揚的是,當時身處逆境的杜甫,並没有以皇帝的是非爲是非,中斷與李白的深厚友誼,更没有乘人之危落井下石,而是深表同情,

① 李綱《梁谿集》卷一三八《重校正杜子美集序》,文淵閣《四庫全書》影印本。

爲他辯誣,爲他洗冤,並極力贊揚李白。杜甫棄官流寓秦州時,一連寫了四首懷念李白的詩,表達了他對李白命運的深切關懷和遭受迫害的不平之鳴,表現了李杜間生死不渝的兄弟般情誼。上元二年(761),杜甫在成都又作《不見》詩:"不見李生久,佯狂真可哀。世人皆欲殺,吾意獨憐才。敏捷詩千首,飄零酒一杯。匡山讀書處,頭白好歸來。"表達了杜甫對李白不幸遭遇的深切同情和對其詩才的高度贊揚。永王璘一案,李白被牽連,統治集團中的一些人欲將李白處以極刑。"世人皆欲殺,吾意獨憐才",突出表現了杜甫與"世人"態度的對立。"憐才"不僅是指文學才能,也包含着對李白政治上蒙冤的同情,是對李白不幸遭遇的控訴和那個迫害人才的社會的抗議。

廣文館博士鄭虔爲杜甫好友,詩、書、畫兼擅,玄宗譽爲"鄭虔三絶"。虔雖德才學識過人,但遭遇坎坷,正如杜甫《醉時歌》所云:"諸公衮衮登臺省,廣文先生官獨冷。甲第紛紛厭粱肉,廣文先生飯不足。先生有道出羲皇,先生有才過屈宋。德尊一代常坎坷,名垂萬古知何用。"安史之亂,鄭虔身陷賊中,初脅授兵部郎中,次國子司業,稱疾未就,並潛以密章達靈武。長安收復,陷賊官吏分六等定罪,虔被貶爲台州司户參軍,時已六十八歲。杜甫因故未能送行話别,遂賦《送鄭十八虔貶台州司户傷其臨老陷賊之故闕爲面别情見於詩》:"鄭公樗散鬢成絲,酒後常稱老畫師。萬里傷心嚴譴日,百年垂死中興時。蒼惶已就長途往,邂逅無端出餞遲。便與先生應永訣,九重泉路盡交期。"對鄭虔遭遇深表同情。詩寫生離死别之悲,深摯感人,真可謂生死至交矣! 此後,杜甫時時掛念鄭虔,關心他的安危生死。《有懷台州鄭十八司户》云:"天台隔三江,風浪無晨暮。鄭公縱得歸,老病不識路","從來禦魑魅,多爲才名誤。夫子嵇阮流,更被時俗惡"。《所思》云:"鄭老身仍竄,台州信始傳。爲農山澗曲,卧病海雲邊。"《哭台州鄭司户蘇少監》云:"故舊誰憐我,平生鄭與蘇。"蘇,即蘇源明。《寄薛三郎中據》亦云:"早歲與蘇鄭，痛飲情相親。"《八哀詩》又特爲鄭虔列傳，總結其一生行迹，盛贊其多才多藝，爲其鳴不平，深致殁後哀思。張溍評曰："公與鄭最善，故叙述情事無不曲盡。其爲鄭曲護受僞職處，只用一二語，尤見筆法。"①

這些，都體現了杜甫爲道而自重的獨立人格。

杜甫崇高而深摯的愛國主義精神，深沉的憂國憂民的憂患意識，像一條紅綫一樣貫穿於他坎坷的一生及其全部創作中。而他最可寶貴的，就是身處逆境，却情繫國家，心想人民，一顆憂國憂民的赤子之心，從没有停止跳動。"窮年憂黎元，歎息腸内熱。"他始終把個人的命運與國家和人民的命運緊緊聯繫在一起。杜甫有着一顆仁慈的心，一副博大的胸襟。杜甫的偉大之處正在於他經常能够從個人的痛苦之中擺脱出來，將關切的目光落到廣大人民群衆身上。在《自京赴奉先縣詠懷五百字》中，杜甫回家見到自己的"幼子餓已卒"，在極度悲痛中，他還是把目光投向廣大的窮苦人民和遠戍的戰士："因念遠戍卒，默思失業徒。"當草堂的茅屋在風雨飄摇之中"床頭屋漏無乾處"時，他還能想到在寒風中瑟瑟發抖的人們，大聲疾呼："安得廣廈千萬間，大庇天下寒士俱歡顔，風雨不動安如山！嗚呼！何時眼前突兀見此屋？吾廬獨破受凍死亦足！"

孟子曰："惻隱之心，仁之端也。"②杜甫是實踐孟子"惻隱之心爲仁"的典型。他在《過津口》詩中明確地指出："物微限通塞，惻隱仁者心。"艱難困苦、顛沛流離的坎坷生活經歷，加之深厚的傳統文化素養，使杜甫深深懂得"邦以民爲本"的道理。因此，他對飽嘗戰亂之苦、處於水深火熱之中的廣大人民抱着深切的同情。對人民的苦難，他可謂是無事不憂，無時不憂。征夫戍卒，田婦野老，寡

① 張溍《讀書堂杜詩注解》卷一三，《杜詩叢刊》本。

② 《孟子・公孫丑上》，《十三經注疏》本，中華書局 1980 年版。

妻弱子,漁民樵夫,這些普通老百姓的命運,無不牽動着詩人的心。在杜甫看來,造成廣大人民苦難的,除了戰亂的原因之外,就是統治者對人民的横徵暴斂,强取豪奪。而對人民的殘酷壓榨和剥削,完全是爲了滿足他們窮奢極欲的生活:"朱門酒肉臭,路有凍死骨"(《自京赴奉先縣詠懷五百字》),"富家廚肉臭,戰地骸骨白"(《驅豎子摘蒼耳》),"高馬達官厭酒肉,此輩杼柚茅茨空"(《歲晏行》)。面對如此不合理的現實,杜甫挺身而出爲民請命:"願聞哀痛詔,端拱問瘡痍"(《有感五首》其五),"誰能扣君門,下令減征賦"(《宿花石戍》)。他要求統治者"行儉德",節欲戒奢,輕徭薄賦,減輕對人民的盤剥,以取得人民的信任和擁護:"君臣節儉足,朝野歡呼同"(《往在》),"文王日儉德,俊乂始盈庭"(《奉酬薛十二丈判官見贈》),"借問懸車守,何如儉德臨?"(《提封》)"不過行儉德,盜賊本王臣"(《有感五首》其三)。崇儉戒奢,是杜甫人生觀的一個重要組成部分,也是我們中華民族的傳統美德。統治者只有真正做到崇儉戒奢,才能真正減輕人民的負擔,才能有效地遏制腐敗現象,免蹈"朝野歡娱後,乾坤震盪中"(《寄賀蘭銛》)的覆轍。所以詩人總是懷着滿腔的義憤,無情地鞭撻統治者的奢侈腐化。對那些"庶官務割剥,不暇憂反側"的"豪奪吏"恨之入骨:"必若救瘡痍,先應去蝥賊!"(《送韋諷上閬州録事參軍》)大聲疾呼"安得務農息戰鬥,普天無吏横索錢"(《晝夢》)!

而對廣大窮苦群衆,他却始終充滿同情和尊重。他所交往的,不盡是達官貴人,更多的是小人物,他是以平等的態度和這些小人物來往的。詩人熱愛他們,他們也從來没有疏遠過詩人。他們之間總是友好的。貧苦的勞動婦女在舊社會是地位最低的,被人瞧不起,但杜甫却對她們寄予深厚的同情,關懷備至,體貼入微:"堂前撲棗任西鄰,無食無兒一婦人。不爲困窮寧有此?只緣恐懼轉須親!即防遠客雖多事,便插疏籬却甚真!已訴徵求貧到骨,正思戎馬淚盈巾。"這首傳誦千古、感人至深的《又呈吴郎》,可以説是杜甫血淚凝成的至情文字。對自己家中的奴僕,杜甫也能以平等的態度對待他們,關懷他們。在《示獠奴阿段》一詩中,他對夜間上山尋源引水的阿段的安全很是關心,"怪爾常穿虎豹群",擔心會被虎豹傷害。在《信行遠修水筒》一詩中,他對僕人信行的"秉心識本源,於事少凝滯"的恭謹幹練很是贊賞,而對他在荒險崖谷中往來四十里修筒引水的艱辛勞動很是同情,對信行因修水筒而耽誤吃飯的辛勞,既驚且愧,於是將供自己老病享用的瓜果和麵餅拿來給他吃,"於斯答恭謹,足以殊殿最"。所以申涵光贊曰:"'日曛驚未餐,貌赤愧相對',體恤下情如是,真仁者之用心。"(《杜詩詳注》卷一五引)他總是盡其所能,樂於助人:"藥許鄰人劚"(《正月三日歸溪上有作簡院内諸公》),"棗熟從人打"(《秋野五首》其一),"拾穗許村童"(《暫往白帝復還東屯》),"減米散同舟,路難思共濟"(《解憂》)。就是對那些小生物,他也充滿惻隱之心:"築場憐穴蟻"(《暫往白帝復還東屯》),"盤飧老夫食,分減及溪魚"(《秋野五首》其一),"願分竹實及螻蟻,盡使鴟鴞相怒號"(《朱鳳行》)。杜甫這種己飢己溺的仁者胸懷和博愛精神,在他的詩中都有生動的體現。

可以説,杜甫對孔、孟所倡導的憂患意識、忠恕之道、仁愛精神、惻隱之心等等,都有深刻的理解,並身體力行之,他的儒家思想帶有鮮明的實踐性品格。所以後人多認爲杜甫是儒者典範,甚至説"老杜似孟子",往往把杜詩比作儒家經典。清人龔鼎孶《〈杜詩論文〉序》云:"詩之有少陵,猶文之有六經也。前乎此者,於此而指歸;後乎此者,於此而闡發。文無奇正,必始乎經;詩無平險,必宗乎杜。此少陵之詩與六經之文,並不朽於天地間也。"①吴喬更説:"詩出于人。有子美之人,而後有子美之詩。子美于君親、兄弟、朋

① 龔鼎孶《〈杜詩論文〉序》,吴見思《杜詩論文》卷首,清康熙十一年常州岱淵堂刻本。

友、黎民,無刻不關其念,置之聖門,必在閔損、有若間,出由、求之上。生于唐代,故以詩發其胸臆。有德者必有言,非如太白但欲于詩道中復古者也。余嘗置杜詩於六經中,朝夕焚香致敬,不敢輕學。非子美之人,但學其詩,學得宛然,不過優孟衣冠而已。"①甚至主張:"竊謂朝廷當特設一科,問以杜詩意義,于孔、孟之道有益。"②洪業在他的名著《杜甫:中國最偉大的詩人》中深情地説:"(杜甫)是孝子,是慈父,是慷慨的兄長,是忠誠的丈夫,是可信的朋友,是守職的官員,是心繫家邦的國民。"③可以説,杜甫是實踐儒家思想的楷模。

當然,在唐代以儒爲主、佛道兼容的時代氛圍下,在顛沛流離的艱難歲月裏,杜甫亦受到佛道思想的深刻影響。因爲儒家的民胞物與,與佛家的普度衆生和道家的愛惜生命,原是相通的。杜甫很早就受到佛道的熏陶和影響。杜甫幼年喪母,就寄養在洛陽二姑家,是由二姑撫養長大的。而二姑是虔誠的佛教徒,杜甫《唐故萬年縣君京兆杜氏墓志》即云:"爰自十載已還,默契一乘之理。絶葷血於禪味,混出處於度門。喻筏之文字不遺,開卷而音義皆達。""默契一乘之理",即謂其二姑篤信佛理。"喻筏之文字不遺",謂其收集了許多佛經。"開卷而音義皆達",則謂其對佛經教義能誦讀領會。在杜甫筆下,他的二姑完全是一個儒佛雙修而兼美的楷模。在《墓志》結尾,杜甫又滿懷深情地特别提及二姑捨子救己的盛德厚愛:"甫昔卧病于我諸姑,姑之子又病,問女巫,巫曰:'處楹之東南隅者吉。'姑遂易子之地以安我。我用是存,而姑之子卒,後乃知之於走使。甫嘗有説於人,客將出涕,感者久之,相與定謚曰

---

① 吴喬《圍爐詩話》卷四,《清詩話續編》本,第583頁。

② 《圍爐詩話》卷四,《清詩話續編》本,第584頁。

③ 洪業《杜甫:中國最偉大的詩人》,曾祥波譯,上海古籍出版社2011年版,第252頁。

義。"二姑捨己子而救侄子的崇高精神,以致使杜甫"情至無文"。二姑大仁大義大愛的言傳身教,對杜甫性格和思想的形成有着深刻影響。

杜甫青年時期一度傾情佛道。漫遊吴越時,在江寧(今江蘇南京)曾特去瓦官寺觀看東晋著名畫家顧愷之所畫的維摩詰(佛教經典人物)像,並從許登那裏求得一幅。以致二十七年後又欣然賦詩《送許八拾遺歸江寧覲省。甫昔時嘗客遊此縣,于許生處乞瓦棺寺維摩圖様,志諸篇末》,並深情叙及"看畫曾飢渴,追蹤恨淼茫。虎頭金粟影,神妙獨難忘",可謂念念不忘。又賦《因許八奉寄江寧旻上人》詩云:"不見旻公三十年,封書寄與淚潺湲。舊來好事今能否,老去新詩誰與傳? 棋局動隨幽澗竹,袈裟憶上泛湖船。聞君話我爲官在,頭白昏昏只醉眠。"可謂情深意長。開元末,又有《巳上人茅齋》詩:"巳公茅屋下,可以賦新詩","空忝許詢輩,難酬支遁詞"。以許詢自比,以東晋高僧支遁稱譽巳公,可見二人來往頗密切。

天寶三載(744)四月,杜甫與被"賜金放還"的李白在洛陽初識,一見之下,互爲傾倒,結爲莫逆之交。李白脱身朝廷欲尋仙訪道,於是兩人相約爲梁宋之遊。天寶四載(745),李白到齊州(今山東濟南,時改稱臨淄郡)紫極宫從道士高如貴受道籙,成爲正式的道教徒。同年秋,二人又在兖州(時已改稱魯郡)相會。曾同上東蒙山,訪道于董煉師和元逸人,即《昔遊》詩所謂"東蒙赴舊隱,尚憶同志樂",《玄都壇歌寄元逸人》所説"故人昔隱東蒙峰,已佩含景蒼精龍"。秋末,二人在魯郡東石門作别,杜甫《贈李白》云:"秋來相顧尚飄蓬,未就丹砂愧葛洪。"深爲求仙訪道無成而惋惜。在此期間,還曾渡過黄河,入王屋山訪道士華蓋君,因其已死,遂悵然而歸。大曆年間,杜甫在夔州作《昔遊》詩追叙其事云:"昔謁華蓋君,深求洞宫脚。玉棺已上天,白日亦寂寞。"《憶昔行》亦云:"憶昔北尋小有洞,洪河怒濤過輕舸。辛勤不見華蓋君,艮岑青輝慘么麽。"

後杜甫居成都草堂時,曾煉丹以期延年益壽,所謂"錦里殘丹竈,花溪得釣綸"(《贈王二十四侍御契四十韻》)。在"漂泊西南"時期,他與僧道的交往頗爲頻繁。杜甫直接寫及僧道寺觀的詩約有五六十首。如長安大雲寺主贊上人因同屬房(琯)黨,被貶秦州安置,可謂同病相憐,杜甫題贈他的詩就有九首,"與子成二老,來往亦風流"(《寄贊上人》),直是惺惺相惜。《謁文公上方》曰:"王侯與螻蟻,同盡隨丘墟。願聞第一義,回向心地初。"《秋日夔府詠懷奉寄鄭監李賓客一百韻》云:"身許雙峰寺,門求七祖禪。""晚聞多妙教,卒踐塞前愆。"

關於禪宗七祖爲誰,或謂南宗七祖神會,或謂北宗七祖普寂,争論不休,迄無定論。我傾向於普寂。與杜甫同時的王維之弟王縉所撰《東京大敬愛寺大證禪師碑》即云:"始自達摩,傳付慧可,可傳僧璨,璨傳道信,信傳宏忍,忍傳大通,大通傳大照,大照傳廣德,廣德傳大師(按即大證禪師),一一授香(手),一一摩頂,相承如嫡,密付法印。"①大通即神秀,大照即普寂。李華《潤州天鄉寺故大德雲禪師碑》云:"自菩提達摩降及大照禪師,七葉相乘,謂之七祖。"②李華所撰《故中岳越禪師塔記》又云:"摩訶達摩以智月開瞽,法雷破聾,七葉至大照大師。"③李邕《大照禪師塔銘》亦云:"(開元)二十七年秋七月,(普寂)誨門人曰:'吾受托先師,傳兹密印,遠自達摩菩薩導于可,可進於璨,璨鍾於信,信傳於忍,忍授於大通,大通貽於吾,今七葉矣。'"④普寂爲北宗七祖已無問題,而杜

---

① 王縉《東京大敬愛寺大證禪師碑》,《文苑英華》卷八六二,中華書局影印本,第4552頁。

② 李華《潤州天鄉寺故大德雲禪師碑》,《文苑英華》卷八六一,第4547頁。

③ 李華《故中岳越禪師塔記》,《文苑英華》卷八二〇,第4329頁。

④ 李邕《大照禪師塔銘》,董誥等編《全唐文》卷二六二,中華書局1983年影印本。

甫生前,神會尚未正式封爲南宗七祖。争論杜甫所説“七祖”爲誰的學者,大都忽略了一個細節,就是杜甫有一首《驄馬行》,題下注云:“太常梁卿敕賜馬也。李鄧公愛而有之,命甫製詩。”“李鄧公”爲誰?陶敏疑爲李行休。陶敏《杜甫交遊續考》云:“李鄧公諸家未注,疑是李行休。《新唐書・宗室世系》下紀王房:‘鄧國公、汝州刺史行休。’乃紀王李慎之孫,義陽郡王李琮之子。杜甫《祭外祖祖母文》:‘紀國則夫人之門。’仇兆鰲注云:‘公之外母,紀王之孫、義陽之女也。’李行休是杜甫外祖母的兄弟,也就是杜甫的舅外公了。”①李行休是杜甫的舅外公。而李行休的夫人韋氏則是北宗七祖普寂的忠誠信徒。河南縣尉高蓋于天寶九載(750)十一月十一日所撰《大唐故汝州刺史李府君夫人鄧國夫人韋氏墓志銘并序》云:“夫人諱小孩,京兆人也。”“年十八,歸我汝州府君,府君早歸才傑,累典藩郡”,“逮府君冥寞朝露,而夫人低回晝哭。服喪之後,禪悦爲心,嘗依止大照禪師,廣通方便”。“以天寶九載六月廿八日寢疾終於洛陽縣履順里之私第,以其載十一月十一日合祔於汝州府君之舊塋,禮也。”②這裏墓主李夫人封鄧國夫人,其夫爲汝州刺史。而《新唐書・宗室世系表下》載李行休亦爲“鄧國公、汝州刺史”。據此,李夫人韋氏必爲李行休之妻。《墓志銘》中所説“大照禪師”,即北宗七祖普寂。想來作爲虔誠佛教徒的杜甫二姑母,信奉的也當是北宗。

杜甫在夔州還寫有《秋野五首》,其一云:“盤飧老夫食,分減及溪魚。”“分減”,是佛教用語,出自《華嚴經》。在實叉難陀所譯《大方廣佛華嚴經》卷二一中出現了三次,説菩薩行十種施,“分減施”爲其一。“何爲菩薩分減施?此菩薩禀性仁慈,好行惠施,若得美

① 陶敏《杜甫交遊續考》,《杜甫研究學刊》1989年第2期。

② 高蓋《大唐故汝州刺史李府君夫人鄧國夫人韋氏墓志銘并序》,《千唐志齋藏志》八五六。

味,不專自受,要與衆生,然後方食。凡所受物,悉亦如是。"[1]杜甫出生時,已是實叉難陀所譯《華嚴經》完成十三年後,而到杜甫寫《秋野五首》時,此本《華嚴經》已流播於世近七十年了。杜詩本此,極切其意。而與前述"棗熟從人打"、"藥許鄰人劚"、"拾穗許村童"、"減米散同舟,路難思共濟"、"築場憐穴蟻"、"願分竹實及螻蟻,盡使鴟鴞相怒號"云云,皆此仁人情懷。這都證明杜甫對佛教的嚮往。但"未能割妻子,卜宅近前峰"(《謁真諦寺禪師》),深深依戀現實和關切民生的杜甫,終未成爲和尚或道士。因此,説杜甫雖曾慕道而不溺仙,深通佛理而不佞佛,大致是不錯的。

基於以上對儒釋道的認識和踐行,熱愛生活、珍惜生命的杜甫逐漸形成了自己"物我一體"的生態觀。中國傳統的儒家思想强調"天人合一"。所謂"天人合一",講的就是人與自然萬物的關係。孟子提出了"仁民而愛物"[2],將"仁愛"的精神和情感由對人擴大到對待萬物,用仁愛之心將人與萬物構成一個整體,所以他又説:"萬物皆備於我。"《禮記·中庸》亦曰:"萬物並育而不相害。"[3]後來的程朱理學更明確提出"仁者以天地萬物爲一體"[4]。道家的莊子也説:"天地與我並生,而萬物與我爲一。"[5]後來的道教更强調要慈愛一切生命,甚至認爲植物和人一樣具有生命靈性。"戒殺生"是道教大戒,内容十分具體。佛教既反對殺生,更倡導護生,佛陀即説"慈忍護念衆生"。所以在人與"物"、人與自然的關係處理上,儒釋道是相通的。

由此出發,杜甫認爲人與自然萬物應當和諧相處,人更應該珍

---

① 實叉難陀所譯《大方廣佛華嚴經》卷二一,《大正新修大藏經》第10册。

② 《孟子·盡心上》,《十三經注疏》本,中華書局1980年版。

③ 《禮記·中庸》,《十三經注疏》本,中華書局1980年版。

④ 《二程遺書》卷二上程顥語,朱熹編,文淵閣《四庫全書》影印本。

⑤ 《莊子注》卷一《齊物論第二》,郭象注,文淵閣《四庫全書》影印本。

惜自然萬物,而不應該暴殄天物。他于天寶十載(751)所作《樂遊園歌》即云:"一物自荷皇天慈。"這裏"一物",當指一草一木。"皇天慈",大自然的恩慈。意謂當此春和日暖之時,一草一木,自當皆荷皇天之慈。杜甫在其後詩中,屢屢提到"一物"。《枯椶》云:"傷時苦軍乏,一物官盡取。"《重贈鄭煉絶句》云:"鄭子將行罷使臣,囊無一物獻尊親。"《八哀詩・贈太子太師汝陽郡王璡》云:"王每中一物,手自與金銀。"《秋野五首》其二云:"易識浮生理,難教一物違。"《雷》云:"萬邦但各業,一物休盡取。"《回棹》云:"勞生繫一物,爲客費多年。"《朝享太廟賦》云:"恐一物之失所,懼先王之咎徵。"《有事於南郊賦》云:"珊瑚翡翠,此一物何疑。"或指人,或指物,或泛指。《淮南子・精神訓》云:"譬吾處於天下也,亦爲一物矣。不識天下之以我備其物與,且惟無我而物無不備者乎?然則我亦物也,物亦物也,物之與物也,又何以相物也。"是"人"亦"一物"。一物不可違其性,當各適其性,各得其宜,各得其所,不可"盡取",不使"失所",故"水深魚極樂,林茂鳥知歸"(《秋野五首》其二),"自去自來堂上燕,相親相近水中鷗"(《江村》)。《後遊》云:"江山如有待,花柳更無私。"二句語中見道,覺心融意愜,物我同適。《江亭》云:"坦腹江亭暖,長吟野望時。水流心不競,雲在意俱遲。寂寂春將晚,欣欣物自私。""心不競",言與物無忤。董養性曰:"二聯有與物無間意。三聯有萬物各得其所意。公嘗云'花柳更無私',此言'物自私',雖若不同,其實一意,蓋所謂私者,非有我之私也。"①趙星海曰:"'有私'是各遂其性,'無私'是同適其天。"②《觀打魚歌》云:"魴魚肥美知第一,既飽歡娱亦蕭瑟。君不見朝來割素鬐,咫尺波濤永相失。"鍾惺曰:"(既飽歡娱亦蕭瑟)七

①　董養性《杜工部詩選注》卷二,日本藏本。

②　趙星海《杜解傳薪》卷三之三,稿本。

字説得口腹人敗興，抵得一篇戒殺文。”①《又觀打魚》云：“吾徒胡爲縱此樂？暴殄天物聖所哀。”張溍曰：“二詩皆以戒殺爲旨。”②《麂》云：“亂世輕全物，微聲及禍樞。衣冠兼盜賊，饕餮用斯須。”“輕全物”，即不以全活物命爲意，是説殘忍好殺。盜賊草菅人命，達官貴人爲滿足口腹之欲，不惜戕物命於斯須，則衣冠亦等同于盜賊矣。又《白小》云：“生成猶拾卵，盡取義何如？”朱鶴齡曰：“言生成之道，卵猶不忍棄，魚雖小而盡取之，豈得爲義乎？”③盡取亦不仁！杜甫很注意保護生態，認爲不應當殺雞取卵，竭澤而漁。《題桃樹》云：“小徑升堂舊不斜，五株桃樹亦從遮。高秋總饋貧人實，來歲還舒滿眼花。簾户每宜通乳燕，兒童莫信打慈鴉。寡妻群盜非今日，天下車書已一家。”因桃樹而念及貧人，因貧人而念及禽鳥，而遂及寡妻群盜，寓民胞物與之懷於吟花弄鳥之際，仁民愛物之心一時俱到。佚名《杜詩言志》卷八評云：“儒者動言天地萬物爲一體，而皆未嘗説得明白諦當。惟《西銘》一篇，略見大意，然亦説個體段腔子，不能盡其情實。”“惟讀先生此詩，則一歌一詠，躍然言下。”④在夔州寫的《催宗文樹雞栅》，盧元昌評曰：“篇中亦見仁至義盡。念其生成，春卵不食，仁也。人畜有別，驅之栅籠，義也。螻蟻免噬，狐狸亦絶，義中之仁。長幼不混，勍敵亦均，仁中之義。”⑤《縛雞行》則在對日常生活小事的描寫中，蘊含深刻的道理，表現了詩人惜微全物的仁者情懷。《秋野五首》其一云：“棗熟從人打，葵荒欲自鋤。盤飧老夫食，分減及溪魚。”王嗣奭曰：“‘棗從人打’，則人己一視；‘葵欲自鋤’，則貴賤一視；‘盤飧及溪魚’，則物我一

---

① 《唐詩歸》卷二〇《盛唐十五》，《續修四庫全書》本，第 1590 册，第 73 頁。

② 張溍《讀書堂杜詩注解》卷八，《杜詩叢刊》本。

③ 朱鶴齡《杜工部詩集輯注》卷一七，清康熙間金陵葉永茹萬卷樓刻本。

④ 佚名《杜詩言志》卷八，江蘇人民出版社 1983 年版。

⑤ 盧元昌《杜詩闡》卷二二，康熙二十五年書林刊本。

視。非見道何以有此!"①大曆四年(769)在湖南所作《岳麓山道林二寺行》更云:"一重一掩吾肺腑,山鳥山花吾友于。""一重一掩",謂山也;"肺腑",猶言親戚,同姓異姓並稱;"友于",謂兄弟也。二句意謂山巒一重一掩,如吾肺腑之親;山鳥山花,如吾兄弟之情,真所謂"物我一體"了。

杜甫這種"物我一體"生態觀的形成,是與他的性格、教養、經歷和時代影響分不開的。杜甫雅愛自然,性喜林泉。其《寄題江外草堂》云:"我生性放誕,雅欲逃自然。嗜酒愛風竹,卜居必林泉。"《客堂》詩云:"居然綰章紱,受性本幽獨。平生憩息地,必種數竿竹。"所以他在成都西郊浣花溪畔建草堂時,就很注意環境的整治。於是他不厭其煩地向成都縣令蕭實乞要桃栽一百根,向綿谷縣令韋續覓綿竹,向綿谷縣尉何邕覓榿木數百栽,向涪城縣尉韋班覓松樹子栽,並向韋班乞要大邑瓷碗,又向徐知道覓果栽。"經營上元(760)始,斷手寶應(762)年",歷經三年之久,方建成草堂,可見他對居住環境和自然生態的重視。在顛沛流離的艱苦歲月裏,杜甫身患多種疾病,所以他很注意保健養生,每住一處,只要有可能,他都自己採藥或種植藥材。《秦州雜詩二十首》其十六云:"採藥吾將老。"《太平寺泉眼》云:"何當宅下流,餘潤通藥圃?三春濕黄精,一食生毛羽。"贊歎太平寺泉眼的神異以及環境的幽美,表示要在此卜居,服食修煉。在成都草堂,他自己"開藥圃"(亦稱"藥欄")種藥材,"種藥扶衰病"(《遠遊》),爲的是保健治病。杜甫的可貴之處,就在於他能由己及人,由人及物,達到我與人、人與物、人與環境、人與自然的和諧相處。正如仇兆鰲所云:"士大夫能視物我一體,則無自私自利之懷。少陵傷茅屋之破,則思廣廈萬間,以庇寒士;念草堂則曰'干戈未偃息,安得酣歌眠';詠四松則曰'敢爲故

① 《杜臆》卷九,第329頁。

林主,黎庶猶未康’。觸處皆仁心發露,稷离之徒也。”①

杜甫被尊爲“詩聖”。所謂聖,包括兩個方面,一是他的詩藝達到爐火純青、登峰造極的極高水平,一是道德修養達到極高的境界,足以爲人師表,成人楷模,爲人們所景仰和崇拜。對此,杜甫是當之無愧的,所以他又被尊奉爲世界文化名人。

四

作爲世界文化名人的杜甫,對中國文學産生了廣泛而深遠的影響。可以説,杜甫之後的一千多年,中國詩壇上的傑出詩人,幾乎没有一個不是受他影響的。唐代元稹、白居易、張籍、王建、劉禹錫、韓愈、孟郊、賈島、李賀、李商隱、杜牧、皮日休、陸龜蒙、韓偓、韋莊等,宋代王安石、蘇軾、黄庭堅、陳師道、陳與義、陸游、辛棄疾、文天祥等,金代元好問等,明代袁凱、李夢陽、鄭善夫、陳子龍等,清代錢謙益等,無不推尊杜甫,學習杜甫。杜甫是我國優秀傳統文化的典型代表。他的詩歌,堪稱中國古典詩歌的範本;他的人格,堪稱中華民族文人品格的楷模;他的思想,堪稱中華民族傳統思想的精華。詩聖杜甫那種憂國憂民無已時、君聖民安死方休的崇高精神,在其後一千多年的歷史中,特别是在中華民族國難深重、危亡在即的關鍵時刻,不知影響和鼓舞了多少仁人志士,爲民族的振興、國家的强盛、人民的幸福而英勇獻身! 宋末文天祥被囚元人獄中,至死不屈,集杜句成詩200首。他在《集杜詩・自序》中説:“凡吾意所欲言者,子美先爲代言之。日玩之不置,但覺爲吾詩,忘其爲子美詩也。乃知子美非能自爲詩。詩句自是人情性中語,煩子美道耳。子美於吾隔數百年,而其言語爲吾用,非情性同哉!”②抗日戰

① 《杜詩詳注》卷一二《寄題江外草堂》注,第1015—1016頁。

② 文天祥《集杜詩・自序》,《文信國集杜詩》卷首,文淵閣《四庫全書》影印本。

争勝利後,錢來蘇在《關於杜甫》一文中説:"他是我們中華民族歷史上最有骨頭的一個人。他在顛沛流亡艱難困苦的環境中,甚至要窮死餓死的時候,還總是念念不忘國家。他的詩總是唤起朝野的人們趕快的把胡寇逐出中國去。他的詩集裏表現民族氣節,民族意識的作品,是很多的。"[①]聞一多更稱譽杜甫是"中國有史以來第一個大詩人,四千年文化中最莊嚴、最瑰麗、最永久的一道光彩"[②]。繼承和發揚杜甫留給我們的這份寶貴遺産,對傳承文明、弘揚中華民族的優秀傳統,提高民族自信心和凝聚力,繁榮新時代的文化事業和文藝創作,仍然具有重大的現實意義。

杜甫不僅是中國的,而且是世界的,他對世界文明作出的貢獻是不可低估的,他被戴上"世界文化名人"的桂冠是當之無愧的。杜詩在唐代就傳入日本,給日本文學以深遠影響。日本著名漢學家鈴木修次(1923—1989)《杜甫》即云:"杜甫,雖然是古人,但他的作品,已超越時間,不斷地給讀者以新的刺激和感動。杜詩修辭藝術技巧,不僅給現在的中國詩人,也包括日本詩人以很大影響。杜甫苦心經營語言、觀察事物之精細,令人吃驚。杜甫是超越時間、具有永恒價值的詩人。以'詩聖'名杜甫,不限於中國風土與歷史,即使從全世界角度看,也同様如此。"[③]杜詩很早也傳入朝鮮半島。高麗時期著名學者、詩人李仁老(1152—1220)在《破賢集》卷中説:"自雅缺風亡,詩人皆推杜子美爲獨步,豈唯立語精硬,刮盡天地菁華而已。雖在一飯,未嘗忘君,毅然忠義之節,根於中而發於外,句句無非稷契口中流出,讀之足以使懦夫有立志,玲瓏其聲,

---

① 錢來蘇《關於杜甫》,延安《解放日報》1946年11月3日。

② 聞一多《唐詩雜論・杜甫》,上海古籍出版社1998年版,第135頁。

③ 鈴木修次《杜甫》,轉引自張忠綱主編《杜甫大辭典》,山東教育出版社2009年版,第663頁。

其質玉乎？蓋是也。”[①]韓國當代著名杜甫研究專家李丙疇説：“目前大約有12個國家用不同的語言對杜詩進行過翻譯，參加過注釋的就有千人。朝鮮在1481年刊印的《杜詩諺解》恐怕是世界上最早的一部譯作。世宗25年（1443），對當時最高級的學者進行了總動員，從開始翻譯，前後苦幹了40年。比日譯本早300年。”又説：“朝鮮實行科舉制度的時候，有40%的題目出自杜詩。故不讀杜詩者休想入科舉之門。申紫霞曾有語云‘家家尸祝’，就是説家家户户都把杜詩當作祭文來念。”[②]杜甫及其詩歌在歐美地區亦影響頗大。美國著名詩人、唐詩研究專家肯尼斯・魯克斯羅斯（漢名王紅公）是杜甫的忠實信徒和崇拜者，他曾説：“杜詩對我影響之巨，無人能比。我認爲，杜甫是有史以來最偉大的詩人。在某些方面，杜甫可超越莎士比亞或荷馬，其詩作更爲自然，更爲新切。”[③]杜甫的偉大之處，還在於他的詩歌創作藝術的超前性、現代性和世界性。正如美國著名漢學家宇文所安（斯蒂芬・歐文）説的那樣：“杜甫是最偉大的中國詩人。他的偉大基於一千多年來讀者的一致公認，以及中國和西方文學標準的罕見巧合。在中國詩歌傳統中，杜甫幾乎超越了評判，因爲正像莎士比亞在我們自己的傳統中，他的文學成就本身已成爲文學標準的歷史構成的一個重要部分。杜甫的偉大特質在於超出了文學史的有限範圍。”[④]研究杜甫，對促進國際文化交流，傳布中華文明，應對當前人類面臨的精神危機和道德危機，提高中華民族的國際影響力，增强民族自豪感，都有不可低估的作用。

---

① 李仁老《破賢集》，轉引自張忠綱主編《杜甫大辭典》，第762頁。

② 高光植《杜詩研究三十載——南朝鮮杜詩研究者李丙疇一席談》，《國外社會科學》1988年第5期。

③ 轉引自張忠綱主編《杜甫大辭典》，第776頁。

④ 宇文所安《盛唐詩》第十一章《杜甫》，生活・讀書・新知三聯書店2004年版，賈晋華譯本，第209頁。

第一章　杜甫生前杜詩流傳情況考辨

杜甫詩,流傳至今的,共有一千四百五十餘首。其中作於“安史之亂”以前的,僅有一百二十多首,其中作于困守長安時期(即天寶五載至天寶十四載,746—755)的就有百餘首;而絶大多數作品是“安史之亂”以後所作。所以,就現存資料來看,杜詩在天寶五載前,流傳尚不廣,杜甫的詩名並不高。唐玄宗天寶三載(744)四月,杜甫與李白相會於洛陽,後又同遊梁宋、齊魯,天寶四載秋,二人相别于魯郡(今山東兖州),從此再未晤面。李杜交誼成爲文壇佳話。在今傳杜甫贈、憶李白的十幾首詩中,對李白詩才的贊譽,可謂無以復加,佩服得五體投地。諸如什麽“白也詩無敵,飄然思不群。清新庾開府,俊逸鮑參軍”、“筆落驚風雨,詩成泣鬼神”、“李白一斗詩百篇”等等,不一而足。而在李白贈杜甫的詩中,如《魯郡東石門送杜二甫》《沙丘城下寄杜甫》,只叙友情,不及作詩之事,更没有對杜甫詩才的贊譽。就是傳爲李白所作的《戲贈杜甫》一詩:“飯顆山頭逢杜甫,頭戴笠子日卓午。借問何來太瘦生,總爲從前作詩苦。”①也只是關心杜甫耽於作詩的苦況,看不出對杜甫才情的贊揚。這與杜甫贈李白詩形成了鮮明的對比,以致後來有人認爲《戲贈杜甫》是李白在譏諷杜甫。這當然是值得商榷的,但却表明李白對杜甫的詩才並没有流露出欽羡之情。這種情況並不奇怪。因爲當時李白已詩名大著,又加上玄宗召見,更是名滿天下;而杜甫當時却没有多少名詩流傳,人微言輕,又比李白年小十一歲,自然得

① 《本事詩》,《歷代詩話續編》本,中華書局1983年版,第14頁。

不到受天子召見的大詩人李白的足够重視。就是到天寶十一載(752)秋,杜甫與高適、岑參、薛據、儲光羲等人,同登長安慈恩寺塔(即今西安大雁塔),每人都寫了詩。高適、杜甫與儲光羲的詩題都是《同諸公登慈恩寺塔》,杜詩題下自注云:"時高適、薛據先有此作。"岑參詩題爲《與高適薛據同登慈恩寺》,都特地提到了高適和薛據,而没有特别提到杜甫;惟薛詩今不存,具體情況無由揣測。之所以如此,一是因爲杜甫的年齡比高、薛都小十來歲,但岑參比杜甫小三歲,也没有提到杜甫,那麽,另一個原因,可能是杜甫當時的詩名還不大。杜甫在困守長安十年的後期,詩名已著,但他的詩名大震,還是在"安史之亂"前後數年間。

杜甫較早的獲得文壇名聲是在他獻《三大禮賦》之後,"玄宗奇之,召試文章"①,"憶獻三賦蓬萊宫,自怪一日聲烜赫。集賢學士如堵牆,觀我落筆中書堂","往時文采動人主"是毫不誇張的,"召試文章"自然不會不包括詩歌,圍觀如環堵的集賢殿學士都是官位、聲望極隆的人擔任,杜甫的名氣由此漸起是毫不奇怪的。"老夫清晨梳白頭,玄都道士來相訪。握髮呼兒延入户,手提新畫青松障"(《題李尊師松樹障子歌》),此詩作于乾元元年(758),玄都道士當是長安中道士,可知詩人彼時尚在左拾遺任上,道士上門求題詩,不是名滿京城,至少也有一定的詩名。杜甫結交了很多朋友,從他和友人的唱和酬答中,可以約略窺見杜甫詩在當時的接受情況:

> 同心不減骨肉親,每語見許文章伯。(杜甫《戲贈閿鄉秦少府短歌》)
>
> 豈有文章驚海内,漫勞車馬駐江干。(杜甫《賓至》)
>
> 可但步兵偏愛酒,也知光禄最能詩。(嚴武《巴嶺答杜二見憶》)

---

① 《舊唐書·杜甫傳》,中華書局1975年校點本,第5054頁。

鬱陶抱長策，義仗知者論。吾衰卧江漢，但愧識璵璠。文章一小技，於道未爲尊。（杜甫《貽華陽柳少府》）

雕蟲蒙記憶，烹鯉問沉綿。（杜甫《秋日夔府詠懷奉寄鄭監李賓客一百韻》）

念我能書數字至，將詩不必萬人傳。（杜甫《公安送韋二少府匡贊》）

才微歲晚尚虚名，卧病江湖春復生。（杜甫《酬郭十五判官》）

久客多枉友朋書，素書一月凡一束。虚名但蒙寒暄問，泛愛不救溝壑辱。（杜甫《暮秋枉裴道州手札率爾遣興寄近呈蘇涣侍御》）

所謂"見許文章伯"、"最能詩"者，是正面的褒獎，而"才微歲晚尚虚名"、"文章一小技"、"豈有文章驚海内"、"雕蟲蒙記憶"、"虚名但蒙寒暄問"、"將詩不必萬人傳"者是回應對方書信中稱揚的自謙語，可見，儘管當時限於戰亂，杜詩未能在大範圍内廣泛流傳，但是在朋友親知的小範圍裏，杜甫的詩歌得到了普遍認可，而隨着朋友親知的行蹤，想必也能得到稍爲廣泛的傳播。戎昱大曆三年（768）時爲荆南節度從事，其年三月杜甫至江陵，二人曾經見過面。宋陳振孫《直齋書録解題》謂其"弱冠謁杜甫于渚宫，一見禮遇"[①]。今人蔣寅指出："（戎昱詩）無論在立意遣詞還是在創作傾向上，都與杜詩有一脈相承的關係。"[②]可見，至晚在大曆年間，杜甫已經成爲詩人追摹思慕的對象。

此時，他已在詩壇取得了與李白並稱的地位。元稹《唐故工部員外郎杜君墓係銘并序》即云："時山東人李白，亦以奇文取稱，時

① 陳振孫《直齋書録解題》卷一六，文淵閣《四庫全書》影印本。

② 蔣寅《大曆詩人研究》，中華書局1995年版，第114頁。

人謂之李杜。"[①]五代後晋劉昫所撰《舊唐書·杜甫傳》亦云:"天寶末詩人,甫與李白齊名,而白自負文格放達,譏甫齷齪而有飯顆山之嘲誚。"[②]宋祁《新唐書·杜甫傳》則云:"少與李白齊名,時號李杜。"[③]言"少"不確,時杜甫已四十多歲。五代王贊《玄英先生詩集序》云:"杜甫雄鳴於至德、大曆間,而詩人或不尚之。嗚呼!子美之詩,可謂無聲無臭者矣。"[④](無聲無臭,語出《詩·大雅·文王》:"上天之載,無聲無臭。")就今存杜詩而言,説得是大致不錯的。乾元元年(758)春,中書舍人賈至作《早朝大明宫》詩,當時王維、岑參等著名詩人争相奉和,時任左拾遺的杜甫亦作有《奉和賈至舍人早朝大明宫》詩,一時傳爲佳話,可見詩名之盛。明人李日華評云:"唐人早朝詩,賈至倡詠,王維、岑参、杜甫和之,俱稱典麗。……杜真詩聖,三子咸當北面。"[⑤]"安史之亂"以前,杜甫已經創作了諸如《望嶽》《畫鷹》《房兵曹胡馬》《飲中八仙歌》《兵車行》《麗人行》《前出塞》《高都護驄馬行》《同諸公登慈恩寺塔》《自京赴奉先縣詠懷五百字》等好詩,但承平日久,人們對杜甫那些"窮年憂黎元,歎息腸内熱"的憂國憂民的詩句,或一時聽得不能入耳,"詩人或不尚之",對杜甫那種敏鋭的政治洞察力尚缺乏深刻的認識。"安史之亂"爆發,漁陽的鐵騎踏破了人們承平的酣夢,五十年間如反掌,痛定思痛,人們吟誦着杜甫那些富於真知灼見、誠摯深情、憂國憂民的光輝詩篇,才逐漸認識到杜甫的偉大和杜詩的價值。特别是杜甫身陷賊中不變節,冒死奔赴鳳翔行在,"麻鞋見天子,衣袖露兩肘"的愛國赤誠和崇高壯舉;他才受左拾遺即不顧個人身家性命,

---

① 元稹《唐故工部員外郎杜君墓係銘并序》,《元稹集》卷五六,中華書局冀勤校點本。

② 《舊唐書·杜甫傳》,第5055頁。

③ 《新唐書·杜甫傳》,中華書局1975年校點本,第5738頁。

④ 王贊《玄英先生詩集序》,方干《玄英先生詩集》卷首,抄本。

⑤ 李日華《恬致堂詩話》卷二,《叢書集成初編》本。

挺身而出疏救房琯的直臣形象,壯聲英概,令人生敬。這時,人們對杜甫的人品詩品才逐漸有了一個比較正確的認識。

就目前所見到的文獻資料而言,第一個對杜甫的詩才人品給予高度評價的,是任華的《雜言寄杜拾遺》詩:

> 杜拾遺,名甫第二才甚奇。任生與君别來已多時,何曾一日不相思。杜拾遺,知不知?昨日有人誦得數篇黄絹詞,吾怪異奇特借問,果然稱是杜二之所爲。勢攫虎豹,氣騰蛟螭。滄海無風似鼓蕩,華嶽平地欲奔馳。曹劉俯仰慚大敵,沈謝逡巡稱小兒。昔在帝城中,盛名君一個。諸人見所作,無不心膽破。郎官叢裏作狂歌,丞相閣中常醉卧。前年皇帝歸長安,承恩闊步青雲端。積翠扈遊花匼匝,披香寓直月團欒。英才特達承天睠,公卿誰不相欽羨。只緣汲黯好直言,遂使安仁却爲掾。如今避地錦城隅,幕下英僚每日相就提玉壺。半醉起舞捋髭鬚,乍低乍昂傍若無。古人制禮但爲防俗士,豈得爲君設之乎!而我不飛不鳴亦何以,只待朝廷有知己。曾讀却無限書,拙詩一句兩句在人耳。如今看之總無益,又不能崎嶇傍朝市。且當事耕稼,豈得便徒爾。南陽葛亮爲朋友,東山謝安作鄰里。閑常把琴弄,悶即攜樽起。鶯啼二月三月時,花發千山萬山裏。此時幽曠無人知,火急將書憑驛吏,爲報杜拾遺。①

任華,其籍貫,或曰秦中,或謂涪城,皆不確。任華《送標和尚歸南嶽便赴上都序》自云"樂安任華"②。樂安,西漢元朔五年(前124)封李蔡爲樂安侯,元狩五年(前118)國除爲縣,屬千乘郡。東

① 計敏夫《唐詩紀事》卷二二,文淵閣《四庫全書》影印本。

② 董誥等編《全唐文》卷三七六,第3823頁。下引任華文,均見此卷,不另注出。

漢屬樂安國,三國魏屬樂安郡。西晋廢入博昌縣。博昌,唐屬青州,即今山東博興。後爲求官,才到長安,其《與京尹杜中丞書》云:“僕到京輦,常以孤介自處。”《與庾中丞書》亦云:“華本野人,常思漁釣,尋常杖策,歸乎舊山,非有機心。”庾中丞則嘗稱譽“任子文辭,可爲卓絶”。又云:“足下文格,由來高妙,今所寄者,尤更新奇。”雖少有才華,但因其耿介狷直,傲岸不羈,敢於指責權貴,故投贈干謁,並不如意。任華到長安,約在天寶五載(746)前後。耐人尋味的是,任華流傳下來的作品,一共有文二十四篇,而詩只有三首,除了《雜言寄杜拾遺》和《懷素上人草書歌》外,還有一首《雜言寄李白》,詩云:

古來文章有能奔逸氣,聳高格,清人心神,驚人魂魄,我聞當今有李白。《大獵賦》,鴻猷文,嗤長卿,笑子雲,班張所作瑣細不入耳,未知卿、雲得在嗤笑限。登廬山,觀瀑布,“海風吹不斷,江月照還空”,余愛此兩句。登天台,望渤海,“雲垂大鵬飛,山壓巨鰲背”,斯言亦好在。至於他作多不拘常律,振擺超騰,既俊且逸。或醉中操紙,或興來走筆,手下忽然片雲飛,眼前劃見孤峰出。而我有時白日忽欲睡,睡覺欻然起攘臂。任生知有君,君也知有任生未?中間聞道在長安,及余戾止,君已江東訪元丹,邂逅不得見君面。每常把酒,向東望良久。見説往年在翰林,胸中矛戟何森森。新詩傳在宫人口,佳句不離明主心。身騎天馬多意氣,目送飛鴻對豪貴。承恩召入凡幾回,待詔歸來仍半醉。權臣妒盛名,群犬多吠聲。有敕放君却歸隱淪處,高歌大笑出關去。且向東山爲外臣,諸侯交迓馳朱輪。白璧一雙買交者,黄金百鎰相知人。平生傲岸,其志不可測。數十年爲客,未嘗一日低顔色。八詠樓中坦腹眠,五侯門下無心憶。繁花越臺上,細柳吴宫側。緑水青山知有君,白雲明月偏相識。養高兼養閑,可望不可攀。莊周萬物外,范蠡五湖間。人傳訪道滄海上,丁令王喬每往還。蓬萊徑是曾到來,方丈豈唯方一丈。伊余每欲乘興往相尋,江湖擁隔勞寸心。今朝忽遇東飛翼,寄此一章表胸臆。儻能報我一片言,但訪任華有人識。①

李白與杜甫在天寶四載秋相别于魯郡,五載即有江東之遊。觀詩中"中間聞道在長安,及余戾止,君已江東訪元丹,邂逅不得見君面"云云,則知任華到長安,最早不得早于天寶五載。詩中提到的《大獵賦》,係作于天寶初李白被唐玄宗徵召之時。所云"海風吹不斷,江月照還空",係李白《望廬山瀑布》詩句;而《望廬山瀑布》詩,大多認爲作於開元年間;所云"雲垂大鵬飛,山壓巨鰲背",則係李白《天台曉望》詩句,只是個别字句有異;而《天台曉望》詩,或云開元十五年作,或云天寶元年作,或云天寶四載作,主張最晚者亦在天寶六載。而五載春,杜甫已在長安,作《春日憶李白》詩可證。觀任贊白詩有"振擺超騰,既俊且逸"的話,顯係化用杜譽白詩"清新庾開府,俊逸鮑參軍"之語,則可肯定任詩作于杜詩之後,當在天寶五、六載間,或者更晚些。那麽,任華與杜甫相識,當在此時。觀任寄杜詩有"任生與君别來已多時,何曾一日不相思","昔在帝城中,盛名君一個",則任、杜相識必在長安無疑,且友情頗篤,相知甚深,故任華對杜甫的爲人和遭遇瞭若指掌。高適有一首《贈任華》詩云:"丈夫結交須結貧,貧者結交交始親。世人不解結交者,惟重黄金不重人。黄金雖多有盡時,結交一成無竭期。君不見管仲與鮑叔,至今留名名不移。"劉開揚《高適詩集編年箋注》定此詩作于天寶十一載。時杜甫在長安,秋與高適、岑參、儲光羲、薛據等人同登慈恩寺塔,作有著名的《同諸公登慈恩寺塔》詩。劉開揚還認爲高適的《贈任華》與杜甫的《貧交行》爲同時之作:"杜甫有《貧交

① 《唐詩紀事》卷二二,文淵閣《四庫全書》影印本。

行》,梁權道編在天寶十一載(752),詩云:'翻手作雲覆手雨,紛紛輕薄何須數?君不見管鮑貧時交,此道今人棄如土!'高適此詩正與杜詩意同,結句均以君不見及管鮑爲言,或爲同時所作。"[①]大約至德前後,任華曾任過秘書省校書郎、太常寺屬吏、監察御史等職。任華有《上嚴大夫箋》。嚴大夫,即嚴武。此箋作於何時?則須考察嚴武與任華的行迹。嚴武于乾元元年(758)六月被貶巴州刺史。上元元年(760)四月,嚴武尚在巴州。據武《巴州古佛龕記》云:"山南西道度支判官衛尉少卿兼侍御史内供奉嚴武奏:臣頃牧巴州……乾元三年四月十三日。"[②]乾元三年即上元元年,是年閏四月改元。據此,嚴武離開巴州遷綿州刺史,最早亦在四月。後遷東川節度使,又遷劍南節度使。《舊唐書·嚴武傳》載:"上皇誥以劍兩川合爲一道,拜武成都尹、兼御史大夫,充劍南節度使。"[③]而具體時間,新、舊《唐書》均語焉不詳。錢謙益注《八哀詩·贈左僕射鄭國公嚴公武》"四登會府地,三掌華陽兵"引趙抃《玉壘記》云:"上元二年,東劍段子璋反,李奐走成都,崔光遠命花驚定平之,縱兵剽掠士女,至斷腕取金,監軍按其罪,冬十月恚死,其月廷命嚴武。"[④]而魯訔《年譜》引《玉壘記》作"十二月恚死"[⑤]。則嚴武到成都上任,當在上元二年底或三年初(上元三年四月改元寶應)。時杜甫居西郊草堂,二人過從甚密。武經常去拜訪杜甫,並攜酒饌與甫宴飲,竹裏行廚,花邊立馬,野亭歡宴,很是親熱。甫亦經常訪武,同詠蜀道畫圖,同登西城晚眺,生活過得很愜意。這時期,嚴武在經濟上經常接濟杜甫。四月,玄宗、肅宗相繼去世,代宗即位,召武還朝。

---

① 劉開揚《高適詩集編年箋注》,中華書局1981年版,第242頁。

② 《唐文拾遺》卷二二,中華書局1983年影印本。

③ 《舊唐書·嚴武傳》,第3395頁。

④ 錢謙益《錢注杜詩》卷七,上海古籍出版社1979年版,第205頁。

⑤ 《分門集注杜工部詩》卷首,《四部叢刊》景宋本。

七月,嚴武入朝,杜甫一直送他到綿州奉濟驛。任華《上嚴大夫箋》,或爲此時所作歟?但《舊唐書・嚴武傳》又曰:"入爲太子賓客,遷京兆尹、兼御史大夫。二聖山陵,以武爲橋道使。無何,罷兼御史大夫,改吏部侍郎,尋遷黄門侍郎。……復拜成都尹,充劍南節度等使。"①似乎廣德二年(764)正月,嚴武以黄門侍郎拜成都尹充劍南節度使時,已不兼御史大夫了。其實不然。岑參有一首《送嚴黄門拜御史大夫再鎮蜀川兼覲省》:"授鉞辭金殿,承恩戀玉墀。登壇漢主用,講德蜀人思。副相韓安國,黄門向子期。刀州重入夢,劍閣再題詞。春草連青綬,晴花間赤旗。山鶯朝送酒,江月夜供詩。許國分憂日,榮親色養時。蒼生望已久,來去不應遲。"②《資治通鑑》廣德二年載:"(正月)癸卯,合劍南東、西川爲一道,以黄門侍郎嚴武爲節度使。"胡三省注:"此年始合東、西川爲一道,豈上皇誥所合!新、舊傳(指新、舊《唐書・嚴武傳》)皆誤。"③故諸家定岑詩爲廣德二年春作。時任華隱居綿州涪城,《上嚴大夫箋》即云:"僕隱居巖壑,積有歲年,銷宦情於浮雲,擲世事於流水。今者輟魚釣,詣旌麾……"又自稱"逸人"、"野客",五年後所作《秦中奉送前涪城賀拔明府歸蜀序》説到他在涪城時亦自稱"編户"。觀箋所云,華與武早已相識。但在箋中,對嚴武多所批評,責其失在於倨,闕在於恕,只有遇士誡於倨,撫下弘以恕,才可以長守富貴。自謂"將投公藥石之言,療公膏肓之疾"。言辭相當激烈,完全是教訓的口氣。他的倨傲,自然得不到嚴武的賞識。聯繫《舊唐書・嚴武傳》云:"前後在蜀累年,肆志逞欲,恣行猛政。梓州刺史章彝初爲武判官,及是小不副意,赴成都杖殺之,由是威震一方。"④聞一多

① 《舊唐書・嚴武傳》,第3395—3396頁。
② 《全唐詩》卷二〇一,第2100頁。
③ 《資治通鑑》卷二二四,中華書局1956年版,第7159頁。
④ 《舊唐書・嚴武傳》,第3396頁。

《少陵先生年譜會箋》廣德二年云:“二月,嚴武再鎮蜀。章彝罷梓州刺史東川留後,將入朝,嚴武因事殺之。”①則《上嚴大夫箋》當作于嚴武再鎮成都時。這首《雜言寄杜拾遺》,亦當作於此時前後。杜甫寶應二年(是年七月改元廣德)春曾到涪城,有《涪城縣香積寺官閣》等詩。觀任詩中有“鶯啼二月三月時,花發千山萬山裏”之句,則是年春天,二人或曾相遇。廣德二年六月,嚴武表薦杜甫爲節度參謀、檢校工部員外郎,賜緋魚袋。觀任詩云“如今避地錦城隅,幕下英僚每日相就提玉壺。半醉起舞捋髭鬚,乍低乍昂傍若無。古人制禮但爲防俗士,豈得爲君設之乎!”則任詩必作于杜入嚴武幕後。與《上嚴大夫箋》迥然不同,《雜言寄杜拾遺》則對杜甫揄揚有加。該詩内容主要有三:一是盛贊杜甫的詩才。“昔在帝城中,盛名君一個。諸人見所作,無不心膽破。”可見杜甫當時在國都長安已詩壓群雄。二是欽敬杜甫的性格疏放,不遵禮俗,直言敢諫。“只緣汲黯好直言,遂使安仁却爲掾”,即是指杜甫的疏救房琯,被貶華州司功參軍。三是叙述二人的深厚友誼及對杜甫的思念之情。從詩中所云,可知任華對杜甫當時的生存狀態相當熟悉。從“昨日有人誦得數篇黄絹詞,吾怪異奇特借問,果然稱是杜二之所爲”幾句,可見杜甫的詩,在當時已廣泛流傳,膾炙人口。就對杜詩的評價而言,此前當以任華此詩爲最高。嚴武入朝,剛離開成都,劍南兵馬使徐知道即造反作亂,並扼守劍閣,阻塞嚴武歸路。武在巴山受阻,直到九月尚未出川。時流寓梓州(今四川三台)的杜甫聽到消息,很是不安,遂寫《九日奉寄嚴大夫》詩以致慰問。武讀詩後,很是感動,即寫《巴嶺答杜二見憶》詩回贈。而在詩中,他也只是將杜甫比作能詩的阮籍和顔延年:“可但步兵偏愛酒,也知光禄最能詩。”②另據《杜詩鏡銓》卷一〇《涪江泛舟送韋班歸京》引

① 《唐詩雜論》,第79頁。

② 《杜詩詳注》卷一一附,第935頁。

宋犖評:"'花遠'二句(按:指'花遠重重樹,雲輕處處山'二句),王摩詰繪成圖,杜詩已爲當時所重如此!"楊倫按:"此圖見董元宰《畫禪室跋語》。"①但《涪江泛舟送韋班歸京》作于寶應二年春杜甫流寓梓州時,而此時王維已死。何以致此?很值得研究。究其原因,不外三端:或所記有誤;或宋犖所見爲贋品;或王維卒年當推後。但不管怎樣,都説明杜詩的爲世所重。大曆四年(769)春,杜甫在衡陽遇郭受,郭受時爲湖南觀察判官,寫有《杜員外兄垂示詩因作此寄上》:"新詩海内流傳遍,舊德朝中屬望勞。郡邑地卑饒霧雨,江湖天闊足風濤。松花酒熟旁看醉,蓮葉舟輕自學操。春興不知凡幾首,衡陽紙價頓能高。"仇兆鰲評曰:"首尾,贊杜公詩才。中四,記舟次景事。少陵詩名,久爲朝中推重,今於霧雨風濤中,酌酒乘舟,興到詩成,能令衡陽紙貴矣。"②王夫之評此詩曰:"首尾無端,如環皆玉。"③秋,杜甫在潭州(今湖南長沙)又遇將赴韶州刺史任的韋迢。二人分别,韋迢以《潭州留别杜員外院長》相贈,中云:"大名詩獨步,小郡海西偏。"④杜甫爲作《潭州送韋員外迢牧韶州》,後韋迢又作《早發湘潭寄杜員外院長》詩,稱杜甫爲"故人湖外客,白首尚爲郎"。杜甫又作《酬韋韶州見寄》,亦稱韋迢爲"故人"。大曆五年(770)春,杜甫作《送魏二十四司直充嶺南掌選崔郎中判官兼寄韋韶州》詩,又特别提到"憑報韶州牧,新詩昨寄將"。韋迢何人?《舊唐書·韋夏卿傳》云:"父迢,檢校都官郎中、嶺南節度行軍司馬。"⑤原來他就是後來爲元稹岳父的韋夏卿的父親。四十多年後,杜甫之孫杜嗣業之所以請元稹爲其祖父寫《墓係銘》,當

① 《杜詩鏡銓》卷一〇,第439頁。

② 《杜詩詳注》卷二二,第1982頁。

③ 王夫之《唐詩評選》卷四,文化藝術出版社1997年王學太校點本,第185頁。

④ 《杜詩詳注》卷二二附,第1995頁。下引韋詩亦見此卷。

⑤ 《舊唐書·韋夏卿傳》,第4297頁。

源於此。據郭、韋詩所云，則杜甫當時已名滿天下了。而據樊晃《杜工部小集序》所載，杜甫生前，就已有文集六十卷行世。樊晃編《杜工部小集》，是在潤州（今江蘇鎮江）刺史任上，時當大曆五至七年間。以《杜工部小集》六卷收文二百九十篇計，六十卷收文當在三千篇左右。杜甫自云四十歲時已作文一千餘篇，而今存四十歲以前杜甫詩文才百篇左右，以此比例，又以杜甫對待創作的嚴肅態度，可以推知六十卷文集，或係杜甫晚年自己删削修訂而成。後白居易在《與元九書》中云："詩之豪者，世稱李杜之作。……杜詩最多，可傳者千餘首。"①宋人王令《讀老杜詩集》云："鐫鑱物象三千首，照耀乾坤四百春。"②鄭俠《送杜靖國知連州》亦云："子美大雅三千篇，昭昭勸戒日月懸。"③黄庭堅《韓忠獻詩杜正獻草書》云："杜子美一生窮餓，作詩數千篇，與日月争光。"④李綱《讀陳子直短歌三復而悲之次其韵》亦云："君不見韓昌黎，文章二百年。又不見杜陵老，風月三千首。號寒啼飢四壁空，謾有篇章在人口。"⑤當是見諸記載的。而據蔡夢弼《杜工部草堂詩箋》、錢謙益《錢注杜詩》、朱鶴齡《杜工部詩集輯注》和仇兆鰲《杜詩詳注》所標明涉及樊晃《杜工部小集》的61首詩，最早的《城西陂泛舟》作于天寶十三載春，最晚的《暮秋將歸秦留别湖南幕府親友》作於大曆五年暮秋。除了四五首外，其餘都作於"安史之亂"以後，而且亂後杜甫所經各地所作之詩都有存録，特别是杜甫將死之前在"江漢之南"的湖南所作之詩，很快就流傳到了潤州（今江蘇鎮江）一帶，可見杜詩的流傳之廣，傳播之快，影響之大。

---

① 《白氏長慶集》卷四五，文淵閣《四庫全書》影印本。
② 王令《廣陵先生文集》卷一一，文淵閣《四庫全書》影印本。
③ 鄭俠《西塘集》卷九，文淵閣《四庫全書》影印本。
④ 黄庭堅《豫章黄先生文集》卷二六，明刻本。
⑤ 李綱《梁谿集》卷一五，文淵閣《四庫全書》影印本。

但不論郭受、韋迢,還是樊晃,雖對杜甫備極推崇,可都未與李白相提並論。李杜連文並提,最早者爲誰?有人因爲中華書局出版的《古典文學研究資料彙編・杜甫卷》把楊憑排在了韓愈等人的前面,就以爲是楊憑。楊憑是柳宗元的岳父,他有一首《贈竇牟》詩:"直用天才衆却瞋,應欺李杜久爲塵。南荒不死中華老,别玉翻同西國人。"[①]竇牟和詩《奉酬楊侍郎十兄見贈之作》亦云:"翠羽雕蟲日日新,翰林工部欲何神。自悲由瑟無彈處,今作關西門下人。"[②]楊憑詩原附《竇氏聯珠集》竇牟卷,署銜爲"恭王傅楊憑",此前他曾任刑部侍郎。據陶敏考證,詩約作於元和七年(812)[③]。而孟郊的《戲贈無本》:"可惜李杜死,不見此狂癡。"[④]作於元和六年,還要早于楊憑。當然,使用李杜連文最多最有名的還是韓愈。貞元十四年(798),韓愈在《醉留東野》中云:"昔年因讀李白杜甫詩,長恨二人不相從。吾與東野生並世,如何復躡二子蹤。"[⑤]這要比楊憑早了十多年。元和元年春,在江陵作《感春四首》其二云:"近憐李杜無檢束,爛漫長醉多文辭。"[⑥]元和六年,作《石鼓歌》云:"張生手持石鼓文,勸我試作石鼓歌。少陵無人謫仙死,才薄將奈石鼓何?"[⑦]同年又作《酬司門盧四兄雲夫院長望秋作》云:"高揖群公謝名譽,遠追甫白感至誠。"[⑧]最有名的是元和十一年作的《調張籍》:"李杜文章在,光焰萬丈長。不知群兒愚,那用故謗傷?蚍蜉撼大

① 楊憑《贈竇牟》,《全唐詩》卷二八九。

② 竇牟《奉酬楊侍郎十兄見贈之作》,《全唐詩》卷二七一。

③ 陶敏《全唐詩人名考證》,陝西人民教育出版社 1996 年版,第 372 頁。

④ 孟郊《戲贈無本二首》其一,《全唐詩》卷三七七。

⑤ 韓愈《醉留東野》,《全唐詩》卷三四〇。

⑥ 韓愈《感春四首》其二,《全唐詩》卷三三八。

⑦ 韓愈《石鼓歌》,《全唐詩》卷三四〇。

⑧ 韓愈《酬司門盧四兄雲夫院長望秋作》,《全唐詩》卷三四〇。

樹,可笑不自量。伊我生其後,舉頸遥相望。夜夢多見之,晝思反微茫。"[①]對李杜的推崇無以復加,欽羡之情溢於言表。但韓愈、孟郊、楊憑還不是最早的。據現存文獻而言,最早者當推元稹。貞元十年,十六歲的元稹就作了一首長詩《代曲江老人百韵》,中云:"李杜詩篇敵,蘇張筆力匀。"[②]這要比韓愈的《醉留東野》早了四年。元和八年,元稹在江陵應杜甫之孫杜嗣業之請,撰寫了著名的《唐故工部員外郎杜君墓係銘并序》,在中國文學史上第一次對杜甫作了全面而系統的整體評價。儘管他説:"詩人以來,未有如子美者。"但接着就説:"是時山東人李白,亦以奇文取稱,時人謂之李杜。"[③]時人,就是杜甫當時的人。如果我們不拘泥于"李杜"連文,而是從實質上着眼,那麽,任華以他的《雜言寄李白》和《雜言寄杜拾遺》兩篇奇文,可以稱之爲"並尊李杜第一人"! 余成教《石園詩話》卷一云:任華兩詩"將李、杜學力性情,一一寫得逼肖,如讀兩公本傳,令人心目俱豁"[④]。馮繼聰《論唐詩絶句·任華》亦云:"風雲雷電滿長空,氣象全歸吟詠中。詩聖詩仙皆見贈,狂歌繼起是盧仝。"[⑤]王輝斌在《任華與杜甫交遊考索》一文中指出:"任華是唐代正確評價李杜詩歌的第一人"[⑥]。吴庚舜更旗幟鮮明地第一次標舉任華是"並尊李杜第一人"。他説:"李白的天才在他初入長安之時已得到公認,後來杜甫慧眼識英雄,對他的詩作作了最高的評價,所以並尊李杜的關鍵在尊杜,因此確認並尊李杜的第一人,其人必

---

① 韓愈《調張籍》,《全唐詩》卷三四〇。

② 元稹《代曲江老人百韵》,《全唐詩》卷四〇五。

③ 元稹《唐故工部員外郎杜君墓係銘并序》,《元稹集》卷五六,中華書局冀勤校點本。

④ 余成教《石園詩話》卷一,《清詩話續編》本,第1745頁。

⑤ 郭紹虞、錢仲聯、王遽常編《萬首論詩絶句》,人民文學出版社1991年版,第1122頁。

⑥ 王輝斌《任華與杜甫交遊考索》,《杜甫研究學刊》1989年第2期。

須具備兩個條件：一是他對李杜都有高度的評價；二是其推尊杜甫的作品應早于他人的詩文。"通過詳細的考察，他得出結論："'並尊李杜第一人'，他(任華)是當之無愧的。"並闡述了並尊李杜的文學史意義："並尊李杜，在唐代文學發展史上是一件大事，應該大書特書。詩壇上承認李杜至高無尚的地位，對擴大他們的影響，繼承他們的優良傳統，無疑起了巨大的作用。這作用不是某一個詩人的提倡可以達到的。它是盛唐、中唐作家中有識者共同努力的結果。尤其是元稹、韓愈，他們在當日文壇具有舉足輕重的地位，二人大聲疾呼，必然深入人心。我們可以毫不誇張地説，中唐是並尊李杜的時代，其影響遍及天下。白居易《讀李杜詩集因題卷後》'吟詠留千古，聲名動四夷'客觀地概括了這一現象，是千古不易之論。並尊李杜的風氣還延續到了晚唐五代，像李商隱、杜牧、皮日休、(陸龜蒙)、司空圖、顧雲、孟棨(啓)、高彦休、裴説、韋莊、黄滔、王仁裕、張洎、韋穀(應爲"縠")等，或以詩，或以文，都肯定他們並肩比美，代表了唐代詩歌的最高成就。"①這一論述無疑是符合歷史實際的。而任華的首倡之功是不可磨滅的，是應該大書特書的②。

近來關於"李杜並稱"的問題，學術界討論頗爲熱烈，並有新的開拓和發現。陳尚君在《李杜齊名之形成》中指出："本文則力圖根據第一手文獻，證明李杜齊名在杜甫生前已經爲部分人所認可，其最終獲得舉世公認，則在杜甫生後三五十年間完成。李杜地位的確定，是中古詩學史上的重大事件，也是引導唐宋詩歌轉型的關鍵所在。"③他在列舉了杜甫生前的一些文獻資料後，特别對杜甫所作

---

① 吴庚舜《並尊李杜第一人——任華考兼論唐人李杜觀》，《俞平伯先生從事文學活動六十五周年紀念文集》，巴蜀書社 1992 年版。

② 本章以上文字，筆者亦曾以《杜甫生前杜詩流傳情況考辨》爲題，發表于《杜甫研究學刊》2012 年第 2 期。

③ 陳尚君《李杜齊名之形成》，《嶺南學報》2015 年 Z1 期。

《長沙送李十一銜》“與子避地西康州，洞庭相逢十二秋。遠愧尚方曾賜履，竟非吾土倦登樓。久存膠漆應難並，一辱泥塗遂晚收。李杜齊名真忝竊，朔雲寒菊倍離憂”作了新的發揮：“‘李杜齊名真忝竊’一句，用現在的話來説，意思是李杜齊名，我是完全不够格的。這當然是自謙之詞。但偶然遇到一位李姓朋友，對方也没有太大的名聲和地位，杜甫突然説出這句全無來由的自謙之語，有這樣的必要嗎？我認爲較合理的解釋，李銜從同谷到長沙，中間一定經過許多地方，得到不少傳聞，談論所及，因此杜甫必須自謙一番。如果這樣説，即在杜甫生前已經有了與李白齊名的説法。”張朝富則認爲：關於李杜關係，秦州是一個重要的節點，杜甫逃難至此，作了《夢李白二首》《天末懷李白》《寄李十二白二十韵》，這是李杜相見、同遊之外，最集中的針對性創作。秦州是李白的祖籍地，在這裏想起老朋友並表達關切和思念，是很自然的事情。不過，從心理學的角度看，當杜甫背對長安、事功觀念暫時無望的情形下，以詩事自命的意識更可能被反向激發，尤其在自己無限追慕的大詩人李白的祖籍地，集中地述作，表達記掛的同時，怕還含有追隨、比競的特定心理。從秦州，經同谷入蜀，走的也正是李白家族入蜀的路綫，來到了李白真正的家鄉，到出川《長沙送李十一銜》再提及“李杜齊名”，無論是路綫、杜詩“老更成”的詩歌發生還是杜甫的詩人自認的心氣，似乎都或隱或顯地和李白發生着關係。這很好理解，除了尋常的比對争勝之心，向來以“詩是吾家事”自命的杜甫，詩歌方面的追求怕就是自己一直來的精神使命，尤其在仕途功業上失意之後，詩歌上的超出和成就，應當成爲更爲强烈的内在驅動。李白正構成那個可以衡量的標尺，朋友之間的相得，並不僅僅是意氣相投，更有内在精神力量的促動和各擅領域的彼此生發，李白之于杜甫，正構成這樣一種特殊的認同、吸引和召唤。當年追慕風光無兩的李白的後輩杜甫，最終取得了可與李白比肩的詩歌成績，無論是從隴蜀而來的足迹、于巴蜀間完成的詩歌創獲，還是一系列在思念中對比的動情回憶文字，杜甫完成了可以疊合、並行的"李杜"歷程，完成了李杜並稱的基本内在要素，静等後來諸方的發現和確認①。其實，早在宋代，劉克莊就説："甫、白真一輩行，而杜公云'李杜齊名真忝竊'，其忠厚如此。"②肯定了此處的"李杜"就是李白和杜甫。劉克莊當時看到的唐代文獻，當比我們多些，他的話應是有根據的。杜甫在秦州直稱李白爲"李十二白"，《長沙送李十一銜》則直稱"李十一銜"，"李十一"和"李十二"的排行究竟有什麽關係？可惜有關李銜的記載極少！以後如發現李銜的更多材料，説不定會揭開這一疑案。望有心者留意焉！

---

① 張朝富《召唤與競勝：試論杜甫對"李杜"合稱的促成》，《杜甫研究學刊》2019年第2期。

② 劉克莊《後村詩話》卷四，文淵閣《四庫全書》影印本。

第二章　中唐宗杜崇杜之風大行

如果以"安史之亂"爲界，將中國漫長的封建社會分爲前後兩期，套用恩格斯對但丁的評價，那麼，杜甫可稱爲中國封建社會前期的最後一位詩人，後期的第一位詩人。以杜爲界，前後期的詩歌風格大變。杜甫既集前期詩歌之大成，又開後期詩歌之"新世界"，可以説，後期詩歌的發展，無不受其牢籠。正如明人郝敬所説："詩至子美而大成，亦自子美而大變，不可不知。"①清人陳廷焯亦云："詩至杜陵而聖，亦詩至杜陵而變。顧其力量充滿，意境沉鬱。嗣後爲詩者，舉不能出其範圍，而古調不復彈矣。故余謂自《風》《騷》以迄太白，詩之正也，詩之古也。杜陵而後，詩之變也。自有杜陵，後之學詩者，更不能求《風》《騷》之所在，而亦不得不以杜陵爲止境。韓、蘇且列門牆，何論餘子。昔人謂杜陵爲詩中之秦始皇，亦是快論。"②就唐詩而言，"安史之亂"前後，風格亦大不同，而杜甫正是轉變的關鍵。目前學術界多沿用明人高棅《唐詩品彙》的初、盛、中、晚四分期來評論唐詩，其實並不科學。如比較通行的説法，玄宗開元至代宗永泰(713—765)爲盛唐，代宗大曆至敬宗寶曆(766—826)爲中唐，將代宗一朝分屬兩期，又將杜甫歸屬盛唐，而杜甫的許多著名詩篇，如《秋興八首》《諸將五首》《詠懷古迹五首》《登岳陽樓》等等，都作於大曆以後。杜甫現存一千四百五十多首

① 《杜詩詳注》卷一八《荆南兵馬使太常卿趙公大食刀歌》注引，第1584頁。

② 陳廷焯《白雨齋詞話》卷七，中華書局《詞話叢編》本。

詩,作於"安史之亂"以前的,只有一百多首詩。嚴格來講,"盛唐氣象"的典型代表是李白,而不是杜甫。杜甫的詩,不是盛唐的"頌歌",而是盛唐的"挽歌",是對李唐王朝由盛轉衰的反思。杜詩所達到的高度成就,使其成爲人們學習和效仿的範本,對後世産生了深遠的影響。僅就唐五代而言,宋人孫僅《讀杜工部詩集序》即云:"公之詩,支而爲六家:孟郊得其氣焰,張籍得其簡麗,姚合得其清雅,賈島得其奇僻,杜牧、薛能得其豪健,陸龜蒙得其贍博,皆出公之奇偏爾。"①晁説之《成州同谷縣杜工部祠堂記》亦云:"前乎韓而詩名之重者錢起,後有李商隱、杜牧、張祜,晚惟司空圖,是五子之詩,其源皆出諸杜者也。以故杜之獨尊于大夫學士,其論不易矣。"②黄裳《陳商老詩集序》則云:"讀杜甫詩,如看羲之法帖,備衆體而求之無所不有,大幾乎有詩之道者。自餘諸子,各就其所長取名於世。……工於詩者,必取杜甫。蓋彼無所不有,則感之者各中其所好故也。然使諸子才之靡麗者不至於元稹,率易者不至於居易,新奇飄逸者不至於李白,寒苦者不至於孟郊,譎怪奇邁者不至於賀、牧、商隱輩,亦無足取者,安能得名於世哉!故無諸子則不知有杜,無杜則亦不知諸子各有得焉。"③明人胡應麟也説:"'岸花飛送客,檣燕語留人',則錢、劉圓暢之祖。'兩行秦樹直,萬點蜀山尖',則元、白平易之宗。'兩邊山木合,終日子規啼',盧仝、馬異之渾成。'山寒青兕叫,江晚白鷗飢',孟郊、李賀之瑰僻。'凍泉依細石,晴雪落長松',島、可幽微所從出。'竹齋燒藥灶,花嶼讀書林',籍、建淺顯所自來。'雨抛金鎖甲,苔卧緑沉槍',義山之組織纖新。'圓荷浮小葉,細麥落輕花',用晦之推敲密切。杜集大成,五言律

① 《分門集注杜工部詩》卷首,《四部叢刊》景宋本。

② 晁説之《嵩山文集》卷一六,《四部叢刊》續編景舊鈔本。

③ 黄裳《演山集》卷二一,文淵閣《四庫全書》影印本。

尤可見者。”①明末清初的錢謙益曰:“自唐以降,詩家之途轍,總萃于杜氏。大曆後,以詩名家者,靡不繇杜而出。韓之《南山》,白之諷喻,非杜乎？若郊,若島,若二李,若盧仝、馬異之流,盤空排奡,縱横譎詭,非得杜之一枝者乎？然求其所以爲杜者,無有也。以佛乘譬之,杜則果位也,諸家則分身也。”②又曰:“唐之李杜,光焰萬丈,人皆知之。放而爲昌黎,達而爲樂天,麗而爲義山,譎而爲長吉,窮而爲昭諫,詭灰奡兀而爲盧仝、劉叉,莫不有物矣。魁壘耿介,槎枒於肺腑,擊撞於胸臆,故其言之也不慚,而其流傳也至於歷劫而不朽。”③葉燮亦曰:“自甫以後,在唐如韓愈、李賀之奇奡,劉禹錫、杜牧之雄傑,劉長卿之流利,温庭筠、李商隱之輕豔,以致宋、元、明之詩家,稱巨擘者無慮數十百人,各自炫奇翻異,而甫無一不爲之開先。”④魯一同則謂杜甫“風土詩開張(籍)、王(建)先聲”⑤。此外,人們經常提到的,還有樊晃、顧陶、皮日休、貫休、韋莊、韓偓、鄭谷、孟啓等;其中韓愈、元稹、白居易、李賀、李商隱,更是學者們熱議的重點人物。下面僅就幾個重要詩歌流派和個人與杜甫的關係,作一簡要的探析。因四唐分期説在學術界流行已久,爲叙述的方便和讀者閱讀的習慣,在行文中姑依四期説。

第一節　關於樊晃與《杜工部小集》

樊晃,或誤作樊冕、楚冕、樊光。唐句容(今屬江蘇)人,郡望南

① 《詩藪·内編》卷四,上海古籍出版社1979年新1版。

② 錢謙益《牧齋初學集》卷三二《曾房仲詩叙》,《四部叢刊》初編本。

③ 錢謙益《牧齋有學集》卷一七《周元亮賴古堂合刻序》,《四部叢刊》初編本。

④ 葉燮《原詩·内篇上》,《清詩話》本,第569—570頁。

⑤ 魯一同《魯通甫讀書記·七古》,抄本。

陽湖陽(今河南唐河西南湖陽鎮)。衛尉少卿樊文孫。開元二十八年(740)進士及第。又登書判拔萃科。歷硤石主簿,祠部、度支員外郎。天寶中,爲汀州刺史,後爲兵部員外郎。安史之亂,張巡和許遠固守睢陽城,城破後全城軍民慘遭殺害,時人對此或有非議。《新唐書・張巡傳》載:"時議者或謂: 巡始守睢陽,衆六萬,既糧盡,不持滿,按隊出再生之路,與夫食人,寧若全人? 於是張澹、李紓、董南史、張建封、樊晃、朱巨川、李翰咸謂巡蔽遮江、淮,沮賊勢,天下不亡,其功也。翰等皆有名士,由是天下無異言。"①是樊晃當時已爲名士。大曆時,任潤州刺史。工詩,與詩人劉長卿、皇甫冉友善,相互唱酬。劉長卿有《和樊使君登潤州城樓》:"山城迢遞敞高樓,露冕吹鐃居上頭。春草連天隨北望,夕陽浮水共東流。江田漠漠全吴地,野樹蒼蒼故蔣州。王粲尚爲南郡客,别來何處更銷憂。"②皇甫冉有《和樊潤州秋日登城樓》:"露冕臨平楚,寒城帶早霜。時同借河内,人是卧淮陽。積水澄天塹,連山入帝鄉。因高欲見下,非是愛秋光。"③又有《同樊潤州遊郡東山》:"北固多陳迹,東山復盛遊。鐃聲發大道,草色引行騶。此地何時有,長江自古流。頻隨公府步,南客寄徐州。"④殷璠彙次其詩入《丹陽集》。芮挺章《國秀集》(選收開元初至天寶三載唐人詩)收晃《南中感懷》詩:"南路蹉跎客未回,常嗟物候暗相催。四時不變江頭草,十月先開嶺上梅。"⑤趙明誠《金石録》卷八尚載有大曆十年(775)十月樊晃撰、張從申行書的《怪石銘》。又據陳尚君撰文稱: 友人見示天寶七載(748)所撰《大唐故銀青光禄大夫衛尉卿贈工部尚書駙馬都尉

---

① 《新唐書・張巡傳》,第 5541 頁。
② 劉長卿《和樊使君登潤州城樓》,《全唐詩》卷一五一。
③ 皇甫冉《和樊潤州秋日登城樓》,《全唐詩》卷二四九。
④ 皇甫冉《同樊潤州遊郡東山》,《全唐詩》卷二五〇。
⑤ 樊晃《南中感懷》,《全唐詩》卷一一四。

滎陽郡開國公鄭府君墓志銘》,署"吏部常選樊晃書,題蓋大字潛曜書"。志主爲鄭萬鈞,娶睿宗女代國公主爲妻,卒于天寶七載(748)。其子鄭潛曜,娶玄宗女臨晋公主,故爲兩代駙馬。這一年恰好是杜甫客居長安的時候,有《鄭駙馬宅宴洞中》《奉陪鄭駙馬韋曲二首》等詩紀遊。直到安史之亂發生,杜甫困陷長安,還有《鄭駙馬池臺喜遇鄭廣文同飲》記録亂中的遭逢。因爲這方墓志,可以知道樊晃是杜甫早年在鄭駙馬文學圈中的舊友,只是後來的交誼情况缺少記録。在鳳翔,杜甫有《送樊二十三侍御赴漢中判官》,是否樊晃,有待新證。①

樊晃曾輯杜甫詩爲《杜工部小集》六卷,爲杜詩選本最早者。其《杜工部小集序》云:"工部員外郎杜甫字子美,膳部員外郎審言之孫。至德初,拜左拾遺。直諫忤旨,左轉,薄遊隴蜀,殆十年矣。黄門侍郎嚴武總戎全蜀,君爲幕賓,白首爲郎,待之客禮。屬契闊湮厄,東歸江陵,緣湘沅而不返,痛矣夫!文集六十卷,行于江漢之南。常蓄東遊之志,竟不就。屬時方用武,斯文將墜,故不爲東人之所知。江左詞人所傳誦者,皆公之戲題劇論耳。曾不知君有大雅之作,當今一人而已。今采其遺文凡二百九十篇,各以事類爲六卷,且行于江左。君有子宗文、宗武,近知所在,漂寓江陵,冀求其正集,續當論次云。"②王洙《杜工部集記》載:"甫集初六十卷,今秘府舊藏,通人家所有稱大小集者,皆亡逸之餘,人自編摭,非當時第叙矣。"他"蒐裒中外書凡九十九卷",其中就有"樊晃序小集六卷"③。《崇文總目》卷五載:"《杜工部小集》六卷,杜甫撰,樊晃集。"④《新唐書·藝文志》載:"《杜甫集》六十卷,《小集》六卷,潤

---

① 陳尚君《杜甫與樊晃》,《東方早報》2014 年 11 月 9 日《上海書評》。

② 《錢注杜詩》附録,第 709 頁。

③ 王洙等《宋本杜工部集》卷首,商務印書館影印《古逸叢書》本。

④ 《崇文總目》卷五,《粤雅堂叢書》本。

州刺史樊晃集。"①胡仔亦收藏有《杜工部小集》,其《苕溪漁隱叢話》後集卷八即云:"子美詩集,余所有者凡八家:《杜工部小集》,則潤州刺史樊晃所序也。"②而樊晃任潤州刺史的時間,據《唐金陵鍾山元崇傳》:"大曆五年,刺史南陽樊公雅好禪寂,及屬縣行春,順風稽首,諮請道要,益加師禮矣。"③又柳識《琴會記》云:"大曆六年,浙西觀察使蘇州刺史兼御史大夫贊皇公祗命朝于京闕,春正月,夕次朱方,刺史樊公稱:江月當軒,願以卮酒侑勝……罷宴之後,贊皇顧潤州曰……"④"贊皇公"即李栖筠,而"樊公"即樊晃。又據《嘉定鎮江志》卷十四"唐潤州刺史"條,大曆七年樊晃還在任上。據此,則樊晃編輯《杜工部小集》,當在大曆五至七年間。時杜甫剛剛去世。宋王應麟《玉海》卷五九《藝文略》載:"《(杜甫)小集》六卷,樊晃集。"自注:"狄遵度嗜杜詩,贊其集後。"⑤《宋文鑑》卷七五載狄遵度《杜甫贊》云:"子美之述,吾能誦之;子美之意,吾能知之;其所未聞,其所未知,蓋未得其云爲。"⑥

據樊晃《杜工部小集序》所載,杜甫生前,就已有文集六十卷行於世。至於此文集是自編,或係他人所編,尚難確知。不過,以《杜工部小集》六卷收文二百九十篇計,六十卷收文當在三千篇左右。而據樊序可知,由於杜甫漂泊流離于隴蜀荆湘一帶,又值兵荒馬亂之際,故此集只流行於"江漢之南",而"不爲東人之所知";"東人"即"江左詞人",所傳誦的杜詩皆其"戲題劇論"之作,而不知其"大雅之作";"大雅之作"是杜甫創作中最有價值的,就此而論,"當今

① 《新唐書・藝文志》,第1603頁。

② 胡仔《苕溪漁隱叢話》後集卷八,人民文學出版社廖德明校點本。

③ 《唐金陵鍾山元崇傳》,《宋高僧傳》卷一七,文淵閣《四庫全書》影印本。

④ 柳識《琴會記》,《全唐文》卷三七七。

⑤ 王應麟《玉海》卷五九《藝文略》,文淵閣《四庫全書》影印本。

⑥ 呂祖謙編《宋文鑑》卷七五,文淵閣《四庫全書》影印本。

一人而已”,可見杜甫的成就之大和地位之高;樊編六卷二百九十篇遺文,當大多爲杜甫的“大雅之作”;杜甫之二子宗文、宗武其時俱在江陵,可證後人或云杜甫“及下江陵,留二子守成都”①,是不可信的;樊晃編《杜工部小集》時,並未睹六十卷杜集,故欲向宗文、宗武“求其正集,續當論次”。

到宋代,六十卷杜集已不存,《杜工部小集》則成爲存世最早的杜集,故爲宋代注杜諸家所廣泛引作校勘之用。吴若《杜工部集後記》即云:“凡稱樊者,樊晃小集也。”②蔡夢弼《杜工部草堂詩箋跋》亦云:“凡校讎之例,題曰樊者,唐潤州刺史樊晃小集本也。”③或謂趙次公注的底本即爲“吴若注本”,而著名的錢謙益《錢注杜詩》也自稱以所謂“吴若本”爲底本,沿襲了“吴若本”的杜詩排列和編年次序,並對其做了一些删改。錢謙益“注杜詩略例”云:“杜集之傳于世者,惟吴若本最爲近古。……若其字句異同,則一以吴本爲主,間用他本參伍焉。”④錢曾《讀書敏求記》卷四云:“牧齋箋注杜集,一以吴若本爲歸。”⑤錢氏所據之吴若本,今已不得見。而《宋本杜工部集》於1957年由商務印書館影印問世,其書後有張元濟跋,對吴若本論之確鑿。張氏將錢注本及其所附吴若《後記》,與《宋本杜工部集》相較,以爲“若合符節,是必吴若刊本無疑義”。張元濟跋考定《宋本杜工部集》係毛氏汲古閣所藏兩種相儷之南宋刻本,一爲南宋初年浙江覆刻嘉祐四年王琪增刻王洙編訂原本,一爲紹興三年(1133)吴若校刊本。而有的學者提出疑義,認爲後一本“是與吴若本極爲相近的範本”,當刻於紹興末年;或認爲後一本

---

① 吕陶《朝請郎潼川府路提點刑獄杜公墓志銘》,《浄德集》卷二四,《武英殿聚珍版叢書》本。

② 吴若《杜工部集後記》,《錢注杜詩》附録,第714頁。

③ 蔡夢弼《杜工部草堂詩箋跋》,《古逸叢書》本。

④ 錢謙益《錢注杜詩・略例》。

⑤ 錢曾《讀書敏求記》卷四,清雍正四年趙孟升松雪齋刻本。

當是時間更晚的吴若本的翻刻本。而缺卷缺頁則爲毛氏補鈔,亦據兩本。細檢之,則影印《宋本杜工部集》之卷十至卷十四爲宋刻吴若本,故保留了一些樊本的校勘文字。而《錢注杜詩》雖是清人著述,對於杜詩校勘方面,亦極爲重要。今即據《宋本杜工部集》(以下簡稱"宋本")、再造善本《杜工部草堂詩箋》(以下簡稱"蔡本",該本係據中國國家圖書館、北京大學圖書館藏宋刻本影印)、上海古籍出版社 1979 年版《錢注杜詩》(以下簡稱"錢箋"),以及因襲錢箋的朱鶴齡《杜工部詩集輯注》(清康熙間金陵葉永茹萬卷樓刻本,以下簡稱"朱注")和仇兆鰲《杜詩詳注》(1979 年中華書局重排標點排印本,以下簡稱"仇注"),將五本有關樊本的校勘文字,按詩題開列如下:

1.《城西陂泛舟》:"不有小舟能蕩槳。"槳,錢箋卷九:"樊作'艕'。"

2.《夏日李公見訪》:"所願亦易求。"願,蔡本卷七、錢箋卷一、朱注卷二:"樊、陳並作'須'。"仇注卷三正文作"須",校語:"一作'願'。"又"水花晚色静",静,蔡本、錢箋、朱注、仇注:"樊作'浄'。"

3.《戲贈鄭廣文兼呈蘇司業》:"醉則騎馬歸。"則,蔡本卷三:"樊作'即'。"按:"則"、"即"古通用。

4.《上韋左相二十韻》:"丹青憶老臣。"老,錢箋卷九:"一作'直',樊作'舊'。"朱注卷二:"樊作'舊'。一作'直',非。"仇注卷三正文作"舊",校語:"樊作'舊',一作'老',一作'直'。"

5.《自京赴奉先縣詠懷五百字》:"許身一何愚。"愚,錢箋卷一、朱注卷三、仇注卷四:"樊作'過'。"

6.《後出塞五首》之三:"遂使貔虎士。"貔,蔡本卷六、錢箋卷三、朱注卷五、仇注卷四:"樊作'螭'。"

7.《哀王孫》:"長安城頭頭白烏。"頭白烏,蔡本卷九:"下圜作

‘多白烏’,或作‘頸白烏’。”錢箋卷一:“樊作‘多白烏’,一作‘頸白烏’。”下一“頭”字,朱注卷三、仇注卷四:“樊作‘多’,一作‘頸’。”

8.《悲青阪》:“山雪河冰野蕭瑟。”野,錢箋卷一:“樊作‘晚’,《樂府》作‘已’。”朱注卷三:“樊作‘晚’。”仇注卷四正文作“晚”,校語:“樊作‘晚’,《樂府》作‘已’,一作‘野’。”

9.《送樊二十三侍御赴漢中判官》:“補闕暮徵入,柱史晨征憩。”蔡本卷十:“樊、晁皆作‘補闕入柱史’。”錢箋卷二、朱注卷三、仇注卷五:“樊作‘補闕入柱史,晨征固多憩’。”

10.《行次昭陵》:“塵沙立暝途。”暝,蔡本卷十、錢箋卷十、仇注卷五:“樊作‘暗’。”朱注卷四:“一作‘暗’。”

11.《送許八拾遺歸江寧覲省甫昔時嘗客遊此縣于許生處乞瓦棺寺維摩圖樣志諸篇末》:“詔許辭中禁,慈顔赴北堂。”赴,宋本卷十、蔡本卷十二、錢箋卷十、朱注卷四、仇注卷六:“樊作‘拜’。”宋本又曰:“一云‘天語辭中禁,家榮赴北堂’。”仇注又曰:“次句本言爲慈顔而赴北堂,但出語稍拙。樊作‘慈顔拜北堂’,句意稍明;别作‘天語辭中禁,家榮到北堂’,語亦未安;當云‘有詔辭中禁,承慈赴北堂’。”

12.《送李校書二十六韵》:“清峻流輩伯。”流,錢箋卷二、仇注卷六:“樊作‘時’。”又“二十聲輝赫”,輝,蔡本卷十二:“一作‘燀’。”錢箋:“一作‘燀’,樊作‘烜’。”朱注卷四:“一作‘煒’,樊作‘烜’。”仇注:“一作‘燀’,一作‘烜’。”

13.《奉送郭中丞兼太僕卿充隴右節度使三十韵》:“元帥調新律。”律,宋本卷十、蔡本卷十:“樊作‘鼎’。”錢箋卷十、仇注卷五:“一作‘鼎’。”

14.《至德二載甫自京金光門出問道歸鳳翔乾元初從左拾遺移華州掾與親故别因出此門有悲往事》,問,宋本卷十、錢箋卷十:“樊作‘間’。”蔡本卷十三:“一作‘間’。”朱注卷五、仇注卷六正文作

“間”,校語:“去聲。一作‘問’。”

15.《新婚别》:“結髮爲妻子。”妻子,蔡本卷十三、錢箋卷二:“樊作‘子妻’。”黎庶昌刻《古逸叢書》蔡本卷十三、朱注卷五、仇注卷七:“樊作‘君妻’。”

16.《遣興三首》之一:“漢虜互勝負。”勝負,蔡本卷十四:“一作‘失約’。”錢箋卷三、朱注卷五、仇注卷七:“樊作‘失約’。”

17.《月夜憶舍弟》:“寄書長不避。”避,宋本卷十、錢箋卷十:“樊作‘達’。”仇注卷七正文作“達”,校語:“一作‘避’。”

18.《夢李白二首》之一:“猶疑照顔色。”照,錢箋卷三:“樊作‘見’。”朱注卷五、仇注卷七:“一作‘見’。”

19.《有懷台州鄭十八司户》:“今如罝中兔。”如,蔡本卷十四作“若”,校語:“若,樊作‘爲’。”錢箋卷三、朱注卷五:“樊作‘爲’。”仇注卷七正文作“爲”,校語:“樊作‘爲’,一作‘如’。”

20.《寄彭州高三十五使君虢州岑二十七長史三十韵》:“沈鮑得同行。”同,宋本卷十、蔡本卷十六、錢箋卷十、朱注卷六、仇注卷八:“樊作‘周’。”

21.《寄岳州賈司馬六丈巴州嚴八使君兩閣老五十韵》:“如公盡雄俊,志在必騰騫。”宋本卷十:“一云‘公如盡憂患,何事有陶甄’,樊言‘如公盡雄俊,何事負陶甄。’”蔡本卷十四:“一作‘如公盡憂患,何處有陶甄’,樊本作‘如公盡雄俊,何事負陶甄。’”錢箋卷十、朱注卷六、仇注卷八:“一云‘公如盡憂患,何事有陶甄’,樊云‘如公盡雄俊,何事負陶甄’。”

22.《寄張十二山人彪三十韵》:“關山信月輪。”信,宋本卷十、錢箋卷十:“樊作‘倚’。”蔡本卷十五、朱注卷六、仇注卷八正文作“倚”,蔡本校語:“一作‘信’。”朱注、仇注校語:“一作‘信’,非。”又“官場羅鎮磧”,鎮,宋本校語:“一作‘錦’。”蔡本校語:“樊作‘錦’。”

23.《兩當縣吴十侍御江上宅》:“仲尼甘旅人,向子識損益。朝廷非不知,閉口休歎息。"蔡本卷十六:"樊本'仲尼旅人'一聯,在此句(指"閉口休歎息"句)下。"錢箋卷三:"樊本'仲尼'一聯,在'朝廷'一聯下。"朱注卷六則在"閉口休歎息"下注曰:"樊本'仲尼'一聯在此句下。"仇注卷八則作"朝廷非不知,閉口休歎息。仲尼甘旅人,向子識損益"。並在"朝廷"二句下注曰:"二句舊在'損益'之下,今依樊本改定。"

24.《木皮嶺》:"别有他山尊。"别,錢箋卷三:"一作'更'。"朱注卷七、仇注卷九:"樊作'更'。"

25.《江村》:"多病所須唯藥物。"宋本卷十一、錢箋卷十一:"一云'但有故人供禄米'。'供',樊作'分'。"蔡本卷十八:"一作'但有故人供藥物',一作'但有故人分禄米'。"朱注卷七:"《英華》作'但有故人供禄米'。'供',樊作'分'。"仇注卷九正文作"但有故人供禄米",校語:"此從《英華》。一作'多病所須惟藥物'。供,樊作'分'。"

26.《村夜》:"蕭蕭風色暮。"宋本卷十一、錢箋卷十一:"樊作'風色蕭蕭暮'。"朱注卷八、仇注卷九正文作"風色蕭蕭暮",朱注校語:"一作'肅肅風色暮'。"仇注校語:"一作'蕭蕭風色暮'。"宋刻本《新刊校定集注杜詩》卷二二:"趙云:一本作'蕭蕭風色暮',則錯字眼矣;又一本作'肅肅風色暮',却無義矣;師民瞻本作'風色蕭蕭暮',是。上官儀《初春》詩:'風色翻露文,雪花上空碧。'"

27.《贈蜀僧閭丘師兄》:"峻極逾崑崙。"逾,錢箋卷四、朱注卷七:"樊作'侔'。"仇注卷九:"一作'侔'。"宋刻諸本均作"逾"。

28.《和裴迪登蜀州東亭送客逢早梅相憶見寄》:"送客逢春可自由。"可,宋本卷十一、錢箋卷十一、朱注卷八:"樊作'更'。"仇注卷九:"一作'更'。"

29.《柟樹爲風雨所拔歎》:"虎倒龍顛委榛棘。"榛,錢箋卷四、朱注卷八:"樊作'荆'。"仇注卷十:"一作'荆'。"

30.《病橘》:"剖之盡蠹蝨。"蝨,錢箋卷四:"樊作'蝕'。"蔡本卷三三:"一作'蝕'。"朱注卷八:"《英華》作'蝕'。"仇注卷十正文作"蝕",校語:"一作'蟲'。"

31.《入奏行贈西山檢察使竇侍御》:"竇氏檢察應時須。"應時須,錢箋卷四、朱注卷八、仇注卷十:"樊作'才能俱'。"又"彩服日向庭闈趨",錢箋卷四:"樊本此下有'開濟人所仰,飛騰時正須'。"朱注卷八、仇注卷十:"樊本此下有'開濟人所仰,飛騰時正須'二句。"

32.《有感五首》之二:"幽薊餘蛇豕。"蛇,蔡本卷二四、錢箋卷十二、朱注卷十、仇注卷十一:"樊作'封'。"

33.《送陵州路使君赴任》:"霄漢瞻佳士。"佳士,宋本卷十二、錢箋卷十二:"樊作'家事'。"仇注卷十二:"一作'家事'。"

34.《喜雨》:"農事都已休。"已,錢箋卷四、朱注卷十、仇注卷十二:"樊作'未'。"蔡本卷二六:"一作'未'。"又"崢嶸群山雲",群,蔡本:"樊作'東'。"錢箋、仇注:"一作'東'。"

35.《陪章留後惠義寺餞嘉州崔都督赴州》:"回策匪新岸。"岸,錢箋卷五、朱注卷十、仇注卷十二:"樊作'崖'。"

36.《嚴氏溪放歌》:"邊頭公卿仍獨驕。"仍獨驕,錢箋卷五:"樊作'何其驕'。"仍獨,蔡本卷二三、朱注卷十、仇注卷十二:"樊作'何其'。"又"秋宿霜溪素月高",宿,錢箋、朱注、仇注:"樊作'夜'。"溪,蔡本:"一作'天'。"

37.《發閬中》:"秋花錦石誰復數。"誰,蔡本卷二五:"樊作'能'。"復,錢箋卷五、朱注卷十:"樊作'能'。"仇注卷十二正文作"能",校語:"一作'復'。"

38.《將適吴楚留别章使君留後兼幕府諸公得柳字》:"昔如縱壑魚。"如,蔡本卷二五、錢箋卷五、仇注卷十二:"樊作'若'。"

39.《寄題江外草堂》:"雖有會心侣。"雖,錢箋卷五:"樊作'惟'。"蔡本卷二五:"一作'惟'。"仇注卷十二正文作"惟",校語:"一作'雖'。"

40.《奉寄别馬巴州》:“難隨鳥翼一相過。”鳥,宋本卷十三、錢箋卷十三、仇注卷十三:“樊作‘烏’。”宋刻諸本除黄鶴本卷二五作“馬”外,餘本俱作“鳥”。

41.《江亭王閬州筵餞蕭遂州》:“俱宜下鳳皇。”宜,宋本卷十三:“樊作‘看’。”錢箋卷十三、仇注卷十三:“一云‘看’。”

42.《丹青引》:“英姿颯爽來酣戰。”來,錢箋卷五、朱注卷十:“樊作‘猶’。”蔡本卷二五、仇注卷十三正文作“猶”,蔡本校語:“一作‘來’。”仇注校語:“樊作‘猶’,一作‘來’。”

43.《韋諷録事宅觀曹將軍畫馬圖歌》:“將軍得名三十載。”三,蔡本卷二四、錢箋卷五、朱注卷十、仇注卷十三:“樊作‘四’。”

44.《莫相疑行》:“男兒生無所成頭皓白。”蔡本卷二六、錢箋卷五、朱注卷十二:“樊作‘男兒一生無成頭皓白’。”生無所,仇注卷十四:“樊作‘一生無’。”

45.《謁先主廟》:“竹送清溪月。”清,錢箋卷十四、朱注卷十二、仇注卷十五:“樊作‘青’。”

46.《秋興八首》之四:“征西車馬羽書遲。”馬,蔡本卷三九、錢箋卷十五、朱注卷十三:“樊作‘騎’。”仇注卷十七:“一作‘騎’。”

47.《入宅三首》之二:“半頂梳頭白。”半,宋本卷十四、錢箋卷十四:“樊作‘粭’。”朱注卷十六、仇注卷十八:“樊作‘判’。”

48.《復愁十二首》之八:“諸將覺榮華。”覺,錢箋卷十五:“一作‘角’,樊作‘搉’。”蔡本卷三九、朱注卷十七、仇注卷二十正文作“角”,蔡本校語:“一作‘覺’,樊作‘搉’。”朱注校語:“樊作‘擢’,一作‘覺’,非。”仇注校語:“樊作‘擢’,一作‘覺’。”

49.《秋日荆南述懷三十韵》:“揚鑣隨日馭。”鑣,錢箋卷十七、朱注卷十九、仇注卷二一:“樊作‘鞭’。”又“聖慮窅徘徊”,窅,錢箋、朱注、仇注:“樊作‘睿’。”蔡本卷四四:“樊作‘督’。”

50.《山館》(又作《移居公安山館》):“身遠宿雲端。”遠,宋本卷十三、蔡本卷四五、錢箋卷十三、朱注卷十九:“樊作‘逈’。”仇注卷二二正文作"迴",校語:"樊作'迴',一作'遠'。"

51.《上水遣懷》:"鬱没二悲魂。"没,蔡本卷四八、錢箋卷八、朱注卷十九:"樊作'悒'。"黎庶昌刻《古逸叢書》蔡本卷三八:"樊作'邑'。"仇注卷二二正文作"悒",校語:"樊作'悒',一作'没'。"又"歌謳互激遠",遠,錢箋、朱注:"樊作'越'。"仇注正文作"越",校語:"一作'遠'。"又"回斡明受授",受,錢箋:"樊作'相'。"明,朱注:"樊作'相'。"仇注:"一作'相'。"

52.《宿鑿石浦》:"草草頻卒歲。"卒,錢箋卷八、朱注卷十九:"樊作'年'。"仇注卷二二正文作"年",校語:"一作'卒'。"

53.《早行》:"崩迫開其情。"開,錢箋卷八、朱注卷十九:"樊作'闢'。"仇注卷二二正文作"闢",校語:"從樊本。一作'開'。"

54.《銅官渚守風》:"不夜楚帆落。"不,蔡本卷四六、錢箋卷十八、朱注卷十九、仇注卷二二:"樊作'亦'。"

55.《岳麓山道林二寺行》:"香廚松道清涼俱。"涼,錢箋卷八、朱注卷十九、仇注卷二二:"樊作'崇'。"又"蓮花交響共命鳥",花,蔡本卷四六:"樊、陳並作'池'。"錢箋、朱注、仇注:"樊、陳俱作'池'。"又"久爲野客尋幽慣",野客,蔡本校語:"樊作'謝客'。"野,錢箋校語:"一作'謝'。"朱注、仇注正文作"謝",校語:"一作'野',非。"

附高適《人日寄杜二拾遺》:"梅花滿枝空斷腸。"空,蔡本卷四八、錢箋卷八:"樊作'堪'。"朱注卷二十:"一作'堪'。"仇注卷二三正文作"堪",校語:"一作'空'。"

56.《追酬故高蜀州人日見寄并序》:"今海内忘形故人,獨漢中王瑀與昭州敬使君超先在。"漢中王,蔡本卷四八:"樊作'漢中郡王'。"中王,錢箋卷八、朱注卷二十、仇注卷二三:"樊作'郡王'。"

57.《幽人》:"洪濤隱語笑。"語笑,錢箋卷三、朱注卷二十:"樊作'笑語'。"蔡本卷四八、仇注卷二三正文作"笑語",蔡本校語:"樊作'語笑'。"仇注校語:"從樊本。一作'語笑'。"

58.《白鳧行》:"聞道如今猶避風。"如,蔡本卷四九、錢箋卷八、朱注卷二十:"樊作'于'。"仇注卷二三正文作"于",校語:"一作'如'。"

59.《送重表侄王砅評事使南海》:"大夫出盧宋。"宋,錢箋卷八:"樊作'宗'。"朱注卷二十、仇注卷二三:"樊作'宗',非。"又"聊作鶴鳴皋",聊,錢箋、朱注、仇注:"樊作'不'。"

60.《送魏二十四司直充嶺南掌選崔郎中判官兼寄韋韶州》:"佳聲斯共遠。"共,蔡本卷四八、錢箋卷十八、朱注卷二十、仇注卷二三:"樊作'不'。"

61.《暮秋將歸秦留別湖南幕府親友》:"水闊蒼梧野。"野,蔡本卷四七、錢箋卷十八、朱注卷二十、仇注卷二三:"樊作'晚'。"

以上總計涉及杜詩 61 首,附高適詩 1 首。這 61 首杜詩,最早的《城西陂泛舟》作于天寶十三載春,最晚的《暮秋將歸秦留別湖南幕府親友》作於大曆五年暮秋。除了四五首外,其餘都作於"安史之亂"以後,而且亂後杜甫所經各地所作之詩都有存録,特別是杜甫將死之前在"江漢之南"的湖南所作之詩,很快就流傳到了潤州(今江蘇鎮江)一帶,可見杜詩的流傳之廣,傳播之快,影響之大。又各本校語稍有不同,但可看出,仇注正文多從"樊作",態度是審慎的。這對杜詩的校勘具有非常重要的意義。

第二節　杜甫與韓孟詩派(上)

杜甫是原始儒家思想即孔孟思想的繼承者和實踐者。他的闡釋和恢復原始儒家道統的思想,遠在韓愈之前。杜甫出身於一個"奉儒守官"的家庭,他在《進〈雕賦〉表》中說:"自先君恕、預以降,奉儒守官,未墜素業。"又在《祭遠祖當陽君文》中說:"不敢忘本,不敢違仁。”受的是儒家正統教育，他的政治理想就是“致君堯舜上，再使風俗淳”。有的論者稱“杜甫是唐代儒學復興運動的孤明先發者”①，他直接繼承了原始儒家的人性思想。杜甫是實踐孟子“惻隱之心爲仁”的典型。他在《過津口》詩中明確地指出：“物微限通塞，惻隱仁者心。”杜甫明確指出惻隱之心即仁心，這就具有在我國思想史上獨立地重新發明失落已久的孟子人性思想核心的意義。“安史之亂”後，杜甫過着顛沛流離的困苦生活，親身經歷了國家深重的苦難，接近了廣大勞苦群衆，加之深厚的傳統文化素養，使他深深懂得儒家“邦以民爲本”的道理。因此，他對飽嘗戰亂之苦，處於水深火熱之中的廣大人民抱着深切的同情。他繼承和發揚了孟子的“大丈夫”精神，以天下爲己任，憂國憂民，愛國愛民。杜甫對“安史之亂”以後亟須復興儒家傳統予以格外關注。大曆五年(770)，杜甫經過衡山縣(今屬湖南)參觀孔廟新學堂時，特別寫了一首《題衡山縣文宣王廟新學堂呈陸宰》詩：“旄頭彗紫微，無復俎豆事。金甲相排蕩，青衿一憔悴。嗚呼已十年，儒服敝於地。征夫不遑息，學者淪素志。我行洞庭野，欻得文翁肆。侁侁胄子行，若舞風雩至。周室宜中興，孔門未應棄。是以資雅才，焕然立新意。衡山雖小邑，首唱恢大義。因見縣尹心，根源舊宫閟。講堂非曩構，大屋加塗塈。下可容萬人，牆隅亦深邃。何必三千徒，始壓戎馬氣？林木在庭户，密幹疊蒼翠。有井朱夏時，轆轤凍階戺。耳聞讀書聲，殺伐災仿佛。故國延歸望，衰顔減愁思。南紀改波瀾，西河共風味。采詩倦跋涉，載筆尚可記。高歌激宇宙，凡百慎失墜！”他對安史亂後十餘年來戰亂頻仍、生靈塗炭、儒學不講、道德淪喪的慘狀，深感痛心。而對衡山縣令陸某重修孔廟新學堂，以儒家思想培養新人的義舉，大加贊賞。他認爲“儒服敝於地”的現狀

---

① 鄧小軍《杜甫是唐代儒學復興運動的孤明先發者》，《杜甫研究學刊》1990年第4期。

必須改變,唐朝要中興,“孔門未應棄”,就必須振興儒家思想,恢復儒家傳統。所以,他從衡山縣“首唱恢大義”的壯舉中,看到了未來的希望,不覺“衰顔減愁思”,“高歌激宇宙”,詩人那種歡欣鼓舞之情躍然紙上。

在崇尚儒學、恢復儒家道統方面,韓愈和杜甫是心有靈犀一點通的。孫何《文箴》云:“堯制舜度,綿今亘古。周作孔述,炳星焕日。是曰六經,爲世權衡。……奕奕李唐,木鐸再揚。文之紀綱,斷而更張。……續《典》紹《謨》,韓領其徒。還《雅》歸《頌》,杜統其衆。”①在《赴江陵途中寄贈王二十補闕李十一拾遺李二十六員外翰林三學士》詩中,韓愈明確表示:“生平企仁義,所學皆孔周。”②故身爲監察御史,面對饑荒重賦,百姓賣兒鬻女、棄屍路旁的慘痛現實,他不顧個人安危,毅然上書,“上陳人疾苦”,“爲忠寧自謀”,於是被貶陽山令。他説:“胡不上書自薦達,坐令四海如虞唐。”(《贈唐衢》)“我身蹈丘軻,爵位不早綰。”(《贈張籍》)“方今太平日無事,柄任儒術崇丘軻。”(《石鼓歌》)他的冒死諫迎佛骨,如同杜甫的疏救房琯,都是基於儒家“以道事君”的直言敢諫傳統的。他在《與孟尚書書》中説得很堅決:“釋老之害過於楊墨。韓愈之賢不及孟子,孟子不能救之於未亡之前,而韓愈乃欲全之於已壞之後,嗚呼!其亦不量其力,且見其身之危莫之救以死也。雖然,使其道由愈而粗傳,雖滅死萬萬無恨。天地鬼神臨之在上,質之在傍,又安得因一摧折自毁其道以從於邪也。”真有點視死如歸的殉道精神。在《原道》中,他直接揭示出自己的儒家道統觀:“斯吾所謂道也,非向所謂老與佛之道也。堯以是傳之舜,舜以是傳之禹,禹以是傳之湯,湯以是傳之文、武、周公,文、武、周公傳之孔子,孔

① 吕祖謙編《宋文鑑》卷七二,文淵閣《四庫全書》影印本。

② 曲守元、常思春主編《韓愈全集校注》,四川大學出版社1996年版,第221頁。以下凡引韓愈詩文之語,皆據此本,非有必要者,不另注出。

子傳之孟軻,軻之死不得其傳焉。"而他是以弘揚儒家道統爲己任的。他認爲孟子之後,儒家道統不傳,而他自認是孟子之後的繼承人。所以他對孟子的評價很高。其《送王秀才序》即云:"自孔子没,群弟子莫不有書,獨孟軻氏之傳得其宗,故吾少而樂觀焉。……故求觀聖人之道,必自孟子始。"《與孟尚書書》亦云:"其禍出於楊、墨肆行而莫之禁故也。孟子雖賢聖,不得位,空言無施。雖切何補?然賴其言,而今學者尚知宗孔氏,崇仁義,貴王賤霸而已。……向無孟氏,則皆服左衽而言侏離矣。故愈嘗推尊孟氏,以爲功不在禹下者爲此也。"於是大義凛然地表示:"使其道由愈而粗傳,雖滅死萬萬無恨。"所以杜牧《孔子廟碑陰》盛贊韓愈曰:"自古稱夫子者多矣。稱夫子之德,莫如孟子;稱夫子之尊,莫如韓吏部。"①但韓愈對孟子人性思想的核心"惻隱之心爲仁",却没有作出重新發明。杜甫説:"君臣節儉足,朝野歡呼同。""不過行儉德,盜賊本王臣。"韓愈却説:"民不出粟米麻絲、作器皿、通貨財以事其上,則誅。"(《原道》)應該説,杜甫的儒家思想更具有實踐性的品格,他繼承和發揚的多是儒家思想積極的一面,而韓愈則是精華和糟粕兼收並蓄的。

杜甫和韓愈對孟子的重視,既是時代使然,也是儒家思想發展的必然。在此之前,《孟子》一直被列爲子書,不能稱"經"。但"安史之亂"以後,隨着社會的劇烈變化,隨着孔子及儒學地位的提高,孟子的思想越來越受到有識之士的重視,要求把《孟子》列爲經書的呼聲也越來越高。與杜甫同時的禮部侍郎楊綰(?—777)于寶應二年(763)六月二十日所上《條奏貢舉疏》中已有"孔孟之道"的稱謂,將孟子與孔子相提並論,而他在本年七月二十六日奏貢舉條目時,更請求升《孟子》爲經:"《論語》《孝經》皆聖人深旨,《孟子》

① 杜牧《樊川文集》卷三,文淵閣《四庫全書》影印本。

亦儒門之達者，其學官望兼習此三者，共爲一經，其試如上。"①唐代宗把楊綰的建議交由大臣李栖筠、賈至、嚴武等討論，他們認爲"今綰所請，實爲正論"，但"以爲舉人循習，難於速變，請自來歲始"。代宗"乃詔明經、進士與孝廉兼行"②。雖因種種原因，孝廉科于德宗建中元年(780)即停，但却反映了孟子在當時的影響和地位。

唐代研究《孟子》的專書，見於著録的共有五種，而其中三種就作于杜甫和韓愈生活的年代，這就是陸善經(約700前—746後)的《孟子注》、張鎰(？—783)的《孟子音義》、丁公著(769—832)的《孟子手音》。三人著作，惜今已不存，但在馬國翰輯《玉函山房輯佚書》中都有輯本，有的多達二百餘則。宋代孫奭《孟子音義》序云："其書(指《孟子》)由炎漢之後盛傳於世，爲之注者，則有趙岐、陸善經；爲之音者，則有張鎰、丁公著。"③由此可見三書對後世《孟子》研究的影響。孫奭的《孟子音義》、朱熹的《孟子集注》都徵引了張鎰和丁公著的許多説法。正是在這種時代背景下，以恢復儒家道統爲己任的韓愈，才明確地提出了儒家的道統觀，大力弘揚儒家思想，使孟子的地位更加提高，影響更加廣泛。

應該特别指出的是，杜甫和韓愈的思想，其主導方面雖是儒家思想，但亦程度不同地受到佛、道思想的影響。其實，以儒爲主、佛道兼容的統治方略，在隋文帝時已露端倪。而到唐玄宗時代，以儒爲主、佛道兼容的思想統治格局基本固定下來。在這樣的時代背景下，杜甫自然會受到影響。譬如杜甫同情弱勢群體的"惻隱仁者心"的儒家情懷，與佛家"普渡衆生"的思想是相通的。杜甫離開朝廷後，"漂泊西南天地間"，艱難困苦的生活使他走向了人民，更增强了他對窮苦人民的同情心，他總是盡其所能，樂於助人："藥許鄰

① 王溥《唐會要·貢舉中·孝廉舉》，中華書局1990年版，第1396頁。

② 《新唐書·選舉志上》，第1168頁。

③ 孫奭《孟子音義》，文淵閣《四庫全書》影印本。

人剷”,“棗熟從人打”,“拾穗許村童”。到湖南後,生活極其困苦,還“減米散同舟,路難思共濟”。杜甫不但對窮苦百姓關愛,對他的僕人關愛,對動物、小生命,對環境也十分愛惜,充滿惻隱之心:“築場憐穴蟻”,“盤飧老夫食,分減及溪魚”。“分減”,歷來注家都没有注明出處。“分減”,是佛教用語,出自《華嚴經》。在《大方廣佛華嚴經》卷二一中出現了三次。菩薩行十種施,“分減施”爲其一,“何爲菩薩分減施? 此菩薩稟性仁慈,好行惠施,若得美味,不專自受,要與衆生,然後方食。凡所受物,悉亦如是。”①杜甫用的是佛經原意。韓愈雖極力攘斥佛老,但在時風的影響下,在與僧人的交往中,他的思想亦有所變化。其《原道》之“博愛之謂仁”,《原人》之“聖人一視而同仁”,雖根源於儒家,但與佛家仁慈愛人、衆生平等之思想亦不無關係。有的論者則認爲是“融墨於儒”,與墨家提倡的“兼愛”有相通之處②。陳寅恪甚至認爲韓愈的“道統之説,表面上雖由《孟子》卒章之言所啓發,實際上乃因禪宗教外别傳之説所造成,禪學於退之之影響亦大矣哉”③。雖未盡的,但亦不無道理。

韓愈是思想家,又是開宗立派的詩人,他是韓孟(郊)詩派的領袖人物。正是由於在恢復儒家道統上思想的一致,所以韓愈對杜甫非常推崇,清代張晋《仿元遺山論詩絶句六十首》之三十二云:“吏部才雄氣亦豪,精神遠與少陵交。”④故其《調張籍》詩云:“李杜文章在,光焰萬丈長。不知群兒愚,那用故謗傷。蚍蜉撼大樹,可笑不自量。伊我生其後,舉頸遥相望。”《醉留東野》又云:“昔年因讀李白杜甫詩,長恨二人不相從。吾與東野生並世,如何復躡二子

① 實叉難陀譯《大方廣佛華嚴經》卷二一,《大正新修大藏經》第10册。

② 鄧小軍《理學本體:人性論的建立——韓愈人性思想研究》,《孔子研究》1993年第2期。

③ 陳寅恪《論韓愈》,《歷史研究》1954年第2期。

④ 郭紹虞、錢仲聯、王遽常編《萬首論詩絶句》,第667頁。

蹤。”韓愈的可貴之處，還在於他是李杜並尊的，對二人並無優劣之分。他在詩文中凡是提到杜甫，幾乎都是與李白並稱的，如《薦士》詩云：“勃興得李杜。”《城南聯句》云：“蜀雄李杜拔。”《感春四首》其二云：“近憐李杜無檢束，爛漫長醉多文辭。”《石鼓歌》云：“少陵無人謫仙死，才薄將奈石鼓何。”《酬司門盧四兄雲夫院長望秋作》云：“遠追甫白感至誠。”《送孟東野序》云：“唐之有天下，陳子昂、蘇源明、元結、李白、杜甫、李觀，皆以其所能鳴。”正因如此，故後有題韓愈所作《題杜工部墳》云：“獨有工部稱全美，當日詩人無擬倫。”獨尊杜甫，故後人疑爲僞作，誠有以也。宋人鄭卬即云：“余讀李元賓《補遺傳》及韓退之《題杜工部墳》詩，皆自《摭遺》所載，疑非二公所作。然大曆、元和，時之相去，猶未爲遠，不當與本集抵牾若是，大抵後之好事者托而質之也。”①韓愈並尊李杜，故其詩風格既有李詩的豪逸，又有杜詩的雄奇。而更主要的，是他繼承杜甫完成了所謂盛唐詩風向中唐詩風的轉變，並發展了杜詩以文爲詩、以議論爲詩的奇險傾向，形成自己奇崛險怪、豪健奔放的獨特風格。

關於杜甫求奇思變的創作傾向，前人論述頗多，此不贅述。這裏須要指出的是，杜甫的這一傾向，並不是憑空産生的，而是與他所處的“安史之亂”前後的時代思潮密切相關的。葛曉音在《論天寶至大曆間詩歌藝術的漸變——從杜甫岑參等詩人創奇求變的共同傾向談起》一文中指出：“如果仔細閲讀天寶至大曆間的全部詩作，就會發現杜詩中某些‘變態’，乃是當時詩壇的共同趨勢，只不過這些微妙的變化散見於其他詩人的作品中，不像杜詩表現得那麽集中而已。”“經過分析排比，仍然可以舉出一批與杜甫具有共同的奇變傾向的詩人，例如岑參、畢曜、蘇涣、王季友、孟雲卿、獨孤及等，他們創奇求變的端倪由顧況等大曆至貞元之間的一批詩人接

---

① 鄭卬《跋杜子美詩并序》，《分門集注杜工部詩》卷首，《四部叢刊》景宋本。

續，逐漸開出了貞元、元和之間詩歌大變的風氣。"①葛文雖然沒有直接觸及韓愈，不過修正了傳統的杜甫與韓愈詩變的單綫聯繫的説法，釐清了韓愈詩變的發展脈絡。葛文提到的岑參、畢曜、蘇涣、王季友、孟雲卿，都和杜甫交往密切，有詩爲證。杜甫與獨孤及雖無交往的文字留下來，但獨孤及與杜甫的友人李白、高適、岑參、畢曜、賈至、鄭潛曜、李之芳、薛華、陳兼等關係密切，而陳兼之子陳京即出獨孤門下，想來甫與及當有來往。岑參詩雄奇瑰麗，風格奇峭。殷璠評其詩曰："參詩語奇體峻，意亦造奇。"②杜確《岑嘉州詩集序》亦云："屬詞尚清，用意尚切，其有所得，多入佳境，迴拔孤秀，出於常情。"③蘇涣是一傳奇人物，剽勇不羈，作詩求奇，他的《變律詩》就是有意變奇之作。王季友，亦是奇人，杜甫稱其"豪俊"，殷璠評其詩曰："季友詩，愛奇務險，遠出常情之外。"④孟雲卿，工詩，杜甫稱爲"古人詩"。高仲武貞元初編選《中興間氣集》，卷下録其詩六首，評云："祖述沈千運，漁獵陳拾遺，詞氣傷怨。……當今古調，無出其右，一時之英也。"⑤唐末張爲撰《詩人主客圖》，以雲卿爲"高古奥逸主"。元結乾元三年編《篋中集》，録沈千運等七人之詩二十四首，其中録雲卿詩五首。元結《篋中集序》云："吴興沈千運，獨挺於流俗之中，强攘於已溺之後，窮老不惑，五十餘年。凡所爲文，皆與時異。故朋友後生，稍見師效，能似類者，有五六人。"⑥實則七人之詩"皆與時異"。《四庫全書・〈篋中集〉提要》評云："其

---

① 葛曉音《論天寶至大曆間詩歌藝術的漸變——從杜甫岑參等詩人創奇求變的共同傾向談起》，《文學史》第2輯，北京大學出版社1995年版。

② 《河岳英靈集》卷上，傅璇琮編《唐人選唐詩新編》本，陝西人民教育出版社1996年版。

③ 《岑嘉州詩》卷首，明正德濟南刊本。

④ 《河岳英靈集》卷上。

⑤ 《中興間氣集》卷下，傅璇琮編《唐人選唐詩新編》本。

⑥ 《篋中集》卷首，文淵閣《四庫全書》影印本。

詩皆淳古淡泊,絶去雕飾……與當時作者門徑迥殊。"孟郊《哀孟雲卿嵩陽荒居》詩云:"戚戚抱幽獨,晏晏沉荒居。不聞新歡笑,但睹舊詩書。藝蘗意彌苦,耕山食無餘。"①意苦正在求奇。就是編《篋中集》的元結,杜甫作《同元使君舂陵行》稱贊他"道州憂黎庶,詞氣浩縱横",其詩亦是質勝於文,明人胡應麟即批評"元(結)獨矯峻艱澀近於怪且迂矣"②。獨孤及與蕭穎士、李華、賈至等都提倡古文,實爲唐代古文運動的先驅。《四庫全書·〈毘陵集〉提要》云:"唐自貞觀以後,文士皆沿六朝之體,經開元、天寶,詩格大變,而文格猶襲舊規,元結與及始奮起湔除,蕭穎士、李華左右之,其後韓、柳繼起,唐之古文遂蔚然極盛,斲雕爲樸,數子實居首功。《唐實録》稱韓愈學獨孤及之文,當必有據。"梁肅《毘陵集後序》謂其爲文"操道德爲根本,總禮樂爲冠帶,以《易》之精義,《詩》之雅訓,《春秋》之褒貶,屬之於辭。故其文寬而儉,直而婉,辯而不華,博厚而高明,論人無虚美,比事爲實録。天下凛然,復睹兩漢之遺風。"辛文房謂及詩"格調高古,風神迴絶"③。至於顧況,善爲歌詩,性詼諧放任,不修檢操。韓愈弟子皇甫湜稱其詩"翕輕清以爲性,結泠汰以爲質,煦鮮榮以爲詞,偏於逸歌長句,駿發踔厲,往往若穿天心,出月脅,意外驚人語,非尋常所能及,最爲快也。李白、杜甫已死,非君將誰與哉?"④賀裳評其詩曰:"顧況詩極有氣骨,但七言長篇,粗硬中時雜鄙句,惜有高調而非雅音。"⑤粗硬而雜鄙句,正是求奇。以上數人,對韓愈的創作都有或多或少、或直接或間接的影

---

① 孟郊《哀孟雲卿嵩陽荒居》,《全唐詩》卷三八一。

② 胡應麟《少室山房筆叢》卷二八《九流緒論中》,中華書局 1958 年版,第 369 頁。

③ 辛文房《唐才子傳》卷二,文淵閣《四庫全書》影印本。

④ 皇甫湜《唐故著作佐郎顧況集序》,《皇甫持正集》卷二,文淵閣《四庫全書》影印本。

⑤ 賀裳《載酒園詩話又編》,《清詩話續編》本,第 340 頁。

響。但就詩歌創作的奇險傾向而言,杜甫的影響應該是大的。

開天盛世,是中國古典詩歌發展的黄金時期。李白、杜甫和王、孟、高、岑等共同把詩歌創作推向一個高峰。杜甫要超越同時大家,必須創新,開闢一條自己的路。"爲人性僻耽佳句,語不驚人死不休",這裏的"語",實際上就是指詩歌創作。詩怎樣才能"驚人"?杜甫追求的目標之一,就是"奇",正如他在《題李尊師松樹障子歌》中所説的"老夫平生好奇古"。怎樣才能達到"奇"?杜甫主要採取了三種手法:以文爲詩,以議論爲詩,探索新的格式和句式。

以文爲詩,是指詩的散文化,即以作文之法作詩。吴瞻泰《杜詩提要自序》云:"子美之詩駕乎三唐者,其旨本諸《離騷》,而其法同諸《左》《史》。不得其法之所在,則子美之詩多有不能釋者,其旨亦因之而愈晦。……而至其整齊於規矩之中,神明於格律之外,則有合左氏之法者,有合馬、班之法者。其詩之提掣起伏,離合斷續,奇正主賓,開闔詳略,虚實正反整亂,波瀾頓挫,皆與《史》法同。"①曾國藩《求闕齋日記類抄·文藝·癸卯二月》記云:"温杜詩五古,觀其筆陣伸縮吐茹之際,絶似《史記》。"劉熙載《藝概·詩概》云:"杜陵五七古叙事,節次波瀾,離合斷續,從《史記》得來,而蒼茫雄直之氣,亦逼近之。"②管世銘《讀雪山房唐詩序例·五古凡例》云:"杜工部五言詩,盡有古今文字之體。前後《出塞》、'三别'、'三吏',固爲詩中絶調,漢、魏樂府之遺音矣。他若《上韋左丞》,書體也;《留花門》,論體也;《北征》,賦體也;《送從弟亞》,序體也;《鐵堂》《青陽峽》以下諸詩,記體也;《遭田父泥飲》,頌體也;《義鶻》《病柏》,説體也;《織成褥段》,箴體也;《八哀》,碑狀體也;

① 吴瞻泰《杜詩提要自序》,《杜詩叢刊》本。

② 劉熙載《藝概·詩概》,上海古籍出版社 1978 年版。

《送王砅》,紀傳體也。可謂牢籠衆有,揮斥百家。”[1]方東樹《昭昧詹言·杜公》亦云:“杜公以《六經》《史》《漢》作用行之,空前後作者,古今一人而已。”[2]又《總論七古》云:“欲知插叙、逆叙、倒叙、補叙,必真解史遷脈法乃悟。所謂章法奇古,變化不測也。坡、谷以下皆未及此。惟退之、太史公文如是,杜公詩如是。”[3]又評《兵車行》云:“此篇真《史》《漢》大文,論著奏議,合《詩》《書》六經相表裏,不可以尋常目之。”[4]他如《塞蘆子》,猶似一篇奏議。如《蕭八明府實處覓桃栽》《從韋二明府續處覓綿竹》《憑何十一少府邕覓榿木數百栽》《憑韋少府班覓松樹子栽》《又于韋處乞大邑瓷碗》等,直如書札。《八哀詩》,猶如八人傳記。李因篤評曰:“《八哀詩》叙述八公生平,稱而不誇,老筆深情,得司馬子長之神矣。”[5]仇兆鰲評《八哀詩·贈太子太師汝陽郡王璡》曰:“此拈‘謹潔極’爲通篇之眼,將詔王射雁,用三段詳叙。如《史記·淮陰侯傳》多入蒯通語,《司馬相如傳》備載文君事,皆以旁出見奇,方是善於寫生者。”[6]又評《贈秘書監江夏李公邕》篇云:“各章以序事成文,部署森嚴,純似班史。唯此章,感慨激昂,排蕩變化,直追龍門之筆。”陳訏評《草堂》詩云:“此詩序述其事,似一篇重來草堂記序。蓋仿太史公《史記》序事體,直書其事而以韵語出之。開後來《諸將》《八哀》《往昔》(疑當作《往在》或《昔遊》)《壯遊》諸詩體格。”[7]陳廷敬評《秋興八首》云:“杜此八首,命意練句之妙,不必論。以章法論,章各有

---

① 管世銘《讀雪山房唐詩序例·五古凡例》,《清詩話續編》本,第1546頁。

② 方東樹《昭昧詹言》卷八,人民文學出版社汪紹楹校點本,第211頁。

③ 方東樹《昭昧詹言》卷一一,第233頁。

④ 方東樹《昭昧詹言》卷一二,第256頁。

⑤ 《杜詩集評》卷三引,《杜詩叢刊》本。

⑥ 《杜詩詳注》卷一六,第1394頁。

⑦ 陳訏《讀杜隨筆》下卷,清雍正十年松柏堂刻本。

法,合則首尾如一章,兵家常山陣庶幾似之。人皆云李如《史記》,杜如《漢書》,予獨謂不然。杜合子長、孟堅爲一者也。"①至於個别散文式的詩句,如《春日憶李白》之"白也詩無敵,飄然思不群",《病後過王倚飲贈歌》之"尚看王生抱此懷,在於甫也何由羨",《徐卿二子歌》之"丈夫生兒有如此二雛者,異時名位豈肯卑微休",《丹青引》之"將軍魏武之子孫,於今爲庶爲清門。英雄割據雖已矣,文采風流今尚存",《短歌行贈王郎司直》之"王郎酒酣拔劍斫地歌莫哀,我能拔爾抑塞磊落之奇才","青眼高歌望吾子,眼中之人吾老矣"等等,更是比比皆是。

以議論爲詩,雖不是杜甫的首創,但却是杜詩的一個顯著特點。《自京赴奉先縣詠懷五百字》體現了以議論入詩又能保持詩歌情韵的藝術獨創性。此詩根據自身經歷,按照還家的時間順序,以議論與叙事、抒情相結合的形式,通過真切描寫沿途見聞和到家後的情景,集中表現了他"致君堯舜上"的抱負、對社會現實的洞察力,以及對國家命運和人民疾苦的深切關懷。《北征》的布局是兩頭議論、中間叙事,叙的是還家探親的私事,議的是對國家大事的深謀遠慮,而以家國之憂和身世之感直貫全篇,充分體現了杜詩博大精深、沉鬱頓挫的風格。杜甫此類五古長篇,發揮賦的鋪陳排比的手法,夾叙夾議,便於表達複雜的感情、錯綜的内容。胡夏客評曰:"《赴奉先詠懷》,全篇議論,雜以叙事;《北征》則全篇叙事,雜以議論。蓋曰'詠懷',自應以議論爲主;曰'北征',自應以叙事爲主也。"②如《戲爲六絶句》,開以絶句論詩的先河,在文學批評史上有着重要的地位和影響。張溍評云:"《六絶》爲詩道指南。"③郭紹虞認爲,此爲老杜"一生詩學所詣,與論詩主旨所在,悉萃於是,非

① 陳廷敬《杜律詩話》卷下,清康熙間刊刻《午亭文編》載録本。

② 《杜詩詳注》卷四引,第 274 頁。

③ 《讀書堂杜詩注解》卷七,《杜詩叢刊》本。

可以偶爾遊戲視之"①。如《偶題》,前半論詩文,後半叙境遇,夾叙夾議,叙議結合,脈理精細。翁方綱評曰:"杜公之學,所見直是峻絶。其自命稷、契,欲因文扶樹道教,全見於《偶題》一篇,所謂'法自儒家有'也。此乃羽翼經訓,爲風、騷之本,不但如後人第爲綺麗而已。"②又如《題桃樹》,雖題屬桃樹,而寓意却甚大。范廷謀評曰:"此《詩》之興體,偶借桃樹以起興,於小題中抒寫大胸襟、大道理。通首八句,因桃樹而念及貧人,因貧人而念及禽獸,而遂及寡妻群盜,仁民愛物之心一時俱到。公之性情、經濟具見於此,勿認作詠物詩看。"③洪邁評《縛雞行》云:"此詩自是一段好議論,至結句之妙,非他人所能跂及也。"④《麂》,全詩借麂立言,工於體物,巧於抒情,以靈動筆致書寫警世至理,允稱大手筆。故吴瞻泰云:"極小題目,每每發出絶大議論。"⑤七言歌行《古柏行》,描寫古柏形神兼備,抒情議論寄托遥深。最後八句,"卒章顯其志",聯繫大廈將傾需棟梁的現實,發出"古來材大難爲用"的深沉感喟。楊倫評《劍門》詩云:"以議論爲韵言,至少陵而極,少陵至此等詩而極,筆力雄肆,直欲駕《劍閣銘》而上之。"⑥杜甫的許多詠史懷古詩,往往借古人軀殼而抒己懷抱,以史爲鑒,寓含議論。如《石笋行》,杜甫在詩中對古來的傳説予以否定,推想石笋當是昔時卿相墓表,指出蒙蔽百姓的世俗之見,猶如小臣之諂媚皇帝,誤國亂政,其害無窮。詩以"安得壯士擲天外,使人不疑見本根"作結,表現了杜甫疾惡如仇和反對迷信的鮮明態度。吴瞻泰評曰:"絶大議論,忽發在石笋極

---

① 郭紹虞《杜甫〈戲爲六絶句〉集解·序》,人民文學出版社 1978 年版。
② 翁方綱《石洲詩話》卷一,《清詩話續編》本,第 1380 頁。
③ 范廷謀《杜詩直解》七律卷一,清雍正六年范氏稼石堂刻本。
④ 《容齋隨筆》三筆卷五,《四部叢刊》續編景宋本配明本。
⑤ 《杜詩提要》卷九,《杜詩叢刊》本。
⑥ 《杜詩鏡銓》卷七,第 309 頁。

細事中,使人動心駭目,正不必泥其所指也。"[①]《詠懷古迹五首》其五,幾乎全用議論,然因其並無膚泛空言,且感情充沛,形象鮮明,因而仍使人覺得詩味盎然。故沈德潛云:"此議論之最高者,後人謂詩不必著議論,非通言也。"[②]而杜甫直詠時事的詩篇,更是借事發議,寓意深刻。如《有感五首》,這組詩是收京後第二年春,杜甫有感於當時時局動盪,就軍國大政發表見解的一組政治詩。汪瑗評曰:"此五章,皆大道理正議論,可見少陵學術之深宏,非特詩人而已。碧溪謂少陵似孟子,視此五章,誠非怍色。"[③]《諸將五首》是用七律的形式議論軍國大事,諷刺諸將不能禦寇安疆、爲國解困分憂的一組政治諷刺詩。郝敬評曰:"此諷天寶以來諸將,以詩當紀傳,議論時事,非吟弄風月,登眺遊覽,可以任興漫作者也。必有子美憂時之真心,又有其識學筆力,乃能斟酌裁補,合度如律,非復清空無象,不用意,不著理,不求可解之類也。五首縱横開合,宛是一章奏議,一篇訓誥,與《三百篇》並存可也。"[④]浦起龍謂《承聞河北諸道節度入朝歡喜口號絶句十二首》:"十二篇竟是一大篇議論夾叙事之文,與紀傳論贊相表裏。"[⑤]又如《前出塞九首》第六首純爲議論,表達了杜甫對於戰爭目的和民族關係等根本問題的正確見解,見識遠高於當時所有的邊塞詩。

杜詩奇,源於創。敢於創新,避熟生新,因舊翻新。"新題樂府"是杜甫開創的一種新的詩歌體式,爲中唐以後的新樂府樹立了榜樣。元稹《樂府古題序》説:"近代唯詩人杜甫《悲陳陶》《哀江頭》《兵車》《麗人》等,凡所歌行,率多即事名篇,無復依傍。余少

---

① 《杜詩提要》卷六,《杜詩叢刊》本。

② 沈德潛《杜詩偶評》卷四,乾隆十二年潘承松賦閑草堂初刻本。

③ 汪瑗《杜律五言補注》卷二,明萬曆新安汪文英刊本。

④ 郝敬《批選杜工部詩》卷四,明天啓六年山草堂刻《山草堂集・外編》本。

⑤ 《讀杜心解》卷六之下,第857頁。

時與友人樂天、李公垂輩，謂是爲當，遂不復擬賦古題。”[1]蔡居厚云：“惟老杜《兵車行》《悲青阪》《無家别》等數篇，皆因事自出己意立題，略不更蹈前人陳迹，真豪傑也。”[2]《飲中八仙歌》亦是創格，句句用韵，一韵到底，不發一句議論，而八人醉態活現。王嗣奭評云：“此創格，前無所因，後人不能學。描寫八公都帶仙氣，而或兩句、三句、四句，如雲在晴空，卷舒自如，亦詩中之仙也。”[3]夏力恕評云：“此篇爲少陵創格……蓋謡諺之别體，樂府之遺音，故有重韵。”[4]《曲江三章章五句》，是一種每首五句的七言詩體，一、二、三、五句押同一韵，都在第三句上作頓，非今非古，亦是杜甫的創體。查慎行曰：“七言五句成章，自我作古，歷落可誦。”[5]梁運昌評《白絲行》曰：“本是平調，但仄韵换仄，詞句自緩，音節自緊，此杜老新調。”[6]

律詩，至唐始定型。五言律詩，至杜審言、沈佺期、宋之問時已成熟。但七言律詩直到杜甫時始成熟。律詩有嚴格的格律，有一定的平仄格式。爲使律詩更多變化，有的詩人嘗試打破固定的平仄格式，即所謂拗體律詩。杜甫之前，律詩中雖已有拗句出現，但拗體七律却是杜甫的新創，而且是有意爲之。關於杜甫拗體七律的數量，説法不一。方回謂：“拗字詩，在老杜集七言律詩中謂之‘吴體’，老杜七言律一百五十九首，而此體凡十九出，不止句中拗一字，往往神出鬼没，雖拗字甚多，而骨骼愈峻峭。”[7]香港學者鄺健

---

① 《元稹集》卷二三，中華書局冀勤校點本。

② 《苕溪漁隱叢話》前集《國風漢魏六朝上》引《蔡寬夫詩話》，人民文學出版社廖德明校點本。

③ 《杜臆》卷一，第 8 頁。

④ 《杜詩增注》卷一，清乾隆十四年古泉精舍刻本。

⑤ 《杜詩集評》卷五引，《杜詩叢刊》本。

⑥ 《杜園説杜》卷七，書目文獻出版社 1995 年影印本。

⑦ 《瀛奎律髓》卷二五《拗字類》序，文淵閣《四庫全書》影印本。

行認爲有三十四首[①]。李乃珍認爲有五十二首(包括平韵拗體七律四十七首,仄韵拗體七律五首),並云:"(杜甫)既是遵守近體詩詩律的模範,又是勇於突破、走得離近體詩詩律最遠的闖將,無論是近體詩律,還是拗體詩律、仄韵詩律,他得心應手,運用到了爐火純青的程度。"[②]于年湖博士則認爲杜詩中廣義的拗體七律共有五十首,狹義的(既有拗句又有拗調的七律)有三十八首[③],如《白帝城最高樓》《白帝》《黄草》《即事》(暮春三月)《立春》《愁》《晝夢》《暮春》《赤甲》《江雨有懷鄭典設》等。有人認爲杜甫居夔州時方有拗體七律,其實不然,較早所作的《鄭駙馬宅宴洞中》《題省中壁》《曲江對酒》《題鄭縣亭子》《望嶽》《早秋苦熱堆案相仍》《崔氏東山草堂》等詩,已是拗體七律。清初一代宗師王漁洋云:"唐人拗體律詩有二種:其一蒼莽歷落中自成音節,如老杜'城尖徑仄旌旆愁,獨立縹緲之飛樓'諸篇是也;其一單句拗第幾字,則偶句亦拗第幾字,抑揚抗墜,讀之如一片宫商,如許渾之'溪雲初起日沉閣,山雨欲來風滿樓'、趙嘏(應爲許渾)之'湘潭雲盡暮山出,巴蜀雪消春水來'是也。"[④]而漁洋所説的第二種拗體,即所謂的"丁卯句法",其實也是杜甫所始創。方回早已指出:"今江湖學詩者,喜許渾詩'水聲東去市朝變,山勢北來宫殿高'、'湘潭雲盡暮山出,巴蜀雪消春水來',以爲'丁卯句法',殊不知始于老杜,如'負鹽出井此溪女,打鼓發船何郡郎'(按:此爲《十二月一日三首》其二詩句)、'寵光蕙葉與多碧,點注桃花舒小紅'(按:此爲《江雨有懷鄭典設》

---

① 鄺健行《論吴體和拗體的貼合程度》,《詩賦與律調》,中華書局 1994 年版。

② 李乃珍《拗體唐詩與仄韵唐詩》,齊魯書社 2013 年版。

③ 于年湖《杜詩語言藝術研究》,齊魯書社 2008 年版。本節所述,有的採用該著觀點。

④ 王士禛《分甘餘話》卷三,文淵閣《四庫全書》影印本。

詩句)之類是也。如趙嘏‘殘星幾點雁横塞,長笛一聲人倚樓’,亦是也。”[①]杜甫絶句亦别具一格,奇崛樸健,與盛唐諸家不同。有人統計過,在杜甫今存138首絶句中,就有古絶32首,拗絶29首[②]。杜詩押仄韵、押險韵的情况也比較多。

律詩句式,五言詩一般爲“二三”式,或“二二一”式;但杜詩句式還有“四一”式、“二一二”式、“一一三”式、“一三一”式、“一四”式、“三二”式等多種形式。七言詩句式一般有“四三”式或“四二一”式,但杜詩句法還有“四一二”式、“五二”式、“二五”式、“三四”式、“一六”式等多種形式。杜甫還有意造成錯位句,使句子成分顛倒錯綜,給人耳目一新的感覺。如《鄭駙馬宅宴洞中》之“春酒杯濃琥珀薄,冰漿碗碧瑪瑙寒”,爲寫富貴人家酒好器麗之名句,其妙在於避俗就新,不直言“琥珀杯薄春酒濃,瑪瑙碗碧冰漿寒”,而是“將杯、碗倒拈在上,而以濃、薄、碧、寒四字互映生姿,得化腐爲新之法”[③]。又如《放船》之“青惜峰巒過,黄知橘柚來”,用一四句式突出“青”、“黄”二字,極爲準確地寫出了船行迅速、兩旁景物聯翩而過的視覺感受,頗爲精警。他如《陪鄭廣文遊何將軍山林十首》其五之“緑垂風折笋,紅綻雨肥梅”,《秋興八首》其八之“香稻啄餘鸚鵡粒,碧梧棲老鳳凰枝”,都是著名的例子。

杜詩的“奇”,還表現在内容和形式上的不避俚俗,而又能做到由雅入俗。如《愁》詩,題下原注:“强戲爲吴體。”黄生即云:“皮陸集中亦有吴體詩,乃當時俚俗爲此體耳,詩流不屑效之,杜公篇什既衆,時出變調,凡集中拗律,皆屬此體,偶發例於此,曰‘戲’者,明其非正律也。”[④]如《戲作俳諧體遣悶二首》,寫夔州風俗之可怪,又

---

① 方回《瀛奎律髓》卷二五《拗字類》序,文淵閣《四庫全書》影印本。

② 黄震雲、張英《杜甫絶句的詩學藝術》,《杜甫研究學刊》2005年第2期。

③ 仇兆鰲《杜詩詳注》卷一,第47頁。

④ 仇兆鰲《杜詩詳注》卷一八引,第1599頁。

别具一格。又如《夜歸》詩:“夜半歸來衝虎過,山黑家中已眠卧。傍見北斗向江低,仰看明星當空大。庭前把燭嗔兩炬,峽口驚猿聞一個。白頭老罷舞復歌,杖藜不睡誰能那?”寫醉後歸家所見所聞深夜景象,以及邊歌邊舞之醉態,亦近俳諧體。胡震亨評云:“故作一種粗鹵質俚之態,以盡詩之變,此所以爲大家也。”[①]盧世㴶則謂此詩“狂的改樣”[②]。杜詩還大量使用俚詞俗語。宋人黄徹即云:“數物以‘個’,謂食以‘喫’,甚近鄙俗,獨杜屢用:‘峽口驚猿聞一個’,‘兩個黄鸝鳴翠柳’,‘却繞井闌添個個’。《送李校書》云:‘臨岐意頗切,對酒不能喫’,‘樓頭喫酒樓下卧’、‘但使殘年飽喫飯’、‘梅熟許同朱老喫’,蓋篇中大概奇特,可以映帶者也。”[③]吴齊賢《論杜》云:“極俗鄙之句,而化爲神奇者,如‘攀桂仰天高’、‘搗藥兔長生’,舉之不勝舉也。”[④]此類尚多。杜甫不避俗,而能化俗爲雅,甚至不避醜,而能化醜爲美,這正是杜詩的奇特之處。杜詩用語的獨特之處,還在於敢用他人所不用或極少用的詞語。如“側塞”一詞,唐以前,大概只有《水經注》和梁簡文帝蕭綱的文章中偶爾用過,而在清編《全唐詩》中,只有杜甫兩次用過“側塞”一詞,一是《大雲寺贊公房四首》之四:“側塞被徑花,飄摇委墀柳。”一是《阻雨不得歸瀼西甘林》之“虚徐五株態,側塞煩胸襟”。而文中,似乎只有顔真卿在大曆六年(771)三月所寫的《撫州寶應寺律藏院戒壇記》中用過:“於是遠近駿奔,道場側塞,聖像放光。”[⑤]原來“側塞”一詞是佛經翻譯中的常用詞語,意爲積滿充塞。如後漢竺大力、康孟詳共譯《修行本起經》卷下《出家品第五》云:“至夜半後,

① 胡震亨《杜詩通》卷一四,清順治七年朱茂時刊刻本。

② 盧世㴶《杜詩胥鈔餘論·論七言古詩》,明崇禎間刻本。

③ 黄徹《碧溪詩話》卷七,《歷代詩話續編》本,第379頁。

④ 吴齊賢《論杜》,《杜詩詳注》附編《諸家論杜》,第2346頁。

⑤ 顔真卿《撫州寶應寺律藏院戒壇記》,《顔魯公集》卷一三,文淵閣《四庫全書》影印本。

明星出時,諸天側塞虚空。”①梁簡文帝《大法頌》云:“于時天龍八部側塞空界,積衣成座。”②唐釋提雲譯《佛説大乘造像功德經》卷上云:“浄居天衆側塞虚空。”③唐釋道世撰《法苑珠林》卷五一云:“乃睹塔内側塞僧徒,合掌而立。”④杭州雷峰塔中之藏本《一切如來心秘密全身舍利寶篋印陀羅尼經》亦載佛言:“一切如來、應、正等覺側塞無隙,猶如胡麻。”如此等等,不勝枚舉。而在詩中,據今所見,恐杜爲首用。後宋人范浚《題茂安兄秀野亭》詩云:“側塞亂花紅被徑,檀欒高竹翠緣陂。”⑤乃是因襲杜詩。後楊萬里《過松源晨炊漆公店》其一又云:“側塞千山縫也無,上天下井萬崎嶇。”⑥但不多見。宋人張戒説得好:“世徒見子美詩之粗俗,不知粗俗語在詩句中最難,非粗俗,乃高古之極也。自曹、劉死至今一千年,惟子美一人能之。中間鮑照雖有此作,然僅稱俊快,未至高古。元、白、張籍、王建樂府,專以道得人心中事爲工,然其詞淺近,其氣卑弱。至於盧仝,遂有‘不唧溜鈍漢’、‘七碗喫不得’之句,乃信口亂道,不足言詩也。近世蘇、黄亦喜用俗語,雖時用之亦頗安排勉强,不能如子美胸襟流出也。子美之詩,顔魯公之書,雄姿傑出,千古獨步,可仰而不可及耳。”⑦

應該説,詩到杜甫,已是登峰造極,很難逾越。韓愈對杜甫自然是無限景仰的,他的詩有的模仿杜詩。如《題張十一旅舍三詠》,有似杜詩,而其中《井》詩云:“賈誼宅中今始見,葛洪山下昔曾窺。

① 竺大力、康孟詳共譯《修行本起經》,《大正新修大藏經》第3册。

② 梁簡文帝《大法頌》,釋道宣撰《廣弘明集》卷二〇,文淵閣《四庫全書》影印本。

③ 釋提雲譯《佛説大乘造像功德經》,《大正新修大藏經》第16册。

④ 釋道世撰《法苑珠林》卷五一,文淵閣《四庫全書》影印本。

⑤ 范浚《香溪集》卷四,文淵閣《四庫全書》影印本。

⑥ 楊萬里《誠齋集》卷三五,文淵閣《四庫全書》影印本。

⑦ 張戒《歲寒堂詩話》卷上,《歷代詩話續編》本,第451頁。

寒泉百尺空看影,正是行人渴死時。"則全模仿杜詩《江南逢李龜年》:"岐王宅裏尋常見,崔九堂前幾度聞。正是江南好風景,落花時節又逢君。"杜詩《江村》云:"老妻畫紙爲棋局,稚子敲針作釣鈎。"韓詩《感春五首》之一則云:"已呼孺人戛鳴瑟,更遣稚子傳清杯。"杜詩《早秋苦熱堆案相仍》云"常愁夜來皆是蠍",韓詩《送文暢師北遊》則偏云"照壁喜見蠍"。韓詩《示兒》云"酒食罷無爲,棋槊以相娛",句法則仿杜詩《今夕行》"咸陽客舍一事無,相與博塞爲歡娛"。韓詩《石鼓歌》亦多模仿杜詩《李潮八分小篆歌》,如杜云"潮乎潮乎奈汝何",韓則云"才薄將奈石鼓何",杜云"快劍長戟森相向",韓則云"快劍斫斷生蛟鼉"。李東陽曰:"韓得意時自不失唐詩聲調,如《永貞行》固有杜意。"①朱彝尊謂《寒食日出遊》"營構猶有杜法"②。《雪浪齋日記》謂"退之《燈花詩》(即《詠燈花同侯十一》)全似老杜"③。吴農祥評杜詩《荆南兵馬使太常卿趙公大食刀歌》曰:"倔强險怪,是昌黎所祖。"④厲志則謂"昌黎《送温處士赴河陽軍序》,實以少陵《送長孫侍御赴武威判官》詩作骨。此公輸服老杜,乃至於是"⑤。所以王士禛曰:"杜七言千古標準。……貞元、元和間學杜者,惟韓文公一人耳。"⑥田雯曰:"善學少陵者,無如昌黎歌行,盤空硬語,妥帖恢奇,乃神似,非形似也。"⑦喬億亦曰:"退之五言大篇學杜,而峭露特甚。"⑧方東樹則曰:"(韓)公七

---

① 李東陽《麓堂詩話》,《歷代詩話續編》本,第 1390 頁。

② 朱彝尊《批韓詩》,錢仲聯《韓昌黎詩繫年集釋》卷四引,上海古籍出版社 1984 年版,第 368 頁。

③ 《苕溪漁隱叢話》前集卷二二引,人民文學出版社廖德明校點本。

④ 《杜詩集評》卷六引,《杜詩叢刊》本。

⑤ 厲志《白華山人詩説》卷二,《清詩話續編》本,第 2283 頁。

⑥ 張宗柟輯《帶經堂詩話・纂輯類二》,人民文學出版社戴鴻森校點本。

⑦ 田雯《古歡堂集・雜著》卷二,《清詩話續編》本,第 700 頁。

⑧ 喬億《劍溪説詩》卷上,《清詩話續編》本,第 1083 頁。

言皆祖杜拗體。”①胡應麟甚至批評:“退之《桃源》《石鼓》,模杜陵而失之淺。”②韓愈有的詩句,亦襲用或化用杜詩。如《送李六協律歸荆南》“江燕正飛飛”,即襲用杜詩《秋興八首》之三“清秋燕子故飛飛”;《閒遊二首》之二“子雲祇自守”,亦襲用杜詩《送楊六判官使西蕃》之“子雲清自守”;《孟生詩》“求觀衆丘小,必上泰山岑”,則本杜詩《望嶽》“會當凌絶頂,一覽衆山小”。甚至個别用詞,也步杜甫後塵而用之。如“料理”一詞,在清編《全唐詩》中共出現了四次,而首用者,爲杜甫的《江畔獨步尋花七絶句》之二:“詩酒尚堪驅使在,未須料理白頭人。”而韓愈《飲城南道邊古墓上逢中丞過贈禮部衛員外少室張道士》“爲逢桃樹相料理,不覺中丞喝道來”,亦用之;其餘兩例則爲元稹《人道短》:“人能揀得丁沈蘭蕙,料理百和香。”白居易《對鏡偶吟贈張道士抱元》:“眼昏久被書料理,肺渴多因酒損傷。”都是崇杜學杜而有獨特之處者。所以王楙曰:“因知韓詩亦自杜詩中來。”③

對志大氣傲的韓愈來説,是不甘心屈居杜甫之後亦步亦趨的。他要開宗立派,獨樹一幟,但是如何才能達到呢?宋誼《杜工部詩序》云:“唐之時以詩鳴者最多,而杜子美迥然而異。相望數千載之間,而獨得古人之大體。其詞曲而中,其意肆而隱,雖怪奇偉麗,變態百出,而一之於法度,不幾于古之言志而詠情者乎!”④“怪奇偉麗,變態百出”,正是杜詩的一大特點。於是,韓愈一眼覷定“少陵奇險處”而極力效仿之,超越之。他在《調張籍》中即云:“李杜文章在,光焰萬丈長。……我願生兩翅,捕逐出八荒。精誠忽交通,百怪入我腸。”《醉贈張秘書》云:“險語破鬼膽,高詞媲皇墳。”《誰

① 方東樹《昭昧詹言》卷一二,第269頁。

② 《詩藪・内編》卷三,上海古籍出版社1979年新1版。

③ 王楙《野客叢書・韓用杜格》,中華書局王文錦點校本。

④ 《分門集注杜工部詩》卷首,《四部叢刊》景宋本。

氏子》云:“力行險怪取貴仕。”《上宰相書》云:“居窮守約,亦時有感激怨懟奇怪之辭,以求知於天下。”怪奇偉麗,力行險怪,正是韓詩最突出的特點。

怎樣才能做到險怪偉麗? 以文爲詩,以議論爲詩,就是韓愈求奇而採用的重要手段。趙翼《甌北詩話》云:“以文爲詩,自昌黎始。”①其實韓愈是繼承和發展了杜甫“以文爲詩”的傳統。韓愈擅長古文,與柳宗元倡導古文運動,爲“唐宋八大家”之首。蘇洵《上歐陽内翰第一書》謂“韓子之文,如長江大河,渾浩流轉,魚黿蛟龍,萬怪惶惑”②。韓詩又何嘗不如是! 他的詩喜用古文之法,鋪張揚厲,蔚爲大觀。如有名的《南山詩》,長達一百零二韵,以汪洋恣肆的筆觸,對終南山雄偉奇麗的自然景觀作了多角度、多層次的全方位描寫,詩中連用五十一個“或”字和十四組疊字,其氣勢之宏大,結構之嚴密,體物之巧妙,雕琢之精工,無不追新獵異,窮極變化,雄奇縱恣,獨闢蹊徑。關於連用五十一個“或”字,饒宗頤認爲係脱胎于古印度馬鳴著、北涼曇無讖譯《佛所行贊・破魔品》中的一段譯文③。有的論者對此提出了質疑,認爲韓愈創作《南山詩》,不一定是受了《佛所行贊》的影響,而是基於中國文化傳統的創造;並指出在商代已有比較成熟的連用格了,而在《易經》、揚雄《解嘲》、曹植《洛神賦》以及陸機《文賦》等作品也有若干“或”字連用之例,而道教作品中“或”字連用次數亦有多達三十七次的,與《佛所行贊》大致相當④。而對於博取衆長的韓愈來説,二者的影響當是兼而有之。但佛經翻譯的特點之一,是通俗化、口語化,語多重沓繁冗。

---

① 趙翼《甌北詩話》卷五,《清詩話續編》本,第1195頁。

② 蘇洵《嘉祐集》卷一二,文淵閣《四庫全書》影印本。

③ 饒宗頤《韓愈〈南山詩〉與曇無讖譯馬鳴〈佛所行贊〉》,日本京都大學《中國文學報》第十九册,1963年。

④ 婁博《韓愈〈南山詩〉“或”字連用格出自〈佛所行贊〉説獻疑》,《現代語文》(文學研究)2007年第11期。

而《南山詩》的不免辭費，意有重複，當是受譯經的影響大一些。再如《石鼓歌》，全詩長達六十六句，以文爲詩，以議論爲詩，體勢宏敞，雄渾光怪，典重瑰麗，句句語重，音韵鏗鏘，一韵到底。又如《桃源圖》，開首即云："神仙有無何渺茫，桃源之説誠荒唐。"以議論突兀而起，又以議論戛然而止，排斥衆議，力闢神仙之説；而中間夾以桃源故實的鋪叙與桃源圖畫的描繪，從而使議論新而不空，描叙平中見奇，章法妙絶。《謝自然詩》也是反對神仙之説，認爲"木石生怪變，狐狸騁妖患。莫能盡性命，安得更長延"，秦皇、漢武篤信神仙之術，致使"此禍竟連連"；規勸人們"人生處萬類，知識最爲賢。奈何不自信，反欲從物遷"。全篇雖以議論入詩，但平易近人，頗爲淺切，又與險怪拗峭者不同。顧嗣立評曰："公排斥佛老，是生平得力處。此篇全以議論作詩，詞嚴義正，明目張膽，《原道》《佛骨表》之亞也。"①如《汴泗交流贈張僕射》全仿杜詩《冬狩行》，寫張建封與他的部下打馬球遊戲。開頭寫打馬球前的情形，中間正面描寫打馬球的精彩場面，末發議論，"此誠習戰非爲劇，豈若安坐行良圖。當今忠臣不可得，公馬莫走須殺賊"，諷勸張建封莫耽于遊戲作樂，而應率部殺敵立功。全詩寫得奇巧詭譎，變化多端，遒勁拗峭，令人神驚意駭。特别是二十句詩竟七次换韵，每韵二句者與四句者相爲承轉，而意與韵或斷或連，平仄互協，錯綜峭拔，充分體現了韓詩奇險拗峭的獨特風格。如《謁衡嶽廟遂宿嶽寺題門樓》詩，開頭兩句，先概寫五嶽，然後專寫衡嶽。寫衡嶽，先概寫其雄偉氣勢，再特寫其由陰轉晴的變化，由衆峰的突兀聳立再特寫四峰的各具姿態。然後進到謁廟拜祭，占卜吉凶，末寫佛寺投宿，照應題目，脈絡清晰，章法井然。而在寫登嶽謁廟中，寄寓個人身世之感，嶽峰的奇姿百態與個人的兀傲不平，錯綜交織，互爲映襯，夾叙夾議，亦莊亦諧，揮灑自如，極具變化。用韵亦頗費苦心，全詩用平聲東

① 《昌黎先生詩集注》，清光緒九年廣州翰墨園三色套印本。

韵一韵到底,十七個韵句,除三個對句末三字用平仄平外,餘皆用三平調,音節鏗鏘有力。沈德潛評曰:"'横空盤硬語,妥帖力排奡',此詩足當此語。"①如《岳陽樓别竇司直》,詩的前半寫景,記述岳陽樓的勝况,鋪寫洞庭風濤的壯麗景色,以賦家手法,層層鋪叙,濃墨重彩,筆力雄健,雕形鏤象,遂成壯觀。後半叙事,抒發其遷謫之慨,以議論入詩,自叙經歷,闔合挽轉,前後照應,自成章法,布局巧妙。孫昌武評曰:"此種磊落長篇,盡力鋪排,窮極筆力,用語用韵更逞奇求新,典型地表現出韓詩特色。"②即如《薦士》詩,不啻一篇詩歌論。先叙詩歌的發展流變,肯定《詩經》、建安以來詩歌創作的優良傳統,高度評價了陳子昂改革唐代詩風的不朽功績和李白、杜甫的巨大成就,嚴厲批判了齊梁陳隋的不良詩風。次叙孟郊的詩品人品,提出了"横空盤硬語,妥帖力排奡"的詩歌創作主張。末寫薦士的宗旨目的。叙事縱横,善用比喻,鑄詞造句,語多奇崛。全詩"雖爲薦孟郊作,其論詩之旨,悉具於是矣"③。又如《調張籍》一詩,名爲戲贈張籍,實是針對當時某些人貶抑、詆毁李白、杜甫的偏向,給予尖鋭的批評,而旗幟鮮明地提出自己的看法。他既不揚李抑杜,也不揚杜抑李,而是李杜並尊,絶無軒輊:"李杜文章在,光焰萬丈長。"在一千多年來争論不休的"李杜優劣"論戰中,韓愈第一次公開提出爲後人服膺的公允評價,實爲卓識。後來蘇軾的"誰知杜陵傑,名與謫仙高。掃地收千軌,争標看兩艘"④,可説是直承韓説,影響是積極而深遠的。對於李杜詩歌創作的成就,作者不是平鋪直叙,而是馳騁想象,運用一系列奇瑰生動的比喻,揣想李杜

① 《唐宋詩醇》卷二九引,文淵閣《四庫全書》影印本。

② 孫昌武《韓愈選集》,上海古籍出版社 1996 年版。

③ 夏敬觀《説韓》,轉引自錢仲聯《韓昌黎詩繫年集釋》卷五,第 541 頁。

④ 蘇軾《次韵張安道讀杜詩》,《東坡全集》卷二,文淵閣《四庫全書》影印本。

創作時靈感發越的奇偉壯觀和詩歌所達到的奇妙瑰麗的藝術境界,奇幻變化,壯浪恣肆,以形象爲議論,充分體現了韓詩尚奇的特點。延君壽謂此詩"通首極光怪奇離之能,氣横筆鋭,無堅不破"①。朱彝尊則評曰:"議論詩,是又别一調,以蒼老勝。他人無此膽。"②

從某種意義上講,過於追求以文爲詩,以議論爲詩,必然導致詩歌的散文化,減弱詩的韵味。韓愈及韓孟詩派中人自不免此弊。如韓愈的弟子盧仝(號玉川子)做了一首《月蝕詩》,"雖豪放,然太怪險,而不循詩家法度"③,過於散文化,如開頭即云"新天子即位五年,歲次庚寅,斗柄插子,律調黄鐘",與韓愈《月蝕詩效玉川子作》開頭"元和庚寅斗插子,月十四日三更中"云云,則是學杜甫《北征》詩開頭"皇帝二載秋,閏八月初吉"。而韓詩大半增減盧仝詩句,不及杜詩遠矣。韓愈《辛卯年雪》開頭"元和六年春,寒氣不肯歸。河南二月末,雪花一尺圍",則學杜甫《戲贈友二首》開頭之"元年建巳月,郎有焦校書"、"元年建巳月,官有王司直"。如《瀧吏》云:"往問瀧頭吏,潮州尚幾里。行當何時到,土風復何似?瀧吏垂手笑,官何問之愚。"《寄盧仝》云:"玉川先生洛城裏,破屋數間而已矣。一奴長鬚不裹頭,一婢赤脚老無齒……放縱是誰之過歟,效尤戮僕愧前史。"《除官赴闕至江州寄鄂岳李大夫》:"子犯亦有言,臣猶自知之。"《讀東方朔雜事》云:"曰吾兒可憎,奈此狡獪何。"《岳陽樓别竇司直》云:"時當冬之孟,隙竅縮寒漲。"《馬厭穀》云:"一朝失志兮其何如,已焉哉!嗟嗟乎鄙夫。"《忽忽》云:"忽忽乎余未知爲生之樂也,願脱去而無因,安得長翮大翼如雲生我身。"《嗟哉董生行》,全詩散文化,如"淮水出桐柏山,東馳遥遥千里不能

① 延君壽《老生常談》,《清詩話續編》本,第1818頁。

② 《批韓詩》,轉引自錢仲聯《韓昌黎詩繫年集釋》卷九,第993頁。

③ 王觀國《學林》卷八,文淵閣《四庫全書》影印本。

休;淝水出其側,不能千里百里入淮流。壽州屬縣有安豐,唐貞元時縣人董生召南隱居行義於其中”,“嗟哉董生朝出耕,夜歸讀古人書,盡日不得息。或山而樵,或水而漁。入廚具甘旨,上堂問起居。父母不戚戚,妻子不咨咨。嗟哉董生孝且慈,人不識,惟有天翁知”。如《古風》:“今日曷不樂?幸時不用兵。無曰既蹙矣,乃尚可以生。彼州之賦,去汝不顧。此州之役,去我奚適。一邑之水,可走而違。天下湯湯,曷其而歸?好我衣服,甘我飲食。無念百年,聊樂一日。”全是古文句法,難怪劉克莊將其誤爲“古賦”①。《路傍堠》用入聲陌、錫韵,而“千以高山遮,萬以遠水隔”,則是特殊句法。《落齒》云:“去年落一牙,今年落一齒。俄然落六七,落勢殊未已。餘存皆動摇,盡落應始止。”全詩用十八韵三十六句絮絮叨叨地寫掉牙,又用焉、矣、爾等虛詞津津有味地加以描繪,真是一首歪詩。故沈括曰:“韓退之詩,乃押韵之文耳。雖健美富贍,而格不近詩。”②張耒則謂:“老杜語韵渾然天成,無牽强之迹,則退之於詩,誠未臻其極也。”③

韓愈基於他“不平則鳴”的文學主張,是有意追求奇險的。如《李花贈張十一署》,詩前半着力摹寫李花的情狀,刻畫從黑夜到清晨之間李花的物色變化,描繪了陽光、雲彩和花樹交相輝映的麗景,奇思壯采,燦爛輝煌,令人魂迷眼亂,其浪漫的情調、宏闊的意境和豐富的想象,充分體現了詩人“神奇變幻”的藝術特徵。後半由花及人,借花致慨,自傷身世,百感交集。全詩寫得精妙奇麗,體物入微,發前人未得之秘。又如《聽穎師彈琴》,前十句用各種不同的比喻形容穎師彈琴的抑揚變化,稱贊琴聲之妙;後八句寫詩人聽

① 《後村詩話》卷一三,文淵閣《四庫全書》影印本。

② 《苕溪漁隱叢話》前集卷一八引《隱居詩話》,人民文學出版社廖德明校點本。

③ 《明道雜志》,《顧氏文房小説》本。

琴的感受和反應,抒發聞琴而悲的抑鬱情懷。全詩章法奇詭,不拘一格,極頓挫抑揚之致。難怪宋人林駉稱其爲“奇作”[1],清人朱彝尊稱譽此詩“寫琴聲之妙入髓,又一一皆實境”,“可謂古今絶唱”[2]。又稱《利劍》詩“語調俱奇險”[3]。又如《貞女峽》詩:“江盤峽束春湍豪,風雷戰鬥魚龍逃。懸流轟轟射水府,一瀉百里翻雲濤。漂船擺石萬瓦裂,咫尺性命輕鴻毛。”雖短短六句,却生動形象地描繪了峽的險峻、江流的湍急和詩人驚心動魄的感受。故清人蔣抱玄評曰:“起語恢奇,收語雄而直率。”[4]又如《遊青龍寺贈崔大補闕》,詩前半寫秋遊青龍寺,在描寫寺内柿葉柿實一片彤紅時,用了這樣的一些比喻:“赫赫炎官張火傘,然雲燒樹火實駢,金烏下啄赬虯卵。”可謂句奇語怪,狠重奇險,但取喻頗工。宋人黄震稱“《南山詩》,險語層出”,“《雉帶箭》,峻特有變態”,“《石鼓歌》《雙鳥詩》尤怪特”,“《赤藤杖歌》‘赤龍拔鬚’、‘羲和遺鞭’等語,形容奇怪”,“《辛卯雪》‘萬玉妃’之句,《李花》‘萬堆雪’之句,《寄盧仝》‘猶上虚空跨騄駬’之句,《醉留東野》爲雲爲龍之句,皆立怪以驚人者”[5]。劉儩則謂“《答張徹》一詩尤奇麗”[6]。方回評《雨中寄張博士籍侯主簿喜》詩曰:“三四有議論,‘雷失威’尤奇。”[7]又評《春雪》云:“此一首十韵,‘行天馬度橋’一句絶唱。”[8]又曰:“昌黎大才也,文與六經相表裏、《史》《漢》並肩而驅者。其爲大篇詩,險韵長

---

① 林駉《古今源流至論》後集卷一,文淵閣《四庫全書》影印本。

② 《批韓詩》,轉引自錢仲聯《韓昌黎詩繫年集釋》卷九,第1008頁。

③ 《批韓詩》,轉引自錢仲聯《韓昌黎詩繫年集釋》卷二,第184頁。

④ 蔣抱玄《評注韓昌黎詩集》,轉引自錢仲聯《韓昌黎詩繫年集釋》卷二,第191頁。

⑤ 《黄氏日抄》卷五九,文淵閣《四庫全書》影印本。

⑥ 《東雅堂昌黎集注》卷二引《筆墨閑録》,文淵閣《四庫全書》影印本。

⑦ 《瀛奎律髓》卷一七,文淵閣《四庫全書》影印本。

⑧ 《瀛奎律髓》卷二一。

句,一筆百千字。”[①]如《落葉送陳羽》《贈河陽李大夫》爲拗律,《答張徹》排律用拗體,《河南令舍池臺》似仄韵拗律,《喜侯喜至贈張籍張徹》《贈崔立之評事》《叉魚招張功曹》用險韵,而“《答張徹》五律一首,自起至結,句句對偶,又全用拗體,轉覺生峭。此則創體之最佳者”[②]。特别是《陸渾山火和皇甫湜用其韵》,寫冬夜野火燒山之事,馳騁想象,極盡鋪張揚厲之能事,寫得光怪陸離,詞旨詭異,造語險怪,可謂韓愈刻意求奇之作。宋人員興宗《永嘉水并引》云:“韓退之《陸渾山火》詩,變體奇澀之尤者,千古之絶唱也。”[③]遂用其韵而賦《永嘉水》詩。正因此詩怪異奇特,故後之仿效者不乏其人。晁補之有《揚州被召著作佐郎,自金山回,阻冰,效退之〈陸渾山火〉句法》詩,乾隆皇帝有《固爾札廟火,用唐韓愈〈陸渾山火和皇甫湜韵〉,并效其體》。而這首怪詩竟使韓愈成了“仙”,林希逸《紀異詩》即云:“天在屋頭非虚言,陸渾山火雖富妍。無所勸戒何足編,惜渠不遇昌黎仙。”[④]陳允吉更是獨具慧眼,精辟地指出韓愈所受佛教壁畫的影響,他的《陸渾山火》“應該是有‘地獄變相’爲其構思加工的基礎的”[⑤]。所以有人認爲韓愈“以醜爲美”,以怪爲美。的確,韓愈在詩中不厭其煩地描寫那些醜惡險怪的事物,甚至津津有味地渲染陰森恐怖的殺人場面:“分散逐捕,搜原剔藪。闢窮見窘,無地自處。俯視大江,不見洲渚。遂自顛倒,若杵投臼。取之江中,枷脰械手。婦女累累,啼哭拜叩。來獻闕下,以告廟社。周示城市,咸使觀睹。解脱攣索,夾以砧斧。婉婉弱子,赤立傴僂。牽頭曳足,先斷腰膂。次及其徒,體骸撑拄。末乃取闢,駭汗如寫。

---

① 《瀛奎律髓》卷二〇。

② 趙翼《甌北詩話》卷三,《清詩話續編》本,第1168頁。

③ 員興宗《九華集》卷二,文淵閣《四庫全書》影印本。

④ 林希逸《竹溪鬳齋十一藳》續集卷七,文淵閣《四庫全書》影印本。

⑤ 陳允吉《論唐代寺廟壁畫對韓愈詩歌的影響》,見《唐音佛教辨思録》。

揮刀紛紜,争刌膾脯。”(《元和聖德詩》)不惜以 1 024 字的冗長篇幅極力鋪陳,爲的是“明天子文武神聖,以警動百姓耳目,傳示無極”。難怪宋人李如篪斥責説:“如退之《元和聖德詩》序劉闢與其子臨刑就戮之狀,讀之使人毛骨凛然,風雅中安有此體?”①蘇轍亦斥韓愈之陋:“韓退之作《元和聖德詩》言劉闢之死云云,此李斯頌秦所不忍言,而退之自謂無愧於雅頌,何其陋也!”②

韓愈如此,韓派中人自然争起仿效。盧仝《月蝕詩》《與馬異結交詩》,馬異《答盧仝結交詩》,怪譎狂放,完全散文化。蘇軾即云:“作詩狂怪,至盧仝、馬異極矣。”③王世貞亦曰:“玉川《月蝕》是病熱人囈語,前則任華,後者盧仝、馬異,皆乞兒唱長短急口歌博酒食者。”④胡應麟則曰:“少陵拙句,實玉川之前導。”⑤楊倫評杜詩《贈崔十三評事公輔》云:“此詩獨作澀體,句法亦多離奇,開盧仝、孟郊一種詩派,然學之易入奥僻。”⑥劉叉亦是如此。劉叉負才不羈,爲詩多憤俗之語,最有名的是《冰柱》和《雪車》,充分體現了其詩雄壯狂譎、不拘一格的風格特點。如《冰柱》,借詠冰柱,抨擊現實,鞭撻邪惡,自寓懷才不遇之情,呼籲統治者重用賢才以致天下太平。詩以冰柱入詩,題材新穎,把冰柱擬人化,比喻新奇,押險韵,用僻字,整散結合,跌宕起伏,縱横自如,一氣呵成,將詩人一腔磊落不平之氣噴薄而出,極具感染力,深得後人贊譽。李處權《和懷英雪詩》之二即云:“句法一如《冰柱》險。”⑦蘇軾《雪後書北臺壁二首》

① 李如篪《東園叢説》卷下,文淵閣《四庫全書》影印本。

② 蘇轍《欒城第三集》卷八《詩病五事》,文淵閣《四庫全書》影印本。

③ 《東坡志林》卷一,文淵閣《四庫全書》影印本。

④ 王世貞《藝苑卮言》卷四,《歷代詩話續編》本,第 1011 頁。

⑤ 《詩藪・内編》卷三,上海古籍出版社 1979 年新 1 版。

⑥ 《杜詩鏡銓》卷一三,第 611 頁。

⑦ 李處權《和懷英雪詩》之二,《崧庵集》卷六,文淵閣《四庫全書》影印本。

之二甚至自謙道："老病自嗟詩力退，空吟《冰柱》憶劉叉。"韓淲《次韵》之二云："只恐有詩無落句，《雪車》《冰柱》古來稀。"①陳著《賀浙東劉倉良貴啓》云："《冰柱》《雪車》之清氣，凛凛逼人。"②蒲壽宬《壯哉亭觀龍湫作》云："《雪車》《冰柱》劉叉狂，玉川更與相頡頏。"③朱彝尊《放膽詩序》云："唐人取士，拘以格律，至李、杜、韓三家，始極其變，由是劉叉、李賀、盧仝、馬異輩從而馳騁，極乎天而蟠乎地。叉之言曰'詩膽大如天'，殆信然邪！"④其《王學士西征草序》又云："唐之有杜甫，其猶九達之逵乎！……至若孟郊之硬也，李賀之詭也，盧仝、劉叉、馬異之怪也，斯緪繘而登險者也。正者極于杜，奇者極于韓，此躋夫三峰者也。"⑤《唐宋詩醇》卷二七云："試取韓詩讀之，其壯浪縱恣，擺去拘束，誠不減于李；其渾涵汪茫，千彙萬狀，誠不減于杜；而風骨崚嶒，腕力矯變，得李杜之神而不襲其貌，則又拔奇於二子之外，而自成一家。"⑥信哉斯言！

杜甫集詩之大成，奇險乃其一偏，韓愈繼之將此發展到極致而"自成一家新語"⑦。但韓詩之怪奇偉麗，主要表現在古體詩的創作上，而他的律詩大多寫得平易曉暢。如《左遷至藍關示侄孫湘》，全詩寫詩人爲國除弊的决心及眷戀朝廷的複雜心情，風格沉鬱頓挫，蒼涼悲壯，頗得杜詩精髓。《答張十一功曹》，詩雖抒發貶謫之

---

① 韓淲《次韵》之二，《澗泉集》卷十七，文淵閣《四庫全書》影印本。

② 陳著《賀浙東劉倉良貴啓》，《本堂集》卷六一，文淵閣《四庫全書》影印本。

③ 蒲壽宬《壯哉亭觀龍湫作》，《心泉學詩稿》卷三，文淵閣《四庫全書》影印本。

④ 朱彝尊《放膽詩序》，《曝書亭集》卷三六，文淵閣《四庫全書》影印本。

⑤ 朱彝尊《王學士西征草序》，《曝書亭集》卷三七，文淵閣《四庫全書》影印本。

⑥ 《唐宋詩醇》卷二七，文淵閣《四庫全書》影印本。

⑦ 《舊唐書·韓愈傳》，第4204頁。

思，但寫景開合變化，抒情深沉頓挫，怨而不怒，故程學恂評曰："退之七律只十首，吾獨取此篇，爲能真得杜意。"①正如趙翼所説："其實昌黎自有本色，仍在文從字順中，自然雄厚博大，不可捉摸，不專以奇險見長。恐昌黎亦不自知，後人平心讀之自見。若徒以奇險求昌黎，轉失之矣。"②但韓詩的主體風格還是雄奇瑰麗的。葉燮云："韓愈爲唐詩之一大變。其力大，其思雄，崛起特爲鼻祖，宋之蘇、梅、歐、蘇、王、黄，皆愈爲之發其端，可謂極盛。"③説韓愈爲唐詩之一大變，誠然不錯；但説宋之諸人"皆愈爲之發其端"，則有未的。若追溯起來，發宋詩之"端"者，實是杜甫。杜詩不僅表明中國詩歌史從浪漫轉向寫實的重大變化，而且以更加内在的社會政治與文化的轉型以及士人社會地位的調整爲背景，反映士人文化心理與時代文化精神的重大變化，以及隨之而來審美範型的重大轉變。就詩歌演進的歷程而言，杜詩肇示了中國古典詩歌由所謂"唐音"向"宋調"的轉變。歷代詩家所説的"唐音"，實際上多指"盛唐之音"。李白詩即是"唐音"的典型代表，杜詩則是"宋調"的濫觴。朱彝尊評《醉爲馬墜諸公攜酒相看》云："别開一調，爲宋詩先聲。"④吴瞻泰評杜詩《和裴迪登蜀州東亭送客逢早梅相憶見寄》即云："用意曲折，飛舞流動，直是生龍活虎，不受排偶之束者，陳後山最得其法，然宋人門庭，公亦開之矣。"⑤喬億評《謁文公上方》詩云："格制平正，詞旨洞達，大開北宋人門徑。"⑥浦起龍評《野人送朱櫻》詩云："通體清空一氣，刷肉存骨，宋江西一派之祖。"⑦又評

---

① 程學恂《韓詩臆説》卷一，1934 年上海商務印書館鉛印本。

② 《甌北詩話》卷三，《清詩話續編》本，第 1164 頁。

③ 《原詩・内篇上》，《清詩話》本，第 570 頁。

④ 朱彝尊《朱竹垞先生杜詩評本》卷九，日本早稻田大學圖書館藏本。

⑤ 《杜詩提要》卷一一，《杜詩叢刊》本。

⑥ 《杜詩義法》卷上，清刻本。

⑦ 《讀杜心解》卷四之一，第 626 頁。

《放船》云:"叙事明晰,寫景波峭,五律之開宋者也。"[①]仇兆鰲評《奉觀嚴鄭公廳事岷山沱江畫圖十韵》云:"昔人論此詩,爲宋人詠畫之祖。"[②]如此之類,不勝枚舉。

第三節　杜甫與韓孟詩派(下)

一般講到韓孟詩派,除韓愈、孟郊外,還包括李翺、皇甫湜、樊宗師、盧仝、劉叉、馬異、姚合、賈島、李賀等。張籍,一般都把他放在元白詩派中,其實他與韓愈的關係更密切。方回即云:"昌黎門人,有孟郊、賈島、張籍、盧仝、李賀之徒,詩體不一,昌黎能人人效之。"[③]這派詩人之所以求"奇",恐怕與他們的性格不同流俗也有一些關係。《新唐書》就把孟郊、張籍、皇甫湜、盧仝、劉叉、賈島都附在《韓愈傳》中,謂"愈性明鋭不詭隨。與人交,始終不少變"[④]。謂孟郊"性介,少諧合,愈一見爲忘形交。……郊爲詩有理致,最爲愈所稱,然思苦奇澀"[⑤]。謂張籍"當時有名士皆與游,而愈賢重之。籍性狷直"[⑥]。謂皇甫湜"辨急使酒,數忤同省",裴度辟爲判官,度修福先寺,想請白居易寫碑文,湜怒曰:"近捨湜而遠取居易,請從此辭。"裴度遂讓他撰寫。湜即請斗酒,飲酣,援筆立就。度贈以車馬繒彩甚厚,湜大怒曰:"自吾爲顧况集序,未常許人。今碑字

① 《讀杜心解》卷三之三,第460頁。

② 《杜詩詳注》卷一四,第1188頁。

③ 《瀛奎律髓》卷四韓愈《送桂州嚴大夫》詩評,文淵閣《四庫全書》影印本。

④ 《新唐書·韓愈傳》,第5265頁。

⑤ 《新唐書·韓愈傳》附,第5265頁。

⑥ 《新唐書·韓愈傳》附,第5266頁。

三千，字三縑，何遇我薄耶？”裴度只好報酬從優，並笑曰：“不羈之才也！”①謂賈島“當其苦吟，雖逢值公卿貴人，皆不之覺也”②。謂劉叉“少放肆爲俠行，因酒殺人亡命”。後因争論不能勝人，竟取韓愈金數斤而去，反而説：“此諛墓中人得耳，不若與劉君爲壽。”③元人白珽謂皇甫湜“其學流於艱澀怪僻，所謂目瞪舌澀不能分其句讀者也”，又謂“韓門之怪僻，莫若樊宗師，韓公爲作墓志，亦謂其文類多澀語，如《絳守居園池記》云云，讀之使人口棘心澀”④。《四庫全書總目》亦謂《絳守居園池記》“文僻澀不可句讀”，謂其《蜀綿州越王樓詩序》“其僻澀與此文相類”⑤。盧仝，其詩驚奇險怪，韓愈《寄盧仝》云：“往年弄筆嘲同異，怪辭驚衆謗不已。”李翱爲韓愈侄婿，《新唐書》本傳謂“翱性峭鯁，論議無所屈”⑥。辛文房謂馬異“賦性高疏，詞調怪澀，雖風骨稜稜，不免枯瘠”⑦。關於盧仝、劉叉、馬異之詩，上已簡述之。皇甫湜、樊宗師爲文奇僻險奥，與李翱均爲著名古文家，不以詩名，且存詩很少，故不論。張籍與王建齊名，皆擅長樂府，時稱“張王樂府”，故而放到後面元白詩派中論述。下面僅就孟郊、姚合、賈島、李賀與杜甫的淵源關係，分别論述之。

孟郊（751—814）與韓愈（768—824）爲忘形交，長韓愈十七歲，故韓愈對他極爲尊重和信任，不遺餘力地推薦他，並與之迭相唱酬，可謂志同道合的摯友。後之論詩者，常以“韓孟”並稱。梅堯臣《讀蟠桃詩寄子美永叔》云：“韓孟於文詞，兩雄力相當。偶以怪自

---

① 《新唐書・韓愈傳》附，第5267—5268頁。
② 《新唐書・韓愈傳》附，第5268頁。
③ 《新唐書・韓愈傳》附，第5268—5269頁。
④ 白珽《湛淵静語》卷一，文淵閣《四庫全書》影印本。
⑤ 《四庫全書總目・〈絳守居園池記〉提要》。
⑥ 《新唐書・李翱傳》，第5282頁。
⑦ 《唐才子傳》卷五，文淵閣《四庫全書》影印本。

戲，作詩驚有唐。"①劉熙載亦云："昌黎、東野兩家，詩雖雄富、清苦不同，而同一好難爭險。"②其實在詩中探索求奇創變的，孟郊尚早於韓愈。孟郊《吊盧殷十首》之七云："初識漆鬢髮，争爲新文章。""吟哦無滓韵，言語多古腸。"這裏的"文章"，即指詩。韓愈《答孟郊》云："規模背時利，文字覰天巧。"即是説孟郊的詩不同流俗而驅新奇，故而傾心引爲志同道合的詩友："昔年因讀李白杜甫詩，長恨二人不相從。吾與東野生並世，如何復躡二子蹤。東野不得官，白首誇龍鍾。韓子稍奸黠，自慚青蒿倚長松。低頭拜東野，願得終始如駏蛩。東野不回頭，有如寸筳撞鉅鐘。我願身爲雲，東野變爲龍。四方上下逐東野，雖有離别無由逢。"（《醉留東野》）心高氣傲的韓愈對孟郊可謂推崇備至。美國著名漢學家宇文所安甚至推論出韓愈極可能受孟郊啓發而步向"奇險"風格的結論。張籍對孟詩的新奇也倍加贊譽："君生衰俗間，立身如禮經。純誠發新文，獨有金石聲。才名振京國，歸省東南行。"③孟郊《吊盧殷十首》之一又云："詩人多清峭，餓死抱空山。"《哭劉言史》云："詩人業孤峭，餓死良已多。"清峭、孤峭，既不是盛唐詩風，也不是"大曆十才子"的風格，而是孟郊詩獨具的風格，這一風格直接影響到賈島等人。賈島《投孟郊》詩云："月中有孤芳，天下聆薰風。江南有高唱，海北初來通。……録之孤燈前，猶恨百首終。一吟動狂機，萬疾辭頑躬。生平面未交，永夕夢輒同。叙詩誰君師，詎言無吾宗。余求履其迹，君曰可但攻。啜波腸易飽，揖險神難從。"④"孤芳"、"薰風"、"高唱"云云，均是對孟郊人品詩風的贊譽，雖未晤面而"夢"已同，故"一吟"孟詩而"動狂機"、"辭萬疾"，可見孟詩的險奇新警，遂以

---

① 梅堯臣《宛陵集》卷二四，文淵閣《四庫全書》影印本。
② 劉熙載《藝概・詩概》，上海古籍出版社 1978 年版。
③ 張籍《贈别孟郊》，《全唐詩》卷三八三。
④ 賈島《投孟郊》，《全唐詩》卷五七一。

爲師,但因初識,故“揖險神難從”。而以後賈島就沿着這條奇險的路子越來越走向幽峭奇僻了。

孟郊雖潦倒一生,但頗有骨氣。辛文房曰:“郊拙於生事,一貧徹骨,裘褐懸結,未嘗俯眉爲可憐之色。”①高棅亦曰:“其詩窮而有理,苦調淒涼,一發於胸中,而無吝色。”②爲詩刻意苦吟,自謂“夜學曉未休,苦吟神鬼愁,如何不自閑,心與身爲讎”(《苦學吟》)。其《戲贈無本二首》之一云:“詩骨聳東野,詩濤湧退之。有時踉蹌行,人驚鶴阿師。可惜李杜死,不見此狂癡。”雖以“狂癡”稱賈島,實亦自喻。韓愈稱其“及其爲詩,劌目鉥心,刃迎縷解,鈎章棘句,掐擢胃腎,神施鬼設,間見層出”(《貞曜先生墓志》),儼然狂癡苦吟情狀。蘇軾稱他“詩從肺腑出,出輒愁肺腑。有如黄河魚,出膏以自煮”③,並將他與賈島並稱“郊寒島瘦”④,稍寓貶意。而張戒則曰:“退之於籍、湜輩,皆兒子畜之,獨於東野極口推重,雖退之謙抑,亦不徒然。世以配賈島,而鄙其寒苦,蓋未之察也。郊之詩,寒苦則信矣,然其格致高古,詞意精確,其才亦豈可易得!”⑤方岳《約劉良叔觀苔梅》云:“崚嶒詩骨孟郊寒。”⑥《四庫全書總目·〈孟東野詩集〉提要》云:“郊詩托興深微,而結體古奥。”差近公允。孫僅稱“孟郊得其(杜甫)氣焰”,與以上三者所云可以互通。郊詩雖詞意寒苦,但格致高古。崚嶒,山高峻貌,亦含高古意。氣焰,有豪逸氣勢意,亦含高古之意。韓愈《薦士》即云:“有窮者孟郊,受材實雄驁。冥觀洞古今,象外逐幽好。横空盤硬語,妥帖力排奡。”孟郊

---

① 《唐才子傳》卷三,文淵閣《四庫全書》影印本。

② 《唐詩品彙·五言古詩叙目》,上海古籍出版社1988年影印本。

③ 《讀孟郊詩二首》之二,《東坡全集》卷九,文淵閣《四庫全書》影印本。

④ 《祭柳子玉文》,《東坡全集》卷九一,文淵閣《四庫全書》影印本。

⑤ 《歲寒堂詩話》卷上,《歷代詩話續編》本,第459頁。

⑥ 方岳《約劉良叔觀苔梅》,《秋崖集》卷一〇,文淵閣《四庫全書》影印本。

《懊惱》詩云:"好詩更相嫉,劍戟生牙關。前賢死已久,猶在咀嚼間。以我殘抄身,清峭養高閑。"《秋懷》之二云:"冷露滴夢破,峭風梳骨寒。"之十云:"幽竹嘯鬼神,楚鐵生虯龍。志士多異感,運鬱由邪衷。"之十二云:"老蟲乾鐵鳴,驚獸孤玉咆。"這些詩句,可以看作是孟詩風格的形象概括。

孟郊與杜甫一樣,雖窮愁潦倒,但其志不衰。杜甫《奉贈韋左丞丈二十二韵》云:"朝扣富兒門,暮隨肥馬塵。殘杯與冷炙,到處潛悲辛。"但又云:"白鷗没浩蕩,萬里誰能馴。"其他描寫自己窮愁悲苦的詩句,隨處可見。孟郊亦是。如《送遠吟》云:"河水昏復晨,河邊相别頻。離杯有淚飲,别柳無枝春。"方回評曰:"東野不作近體詩,昌黎謂'高處古無上'是矣。此近乎律,'離杯有淚飲',猶老杜'淚逐勸杯落',而深切過之矣。"①又如《秋懷》之二云:"席上印病文,腸中轉愁盤。"之四云:"秋至老更貧,破屋無門扉。一片月落牀,四壁風入衣。"之十一云:"幽苦日日甚,老力步步微。常恐暫下牀,至門不復歸。"之十三云:"瘦坐形欲折,晚飢心將崩。"而之七即云:"秋草瘦如髮,貞芳綴疏金。"《招文士飲》云:"醒時不可過,愁海浩無涯。"《答友人贈炭》云:"驅却坐上千重寒,燒出爐中一片春。吹霞弄日光不定,暖得曲身成直身。"《借車》云:"借車載傢俱,傢俱少於車。"但接着即説:"借者莫彈指,貧窮何足嗟。"用語峭刻新警,意境寒苦淒涼。張籍《贈孟郊》云:"苦節居貧賤,所知賴友生。"君子固窮,不失其節,窮苦中透着曠達,艱難中藴含堅韌。孟郊亦有其豪俠的一面。《百憂》詩云:"萱草女兒花,不解壯士憂。壯士心是劍,爲君射斗牛。朝思除國難,暮思除國仇。"《游俠行》云:"壯士性剛决,火中見石裂。殺人不回頭,輕生如暫别。豈知眼有淚,肯白頭上髮。平生無恩酬,劍閑一百月。"壯志難酬,憤世嫉俗,可以説是貫穿孟詩的一個重要内容。"萬物皆及時,獨余不覺

---

① 《瀛奎律髓》卷二四,文淵閣《四庫全書》影印本。

春”,“始知喧競場,莫處君子身”(《長安羈旅行》),“湘弦少知音,孤響空踟躕”(《湘弦怨》),“我有松月心,俗騁風霜力”(《寓言》),“出門即有礙,誰謂天地寬?有礙非遐方,長安大道傍。小人知慮險,平地生太行。鏡破不改光,蘭死不改香。始知君子心,交久道益彰”(《贈崔純亮》),“松柏死不變,千年色青青。志士貧更堅,守道無異營”(《答郭郎中》),“楚屈入水死,詩孟踏雪僵。直氣苟有存,死亦何所妨”(《答盧仝》),可謂奇思苦調,扣人心弦。與這種淒苦悲憤情調相適應的,是孟詩多用險韻、入聲韻,多用頂針格,時發悲憤不平之議論。如《石淙十首》之八、《溧陽秋霽》、《喜符郎詩有天縱》、《吊元魯山十首》之四、《杏殤九首》之八皆用平聲佳韻;如《長安道》《擢第後東歸書懷獻座主吕侍郎》用入聲緝韻,《湘妃怨》用入聲陌韻,《游俠行》《有所思》《古怨别》《古别曲》《與二三友秋宵會話清上人院》《讀張碧集》用入聲月、屑韻,《衰松》《濟源寒食七首》之四用入聲陌、職韻,《獨愁》《詠情》《春夜憶蕭子真》用入聲月韻,《寓言》用入聲職韻,《贈農人》《哭盧貞國》用入聲屋、沃韻,《君子勿鬱鬱士有謗毁者作詩以贈之二首》之二用入聲覺韻,《擇友》用入聲屑、陌、錫、職韻,《乙酉歲舍弟扶侍歸興義莊居後獨止舍待替人》用入聲藥、陌、錫韻,《秋懷十五首》之一、《贈韓郎中愈二首》之一用入聲陌、錫、職韻,《遊韋七洞庭别業》《汝州陸中丞席喜張從事至同賦十韻》用入聲陌、錫韻,《洛橋晚望》用入聲屑韻,《過彭澤》用入聲錫、職韻,《答韓愈李觀别因獻張徐州》用入聲月、屑、陌韻,《送青陽上人遊越》《吊元魯山十首》之七用入聲藥韻,《留弟郢不得送之江南》用入聲職韻,《春後雨》用入聲質、物韻;《投所知》共三十句,除結尾兩句用平聲豪韻,其餘二十八句則用入聲屋、沃、月、曷、屑韻,其他一詩中或二句、或四句、或六句用入聲韻者,不勝枚舉。頂針格,如《古意》:“手持未染彩,繡爲白芙蓉。芙蓉無染汙,將以表心素。欲寄未歸人,當春無信去。無信反增愁,愁心緣隴頭。願君如隴水,冰鏡水還流。宛宛青絲綫,纖纖白玉鈎。玉鈎不虧缺,青絲無斷絶。"《寒地百姓吟》:"寒者願爲蛾,燒死彼華膏。華膏隔仙羅,虚繞千萬遭。到頭落地死,踏地爲遊遨。遊遨者是誰,君子爲鬱陶。"《勸善吟》:"自悲咄咄感,變作煩惱翁。煩惱不可欺,古劍澀亦雄。知君方少年,少年懷古風。"《結愛》:"坐結行亦結,結盡百年月。"《車遥遥》:"路喜到江盡,江上又通舟。舟車兩無阻,何處不得遊。"《折楊柳二首》之一:"楊柳多短枝,短枝多别離。"《隱士》:"寶玉忌出璞,出璞先爲塵。松柏忌出山,出山先爲薪。"《長安早春》:"公子醉未起,美人争探春。探春不爲桑,探春不爲麥。"《結交》:"鑄鏡須青銅,青銅易磨拭。結交遠小人,小人難姑息。"《傷春》:"春色不揀墓傍枝,紅顔皓色逐春去,春去春來那得知。"《惜苦》:"不惜爲君轉,轉非君子觀。轉之復轉之,强轉誰能歡。"《冬日》:"少壯日與輝,衰老日與愁。日愁疑在日,歲箭迸如讎。"《飢雪吟》:"君子亦拾遺,拾遺非拾名。"《晚雪吟》:"天念豈薄厚,宸衷多憂焦。憂焦致太平,以兹時比堯。……選音不易言,裁正逢今朝。今朝前古文,律異同一調。"《懊惱》:"惡詩皆得官,好詩空抱山。抱山冷殑殑,終日悲顔顔。"《看花五首》之一:"家家有芍藥,不妨至温柔。温柔一同女,紅笑笑不休。"之三:"諫郎不事俗,黄金買高歌。高歌夜更清,花意晚更多。"之四:"飲之不見底,醉倒深江波。江波蕩諫心,諫心終無他。"《生生亭》:"灘鬧不妨語,跨溪仍置亭。置亭嵽嵲頭,開窗納遥青。遥青新畫出,三十六扇屏。"《寒溪八首》之六:"以兵爲仁義,仁義生刀頭。刀頭仁義腥,君子不可求。"《上張徐州》:"豈是無異途,異途難經過。"《贈崔純亮》:"况是兒女怨,怨氣凌彼蒼。彼蒼昔有知,白日下清霜。"《嚴河南》:"詩人偶寄耳,聽苦心多端。多端落杯酒,酒中方得歡。……丈夫莫矜莊,矜莊不中看。"《吴安西館贈從弟楚客》:"蒙籠楊柳館,中有南風生。風生今爲誰,湘客多遠情。"《戲贈無本二首》之一:"瘦僧卧冰凌,嘲詠含金痍。金痍非戰痕,峭病方在兹。"《寄張籍》:"西京無眼猶在耳,隔牆時聞天子車聲之轔轔。轔轔車聲輾冰玉，南郊壇上禮百神。"《憶江南弟》："眼光寄明星，起來東望空。望空不見人，江海波無窮。"《送李翺習之》："贈君雙履足，一爲上皋橋。皋橋路逶迤，碧水清風飄。"《吊房十五次卿少府》："誰言老淚短，淚短沾衣巾。"《悼亡》："山頭明月夜增輝，增輝不照重泉下。泉下雙龍無再期，金蠶玉燕空銷化。"可謂比比皆是。有的詩兼用頂針格和疊字，如《杏殤九首》之一："凍手莫弄珠，弄珠珠易飛。驚霜莫翦春，翦春無光輝。"之二："地上空拾星，枝上不見花。哀哀孤老人，戚戚無子家。"之六："冽冽霜殺春，枝枝疑纖刀。木心既零落，山竅空呼號。斑斑落地英，點點如明膏。始知天地間，萬物皆不牢。"《吊盧殷十首》亦是，如之二："唧唧復唧唧，千古一月色。新新復新新，千古一花春。邙風噫孟郊，嵩秋葬盧殷。北邙前後客，相吊爲埃塵。"有的詩發議論，如《求友》："求友須在良，得良終相善。求友若非良，非良中道變。欲知求友心，先把黄金煉。"《擇友》："獸中有人性，形異遭人隔。人中有獸心，幾人能真識。古人形似獸，皆有大聖德。今人表似人，獸心安可測。"《偶作》："利劍不可近，美人不可親。利劍近傷手，美人近傷身。道險不在廣，十步能摧輪。情憂不在多，一夕能傷神。"《勸學》："擊石乃有火，不擊元無煙。人學始知道，不學非自然。萬事須己運，他得非我賢。青春須早爲，豈能長少年。"猶似哲理詩。如《遊終南山》，開頭即云"南山塞天地，日月石上生"，寫終南山雄奇高峻，氣勢非凡，被譚元春譽爲"鑿空奇語，却不入魔"①。全詩寫景中穿插議論，結構嚴謹，筆力勁健，結尾"到此悔讀書，朝朝近浮名"，引人深思。故許印芳譽爲"神來之作"②。這些多種藝術手法的錯綜使用，就使孟詩充盈着一種淒苦清冷的氛圍，故唐末張爲作

---

① 《唐詩歸》卷三一《中唐七》，《續修四庫全書》本，第 1590 册，第 200 頁。

② 《跋嚴羽〈滄浪詩話〉》，許印芳輯《詩法萃編》本。

《詩人主客圖》,以孟郊爲清奇僻苦主。

賈島、姚合,也是韓孟詩派的重要成員。賈島是著名的苦吟詩人。其實苦吟也是繼自杜甫的傳統。杜甫即云"爲人性僻耽佳句,語不驚人死不休","此身飲罷無歸處,獨立蒼茫自詠詩","賦詩新句穩,不覺自長吟","新詩改罷自長吟"。故宋人韓駒引蘇軾之語曰:"如老杜言'新詩改罷自長吟'者,乃知此老用心甚苦,後人不復見其剞劂,但稱其渾厚耳。"①而賈島的苦吟比起杜甫來,又有過之而無不及。《新唐書·賈島傳》云:"當其苦吟,雖逢值公卿貴人,皆不之覺也。"行坐寢食,猶苦吟不輟。他在詩中屢屢自道:"溝西吟苦客"(《雨夜同厲玄懷皇甫荀》),"苦吟遥可想"(《寄賀蘭朋吉》),"風光别我苦吟身"(《三月晦日贈劉評事》),"默默空朝夕,苦吟誰喜聞"(《秋暮》)。姚合《寄賈島》詩云:"狂發吟如哭,愁來坐似禪。"②張蠙《傷賈島》詩云:"生爲明代苦吟身。"③可止《哭賈島》亦云:"人哭苦吟魂。"④賈島有一首《送無可上人》詩,其中有"獨行潭底影,數息樹邊身"兩句,他在自注《題詩後》云:"二句三年得,一吟雙淚流。"足見吟就這兩句詩是何等的嘔心瀝血。但終因才小氣弱,招致批評。謝榛即在《四溟詩話》卷四引遜軒子語評曰:"如賈島'獨行潭底影',其詞意閑雅,必偶然得之,而難以句匹。當入五言古體,或入仄韵絶句,方見作手。而島積思三年,局於聲律,卒以'數息樹邊身'爲對,不知反爲前句之累。"⑤陸時雍《詩鏡總論》亦云:"賈島衲氣終身不除,語雖佳,其氣韵自枯寂耳。"⑥姚

① 《苕溪漁隱叢話》前集卷八引,人民文學出版社廖德明校點本。
② 姚合《寄賈島》,《全唐詩》卷四九七。
③ 張蠙《傷賈島》,《全唐詩》卷七百二。
④ 可止《哭賈島》,《全唐詩》卷八二五。
⑤ 謝榛《四溟詩話》卷四,《歷代詩話續編》本,第1222頁。
⑥ 陸時雍《詩鏡總論》,文淵閣《四庫全書》影印本。

合亦是苦吟詩人。《四庫全書總目·〈姚少監詩集〉提要》云:"其自作刻意苦吟,冥搜物象,務求古人體貌所未到。"《極玄集》提要又云:"合爲詩刻意苦吟,工于點綴小景,搜求新意,而刻畫太甚,流於纖仄者亦復不少。"賈島與姚合交誼很深,屢有唱和,又因其詩風相近,故並稱"姚賈"。《唐才子傳》卷六"姚合"條云:"與賈島同時,號'姚賈',自成一法。島難吟,有清冽之風;合易作,皆平澹之氣。興趣俱到,格調少殊。所謂方拙之奧,至巧存焉。"①對二人詩風之異同作了比較。但姚、賈詩風的共同特徵是"清峭"。薛雪《一瓢詩話》即云:"賈島詩骨清峭。"②《唐摭言》卷十一"無官受黜"條云:"元和中,元、白尚輕淺,島獨變格入僻,以矯浮豔。"③蘇絳《賈司倉(島)墓志銘》曰:"公展其長材間氣,超卓挺生,六經百氏,無不該覽。妙之尤者,屬思五言,孤絶之句,記在人口。"④姚合《寄賈島時任普州司倉》亦云:"吟寒應齒落,才峭自名垂。"故賈島詩風清峭,詩思奇僻,善寫荒涼清幽之景,多抒愁苦幽獨之情。如流傳人口的"推敲"典故出處的《題李凝幽居》詩:"閒居少鄰並,草徑入荒園。鳥宿池中樹,僧敲月下門。過橋分野色,移石動雲根。暫去還來此,幽期不負言。"這首詩着力突出一個"幽"字,幽境、幽人、幽情、幽趣,自是不凡。開頭兩句,閒居少鄰,草徑荒園,一片幽境。頷聯寫明月皎潔,如同白晝,僧人敲門,宿鳥受驚,真是月皎驚烏棲不定,只有幽人獨往來。"敲"字好!"推"字無聲,"敲"字響亮,空谷傳音,訴諸聽覺,愈顯出山間的幽静。頸聯寫歸來路上所見,野色雲根,幽美迷人。尾聯寫出作者對隱逸生活的嚮往,幽雅的環境,悠閒的情趣,揭示出全詩的主旨。他如《送無可上人》抒寫蕭索落

① 《唐才子傳》卷六,文淵閣《四庫全書》影印本。

② 薛雪《一瓢詩話》二〇五,《清詩話》本,第712頁。

③ 王定保《唐摭言》卷一一,文淵閣《四庫全書》影印本。

④ 《全唐文》卷七六三。

寞之情懷,措語奇崛,結意深遠,頸聯"獨行潭底影,數息樹邊身",塑造了一個孤獨者的形象,屬對工穩,頗見功力。《宿山寺》境界幽邃,氣象森嚴,寄興深微,情思綿渺,頷聯"流星透疏木,走月逆行雲",以奇崛筆致、清静意象勾畫天地幽邃景致,曲盡其妙。許印芳稱譽"全詩有奇氣"①。《雪晴晚望》,寫薄暮雪霽詩人扶杖遠望之所見所感,前三聯着意勾畫"晚望"所見到的蕭疏淒清景色,措語奇崛生硬,造意險僻深遠,自是賈島本色。《朝飢》,寫飢寒交迫之窘况,窮形極相,淒婉感人。結語"飢莫詣他門,古人有拙言",在鬱鬱不平中寓有不甘沉淪的高尚情志。清人張文蓀評云:"比興深切,筆筆奇峭,長江妙境。"②《題朱慶餘所居》頸聯"樹來沙岸鳥,窗度雪樓鐘",繪形模聲,别具奇趣。《寄董武》頸聯"孤鴻來半夜,積雪在諸峰",意象清冷,構思奇特,清人李懷民譽爲"風骨高騫"、"獨絶千古"之名句③。《暮過山村》頸聯"怪禽啼曠野,落日恐行人",寫夕陽將墜之時,怪禽亂啼之際,行人踽踽獨行於蕭瑟的曠野之中,勾畫出一幅令人驚恐、奇崛蒼涼的落日羈旅圖。孫僅《讀杜工部詩集序》謂賈島得杜詩之"奇僻",殆指此歟!許學夷謂賈島五律,如《秋夜仰懷錢孟二公琴客會》"獨鶴聳寒骨,高杉韵細颸"等句,"皆氣味清苦,聲韵峭急。其他句多奇僻",如《哭胡遇》之"野水吟秋斷,空山影暮斜"、《寄慈恩寺郁上人》之"露寒鳩宿竹,鴻過月圓鐘"等句,"最爲奇僻,皆前人所未有者"④。賈島作詩,特别是律詩,有的或襲用杜詩,或仿其句法。如賈島佚句"長江風送客,孤館雨留人",即本杜詩《發潭州》"岸花飛送客,檣燕語留人"。又

---

① 《瀛奎律髓彙評》卷四七,上海古籍出版社 1986 年李慶甲集評校點本。

② 張文蓀《唐賢清雅集》,清乾隆三十年抄本。

③ 李懷民《重訂中晚唐詩主客圖》,清嘉慶十年刻本。

④ 許學夷《詩源辯體》卷二五,人民文學出版社杜維沫校點本。

《馬戴居華山因寄》五六句“絶雀林藏鶻,無人境有猿”,出句上本下,謂絶雀之林因藏鶻;對句下本上,言無人之境始有猿。句法乃模仿杜詩《朝二首》第二首三四句“林疏黄葉墜,野静白鷗來”。賈島律詩,特别是五律,多拗句,多變體。如《酬姚校書》頷聯“美酒易傾盡,好詩難卒酬”,易、難二字拗用,尾聯“不覺入關晚,别來林木秋”,入、林二字亦拗。又如《病起》:“嵩丘歸未得,空自責遲回。身事豈能遂,蘭花又已開。病令新作少,雨阻故人來。燈下南華卷,袪愁當酒杯。”方回評曰:“老杜此等體,多於七言律詩中變。獨賈浪仙乃能於五言律詩中變,是可喜也。昧者必謂‘身事’不可對‘蘭花’二字,然細味之,乃殊有味。以十字一串貫意,而一情一景自然明白。下聯更用‘雨’字對‘病’字,甚爲不切,而意極切,真是好詩變體之妙者也。若‘往往語復默,微微雨灑松’(按:賈島《浄業寺與前鄠縣李廓少府同宿》詩句),則其變太厓異而生澀矣。”①而“身事豈能遂,蘭花又已開”一聯,與杜詩《九日五首》之二“即今蓬鬢改,但愧菊花開”一聯,所用手法極相似,同是一我一物,一情一景。方回又評《寄宋州田中丞》云:“‘相思深夜後,未答去年書’,初看甚淡,細看十字一串,不喫力而有味,浪仙善用此體。如‘白髮初相識,秋山擬共登’,如‘羡君無白髮,走馬過黄河’,如‘萬水千山路,孤舟一月程’,皆句法之變也。如‘自别知音少,難忘識面初’,又當截上二字、下三字分爲兩段而觀,方見深味。蓋謂自相别之後,知音者少。‘自别’二字極有力。而最難忘者,尤在識面之初。老杜有此句法,‘每語見許文章伯’(按:《戲贈閿鄉秦少府短歌》詩句)之類是也,‘不寐防巴虎,全生狎楚童’(按:杜詩《秋峽》詩句)亦是也。”②所以賀裳謂“賈五言律亦出自于杜”③。延君壽謂

---

① 《瀛奎律髓》卷二六,文淵閣《四庫全書》影印本。

② 《瀛奎律髓》卷二六,文淵閣《四庫全書》影印本。

③ 《載酒園詩話》,《清詩話續編》本,第263頁。

賈"五律尤極瘦峭之能事,然五律終當以杜爲宗"①。方回評《病蟬》謂"賈浪仙詩得老杜之瘦而用意苦矣"②。

孫僅《讀杜工部詩集序》又云姚合得杜詩之"清雅"。清雅,清新幽雅之謂也。如姚合《閒居》:"不自識疏鄙,終年住在城。過門無馬迹,滿宅是蟬聲。帶病吟雖苦,休官夢已清。何當學禪觀,依止古先生。"全詩着力渲染一個"清"字。休官家居,門無車馬之喧,何等清閒! 滿宅唯聞蟬聲,何等清静! 病而吟詩,向禪修性,又何等清雅! 全詩點化陶淵明"結廬在人境,而無車馬喧。問君何能爾,心遠地自偏"詩意,充溢着一片清趣。又如《和座主相公雨中作》云:"花低驚豔重,竹浄覺聲真。"雨打花低,嬌花不勝,讓人驚訝其豔之重;雨滌竹浄,洗去雜塵,讓人感覺其聲更真。描寫雨中花、竹給人的感覺,聯想奇特。《送崔中丞赴鄭州》頸聯"霧濕關城月,花香驛路塵",將送别的時間、地點、時令、天氣、路途景色融入十字之中,構思精巧,屬對工切,清新雋永,充滿詩情畫意。《山中述懷》頷聯"曉來山鳥散,雨過杏花稀",《山居寄友人》頷聯"曉泉和雨落,秋草上階生",寫山中春秋景色,清新幽雅,充滿生機。《過杜氏江亭》頸聯"野色吞山盡,江煙襯水流",出句寫野色廣闊無邊,連山也吞盡,一個"吞"字,化静爲動;對句寫江上煙霧籠罩,愈襯出江水横流,是以静襯動。二句寫春日山水,動静相生,意趣盎然。姚詩亦多點化杜甫詩句,或因襲杜詩詩意。如杜詩《紫宸殿退朝口號》曰:"晝漏稀聞高閣報,天顔有喜近臣知。"姚詩《春日早朝寄劉起居》則云:"佩聲清漏間,天語侍臣聞。"姚詩《寄汴州令狐楚相公》"汴水從今不復渾"、"相府旌旗天下尊"云云,亦因襲杜詩《八哀詩·贈左僕射鄭國公嚴公武》"公來雪山重,公去雪山輕"之意。方回評《遊春》之二"嚼花香滿口,書竹粉粘衣"一聯云:"即老杜'步

① 《老生常談》,《清詩話續編》本,第1798頁。

② 《瀛奎律髓》卷二七,文淵閣《四庫全書》影印本。

颸風吹面,看松露滴身'也,而淺深輕重亦可見矣。"①又評《縣中秋宿》頷聯"露垂庭際草,螢照竹間禽"云:"老杜'月明垂葉露',此句古今無敵。今此句非有意竊取之,亦佳句也。"②"月明垂葉露"爲杜詩《秦州雜詩二十首》之二詩句。方回評《閒居晚夏》云:"姚合學賈島爲詩,雖賈之終窮不及姚之終達,然姚之詩小巧而近乎弱,不能如賈之瘦勁高古也。"③又評《送喻鳬校書歸毘陵》云:"有小結裹,無大涵容,其才與學殊不及浪仙也。"④姚、賈雖苦吟爲詩,但因才力不足,氣魄不大,終嫌氣局狹小。故嚴羽云:"李杜數公,如金鳷擘海,香象渡河,下視郊、島輩,直蟲吟草間耳。"⑤方回亦云:"予謂詩家有大判斷,有小結裹,姚之詩專在小結裹,故四靈學之,五言八句皆得其趣,七言律及古體則衰落不振。又所用料不過花、竹、鶴、僧、琴、藥、茶、酒,於此幾物一步不可離,而氣象小矣。是故學詩者必以老杜爲祖,乃無偏僻之病云。"⑥戴復古云"賈島形模原自瘦,杜陵言語不妨村"⑦,還只是將賈島和老杜並稱;劉克莊《跋姚鏞縣尉文稿》則直接説道:"君以盛年挾老氣爲之不已,詩自姚合、賈島達之于李、杜。"⑧故梁運昌曰:"杜詩中未嘗無武功、長江句,結裹不同耳。"⑨

以姚、賈爲代表的這種清峭詩風,當時影響頗大,諸如馬戴、李頻、方干、雍陶、李洞等人,莫不翕然向風,爲詩苦吟。方干即云"吟

① 《瀛奎律髓》卷一〇,文淵閣《四庫全書》影印本。
② 《瀛奎律髓》卷六,文淵閣《四庫全書》影印本。
③ 《瀛奎律髓》卷一一,文淵閣《四庫全書》影印本。
④ 《瀛奎律髓》卷二四,文淵閣《四庫全書》影印本。
⑤ 《滄浪詩話·詩評》,《歷代詩話》本,第698頁。
⑥ 《瀛奎律髓》卷一〇,文淵閣《四庫全書》影印本。
⑦ 戴復古《石屏詞·望江南》,文淵閣《四庫全書》影印本。
⑧ 《後村先生大全集》卷九九,《四部叢刊》景鈔本。
⑨ 《杜園説杜》卷一一,書目文獻出版社1995年影印本。

成五字句,用破一生心"[①],又云"蟾蜍影裏清吟苦,舴艋舟中白髮生"[②]。李頻佚句亦云"只將五字句,用破一生心"[③]。《新唐書·李頻傳》載:"給事中姚合名爲詩,士多歸重,頻走千里丐其品,合大加獎挹,以女妻之。"[④]《唐才子傳》卷九"李洞"條云:"酷慕賈長江,遂銅寫島像,戴之巾中。常持數珠念賈島佛,一日千遍。人有喜島詩者,洞必手録島詩贈之,叮嚀再四曰:'此無異佛經,歸焚香拜之。'其仰慕一何如是之切也。然洞詩逼真似島,新奇或過之。""洞嘗集島警句五十聯,及唐諸人警句五十聯,爲《詩句圖》,自爲之序。"[⑤]他們的詩風亦近賈島、姚合。姚合《寄馬戴》即云:"新詩此處得,清峭比應稀。"姚賈詩風對後世亦頗有影響。聞一多《唐詩雜論·賈島》甚至説:"由晚唐到五代,學賈島的詩人不是數字可以計算的,除極少數鮮明的例外,是向着詞的意境與詞藻移動的,其餘一般的詩人大衆,也就是大衆的詩人,則全屬於賈島。從這觀點看,我們不妨稱晚唐五代爲賈島時代。"[⑥]南宋四靈派、江湖派和明代竟陵派詩人都標榜學姚賈,蔚然形成風氣。"四靈"之一的趙師秀(字紫芝)即選姚合、賈島詩爲《二妙集》,其詩亦多襲姚賈,追求一種"野逸清瘦"的風趣。故嚴羽《滄浪詩話·詩辯》云:"近世趙紫芝、翁靈舒輩,獨喜賈島、姚合之詩,稍稍復就清苦之風。江湖詩人多效其體,一時自謂之唐宗。"[⑦]竟陵派則大力提倡一種所謂"幽深孤峭"的風格。應該説,姚賈在糾正浮靡詩風和講求錘煉字句方面,對後世的詩歌創作産生過一些好的影響,但它的消極影響也是顯

① 方干《貽錢塘縣路明府》,《全唐詩》卷六四八。
② 方干《贈錢塘湖上唐處士》,《全唐詩》卷六五〇。
③ 李頻佚句,《全唐詩》卷五八九。
④ 《新唐書·李頻傳》,第 5794 頁。
⑤ 《唐才子傳》卷九,文淵閣《四庫全書》影印本。
⑥ 聞一多《唐詩雜論·賈島》,第 36 頁。
⑦ 嚴羽《滄浪詩話·詩辯》,《歷代詩話》本,第 688 頁。

而易見的。

李賀是韓孟詩派中最具個人創作特色的年輕詩人,很得韓愈的器重和賞識,韓愈和皇甫湜曾親自登門拜訪過這位年少成名的“長爪郎”,李賀特爲作《高軒過》詩以記録這一文壇佳話。因李賀父名晋肅,晋、進同音,毁之者謂賀當避父諱,不得舉進士。韓愈氣憤不平,特爲作《諱辯》以解之。説起賀父李晋肅,與杜甫還有一段不尋常的因緣。李晋肅與杜甫爲較遠的舅表兄弟,二人早年相識。大曆三年(768)冬,入蜀,杜甫在公安,有《公安送李二十九弟晋肅入蜀余下沔鄂》詩云:“正解柴桑纜,仍看蜀道行。檣烏相背發,塞雁一行鳴。南紀連銅柱,西江接錦城。憑將百錢卜,飄泊問君平。”詩中寄托着杜甫的離情别緒和身世之慨。楊倫曰:“公詩每善於景中寓情。”[①]晋肅,《唐摭言》作“瑨肅”,謂其早年曾“邊上從事”,入蜀當亦爲“邊上從事”之一。時距李賀出生僅二十二年。貞元九年(793),李賀四歲,時晋肅正在陝州陝縣令任上,頗有政績。崔教《邵伯祠碑記》即云:“陝縣令李晋肅虔奉新政,恭維昔賢,請刻石書,以慰餘俗,徵士家于太史,採奭命于古文。”[②]當時杜甫已是“聲名動四夷”的大詩人,又有這一層的親戚關係,李賀受到杜甫的影響當是情理中事。杜甫苦吟,李賀更是苦吟的詩人。《巴童答》即自謂“龐眉入苦吟”。李商隱《李賀小傳》亦謂“長吉細瘦,通眉,長指爪,能苦吟疾書”,又載其母痛惜賀之作詩曰:“是兒要當嘔出心始已耳!”[③]清人謝啓昆則稱譽李賀“高軒一過便知名,吏部曾聞束帶迎。語必驚人死亦得,嘔將心血錦囊盛”[④]。賀存詩

---

① 《杜詩鏡銓》卷一九,第946頁。

② 崔教《邵伯祠碑記》,《全唐文》卷五四六。

③ 李商隱《李賀小傳》,徐樹穀箋《李義山文集箋注》卷一〇,文淵閣《四庫全書》影印本。

④ 謝啓昆《讀全唐詩仿元遺山論詩絶句一百首·李賀》,《樹經堂詩初集》卷九,《續修四庫全書》本,第1458册,第118頁。

二百餘首,可謂皆苦心孤詣之作,雖絶去筆墨蹊徑,但杜甫的影響還是有迹可尋的。如杜詩《奉贈韋左丞丈二十二韵》云:"今欲東入海,即將西去秦。"賀詩《自昌谷到洛後門》即云:"始欲南去楚,又將西適秦。"《奉贈韋左丞丈二十二韵》又云:"青冥却垂翅,蹭蹬無縱鱗。"賀詩《高軒過》即云:"我今垂翅附冥鴻,他日不羞蛇作龍。"杜詩《潼關吏》云:"借問潼關吏,築城還備胡。"賀《平城下》亦云:"借問築城吏,去關幾千里。"杜詩《夢李白二首》其二云:"出門搔白首,若負平生志。"賀《莫愁曲》即云:"若負平生意,何名作莫愁。"杜詩《對雪》:"亂雲低薄暮,急雪舞回風。"賀《殘絲曲》:"花臺欲暮春辭去,落花起作回風舞。"杜詩《奉酬薛十二丈判官見贈》:"欲學鴟夷子,待勒燕山銘。"賀《昌谷詩》:"刺促成紀人,好學鴟夷子。"杜詩《戲題王宰畫山水圖歌》:"焉得并州快剪刀,剪取吴松半江水。"賀《羅浮山人與葛篇》云:"欲剪湘中一尺天,吴娥莫道吴刀澀。"王夫之評賀《秦宫詩》曰:"亦刺當時無(之)事,如少陵之《麗人行》,主名必立。"①蔣弱六評杜詩《荆南兵馬使太常卿趙公大食刀歌》曰:"如百寶裝成,滿紙光怪,造字造句,在昌黎、長吉之間。"②何焯則謂此詩"開出李賀"③。吴汝綸評《秋凉詩寄正字十二兄》云:"長吉此等詩,皆近似杜公。"又評《昌谷北園新笋》云:"昌谷七絶,專浮杜公。"④闕名批《于嘉刻本李長吉詩集》謂賀《過華清宫》"此詩得體,何啻少陵"⑤。《昌谷北園新笋四首》之一"更容一夜抽千尺,别却池園數寸泥",似從杜詩《將赴成都草堂途中有作先寄嚴鄭公五首》之四"新松恨不高千尺,惡竹應須斬萬竿"變化而

① 《唐詩評選》卷一,文化藝術出版社 1997 年王學太校點本,第 34 頁。
② 《杜詩鏡銓》卷一五引,第 731 頁。
③ 《義門讀書記》卷五二《杜工部集》,文淵閣《四庫全書》影印本。
④ 吴汝綸《李長吉詩評注》,鴻章書局石印本。
⑤ 清闕名《于嘉刻本李長吉詩集》批語,明于嘉刻本《李長吉詩集》卷首。

來。如杜詩《房兵曹胡馬》云:"胡馬大宛名,鋒棱瘦骨成。"賀《馬詩二十三首》之四即云:"向前敲瘦骨,猶自帶銅聲。"又如"批"是一個多義詞,其中用作"削"義是後起意。在清編《全唐詩》中共有三例使用該義,其中杜甫獨用二例,即《房兵曹胡馬》:"竹批雙耳峻,風入四蹄輕。"又《李鄠縣丈人胡馬行》:"頭上鋭耳批秋竹,脚下高蹄削寒玉。"另一例即李賀《馬詩二十三首》其十二的"批竹初攢耳,桃花未上身"。所以清人方世舉謂《馬詩二十三首》"皆自寓也。人人所知,次第用意,略與《南園》詩同。先言好馬須好飾,猶杜詩'驄馬新斫(鑿)蹄,銀鞍被來好'(按:係杜《送長孫九侍御赴武威判官》詩句),以喻有才須稱。此二十三首開章引子也。……此二十三首,乃聚精會神、伐毛洗髓而出之。造意撰辭,猶有老杜諸作之未至者。率處皆是煉處,有一字手滑耶?五絶一體,實做尤難。四唐惟一老杜,此亦摭實似之;而沉著中飄蕭,亦似之"①。又謂賀《南園十三首》"學杜實發,却用風標"②,謂《春歸昌谷》"此篇章法,似竊法于杜之《北征》大端"③。陳本禮則謂李賀《感諷五首》之一"可與子美'哀哀寡婦誅求盡,痛哭郊原何處村'並讀"④。"哀哀寡婦誅求盡,痛哭郊(秋)原何處村"爲杜甫《白帝》詩句。又謂《安樂宫》殆從杜詩《銅瓶》"化出"⑤。所以錢鍾書説:"長吉詩境,杜韓集中時復有之。"又謂"長吉詩如《仁和里雜叙皇甫湜》、《感諷五首》之第一首、《贈陳商》等,樸健猶存本色,雅似杜韓"⑥。

然而,若以爲李賀之學習杜甫,只是在模擬字句,效仿句法,求

---

① 方世舉《李長吉詩集批注》卷二,上海人民出版社清王琦等注《李賀詩歌集注》本,第510—511頁。

② 《李長吉詩集批注》卷一,清王琦等注《李賀詩歌集注》本,第508頁。

③ 《李長吉詩集批注》卷三,清王琦等注《李賀詩歌集注》本,第529頁。

④ 陳本禮《協律鉤玄》卷一,清嘉慶十三年陳氏裛露軒刻本。

⑤ 《協律鉤玄》卷一。

⑥ 錢鍾書《談藝録》(補訂本),中華書局1984年版,第58頁。

似杜甫,則未免膚淺之見。原來李賀與杜甫在思想深處是相通的,同有憤世嫉俗之心,憂國憂民之志。他的詩或揭露統治者的荒淫,或抨擊藩鎮割據的罪惡,或同情勞苦大衆的苦難,或抒發懷才不遇的憂憤,大都能"深刺當世之弊,切中當世之隱"①。杜詩被譽爲"詩史",姚文燮亦稱李賀詩爲"詩史"。故錢澄之云:"杜少陵每吟不忘君父,千古宗之,昌谷好險僻,其思幻怪不經,世有癖之者,稱曰鬼才鬼才耳,而姚子(指姚文燮)以爲忠愛存焉。""夫姚子非癖昌谷也,姚子之意,蓋以見古人之稱詩雖險僻如昌谷,其大指固無以異於少陵也,蓋欲以忠愛概天下之詩教也。""同時有陳子二如(即陳式,著有《問齋杜意》)因而爲少陵詩注,陳子之如少陵,姚子之如昌谷,皆似有夙因焉","二子則真少陵、昌谷之功臣也。雖然少陵稱詩之旨,夫人而知之,若昌谷之無以異於少陵,自姚子而始知之,則姚子之功爲巨矣"②。吴喬曰:"長吉、義山,亦致力於杜詩者甚深,而後變體,其集具在,可考也。"③吴闓生《跋李長吉詩評注》則謂"昌谷詩上繼杜、韓,下開玉溪,雄深俊偉,包有萬變,其規橅意度,卓然爲一大家,非唐之它家所能及。"④趙衍《重刊李長吉詩集序》甚至説:"逮長吉一出,會古今奇語而臣妾之。"⑤學杜而能變杜,變杜而獨成一家,這就是獨樹一幟的"李長吉體"⑥。所謂"李長吉體",就是指李賀刻意求新,想象詭異,立意新奇,辭藻瑰麗,形成奇崛幽峭、穠麗淒清的獨特詩歌風格。杜牧《李賀集序》謂

---

① 姚文燮《昌谷詩注自序》,清王琦等注《李賀詩歌集注》本,第368頁。

② 錢澄之《重刻昌谷集注序》,清王琦等注《李賀詩歌集注》本,第373頁。

③ 《圍爐詩話》卷五,《清詩話續編》本,第617頁。

④ 《李長吉詩評注》卷尾,鴻章書局石印本。

⑤ 趙衍《重刊李長吉詩集序》,《四部叢刊》影印蒙古本《李賀歌詩編》卷首。

⑥ 嚴羽《滄浪詩話・詩體》,《歷代詩話》本,第689頁。

賀詩“離絶遠去筆墨畦逕間”①,《新唐書·李賀傳》繼之謂賀“辭尚奇詭,所得皆驚邁,絶去翰墨畦逕,當時無能效者”②,《四庫全書總目·〈箋注評點李長吉歌詩〉提要》則謂“賀之爲詩,冥心孤詣,往往出筆墨蹊徑之外,可意會而不可言傳”。所謂遠絶“筆墨畦逕”,就是不按常規作詩,將杜詩“奇險”的一面發展到極端,驚世駭俗,令人耳目一新。如杜詩《同諸公登慈恩寺塔》云:“七星在北户,河漢聲西流。”河漢何曾有聲,縱然有聲,人又何能聽到? 將無聲變有聲,杜詩可謂出奇。但賀詩更爲出奇。他的《天上謡》云:“天河夜轉漂回星,銀浦流雲學水聲。”這種“曲喻”手法,顯然是由杜詩發展而來。錢鍾書評云:“長吉乃往往以一端相似,推而及之于初不相似之他端。”“如《天上謡》云:‘銀浦流雲學水聲。’雲可比水,皆流動故,此外無似處;而一入長吉筆下,則雲如水流,亦如水之流而有聲矣。”③而全詩以奇特的構思,豐富的想象,瑰麗的語句塑造了一個悠閒安適、清新幽美的天上樂園,藉以排遣他在現實生活中所感到的抑鬱和苦悶,對理想境界的嚮往和追求。如被列爲李賀詩集第一首的《李憑箜篌引》,巧妙地運用神話傳説,以奇詭的想象、獨特的比喻、瑰麗的意境和創造性的語言,再現了著名樂師李憑演奏箜篌的神妙樂聲及其所造成的極强的藝術感染力,可謂描繪音樂藝術的傑作。吴北江評此詩曰:“通體皆從神理中曲曲摹繪,出神入幽,無一字落恒人蹊徑。”④又評“女媧煉石補天處,石破天驚逗秋雨”云:“此二句思想尤爲奇特,蓋箜篌之妙能使石破天驚,然天本有裂痕,爲女媧所補,假使天破必仍在舊補之處也。‘逗秋雨’三

---

① 杜牧《李賀集序》,《樊川文集》卷七,文淵閣《四庫全書》影印本。
② 《新唐書·李賀傳》,第5788頁
③ 《談藝録》(補訂本),第51頁。
④ 高步瀛《唐宋詩舉要》卷二引,上海古籍出版社1978年新1版。

字亦奇妙。"①而"昆山玉碎鳳凰叫,芙蓉泣露香蘭笑"二句,連用四個比喻,形容李憑彈奏箜篌時樂聲的抑揚變化,分别訴之於人的聽覺、視覺、嗅覺,寓言假物,譬喻擬象,新穎貼切,巧奪天工。又如《秦王飲酒》,雖是一首詠史詩,但不拘泥於史實,而是借詠史以諷現實,寄寓了作者的憂憤不平和對最高統治者荒淫腐朽生活的諷刺。全詩氣勢非凡,想象奇詭,構思新穎,色彩穠麗,突出地體現了賀詩奇特險怪的特色。錢鍾書評其中"羲和敲日玻璃聲,劫灰飛盡古今平"二句云:"'羲和敲日玻璃聲',日比玻璃,皆光明故;而來長吉筆端,則日似玻璃光,亦必具玻璃聲矣。同篇云:'劫灰飛盡古今平',夫劫乃時間中事,平乃空間中事;然劫既有灰,那時間亦如空間之可掃平矣。"②又如《惱公》"歌聲春草露",用字精細,新奇可喜,錢鍾書《七綴集・通感》評曰:"歌如珠,露如珠,兩者都是套語陳言,李賀化腐爲奇,來一下推移:'歌如珠,露如珠,所以歌如露。'邏輯思維所避忌的推移法,恰是形象思維慣用的手段。"《河南府試十二月樂詞・十月》有"長眉對月鬥彎環"句,謂宫女好畫長而彎之眉,似與彎月競比彎環,實言對月悵望,難以入眠。眉彎月亦彎,不言對月悵望,而言"鬥彎環",奇巧生動,富有情趣。《致酒行》:"雄雞一聲天下白。"詩句自然質樸而渾成,形象鮮明而易懂,寓意深刻而又富於啓發性,被人稱爲"奇句"③。毛澤東《浣溪沙・和柳亞子先生》"一唱雄雞天下白",即化用賀句。他如《蝴蝶飛》之"楊花撲帳春雲熱",《金銅仙人辭漢歌》之"天若有情天亦老",《雁門太守行》之"黑雲壓城城欲摧",《秋來》之"思牽今夜腸應直",《春懷引》之"寶枕垂雲選春夢",《春歸昌谷》之"誰揭赬玉盤,東方發紅照",《感諷六首》其一之"焉知腸車轉,一夕巡九方",《南山田中

① 《唐宋詩舉要》卷二引。

② 《談藝録》(補訂本),第51頁。

③ 馬位《秋窗隨筆》四九,《清詩話》本,第831頁。

行》之“鬼燈如漆點松花”等，都是想象奇詭、絶妙無對的名句。所以余颺《家伯子李昌谷詩解序》云：“賀之詩，險仄奇詭，無一字可調俗言，無一言可入俚耳。”①劉克莊則云：“長吉歌行，新意險語，自有蒼生以來所無。”②

李賀當然不只是受到杜甫的影響，他對楚辭、鮑照、李白、韓愈等等，都注意學習。而他的博取衆長，雖卓有成就，但却未臻化境。所以陸游説他“賀詞如百家錦衲”③。李東陽亦謂“李長吉詩，字字句句欲傳世，顧過於劌鉥，無天真自然之趣。通篇讀之，有山節藻棁而無梁棟，知其非大廈也”④。這些評論雖然苛求過分，但却指出賀詩的人工雕琢之迹，不及杜詩的渾成自然之妙。這固然與李賀的才學不能和杜甫相比有關，也與李賀只活了短短二十七年不無關係。對於賀詩的種種批評，宋琬的話可以作爲較好的答復：“賀，王孫也，所憂宗國也，和親之非也，求仙之妄也，藩鎮之專權也，閹宦之典兵也，朋黨之釁成而戎寇之禍結也。以區區隴西奉禮之孤忠，上不能達之天子，下不能告之群臣，惟崎嶇驢背，托諸幽荒險澀諸詠，庶幾後之知我者。而世不察，以爲神鬼，悠謬不可知。其言既無人爲之深繹，而其心益無以自明，不亦重可悲乎！故余以爲屈子之讒在一時，而賀之讒在終古。何者？世不盡愛賀也，即有能傳其詩如杜牧者，可謂愛賀矣，然猶以爲理所未及，雖愛亦讒也。”⑤

李賀詩歌創新求奇、自成一家的獨特風格，在當時及其後都産生了相當大的影響。李賀摯友沈亞之《序詩送李膠秀才》即云：“賀名溢天下，年二十七，官卒奉常。由是後學争踵賀，相與綴裁其字

① 余颺《家伯子李昌谷詩解序》，《余光解輯昌谷集》卷首，明聽雨堂刊本。

② 《後村詩話》卷一四，文淵閣《四庫全書》影印本。

③ 范晞文《對牀夜語》卷二引，《歷代詩話續編》本，第422頁。

④ 《麓堂詩話》，《歷代詩話續編》本，第1381頁。

⑤ 宋琬《昌谷注敘》，清王琦等注《李賀詩歌集注》本，第376頁。

句,以媒取價。"[1]《舊唐書・李賀傳》亦云:"其文思體勢,如崇巖峭壁,萬仞崛起,當時文士從而效之,無能髣髴者。"[2]與賀同時的劉言史、莊南傑,詩風都近李賀。其後的韋楚老、李商隱、温庭筠、張碧等,都不同程度地受到賀詩的影響。南宋的劉克莊、謝翱、周密等也都學李賀。元代郝經、劉因、宋無、薩都剌、楊維禎、馬祖常等都是效仿"長吉體"的。《四庫全書總目・〈翠寒集〉提要》謂宋無"七言古體純學李賀",《〈東維子集〉提要》又謂楊維禎"詩歌樂府出入于盧仝、李賀之間"。所以胡應麟甚至説李賀爲"元人一代尸祝"[3]。明代徐渭、湯顯祖等也都受到李賀的一些影響。《紅樓夢》的作者曹雪芹,他的好友敦誠《寄懷曹雪芹》即云:"少陵昔贈曹將軍,曾曰魏武之子孫。君又無乃將軍後,於今環堵蓬蒿屯。揚州舊夢久已覺,且著臨邛犢鼻褌。愛君詩筆有奇氣,直追昌谷破籬樊。當時虎門數晨夕,西窗剪燭風雨昏。接䍦倒著容君傲,高談雄辯虱手捫。感時思君不相見,薊門落日松亭樽。勸君莫彈食客鋏,勸君莫扣富兒門。殘杯冷炙有德色,不如著書黄葉村。"[4]敦誠的詩引用杜詩《丹青引贈曹將軍霸》,又化用杜句,可見曹雪芹對杜甫和李賀都很追慕,也揭示了學李必學杜的學緣關係。近代龔自珍、黄遵憲、譚嗣同等,都非常喜愛李賀詩。魯迅早年亦喜歡李賀詩歌,他的日本朋友增田涉就説魯迅"到了晚年,由於環境、經驗的關係,在他那兒出現了色彩更濃的杜甫的、海涅的東西,但還是没有完全擺脱掉李賀和尼采"[5]。魯迅早年喜歡李賀,晚年傾慕杜甫的變化,也

---

① 沈亞之《序詩送李膠秀才》,《沈下賢集》卷九,文淵閣《四庫全書》影印本。

② 《舊唐書・李賀傳》,第3772頁。

③ 《詩藪・内編》卷三,上海古籍出版社1979年新1版。

④ 敦誠《寄懷曹雪芹》,《四松堂集・詩集》卷上,文學古籍刊行社1955年版。

⑤ 轉引自張宗福《李賀研究》,巴蜀書社2009年版,第363頁。

折射出李賀與杜甫的異同。

第四節　杜甫與元白詩派

以白居易、元稹爲首的元白詩派，除元、白外，還有李紳、張籍、王建等。與崇尚奇崛險怪的韓孟詩派不同，這一詩人群體，總的創作風格却是傾向平易淺近的，所以又稱淺切詩派，亦稱通俗詩派。這派詩人繼承並發展了我國自《詩經》以來直到杜甫的現實主義傳統，强調詩歌的現實内容和社會作用。他們的創作，特别是樂府詩，有意識地學習杜甫"即事名篇"的新樂府傳統，自創新題，以寫時事，並形成了頗具規模、影響頗大的新樂府運動。元稹《樂府古題序》云："况自風雅至於樂流，莫非諷興當時之事，以貽後代之人。沿襲古題，唱和重複，于文或有短長，于義咸爲贅剩。尚不如寓意古題，刺美見事，猶有詩人引古以諷之義焉。曹、劉、沈、鮑之徒時得如此，亦復稀少。近代唯詩人杜甫《悲陳陶》《哀江頭》《兵車》《麗人》等，凡所歌行，率皆即事名篇，無復倚傍。余少時與友人樂天、李公垂輩，謂是爲當，遂不復擬賦古題。"①元和四年(809)，27歲的李紳(字公垂)第一個有意識地以"新題樂府"爲標榜和古樂府區别開來，並作《新題樂府二十首》，可惜没有流傳下來。剛剛二十歲的元稹隨即寫了《和李校書新題樂府十二首》，其序云："予友李公垂貺予樂府新題二十首，雅有所謂，不虚爲文，予取其病時之尤急者，列而和之，蓋十二而已。昔三代之盛也，士議而庶人謗，又曰'世理則詞直，世忌則詞隱'。予遭理世而君盛聖，故直其詞以示後，使夫後之人謂今日爲不忌之時焉。"十二首分别是《上陽白髮

① 元稹《樂府古題序》，《元稹集》卷二三，中華書局冀勤校點本。以下凡引元稹詩文，皆見此本，不另注出。

人》《華原磬》《五弦彈》《西涼伎》《法曲》《馴犀》《立部伎》《驃國樂》《胡旋女》《蠻子朝》《縛戎人》《陰山道》。時任左拾遺的白居易亦作《新樂府五十首》,是白氏諷喻詩最主要的代表作,宛如一組首尾完整、層次分明的套曲,前有總序,云:"篇無定句,句無定字,繫於意不繫於文。首句標其目,卒章顯其志,《詩三百》之義也;其辭質而徑,欲見之者易諭也;其言直而切,欲聞之者深誡也;其事核而實,使采之者傳信也;其體順而肆,可以播於樂章歌曲也。總而言之,爲君、爲臣、爲民、爲物、爲事而作,不爲文而作也。"①最後一篇《采詩官》,説明他作《新樂府》的目的:"采詩官,采詩聽歌導人言。言者無罪聞者誡,下流上通上下泰。周滅秦興至隋氏,十代采詩官不置。郊廟歌登贊君美,樂府豔調悦君意,若求諷喻規刺言,萬句千章無一字。……貪吏害民無所忌,奸臣蔽君無所畏。君不見厲王胡亥之末年,群臣有利君無利。君兮君兮願聽此,欲開壅蔽達人情,先向歌詩求諷刺。"詩歌不能只是歌功頌德,而要"諷刺"時政,泄導人情,這樣才能"下流上通上下泰",達到長治久安。每首題下又有小序點明該詩主題,如"《立部伎》,刺雅樂之替也","《華原磬》,刺樂工非其人也","《上陽白髮人》,愍怨曠也","《新豐折臂翁》,戒邊功也","《馴犀》,感爲政之難終也","《五弦彈》,惡鄭之奪雅也","《縛戎人》,達窮民之情也","《西涼伎》,刺封疆之臣也","《杜陵叟》,傷農夫之困也","《繚綾》,念女工之勞也","《賣炭翁》,苦宫市也","《陵園妾》,憐幽閉也","《隋堤柳》,憫亡國也"等等。這些特點,不只是《新樂府》有,凡白居易的諷喻詩大都具備。如《秦中吟》之九《歌舞》,寫風雪寒冬官僚權貴歌舞狂歡通宵達旦醉生夢死的腐朽生活,結尾筆鋒一轉,"豈知閿鄉獄,中有凍死囚",將血淋淋的悲慘場景展示給人們,在鮮明的對比中深化了

---

① 白居易《新樂府并序》,《白氏長慶集》卷三,文淵閣《四庫全書》影印本。以下凡引白氏詩文,皆見此本,不另注出。

主題,這就是所謂的“卒章顯其志”。又如《秦中吟》之二《重賦》結句“進入瓊林庫,歲久化爲塵”,之七《輕肥》結句“是歲江南旱,衢州人食人”,之十《買花》結句“一叢深色花,十户中人賦”,《新樂府・紅綫毯》結句“地不知寒人要暖,少奪人衣作地衣”,等等,亦是此類。在手法上借鑒杜甫的寫實作品,有的有鮮明的形象和生動的叙事情節,猶如杜甫的“三吏”、“三别”。白居易和杜甫都曾任左拾遺,引爲同調,其《初授拾遺》即云:“奉詔登左掖,束帶參朝議。何言初命卑,且脱風塵吏。杜甫陳子昂,才名括天地。當時非不遇,尚無過斯位。”身爲諫官,他也像陳子昂、杜甫那樣,直言敢諫,亦因此而貶官。白居易有明確的文學主張,强調文學的教化作用,主張干預生活,干預政治。在《寄唐生》中,白居易揭明他作樂府詩的苦衷:“不能發聲哭,轉作樂府詩。篇篇無空文,句句必盡規。功高虞人箴,痛甚騷人辭。非求宫律高,不務文字奇。惟歌生民病,願得天子知。”在《與元九書》中,他明確提出“文章合爲時而著,歌詩合爲事而作”,詩歌要起到“補察時政”、“泄導人情”的作用,所以他“自拾遺來,凡所適所感關於美刺興比者,又自武德迄元和,因事立題,題爲《新樂府》者,共一百五十首,謂之諷喻詩”。白居易的人生哲學是“窮則獨善其身,達則兼濟天下”,他“志在兼濟,行在獨善”,“奉而始終之則爲道,言而發明之則爲詩”,而“諷喻詩,兼濟之志也”,“閒適詩,獨善之義也”。白的諷喻詩,大都作于被貶江州司馬之前。他的諷喻詩,富有强烈的使命感,敢於批評時政,反映民生疾苦。如《采地黄者》,通過一個采地黄的農民之口,傾訴了他們在天災人禍雙重摧殘下的艱難處境。作者運用了一系列的鮮明對比,揭示出人不如馬的慘狀。此詩雖不屬於《新樂府》,但與《新樂府》精神一致,“一吟悲一事”,體現了作者“唯歌生民病,願得天子知”的創作主張。特别難能可貴的,是他面對勞苦大衆的苦難勇於自責的良知。如《觀刈麥》云:“今我何功德,曾不事農桑。吏禄三百石,歲晏有餘糧。念此私自愧,盡日不能忘。”又如《村居苦寒》，將自己的温飽無憂與窮苦農民的飢凍辛勞相對比，深感慚愧："幸免飢凍苦，又無壟畝勤。念彼深可愧，自問是何人。"《觀稼》亦云："自慚禄仕者，曾不營農作。飽食無所勞，何殊衛人鶴。"作爲一個封建官吏，能這樣勇於自責，實爲難能可貴。正如張培仁《虎丘白公祠》詩云："絶代才華歸諷諫，憂時樂府見忠誠。"①他自己也説："凡聞僕《賀雨》詩，而衆口籍籍，已謂非宜矣。聞僕《哭孔戡》詩，衆面脈脈，盡不悦矣。聞《秦中吟》，則權豪貴近者相目而變色矣。聞《樂遊園》寄足下詩，則執政柄者扼腕矣。聞《宿紫閣村》詩，則握軍要者切齒矣。大率如此，不可遍舉。"正因如此，他對這類詩的要求是很高的。他説："詩之豪者，世稱李杜。李之作，才矣奇矣，人不逮矣。索其風雅比興，十無一焉。杜詩最多，可傳者千餘篇，至於貫穿今古，覼縷格律，盡工盡善，又過於李。然撮其《新安吏》《石壕吏》《潼關吏》《塞蘆子》《留花門》之章，'朱門酒肉臭，路有凍死骨'之句，亦不過三四十首。杜尚如此，况不逮杜者乎。"後白居易在《傷唐衢二首》之二回憶此時遭遇云："憶昨元和初，忝備諫官位。是時兵革後，生民正憔悴。但傷民病痛，不識時忌諱。遂作《秦中吟》，一吟悲一事。貴人皆怪怒，閒人亦非訾。天高未及聞，荆棘生滿地。惟有唐衢見，知我平生志。一讀興歎嗟，再吟垂涕泗。因和三十韵，手題遠緘寄。致我陳杜間，賞愛非常意。"陳杜，即陳子昂、杜甫。白居易與杜甫有着共同的理想和抱負，都是"以致君濟人爲己任"，都有一顆仁者之心。如杜甫《茅屋爲秋風所破歌》，推己及人，表現了"己飢己溺"的仁者情懷："自經喪亂少睡眠，長夜沾濕何由徹。安得廣廈千萬間，大庇天下寒士俱歡顔，風雨不動安如山。嗚呼！何時眼前突兀見此屋，吾廬獨破受凍死亦

① 張培仁《虎丘白公祠》，《金粟山房詩草》，轉引自陳友琴編《古典文學研究資料彙編・白居易卷》（以下簡稱《白居易卷》），中華書局 1962 年版，第 359 頁。

足。”這種“因一身而思天下”的崇高精神，引起白居易的强烈共鳴。他在《新製布裘》詩中説：“丈夫貴兼濟，豈獨善一身？安得萬里裘，蓋裹周四垠。穩暖皆如我，天下無寒人。”又在《新製綾襖成感而有詠》中説：“百姓多寒無可救，一身獨暖亦何情！心中爲念農桑苦，耳裹如聞飢凍聲。争得大裘長萬丈，與君都蓋洛陽城！”故黄徹曰：“皆伊尹身任一夫不獲之辜也。或謂子美詩意寧苦身以利人，樂天詩意推身利以利人，二者較之，少陵爲難。然老杜飢寒而憫人飢寒者也，白氏飽暖而憫人飢寒者也。憂勞者易生於善慮，安樂者多失於不思，樂天宜優。”[①]都穆亦云：“二公其先天下之憂而憂者與！”[②]葉舒璐《讀杜白二集》説得好：“子美千間廈，香山萬里裘。迴殊魏晋士，熟醉但身謀。”[③]又如杜詩《漫成二首》之一云：“眼前無俗物，多病也身輕。”白詩《仲夏齋居偶題八韵寄微之及崔湖州》則云：“眼前無俗物，身外即僧居。”《閒居偶吟招鄭庶子皇甫郎中》云：“更無俗物到，但與秋光俱。”《池上清晨候皇甫郎中》又云：“屏除無俗物，瞻望唯清光。”這是白、杜志同情同。至如白詩擬杜句、襲杜意，更是比比皆是。如杜詩《飲中八仙歌》云：“道逢麴車口流涎。”白詩《和春深二十首》之十四則云：“哺歠眠糟甕，流涎見麴車。”杜詩《醉時歌》云：“甲第紛紛厭粱肉，廣文先生飯不足。”白詩《春寒》則云：“君不聞靖節先生樽長空，廣文先生飯不足。”杜詩《曲江二首》之二云：“酒債尋常行處有，人生七十古來稀。”白詩《感秋詠意》則云：“舊語相傳聊自慰，世間七十老人稀。”杜詩《羌村三首》之一：“夜闌更秉燭，相對如夢寐。”白詩《逢舊》：“久别偶相逢，俱疑似夢中。”杜詩《戲題王宰畫山水圖歌》：“焉得并州快剪

---

① 《砻溪詩話》卷九，《歷代詩話續編》本，第 389 頁。

② 都穆《南濠詩話》，《歷代詩話續編》本，第 1365 頁。

③ 葉舒璐《讀杜白二集》，《分干詩鈔》卷三，轉引自《白居易卷》，第 305 頁。

刀,剪取吴松半江水。"白詩《聽曹剛琵琶兼示重蓮》:"誰能截得曹剛手,插向重蓮衣袖中。"杜詩《江上值水如海勢聊短述》:"爲人性僻躭佳句,語不驚人死不休。"白詩《山中獨吟》:"人各有一癖,我癖在章句。"杜詩《贈韋左丞丈濟》:"飢鷹待一呼。"白詩《叙德書情四十韵上宣歙崔中丞》:"呼鷹正及飢。"杜詩《將適吴楚留别章使君留後兼幕府諸公得柳字》:"不意青草湖,扁舟落吾手。"白詩《泛春池》:"天與愛水人,終焉落吾手。"杜詩《南鄰》:"野航恰受兩三人。"白詩《同韓侍郎遊鄭家池吟詩小飲》:"野艇容三人。"杜詩《老病》:"夜足霑沙雨,春多逆水風。"白詩《入峽次巴東》:"巫山暮足霑花雨,隴水春多逆浪風。"杜詩《自京赴奉先縣詠懷五百字》:"朱門酒肉臭,路有凍死骨。"白詩《傷宅》:"廚有臭敗肉,庫有貫朽錢。"杜詩《同諸公登慈恩寺塔》:"羲和鞭白日,少昊行清秋。"白詩《題舊寫真圖》:"羲和鞭日走,不爲我少停。"杜詩有以年月日爲題者,有詩中標明歲月節候者,如《北征》開頭:"皇帝二載秋,閏八月初吉。"《草堂即事》:"荒村建子月。"《贈友二首》:"元年建巳月。"《十二月一日三首》之一:"今朝臘月春意動。"《大曆二年九月三十日》:"悲秋向夕終。"《十月一日》:"爲冬亦不難。"《九日》:"去年登高郪縣北,今日重在涪江濱。"《九日五首》:"重陽獨酌杯中酒,抱病起登江上臺。""舊日重陽日,傳杯不放杯。即今蓬鬢改,但愧菊花開。"《秋日荆南述懷三十韵》云:"九鑽巴噀火,三蟄楚祠雷。"《風疾舟中伏枕書懷三十六韵奉呈湖南親友》云:"十暑岷山葛,三霜楚户砧。"等等。白詩亦有紀年月日者,以見當時之歲時節令,如《十年三月三十日别微之於澧上十四年三月十一日夜遇微之於峽中停舟夷陵三宿而别言不盡者以詩終之因賦七言十七韵以贈且欲記所遇之地與相見之時爲他年會話張本也》《七月一日作》《寶曆二年八月三十日夜夢後作》《九年十一月二十一日感事而作》。《遊悟真寺詩》開頭即云:"元和九年秋,八月月上弦。"《放旅雁》開頭亦云:"九江十年冬大雪,江水生冰樹枝折。"《正月三日閑行》:"緑浪東西南北水，紅欄三百九十橋。”《六月三日夜聞蟬》：“微月初三夜，新蟬第一聲。”《賀雨》：“皇帝嗣寶曆，元和三年冬。自冬及春暮，不雨旱爞爞。”《春雪》：“元和歲在卯，六年春二月。月晦寒食天，天陰夜飛雪。”《村居苦寒》：“八年十二月，五日雪紛紛。竹柏皆凍死，況彼無衣民。”《早蟬》：“六月初七日，江頭蟬始鳴。”《九日寄微之》：“吴郡兩回逢九月，越州四度見重陽。”《八月十五日夜湓亭望月》：“昔年八月十五夜，曲江池畔杏園邊；今年八月十五夜，湓浦沙頭水館前。”《九日宴集醉題郡樓兼呈周殷二判官》：“前年九日餘杭郡，呼賓命宴虚白堂；去年九日到東洛，今年九日來吴鄉。兩邊蓬鬢一時白，三處菊花同色黄。”《唐宋詩醇》評《文柏牀》曰：“時貶江州，隱然有自傷之意。‘方知自殘者，爲有好文章’，即杜甫《古柏行》之意而反用之。”評《重賦》：“通達治體，故于時政源流利弊，言之了然，其沉著處令讀者鼻酸，杜甫《石壕吏》之嗣音也。”評《答桐花》：“詞意本之杜甫入蜀《鳳凰臺》一章。”①又評《新豐折臂翁》曰：“大意亦本之杜甫《兵車》、前後《出塞》等篇，……可謂詩史。”評《采詩官》：“諸篇全仿杜甫《新安》《石壕》《垂老》《無家》等作，諷刺時事，婉而多風，其不及杜者，只筆力之縱横，格調之變化耳。”評《西涼伎》：“前半叙事，却插入‘應似涼州未陷日’二句，所謂‘横空盤硬語’也。‘涼州陷來四十年’四句，與前相映，筆力排奡，仿佛似杜，結處仍是香山本色。”②又評《寄微之三首》：“似杜甫《夢李白二首》，要自成爲香山之詩，惟其真也。”評《自蜀江至洞庭湖口有感而作》：“議論奇闢，筆力亦渾勁與題稱。集中此種絶少，頗近昌黎，其源亦從杜甫《劍門》一篇脱胎。”③又評《畫竹歌》：“波瀾意度，直逼子美堂奥，與香山平日面貌不類，蓋有意規仿子美題

① 以上《唐宋詩醇》卷一九，文淵閣《四庫全書》影印本。

② 以上《唐宋詩醇》卷二〇。

③ 以上《唐宋詩醇》卷二一。

畫諸作而爲之者。"評《醉後狂言酬贈蕭殷二協律》:"即杜甫'廣廈千萬間'意而暢言之。"①評《歲晚旅望》:"倚天拔地,字字奇警,與杜甫《閣夜》詩極相似。"②評《喜張十八博士除水部員外郎》:"一氣呵成,句句轉,筆筆靈,章法亦本杜甫,不襲其貌,而得其神,故佳。"③評《河亭晴望》:"氣味近老杜。"④田雯評《琵琶行》曰:"余嘗謂白香山《琵琶行》一篇,從杜子美《觀公孫弟子舞劍器行》詩得來。……各有天然之致。"⑤何焯評《讀史五首》:"白公古詩以學杜爲最,若擬魏、晉諸公則未極其致。"⑥馮班評《江樓望歸》似"杜詩"⑦。賀裳謂"《紫閣村》尚有《石壕吏》遺意"⑧。蘅塘退士評《自河南經亂關内阻饑兄弟離散各在一處因望月有感聊書所懷寄上浮梁大兄於潛七兄烏江十五兄兼示符離及下邽弟妹》云:"一氣貫注,八句如一句,與少陵《聞官軍》作同一格律。"⑨楊慎云:"杜子美詩'不嫁惜娉婷',此句有妙理,讀者忽之耳。……白樂天詩'寄言癡小人家女,愼勿將身輕許人',亦子美之意乎?"⑩喬億評杜詩《縛雞行》曰:"此亦開樂天體,後人多效之。"⑪楊倫評杜詩《寄薛三郎中據》:"此等五古,頗似樂天。"⑫所以汪立名云:"昔人謂大曆後以詩

---

① 以上《唐宋詩醇》卷二二。
② 《唐宋詩醇》卷二三。
③ 《唐宋詩醇》卷二四。
④ 《唐宋詩醇》卷二五。
⑤ 《古歡堂集·雜著》卷三,《清詩話續編》本,第717頁。
⑥ 朱金城《白居易集箋校》卷二引,上海古籍出版社1988年版,第104頁。
⑦ 《瀛奎律髓彙評》卷二九,第1272頁。
⑧ 賀裳《載酒園詩話又編》,《清詩話續編》本,第358頁。
⑨ 《唐詩三百首》卷六,中華書局排印四藤吟社刊本。
⑩ 楊愼《丹鉛摘録》卷三,文淵閣《四庫全書》影印本。
⑪ 《杜詩義法》卷下,清刻本。
⑫ 《杜詩鏡銓》卷一五,第750頁。

名家者，靡不由杜出。韓之《南山》，白之諷諭，其最著矣。就二公論之，大抵韓得杜之變，白得杜之正，蓋各得其一體而造乎其極者。故夫貫穿聲韵，操縱格律，肆厥排比，終不失尺寸，少陵而下，亦莫如二公。"①沈德潛亦云："樂天忠君愛國，遇事托諷，與少陵相同。特以平易近人，變少陵之沉雄渾厚，不襲其貌，而得其神也。"②元稹亦多襲杜處，如杜《丹青引》云："將軍魏武之子孫，於今爲庶爲清門。"元《去杭州》詩亦云："房杜王魏之子孫，雖及百代爲清門。"陸時雍則謂元《有鳥二十章》"近情切理，原自老杜脱胎，第其筋力緩縱"③。王闓運亦云："元微之賦《望雲騅》，縱横往來，神似子美，故非樂天之所及。"④

胡震亨謂杜甫爲"元白平易之宗"⑤。而白詩即將杜詩"俗"的一端發揮到極致，以致人傳老嫗能解，流傳極廣。王安石甚至説："世間好語言，已被老杜道盡；世間俗言語，已被樂天道盡。"⑥其實杜詩亦多用"俗言語"，所以元稹《酬李甫見贈十首》之二云："杜甫天材頗絶倫，每尋詩卷似情親。憐渠直道當時語，不著心源傍古人。"劉永濟評云："元稹對杜甫詩極其傾仰，此詩三四兩句頗能道出杜甫于詩有創新之功，但杜之創新實從繼承古人而變化之者，觀甫《戲爲六絶句》可知。元所謂'不著心源傍古人'，言其不一味依傍古人也，非輕視古人，仍與杜甫'不薄今人愛古人'之旨無妨也。"⑦元所謂"當時語"，就是當時的"俗言語"。除第二節所引者

---

① 汪立名《白香山詩集序》，文淵閣《四庫全書》影印本。

② 《唐詩别裁集》卷三，上海古籍出版社富壽蓀校點本。

③ 《唐詩鏡》卷四六，文淵閣《四庫全書》影印本。

④ 王闓運《湘綺樓説詩》卷七，甲戌成都日新社印本。

⑤ 《唐音癸籤》卷九，上海古籍出版社 1981 年版，第 90 頁。

⑥ 《苕溪漁隱叢話》前集卷一四引《陳輔之詩話》，人民文學出版社廖德明校點本。

⑦ 劉永濟《唐人絶句精華》，人民文學出版社 1981 年版。

外,另如杜詩《客堂》:"憶昨離少城,而今異楚蜀。"《惜别行送劉僕射判官》:"而今西北自返胡,騏驎蕩盡一匹無。"《茅屋爲秋風所破歌》:"南村群童欺我老無力。"《絶句漫興九首》之二云:"恰似春風相欺得。"《可惜》云:"花飛有底急?"《寄邛州崔録事》云:"終朝有底忙?"《遣悶奉呈嚴公二十韵》:"青袍也自公。"《野人送朱櫻》:"西蜀櫻桃也自紅。"《赴青城縣出成都寄陶王二少尹》:"文章差底病?"《三絶句》之一:"斬新花蕊未應飛。"《書堂飲既夜復邀李尚書下馬月下賦絶句》:"遮莫鄰雞下五更。"《送路六侍御入朝》:"不分桃花紅勝錦,生憎柳絮白於綿。"《奉送王信州崟北歸》:"林熱鳥開口,江渾魚掉頭。"《重過何氏五首》之四:"手自移蒲柳,家纔足稻粱。"《八哀詩·贈太子太師汝陽郡王璡》:"王每中一物,手自與金銀。"《杜鵑行》:"誰言養雛不自哺,此語亦足爲愚蒙。"《三川觀水漲二十韵》:"穢濁殊未清,風濤怒猶蓄。"《夏日歎》:"對食不能餐,我心殊未諧。"《鐵堂峽》:"生涯抵弧矢,盜賊殊未滅。"《陪鄭公秋晚北池臨眺》:"嚴城殊未掩,清宴已知終。"《江邊星月二首》之二:"客愁殊未已,他夕始相鮮。"《宿鑿石浦》:"闕月殊未生,青燈死分翳。"等等,不一而足。

此類"當時語",白詩中更是比比皆是。如《尋春題諸家園林》:"平生身得所,未省似而今。"《白髮》:"白髮生來三十年,而今鬚鬢盡皤然。"《寄題廬山舊草堂兼呈二林寺道侶》:"三十年前草堂主,而今雖在鬢如絲。"《自悔》:"而今而後,汝宜飢而食,渴而飲。"《衰病》:"更恐五年三歲後,些些談笑亦應無。"《湖上醉中代諸妓寄嚴郎中》:"還有些些惆悵事。"《微之就拜尚書居易續除刑部因書賀意兼詠離懷》:"遠地官高親故少,些些談笑與誰同。"《齋月静居》:"些些口業尚誇詩。"《自題新昌居止因招楊郎中小飲》:"笙歌隨分有些些。"《南龍興寺殘雪》:"不擬人間更求事,些些疏懶亦何妨。"《喜劉蘇州恩賜金紫遥想賀宴以詩慶之》:"莫嫌鬢上些些白,金紫由來稱長年。"《分司洛中多暇數與諸客宴遊醉後狂吟偶成十韵因招夢得賓客兼呈思黯奇章公》:“數數遊何爽,些些病未妨。”《又戲答絶句》:“狂夫與我世相忘,故態些些亦不妨。”《閏九月九日獨飲》:“黄花叢畔緑樽前,猶有些些舊管弦。”《贈諸少年》:“官給俸錢天與壽,些些貧病奈吾何。”《城鹽州》:“耳冷不聞胡馬聲。”《霓裳羽衣歌和微之》:“耳冷不曾聞此曲。”《酬思黯戲贈同用狂字》:“妒他心似火,欺我鬢如霜。”《丘中有一士二首》之二:“智愚與强弱,不忍相欺侵。”《戲答諸少年》:“朱顔今日雖欺我,白髮他時不放君。”《畫竹歌》:“人畫竹梢死羸垂,蕭畫枝活葉葉動。”《開元寺東池早春》:“池水暖温暾。”《送客春遊嶺南二十韵》:“蓊鬱三光晦,温暾四氣匀。”《别氈帳火爐》:“婉軟蟄鱗蘇,温燉凍肌活。”《喜山石榴花開》:“已憐根損斬新栽,還喜花開依舊數。”《題别遺愛草堂兼呈李十使君》:“斬新蘿徑合,依舊竹窗開。”《湖中自照》:“失却少年無覓處,泥他湖水欲何爲。”《新秋》:“老去争由我,愁來欲泥誰?”《感櫻桃花因招飲客》:“誰能聞此來相勸,共泥春風醉一場。”《對酒五首》之三:“丹砂見火去無迹,白髮泥人來不休。”《山石榴寄元九》:“謫仙初墮愁在世,姹女新嫁嬌泥春。”《新樂府・紫毫筆》:“江南石上有老兔,喫竹飲泉生紫毫。”《詠懷》:“有詩不敢吟,有酒不敢喫。”《放旅雁》:“健兒飢餓射汝喫,拔汝翅翎爲箭羽。”《重寄荔枝與楊使君時聞楊使君欲種植故有落句之戲》:“聞道萬州方欲種,愁君得喫是何年。”《勸酒》:“典錢將用買酒喫。”《詔下》:“但喜今年飽飯喫,洛陽禾稼如秋雲。”《聽夜箏有感》:“如今格是頭成雪。”《初到江州》:“相迎勞動使君公。”《病起》:“勞動春風揚酒旗。”《病假中龐少尹攜魚酒相過》:“勞動故人龐閣老,提魚攜酒遠相尋。”《答閑上人來問因何風疾》:“勞動文殊問疾來。”《新豐折臂翁》:“此臂折來六十年。”《九江春望》:“匹如元是九江人。”《和夢遊春詩一百韵》:“行看鬢間白,誰勸杯中緑。”《早夏遊平原回》:“紫蕨行看采,青梅旋摘嘗。”《新樂府・百煉鏡》:“揚州長吏手自封。”《截樹》:“一朝持斧斤,手自截其端。”《初領郡政衙退登東樓作》:"鰥惸心所念,簡牘手自操。何言符竹貴,未免州縣勞。"《栽松二首》之一:"小松未盈尺,心愛手自移。"《重過秘書舊房因題長句》:"閣前下馬思徘徊,第二房門手自開。"《元九以緑絲布白輕褣見寄製成衣服以詩報知》:"緑絲文布素輕褣,珍重京華手自封。"《山中酬江州崔使君見寄》:"酒熟心相待,詩來手自書。"《題别遺愛草堂兼呈李十使君》:"砌水親開决,池荷手自栽。"《罷府歸舊居》:"屈曲閑池沼,無非手自開。"《對新家醞玩自種花》:"香麴親看造,芳叢手自栽。"《春雪》:"連宵復竟日,浩浩殊未歇。"《讀史五首》之三:"寄言榮枯者,反復殊未已。"《贈吴丹》:"顧我愚且昧,勞生殊未休。"《山路偶興》:"獨吟還獨笑,此興殊未惡。"《早蟬》:"西風殊未起,秋思先秋生。"《臘後歲前遇景詠意》:"公事漸閑身且健,使君殊未厭餘杭。"《嘗黄醅新酎憶微之》:"元九計程殊未到,甕頭一盞共誰嘗。"

元稹詩亦不乏"當時語",如《離思詩五首》之三:"第一莫嫌才地弱,些些紕縵最宜人。"《答友封見贈》:"扶床小女君先識,應爲些些似外翁。"《生春二十首》之二:"屋上些些薄,池心旋旋融。"《贈崔元儒》:"些些風景閑猶在,事事顛狂老漸無。"《羨醉》:"也應自有尋春日,虚度而今正少年。"《酬樂天醉别》:"好住樂天休悵望,匹如元不到京來。"《有鳥二十章》之四:"鶻緣暖足憐不喫,鷂爲同科曾共遊。"《酬翰林白學士代書一百韵》:"誓欲通愚謇,生憎效喔咿。"《古决絶詞》之三:"生憎野鶴性,遲回死恨天。"又"天公隔是妒相憐,何不便教相决絶"。《日高睡》:"隔是身如夢,頻來不爲名。"《酬獨孤二十六送歸通州》:"寧愛寒切烈,不愛暘温暾。"《新政縣》:"勞動生涯涉苦辛。"《大觜烏》:"轉見烏來集,自言家轉孳。"《賽神》:"不謂事神苦,自言誠不真。"《六年春遣懷八首》之二:"自言並食尋高事,唯念山深驛路長。"《酬哥舒大少府寄同年科第》:"自言行樂朝朝是,豈料浮生漸漸忙。"《上陽白髮人》:"近年又送數人來,自言興慶南宫至。"《縛戎人》:"中有一人能漢語,自言家本長安窟。"《去杭州》:"自言遠結迢迢婚。"《古社》:"那言空山燒,夜隨風馬奔。"《酬别致用》:"那言返爲遇,獲見心所奇。"《東西道》:"少壯塵事多,那言壯年好。"《元和五年予官不了罰俸西歸三月六日至陝府與吴十一兄端公崔二十二院長思愴曩遊因投五十韵》:"晝夜塵土中,那言早春至。"《思歸樂》:"安問遠與近,何言殤與彭。"《含風夕》:"接瞬無停陰,何言問陳積。"《紀懷贈李六户曹崔二十功曹五十韵》:"便欲呈肝膽,何言犯股肱。……班筆行看擲,黄陂莫漫澄。"《生春二十首》之九:"碧條殊未合,愁緒已先叢。"《尋西明寺僧不在》:"蓮池舊是無波水,莫逐狂風起浪心。"《放言五首》之四:"孫登不語啓期樂,各自當情各自歡。"《雜憶詩五首》之四:"憶得雙文獨披掩,滿頭花草倚新簾。"《清都夜境》:"樓榭自陰映,雲牖深冥冥。"《和樂天題王家亭子》:"都大資人無暇日,泛池全少買池多。"《酬樂天得微之詩知通州事因成四首》之二:"平地才應一頃餘,閣欄都大似巢居。"《擬醉》:"憐君城外遥相憶,冒雨衝泥黑地來。"《遣興十首》之一:"行看梨葉青,已復梨葉赤。"《寄吴士矩端公五十韵》:"行看二十載,萬事紛何極。"《遣悲懷三首》之二:"衣裳已施行看盡,針綫猶存未忍開。"《月三十韵》:"坐愛規將合,行看望已幾。"《遣春三首》之三:"晚景行看謝,春心漸欲狂。"《贈雙文》:"曉月行看墮,春酥見欲銷。"

蘇軾貶稱"元輕白俗",實不盡然。宋人張鎡《讀樂天詩》即駁云:"詩到香山老,方無斧鑿痕。目前能轉物,筆下盡逢源。學博才兼裕,心平氣自温。隨人稱白俗,真是小兒言。"[①]清人趙翼亦云:"中唐詩以韓、孟、元、白爲最。韓、孟尚奇警,務言人所不敢言;元、白尚坦易,務言人所共欲言。試平心論之,詩本性情,當以性情爲主。奇警者,猶第在詞句間争難鬥險,使人蕩心駭目,不敢逼視,而意味或少焉!坦易者,多觸景生情,因事起意,眼前景,口頭語,自

① 張鎡《讀樂天詩》,《南湖集》卷四,文淵閣《四庫全書》影印本。

能沁人心脾,耐人咀嚼。此元、白較勝於韓、孟。世徒以輕俗訾之,此不知詩者也。"①胡適在《白話文學史》中説:"從杜甫中年以後,到白居易之死(846年),其間的詩與散文都走上了寫實的大路,由浪漫而回到平實,由天上而回到人間,由華麗而回到平淡,都是成人的表現。"②又説杜甫"晚年的小詩純是天趣,隨便揮灑,不加雕飾"③。如《春水生》之二:"一夜水高二尺强,數日不可便禁當。南市津頭有船賣,無錢即買繫籬旁。"正如羅大經所説:"杜陵詩,亦有全篇用常俗語者,然不害其爲超妙。"④又如《遭田父泥飲美嚴中丞》,使用了許多適合田父身份的口語和俗語,使其聲態活靈活現,栩栩如生。所以王嗣奭稱譽其"妙在寫出村人口角,樸野氣象如畫"⑤。黄生亦云:"寫村翁請客,如見其人,如聞其語,並其起坐指顧之狀,俱在紙上,似未曾費半點筆墨者。要知費其筆墨,即非古樂府本色。此不在效其格調,而在食其神氣也。"⑥胡適又認爲杜甫晚年多用"最自由的絶句體,不拘平仄,多用白話。這種'小詩'是老杜晚年的一大成功,替後世詩家開了不少的法門;到了宋朝,很有些第一流詩人仿作這種'小詩',遂成中國詩的一種重要的風格"⑦。其實不用到宋朝,白居易就有不少這類小詩。如《崔十八新池》,雖語言平易,但筆致不俗,特别是五、六句"忽看不似水,一泊稀琉璃",以新補拙,饒有情趣。又如《問劉十九》:"緑蟻新醅酒,紅泥小火爐。晚來天欲雪,能飲一杯無?"寫極瑣細之生活小

---

① 《甌北詩話》卷四,《清詩話續編》本,第1173頁。
② 胡適《白話文學史》(上卷),東方出版社1996年版,第223頁。
③ 胡適《白話文學史》(上卷),第245頁。
④ 羅大經《鶴林玉露》卷三,文淵閣《四庫全書》影印本。
⑤ 《杜臆》卷四,第144頁。
⑥ 《杜詩説》卷二,清康熙三十五年一木堂刻本。
⑦ 《白話文學史》(上卷),第250頁。

事,明白如話,却妙筆生花。俞陛雲評曰:"千載下如聞聲口也。"①另一首《招東鄰》:"小榼二升酒,新簟六尺牀。能來夜話否?池畔欲秋涼。"與《問劉十九》有異曲同工之妙,猶如一封温情脈脈的請柬。這種以詩代札的寫法,雖因襲杜詩,但比杜甫《蕭八明府實處覓桃栽》《從韋二明府續處覓綿竹》《憑何十一少府邕覓榿木數百栽》《憑韋少府班覓松樹子栽》等詩,更富情趣。又如《題周家歌者》:"清緊如敲玉,深圓似轉簧。一聲腸一斷,能有幾多腸。"一、二句用樂聲喻歌聲,"緊"對"敲","清"對"玉","圓"對"轉";"清"對"深","緊"對"圓","敲"對"轉","玉"對"簧",有當句對,有對句對,所對之字無一閒筆。三、四句寫聽衆的反應,充分烘托出歌者的演唱水平。全詩二十字,短小精煉,極見功力。劉熙載《藝概・詩概》云:"代匹夫匹婦語最難,蓋飢寒勞困之苦,雖告人,人且不知,知之必物我無間者也。杜少陵、元次山、白香山不但如身入閭閻,目擊其事,直與疾病之在身者無異。"②豈止杜、白,最早模仿杜甫"新題樂府"的李紳,作詩也是追求平易淺近、不避俚俗的。如廣爲傳頌的《憫農二首》,可説是明白如話,婦孺皆知。第一首一、二句"一粒粟"與"萬顆子"對比鮮明,第三句"四海無閒田"加以强化,讀者以爲廣大農民應該飽食無憂了,而末句"農夫猶餓死"急轉直下,令人震驚,發人深省。第二首更以農民種糧的艱辛,反襯"猶餓死"的悲慘,可説是已經觸及封建剥削制度的根源了。

白學杜之失,正如賀裳所説:"其病有二:一在務多;一在强學少陵,率爾下筆。"③所以致此,才力不及杜甫,固然是一個原因,而更根本的原因,在於白居易没有杜甫那樣艱難困苦的經歷和深沉篤摯的憂國憂民之心。白居易那些批評時弊、反映民生疾苦的諷

---

① 俞陛云《詩境淺説續編》,北京出版社 2003 年版,第 155 頁。
② 劉熙載《藝概・詩概》,上海古籍出版社 1978 年版。
③ 《載酒園詩話又編》,《清詩話續編》本,第 358 頁。

喻詩,幾乎都作于被貶江州之前。他初任左拾遺、翰林學士時所作《李都尉古劍》,借詠李陵古劍"至寶有本性,精剛無與儔。可使寸寸折,不能繞指柔。願快直士心,將斷佞臣頭",表達了自己不畏强暴、堅持原則的信念,歌頌了剛正不阿、寧折不變的品格。被貶江州之後,白居易奉行的是"獨善其身"的人生哲學。《和夢遊春詩一百韵序》即謂他與元稹同是"外服儒風,内宗梵行",《醉吟先生傳》自云"棲心釋氏",《醉吟先生墓志銘并序》亦云:"外以儒行修其身,中以釋教治其心,旁以山水風月歌詩琴酒樂其志。"李紳《題白樂天文集》即云:"寄玉蓮花藏,緘珠貝葉扃。院閒容客讀,講倦許僧聽。部列雕金榜,題存刻石銘。永添鴻寶集,莫雜小乘經。"①司空圖《修史亭三首》之二則云:"不似香山白居士,晚將心地著禪魔。"②其實白氏晚年不僅"棲心釋氏",而且醉心道家。早在元和五年(810)所作《隱几》"身適忘四支,心適忘是非。既適又忘適,不知吾是誰?"即已流露出道家思想。同年所作《自題寫真》也已流露出歸隱山林獨善其身的想法:"况多剛狷性,難與世同塵。不惟非貴相,但恐生禍因。宜當早罷去,收取雲泉身。"而《九年十一月二十一日感事而作》,是他有感於太和九年(835)"甘露事變"宰相王涯等被宦官所害而作,"禍福茫茫不可期,大都早退似先知。當君白首同歸日,是我青山獨往時。……麒麟作脯龍爲醢,何似泥中曳尾龜",全詩籠罩着一種禍福不定、人生無常的氛圍,典型地表達了白氏晚年主張"無用致用"的道家思想。外奉儒而内佛道,晚年過着養尊處優、悠遊閒適、半官半隱的生活,這與杜甫"進亦憂,退亦憂",無論進退窮達始終憂國憂民的一貫思想形成了鮮明的對比。但白居易晚年這種詩、酒、琴、姬的所謂"中隱"的優雅閒適的生活情趣,對宋代文人士大夫的生活方式有着很大的影響。王禹

---

① 李紳《題白樂天文集》,《全唐詩》卷四八三。

② 司空圖《修史亭三首》之二,《全唐詩》卷六三四。

偁《遊虎丘》即云:“樂天曾守郡,酷愛虎丘山。一年十二度,五馬來松關。我今方吏隱,心在雲水間。”①司馬光《登封龐國博年三十八自云欲棄官隱嵩山作吏隱庵於縣寺俾光賦詩勉率塞命》亦云:“既知吏可隱,何必遺軒冕。”②蘇軾《六月二十七日望湖樓醉書五絶》其五亦云:“未成小隱聊中隱,可得長閑勝暫閑。”③元好問《寄楊弟正卿》説得更明確:“且從少傅論中隱。”④

元白詩派除了在創作實踐上繼承和發展了杜詩的現實主義傳統外,在杜詩學史上的最大貢獻,就是元稹於元和八年(813)撰寫的《唐故工部員外郎杜君墓係銘并序》。這是第一篇全面而系統地評價杜甫及其詩歌的歷史文獻。元氏在簡述了我國詩歌發展的歷史和各期詩歌創作的得失之後,特别强調了杜甫在詩歌發展史上的貢獻和地位:“予讀詩至杜子美,而知小大之有所總萃焉。……唐興,官學大振,歷世之文,能者互出,而又沈宋之流,研練精切,穩順聲勢,謂之爲律詩。由是而後,文變之體極焉。然而莫不好古者遺近,務華者去實,效齊梁則不逮于魏晋,工樂府則力屈於五言;律切則骨格不存,閒暇則纖穠莫備。至於子美,蓋所謂上薄風騷,下該沈宋,古傍蘇李,氣奪曹劉,掩顔謝之孤高,雜徐庾之流麗,盡得古今之體勢,而兼人人之所獨專矣。使仲尼考鍛其旨要,尚不知貴,其多乎哉!苟以爲能所不能,無可無不可,則詩人以來,未有如子美者。”這就是對後世影響深遠的“杜詩集大成説”的濫觴。在此之前,還没有人這樣高屋建瓴地對杜甫做出符合中國詩歌發展歷程的高度評價。《舊唐書·杜甫傳》即引用了元稹《墓係銘》中對杜甫評價的全部文字,占到傳文篇幅的一半以上,並云:“自後屬文

---

① 王禹偁《小畜集》卷六,《四部叢刊》景印宋本配抄本。

② 司馬光《傳家集》卷四,文淵閣《四庫全書》影印本。

③ 《東坡全集》卷三,文淵閣《四庫全書》影印本。

④ 元好問《遺山集》卷九,文淵閣《四庫全書》影印本。

者,以積論爲是。”而影響深遠的《新唐書·杜甫傳》與秦觀《韓愈論》對杜甫的評價,亦本元積之説,只是稍有變化而已。正如霍松林先生在《元積集編年箋注(詩歌卷)序》中所説的:“元積是對杜甫及其詩歌作出崇高評價、從而確立其歷史地位的第一人。”①可以説,中國古典詩歌發展到杜甫,各種體裁都已成熟。而中唐以後,律詩創作漸成主流。所以元積對杜甫的律詩特别是排律,給予了格外的關注,並就此與李白做了比較:“時山東人李白,亦以奇文取稱,時人謂之李杜。予觀其壯浪縱恣,擺去拘束,模寫物象,及樂府歌詩,誠亦差肩於子美矣。至若鋪陳終始,排比聲韵,大或千言,次猶數百,詞氣豪邁而風調清深,屬對律切而脱棄凡近,則李尚不能歷其藩翰,况堂奥乎!”後人由此得出元積主張“李杜優劣論”,進而大加撻伐。宋人魏泰即云:“元積作李杜優劣論,先杜而後李。韓退之不以爲然,詩曰:‘李杜文章在,光焰萬丈長。不知群兒愚,何用故謗傷? 蚍蜉撼大木,可笑不自量。’爲微之發也。”②其實是不確的,有點言過其實,至於韓愈云云,更是牽强附會。與魏泰同時的周紫芝即云:“元微之作‘李杜優劣論’,謂太白不能窺杜甫之籓籬,况堂奥乎! 唐人未嘗有此論,而積始爲之。至退之云:‘李杜文章在,光焰萬丈長。不知群兒愚,那用故謗傷?’則不復爲優劣矣。洪慶善作《韓文辨證》著魏道輔之言,謂退之此詩爲微之作也。微之雖不當自作優劣,然指積爲愚兒,豈退之之意乎?”③翁方綱亦云:“元相作《杜公墓係》有‘鋪陳’、‘排比’、‘藩翰’、‘堂奥’之説,蓋以‘鋪陳終始,排比聲韵’之中,有‘藩籬’焉,有‘堂奥’焉。語本極明。至元遺山作《論詩絶句》,乃曰:‘排比鋪張特一途,藩籬如此亦區區。少陵自有連城璧,争奈微之識碔砆。’則以爲非特‘堂奥’,即

① 楊軍《元積集編年箋注(詩歌卷)》卷首,三秦出版社 2002 年版。

② 魏泰《臨漢隱居詩話》,《歷代詩話》本,第 320 頁。

③ 周紫芝《竹坡詩話》,《歷代詩話》本,第 355 頁。

'藩翰'亦不止此。所謂'連城璧'者,蓋即《杜詩學》所謂'參苓桂术、君臣佐使'之説,是固然矣。然而微之之論,有無可厚非者。詩家之難,轉不難於妙悟,而實難於'鋪陳終始,排比聲律',此非有兼人之力,萬夫之勇者,弗能當也。但元白以下,何嘗非'鋪陳'、'排比',而杜公所以爲高曾規矩者,又别有在耳。此仍是妙悟之説也。遺山之妙悟,不減杜、蘇,而所作或轉未能肩視元、白,則'鋪陳'、'排比'之論,未易輕視矣。即如白之《和夢遊春》五言長篇,以及《遊悟真寺》等作,皆尺土寸木,經營綈構而爲之,初不學開寶諸公之妙悟也。看之似平易,而爲之實艱難。元、白之'鋪陳'、'排比',尚不可躋攀若此,而况杜之'鋪陳'、'排比'乎? 微之之語,乃真閲歷之言也。"①元稹在這裏主要是指律詩特别是排律創作,李白不如杜甫。而實際情况亦是如此。李白存詩近千首,而律詩所占比例很少,排律更少。管世銘《讀雪山房唐詩序例·五排凡例》云:"李、杜二公,古今勁敵,獨七言律詩與五言長律,太白寥寥數篇而已,豈若少陵之'瓊琚玉佩,大放厥詞'哉!"②

排律,杜甫之前,最長者爲其祖杜審言《和李大夫嗣真奉使存撫河東》,僅四十韵。杜甫繼之,發展到五十韵,甚至一百韵。但杜集中,五十韵只《寄岳州賈司馬六丈巴州嚴八使君兩閣老五十韵》一首,一百韵也只有一首,那就是《秋日夔府詠懷奉寄鄭監審李賓客之芳一百韵》。杜甫之前,只有劉長卿《至德三年春正月時謬蒙差攝海鹽令聞王師收二京因書事寄上浙西節度李侍郎中丞行營五十韵》一首。杜甫之後,元、白以前,没有百韵律詩。元、白繼杜甫之後發展了長律的創作。元稹《白氏長慶集序》云:"予始與樂天同校秘書之名,多以詩章相贈答,會予譴掾江陵,樂天猶在翰林,寄予

---

① 《石洲詩話》卷一,《清詩話續編》本,第1373頁。

② 管世銘《讀雪山房唐詩序例·五排凡例》,《清詩話續編》本,第1559頁。

百韻律詩及雜體,前後數十章。是後各佐江、通,復相酬寄巴蜀、江楚間。洎長安中少年遞相仿效,競作新詞,自謂爲元和詩。”在《酬樂天餘思不盡加爲六韻之作》“次韻千言曾報答”自注又云:“樂天曾寄予千字律詩數首,予皆次用本韻酬和,後來遂以成風耳。”白居易《重寄微之詩》“詩到元和體變新”自注亦云:“衆稱元白爲千言律,或號元和格。”《和微之詩二十三首序》又云:“微之又以近作二十三首寄來,命僕繼和”,“皆韻劇辭殫,瑰奇怪譎”,“大凡依次用韻,韻同而意殊;約體爲文,文成而理勝”。流傳至今的,白五十韻排律有《江州赴忠州至江陵以來舟中示舍弟五十韻》《和微之春日投簡陽明洞天五十韻》《想東遊五十韻》《江南喜逢蕭九徹因話長安舊遊戲贈五十韻》等;百韻排律有《代書詩一百韻寄微之》《渭村退居寄禮部崔侍郎翰林錢舍人詩一百韻》《東南行一百韻》《和夢遊春詩一百韻》(仄韻長律)等;而白五言古詩《遊悟真寺詩》,更長達130韻,比杜甫的《北征》《赴奉先縣詠懷五百字》還長。全押平聲韻,層次分明,步驟井然,有條不紊,音調和緩,楊萬里譽爲“絶唱”①。元五十韻排律有《紀懷贈李六户曹崔二十功曹五十韻》《答姨兄胡靈之見寄五十韻》《獻滎陽公詩五十韻》《春分投簡陽明洞天作》等;百韻排律有《代曲江老人百韻》《酬翰林白學士代書一百韻》《酬樂天東南行詩一百韻》等。同時的柳宗元有《弘農公以碩德偉材屈于誣枉左官三歲復爲大僚天監昭明人心感悦宗元竄伏湘浦拜賀末由謹獻詩五十韻以畢微志》和《同劉二十八院長禹錫述舊言懷感時書事奉寄澧州張員外使君署五十二韻之作因其韻增至八十通贈二君子》;劉禹錫有《武陵書懷五十韻》《歷陽書事七十韻》。其後直至唐末、五代,五十韻以上的長律,亦只有李商隱《送千牛李將軍赴闕五十韻》,温庭筠《感舊陳情五十韻獻淮南李僕射》,韋莊《和鄭拾遺秋日感事一百韻》等數首而已。至于像張祜《戊午年感

① 楊萬里《誠齋詩話》,《歷代詩話續編》本,第142頁。

事書懷二百韵謹寄獻太原裴令公淮南李相公漢南李僕射宣武李尚書》那樣的五言長排,更是僅見。有些標爲"五十韵"、"一百韵"的長詩,實際上是律化的長篇古詩,如劉禹錫《遊桃源一百韵》,李商隱《行次西郊作一百韵》,温庭筠《病中書懷呈友人》一百韵,皮日休《吴中苦雨因書一百韵寄魯望》《魯望昨以五百言見貽過有褒美内揣庸陋彌增愧悚因成一千言上述吾唐文物之盛次叙相得之歡亦迭和之微旨也》,陸龜蒙《奉酬襲美先輩吴中苦雨一百韵》《襲美先輩以龜蒙所獻五百言既蒙見和復示榮唱至於千字提奬之重蔑有稱實再抒鄙懷用伸酬謝》等,都是五言古詩。鄭嵎《津陽門詩》,則是百韵七言古詩。仇兆鰲評《秋日夔府詠懷奉寄鄭監李賓客一百韵》曰:"考唐人排律,初惟六韵左右耳。長篇排律,起於少陵,多至百韵,實爲後人濫觴。元白集中,往往疊見。"①浦起龍亦評曰:"元微之之言曰:'鋪陳始終,排比聲韵,大或千言,次亦數百。'其所推服,首在斯篇。"②王若虚評白居易叙事長律曰:"樂天之詩,情致曲盡,入人肝脾,隨物賦形,所在充滿,殆與元氣相侔。至長韵大篇,動數百千言,而順適愜當,句句如一,無争張牽强之態,此豈撚斷吟鬚悲鳴口吻者之所能至哉! 而世或以淺易輕之,蓋不足與言矣。"③《唐宋詩醇》卷二二評云:"長律百韵始於杜甫《夔府詠懷》一篇,繼之者元微之、白居易。居易集中百韵詩凡三篇,杜甫排奡沉鬱,局陣變化,其才氣筆力,自非居易所及。居易法律井然,條暢流美,實可爲後來之法。學者未能闚杜之閫奥,且從此種問津,自無艱澀凌亂之病。"④又卷二三評《東南行一百韵》云:"波瀾壯闊,筆力沉雄,較

---

① 《杜詩詳注》卷一九,第1716頁。
② 《讀杜心解》卷五之三,第776頁。
③ 王若虚《滹南詩話》卷一,《歷代詩話續編》本,第511—512頁。
④ 《唐宋詩醇》卷二二,文淵閣《四庫全書》影印本。

《代書百韵》更勝。杜甫而下,罕與爲儷。”[①]錢良擇《唐音審體》卷一三云:“百韵律詩少陵創之,字字次韵元白創之。前人和詩,和其意不用其韵,自元白創此格,皮陸繼之,後人始以次韵爲常矣。”[②]薛雪評元白此類詩則云:“元、白詩言淺而思深,意微而詞顯,風人之能事也。至於屬對精警,使事嚴切,章法變化,條理井然,杜浣花之後,不可多得。蓋因元和、長慶間與開元、天寶時,詩之運會,又當一變,故知之者少。”[③]趙翼亦云:“(白居易)近體中五言排律,或百韵,或數十韵,皆研煉精切,語工而詞贍,氣勁而神完,雖千百言亦沛然有餘,無一懈筆。當時元白唱和,雄視百代者正在此。”[④]

元稹只是就創作的個别方面比較李杜的優劣,並不是全面的評價。就整體而言,元稹也是李杜並稱的。正如前所述,據現存文獻而言,李杜並稱最早者當推元稹。貞元十年(794),十六歲的元稹,“粗識聲病”(《叙詩寄樂天書》),即在《代曲江老人百韵》中説:“李杜詩篇敵,蘇張筆力匀。”而在《唐故工部員外郎杜君墓係銘并序》中,儘管他説:“詩人以來,未有如子美者。”但接着就説:“是時山東人李白,亦以奇文取稱,時人謂之李杜。”因此,不能以偏概全,説元稹是“抑李揚杜”的。

元稹對杜甫是敬仰與欽佩的。他在《叙詩寄樂天書》中説:“久之得杜甫詩數百首,愛其浩蕩津涯,處處臻到,始病沈、宋之不存寄興而訝子昂之未暇旁備矣。”元稹之所以推尊杜甫,還源于他和杜甫有着一層特殊的關係。如前所述,杜甫的生前好友韋迢,原來就是後來爲元稹岳父的韋夏卿的父親。正因如此,所以杜甫死後四十多年,元稹被貶江陵士曹參軍時,杜甫之孫杜嗣業“雅知予愛言

① 《唐宋詩醇》卷二三,文淵閣《四庫全書》影印本。

② 錢良擇《唐音審體》卷一三,清康熙四十三年昭質堂刻本。

③ 薛雪《一瓢詩話》五九條,《清詩話》本,第690頁。

④ 《甌北詩話》卷四,《清詩話續編》本,第1174—1175頁。

其大父爲文,拜予爲志",才特地爲其祖父寫《墓係銘》,而元稹自言"嘗欲條析其文,體别相附,與來者爲之準,特病懶未就",可見元稹對杜甫的著作是下過一番研究功夫的,所以他對杜甫的評價才能那樣深刻精辟。

元稹的《墓係銘》,還爲我們提供了今存較早有關杜甫的生平資料。如關於杜甫在嚴武幕府的任職,兩《唐書》杜甫本傳都有記載,《舊唐書》云:"嚴武鎮成都,奏(甫)爲節度參謀、檢校尚書工部員外郎、賜緋魚袋。"[①]《新唐書》云:"武再帥劍南,表爲參謀、檢校工部員外郎。"[②]雖是連文,但不明確,兩職是同時授受還是有先有後,難以斷定。對此問題,説得最明白的就是元稹的《墓係銘》:"劍南節度使嚴武,狀爲工部員外參謀軍事。"也就是説杜甫是以工部員外郎的頭銜入嚴幕任參謀的。很顯然,兩職是同時授受的。

張籍與韓、白的交誼都很深。在尊儒排佛、堅持中央集權、反對藩鎮割據諸方面,張籍與韓愈是一致的。他在《與韓愈書》中説:"須(别本作"頃")承論于執事,嘗以爲世俗陵靡不及古昔,蓋聖人之道廢弛之所爲也。宣尼殁後,楊朱、墨翟恢詭異説,干惑人聽,孟軻作書而正之,聖人之道復存於世;秦氏滅學,漢重以黄老之術教人,使人寖惑。揚雄作《法言》而辯之,聖人之道猶明;及漢衰末,西域浮屠之法入於中國,中國之人世世譯而廣之,黄老之術相沿而熾,天下之言善者,惟二者而已矣。"[③]又説:"願執事絶博塞之好,棄無實之談,弘廣以接天下之士,嗣孟軻、揚雄之作,辯楊、墨、老、釋之説,使聖人之道復見於唐,豈不尚哉!"在推尊和宣揚孟子方

① 《舊唐書・杜甫傳》,第 5054 頁。

② 《新唐書・杜甫傳》,第 5737 頁。

③ 《張司業集》卷八,文淵閣《四庫全書》影印本。以下凡引張籍詩文,皆見此本,不另注出。

面,他與杜甫、韓愈是一脈相承的。

張籍與王建是同學,關係異常密切,正如王建《送張籍歸江東》所云:"君詩發大雅,正氣回我腸。復令五彩姿,潔白歸天常。昔歲同講道,青襟在師傍。出處兩相因,如彼衣與裳。"[①]二人皆以樂府著稱,故並稱"張王樂府"。高棅云:"元和歌詩之盛,張王樂府尚矣。"又曰:"大曆以還,古聲愈下,獨張籍、王建二家,體制相似,稍復古意。或舊曲新聲,或新題古義,詞旨通暢,悲歡窮泰,慨然有古歌謡之遺風,皆名爲樂府。雖未必盡被於弦歌,是亦詩人引古以諷之義歟,抑亦唐世流風之變而得其正也歟?"[②]王士禛亦云:"唐人樂府,惟有太白《蜀道難》《烏夜啼》,子美《無家别》《垂老别》以及元、白、張、王諸作,不襲前人樂府之貌,而能得其神者,乃真樂府也。"[③]其《戲仿元遺山論詩絶句三十二首》其九又云:"草堂樂府擅驚奇,杜老哀時托興微。元白張王皆古意,不曾辛苦學妃豨。"潘德輿則曰:"文昌樂府,古質深摯,其才下于李杜一等,此外更無人到。"[④]而張籍尚勝於王建。白居易《讀張籍古樂府》云:"張君何爲者?業文三十春。尤工樂府詩,舉代少其倫。爲詩意如何?六義互鋪陳。風雅比興外,未嘗著空文。……上可裨教化,舒之濟萬民。下可理情性,卷之善一身。"白居易此詩作於元和十年(815),倒推三十年,爲唐德宗貞元元年(785),時白居易、李紳十三四歲,元稹才六七歲。而張籍和王建學術界一般認爲都生於唐代宗大曆元年(766),當時杜甫還健在,正處於夔州創作旺盛期。應該説,張、王寫作樂府詩要早于元、白等人。元、白等人的樂府詩創作,在

---

① 王建《送張籍歸江東》,《王司馬集》卷一,文淵閣《四庫全書》影印本。以下凡引王建詩,皆見此本,不另注出。

② 《唐詩品彙・叙目》,上海古籍出版社 1988 年影印本。

③ 《然燈記聞》,《清詩話》本,第 121 頁。

④ 潘德輿《養一齋詩話》卷四,《清詩話續編》本,第 2057 頁。

某種程度上，也受到張、王的一定影響。張、王與元、白一樣，乃是真正繼承了杜甫的現實主義詩歌傳統。張洎《張司業集序》謂："公爲古風最善。自李杜之後，風雅道喪，繼其美者，唯公一人。"①徐獻忠繼張洎而發揮説："張舍人序其能繼李杜之美，予謂李杜渾雄過之，而水部淒婉最勝，雖多出廋語，而俊拔獨擅，貞元以後，一人而已。"②姚合《贈張籍太祝》亦云："妙絶江南曲，淒涼怨女詩。古風無手敵，新語是人知。"③辛文房則謂王建"工爲樂府歌行，格幽思遠"④。二人都繼杜甫之後，大量創作"即事名篇，無復倚傍"的新樂府。據統計，張籍現存樂府詩 73 題 75 首，而新樂府就多達 53 首；王建共有樂府詩百餘首，新樂府就有 60 餘首。僅據《樂府詩集》所録張籍新樂府就有《將軍行》《吴宫怨》《促促詞》《塞下曲》《洛陽行》《永嘉行》《思遠人》《憶遠曲》《寄遠曲》《征婦怨》《寄衣曲》《北邙行》《羈旅行》《求仙行》《節婦吟》《楚宫行》《山頭鹿》《各東西》《湘江曲》《雀飛多》等 20 首；王建亦有《促促詞》《田家行》《思遠人》《寄遠曲》《織錦曲》《當窗織》《擣衣曲》《送衣曲》《北邙行》《斜路行》《雉將雛》《塞上》等 12 首。如張籍《節婦吟》，乃自創新題樂府。詩爲回復當時藩鎮平盧淄青節度使李師道的籠絡而作。托名節婦，實爲詩人自喻。謂妾已有夫，不可再事他人，委婉而堅定地謝絶了李師道的拉攏。詩一句一轉，而又曲盡情懷，賀貽孫贊其"情詞婉戀，可泣可歌"⑤。張王樂府，多諷興時事，反映民生疾苦，同情婦女遭遇，語言質樸通俗，多用疊字，這與杜甫也是一脈相承的。如張籍《築城詞》："力盡不得拋杵聲，杵聲未定人

---

① 張洎《張司業集序》，《張司業詩集》卷首，《四部叢刊》景明本。

② 《唐詩品》，明嘉靖十九年刻《唐百家詩》本。

③ 姚合《贈張籍太祝》，《姚少監詩集》卷四，文淵閣《四庫全書》影印本。

④ 《唐才子傳》卷三，文淵閣《四庫全書》影印本。

⑤ 《詩筏》，《清詩話續編》本，第 188 頁。

皆死。家家養男當門户,今日作君城下土。"寫下層勞動人民在軍吏的苛酷監督下服勞役,築工事,最後只能埋骨城下的悲慘遭遇,深刻地揭露了統治者的黷武政策給人民帶來的深重苦難。《山頭鹿》描寫一貧婦的不幸遭遇:租賦多而輸納不足,夫死兒在獄,大旱無收成,而縣官只管催收軍糧,不顧百姓死活,深刻地揭露了統治者的殘暴無情。《野老歌》,前六句寫一老農傍山耕種,所收盡入官倉,歲末無糧,只好和兒子上山拾橡子充飢。末以西江賈客養犬而長食肉作結,形成鮮明對比。《征婦怨》寫邊戰使婦人失去了丈夫,同時也失去了生活的依靠,揭露了頻繁戰争給人民帶來的不可估量的痛苦,風格質樸,感情深沉。周珽曰:"聲聲怨恨,字字淒慘。"①吴瑞榮亦曰:"説征婦者甚多,慘澹經營,定推文昌此首第一。"②《永嘉行》則是以晉懷帝永嘉五年(311)鮮卑人攻破洛陽的永嘉之亂而作的新題樂府,描寫皇帝被擄,公卿士庶四散奔逃的混亂情形。借古諷今,暗指唐代的安史之亂。而王建《射虎行》則用比興手法,以自去射虎得虎影射當時藩鎮混戰各謀私利,借官差射虎不力譏諷唐朝諸將討伐叛軍觀察不前,握兵自重。字字是射虎,實際上却句句指斥當時政局和戰争形勢。《海人謡》:"海人無家海裏住,采珠殺象爲歲賦。惡波横天山塞路,未央宫中常滿庫。"寫海邊居民采珠馴象以納税的艱辛和痛苦,譏諷了統治者的貪暴。叙説平實,對比鮮明。《水夫謡》寫縴夫在官府逼迫下長年在外牽船的痛苦生活和想逃亡却又捨不得離開故土的矛盾心情,"我願此水作平田,長使水夫不怨天",表達了對他們的强烈同情。《田家行》則深刻反映了農民在官府壓榨下的可憐處境和無可奈何的心情,揣摩農家情懷細緻入微。《簇蠶辭》寫農家養蠶的生活,既刻畫了養蠶成繭時的激動喜悦之情,又反映了以繭繳税的痛苦憂傷之感。

---

① 《唐詩選脈會通評林》,周敬、周珽輯,明崇禎八年穀采齋刻本。

② 吴瑞榮《唐詩箋要》,清乾隆二十四年金陵三樂齋刻本。

抓住典型場景和細節進行描寫，刻畫心理細膩真切，體現了王建新樂府詩的鮮明特色。

魯一同謂杜甫"風土詩，開張王先聲"①，許昂霄則謂《遭田父泥飲美嚴中丞》"樸老真率，開張王樂府派"②。所言頗是。張王樂府正是以一種雅俗共賞的形式，將當時民間豐富多彩的生活，諸如風土人情，民俗信仰，人間哀樂，用質樸無華的語言形象地表現出來。如張籍的《江南曲》《江村行》《湘江曲》《泗水行》《採蓮曲》《春水曲》《春堤曲》《湖南曲》《北邙行》《雲童行》《白鼉鳴》《寄菖蒲》《求仙行》《烏啼引》《白紵歌》《牧童詞》《野老歌》《賈客樂》《山頭鹿》《吴楚歌詞》《寒食》等詩，王建的《海人謡》《水夫謡》《簇蠶辭》《尋橦歌》《賽神曲》《寒食行》《鞦韆詞》《戴勝詞》《鏡聽詞》等詩，都是這一類型的作品。故胡震亨曰："文章窮于用古，矯而用俗，如史、漢後六朝史之入方言俗語是也。籍、建詩之用俗亦然。王荆公題籍集云：'看是尋常最奇崛，成如容易却艱辛。'凡俗言俗事入詩，較用古更難，知兩家詩體大費鑄合在。"③

張籍《送客遊蜀》云："行盡青山到益州，錦城樓下二江流。杜家曾向此中住，爲到浣花溪水頭。"可見張籍對杜甫是心嚮往之的。舊題馮贄所撰《雲仙雜記》卷七《焚杜甫詩飲以膏蜜》引《詩源指訣》有云："張籍取杜甫詩一帙，焚取灰燼，副以膏蜜，頻飲之，曰：'令吾肝腸從此改易。'"④雖是小説家言，但亦可反映出張籍對杜甫的無限景仰和學習。而張籍詩確有明顯學杜似杜者，如《涼州詞三首》其三，俞陛雲評云："詩言涼州寇盜，已六十年矣。白草黄榆，年年秋老，而諸將坐擁高牙，都忘敵愾。少陵詩：'獨使至尊憂社

① 《魯通甫讀書記》，抄本。

② 劉濬《杜詩集評》卷二，《杜詩叢刊》本。

③ 《唐音癸籤》卷七，第66頁。

④ 《雲仙雜記》卷七，文淵閣《四庫全書》影印本。

稷,諸君何以答升平。'……與文昌同慨也。"①《没蕃故人》,李懷民評云:"只就喪師事一氣叙下,至哭故人處,但用微末一點,無限悲愴。水部極沉著詩,便不讓少陵。"②杜有《銅瓶》詩:"亂後碧井廢,時清瑶殿深。銅瓶未失水,百丈有哀音。側想美人意,應悲寒甃沈。蛟龍半缺落,猶得折黄金。"唐汝詢即云:"張籍《楚妃怨》:'梧桐葉落黄金井,横架轆轤牽素綆。美人初起天未明,手拂銀瓶秋水冷。'讀籍詩,杜義自明。"③又如《逢賈島》:"僧房逢着款冬花,出寺吟行日已斜。十二街中春雪遍,馬蹄今去入誰家。"高士奇評云:"以款冬花耐寒寂比島,以春雪比小人,以日斜比時昏,而傷己與島未知所托也。杜云:'風濤暮不穩,捨棹宿誰門?'此詩全用杜意。"④又《與賈島閒遊》:"水北原南草色新,雪消風暖不生塵。城中車馬應無數,能解閑行有幾人。"黄叔燦評云:"少陵詩云'心迹喜雙清',蓋不難在迹,難在心耳。碌碌者不足惜,即忙裏偷閒,豈能領得真趣?然則能解者,其真有幾人耶?"⑤故譚元春云:"司業詩,少陵所謂'冰雪浄聰明'足以當之。"⑥王建詩亦有似杜者,如《留别舍弟》詩,鍾惺評"况復干戈地,懦夫何所投"兩句云:"語悲厚,似老杜。"⑦

---

① 《詩境淺説續編》,第240頁。
② 李懷民《重訂中晚唐詩主客圖》卷上,清嘉慶十年刻本。
③ 《唐宋詩醇》卷一四引,文淵閣《四庫全書》影印本。
④ 《三體唐詩》卷一,文淵閣《四庫全書》影印本。
⑤ 黄叔燦《唐詩箋注》卷九,清乾隆三十年刻本。
⑥ 《唐詩歸》卷三〇《中唐六》,《續修四庫全書》本,第1590册,第188頁。
⑦ 《唐詩歸》卷二七《中唐三》,《續修四庫全書》本,第1590册,第160頁。

第三章　杜甫在晚唐五代的影響

學術界一般認爲文宗大和至唐末（827—906）爲晚唐。正如上章所述，杜詩在中唐已大行於天下。到晚唐、五代，亦應得到廣泛的流傳。但因此時期戰亂頻仍，社會很不安定，故保存下來的資料比較少。杜甫天寶十三載（750）所獻《進〈雕賦〉表》即説："自七歲所綴詩筆，向四十載矣，約千有餘篇。"而流傳至今的，天寶十三載以前所作詩不過一百多首。所以韓愈《調張籍》云："李杜文章在，光焰萬丈長。……流落人間者，泰山一毫芒。"韓愈那時就如此，自後杜甫的作品散佚恐怕更多。所以，僅以今存資料的多少而斷定杜詩在當時的影響，難免有所偏失。

據今所搜尋到的有關杜集在晚唐五代流傳的資料，可窺見杜詩流傳之廣（詳後介紹）。還有一些唐詩選本的出現，其中最值得注意的，是這時出現了第一部尊杜的唐詩選本，這就是顧陶于唐宣宗大中十年（856）編成的《唐詩類選》二十卷（詳後介紹）。再就是韋莊所選《又玄集》三卷，將杜甫排在首位，收詩最多，多於李白、王維、王昌齡、李賀、高適、岑參、孟浩然、杜牧、韓愈、劉禹錫、白居易、李商隱等人（詳後介紹）。正是由於杜詩和唐詩選本的流傳及其他途徑，晚唐五代的大多文人及詩人，想來都可以讀到杜甫的詩。泛覽一下，晚唐五代的著名詩人和文人，大都受到杜甫和杜詩的影響，並對杜詩有所論述。除杜牧、李商隱、皮日休、陸龜蒙、韓偓、韋莊等人留後詳述外，他可簡述如下。

李肇《唐國史補》、韋絢《劉賓客嘉話録》、鄭處誨《明皇雜録》、孟啓《本事詩》、范攄《雲溪友議》、康駢《劇談録》、王定保《唐摭言》、舊題馮贄《雲仙雜記》等,都有一些有關杜甫詩文逸事的記載(詳後介紹)。五代王贊《玄英先生詩集序》云:"杜甫雄鳴於至德、大曆間,而詩人或不尚之。嗚呼!子美之詩,可謂無聲無臭者矣。"①"無聲無臭",語出《詩·大雅·文王》:"上天之載,無聲無臭。"王贊用以贊美杜詩已達到出神入化的境地。就今存杜詩而言,説的是大致不錯的。釋貫休《讀杜工部集二首》其一云:"造化拾無遺,唯應杜甫詩。豈非玄域橐,奪得古人旗。日月精華薄,山川氣概卑。古今吟不盡,惆悵不同時。"其二云:"甫也道亦喪,孤身出蜀城。彩毫終不撅,白雪更能輕。命薄相如命,名齊李白名。不知耒陽令,何以葬先生。"②對杜甫滿懷崇敬和同情。故釋齊己《寄貫休》云:"子美曾吟處,吾師復去吟。是何多勝地,銷得二公心。錦水流春闊,峨嵋疊雪深。時逢蜀僧説,或道近遊黔。"③像貫休一樣,晚唐五代詩人幾乎都是李杜並稱的。如黄滔《答陳磻隱論詩書》云:"大唐前有李杜,後有元白,信若滄溟無際,華嶽干天。"④裴説《懷素臺歌》云:"我呼古人名,鬼神側耳聽。杜甫李白與懷素,文星酒星草書星。"⑤李杜交遊的勝事亦流播人口,傳爲佳話。如吴融《兗州泗河中石牀(李白杜甫皆此飲詠)》詩云:"一片苔牀水漱痕,何人清賞動乾坤。謫仙醉後雲爲態,野客吟時月作魂。光景不回波自遠,風流莫問石無言。邇來多少登臨客,千載誰將勝事論。"⑥

---

① 王贊《玄英先生詩集序》,方干《玄英先生詩集》卷首,抄本。

② 釋貫休《讀杜工部集二首》,《禪月集》卷七,文淵閣《四庫全書》影印本。

③ 釋齊己《寄貫休》,《白蓮集》卷四,《四部叢刊》景印景明鈔本。

④ 黄滔《答陳磻隱論詩書》,《黄御史集》卷七,文淵閣《四庫全書》影印本。

⑤ 裴説《懷素臺歌》,《詩話總龜》前集卷一六引《零陵總記》。

⑥ 吴融《兗州泗河中石床》,《唐英歌詩》卷下,景唐四名家集本。

羅隱亦受杜甫影響。其《湘南春日懷古》云:“少陵杜甫兼有文。”①《經耒陽杜工部墓》更是深悼杜甫:“紫菊馨香覆楚醪,奠君江畔雨蕭騷。旅魂自是才相累,閑骨何妨塚更高。騄驥喪來空蹇蹶,芝蘭衰後長蓬蒿。屈原宋玉鄰君處,幾駕青螭緩鬱陶。”②吴埔《羅昭諫集跋》謂:“世傳其混迹滑稽,自全於世,而不知其乃心王室,勸討僞梁,雖志不獲行,而大義凛然。所爲詩文,悲涼激楚,亦猶少陵之每飯不忘者已。”③何焯則謂隱詩《封禪寺居》在“子美、義山之間”④。故明胡震亨稱隱詩才在五代十國“諸吟流上”⑤,近人李慈銘稱隱詩“峭直可喜,晚唐中之錚錚者”⑥。毛澤東對羅隱詩也頗欣賞,對一些佳作施以濃圈密點。司空圖對杜甫頗爲推崇,其《與王駕評詩》云:“國初,上好文章,雅風特盛,沈宋始興之,後傑出于江寧,宏思于李杜,極矣。”⑦朱三錫評圖詩《光啓四年春戊申》云:“吾廬之中别無他物,止有藏書而已。無端遭此兵燹,燒殘數架,則吾廬之所有,蕩然一燼可知。睹物傷心,有何可戀。曰猶自戀者,一則爲我機事盡忘,懶于酬應,退守吾廬可以忘世;一則爲我鏡窺白髮,歲月云逝,静息吾廬可以養身。此即杜工部所云‘側身天地更懷古,回首風塵甘息機’是也。”⑧楊慎云:“司空圖《詠房琯》詩云:‘物望

---

① 羅隱《湘南春日懷古》,《甲乙集》卷二,《四部叢刊》景宋本。

② 羅隱《經耒陽杜工部墓》,《甲乙集》卷八。

③ 吴埔《羅昭諫集跋》,轉引自李之亮《羅隱詩集箋注》附録四《序跋書録》,岳麓書社 2001 年版,第 418 頁。

④ 《瀛奎律髓彙評》卷四七,上海古籍出版社 1986 年李慶甲集評校點本。

⑤ 《唐音癸籤》卷八,第 81 頁。

⑥ 李慈銘《越縵堂讀書記》八,1959 年商務印書館鉛印本。

⑦ 司空圖《與王駕評詩》,《司空表聖文集》卷一,文淵閣《四庫全書》影印本。

⑧ 《東巖草堂評訂唐詩鼓吹》卷九,清康熙二十七年刻本。

傾心久,匈渠破膽頻。'注云:'天寶中,琯奏請遣諸王爲都統節度。禄山見分鎮詔,拊膺歎曰:我不得天下矣!'琯建此議,可以爲社稷功。司空圖云'匈奴破膽'指此。杜子美挽公詩所謂'一德興王後',亦指此事。《唐書》因其陳濤斜之敗,遂没其善,可惜也。楊鐵崖《詠史》目之爲腐儒,又以王衍比之。過矣!余故舉杜陵、司空二詩,以闡其幽。"①薛能,前引孫僅《讀杜工部詩集序》謂其得杜之"豪健"。而能《海棠》詩序云:"蜀海棠有聞,而詩無聞。杜子美於斯,興象靡出,没而有懷。天之厚余,謹不敢讓,風雅盡在蜀矣,吾其庶幾。"②又《荔枝詩》序云:"杜工部老居兩(西)蜀,不賦是詩,豈有意而不及歟?白尚書曾有是作,興旨卑泥,與無詩同。予遂爲之題,不愧不負,將來作者,以其荔枝首唱,愚其庶幾。"③故鄭谷《讀故許昌薛尚書詩集》謂其"篇篇高且真,真爲國風陳。澹薄雖師古,縱横得意新。……吟殘荔枝雨,詠徹海棠春"④。而洪邁則諷其"妄自尊大","能之大言如此,但稍推杜陵,視劉白以下蔑如也"⑤。宋人范温云:"山谷常言:少時曾誦薛能詩云:'青春背我堂堂去,白髮欺人故故生。'(按:此爲《春日使府寓懷二首》之一詩句)孫莘老問云:'此何人詩?'對曰:'老杜。'莘老云:'杜詩不如此。'後山谷語傳師云:'庭堅因莘老之言,遂曉老杜詩高雅大體。'傳師云:'若薛能詩,正俗所謂歎世耳。'"⑥而《唐詩紀事》則謂能詩《春日使府寓懷》"'青春背我堂堂去,白髮催人故故生',此能詩也,然無子

---

① 楊慎《升庵集》卷五一"房琯"條,文淵閣《四庫全書》影印本。

② 薛能《海棠》詩序,《全唐詩》卷五六〇。

③ 薛能《荔枝詩》序,《全唐詩》卷五六一。

④ 鄭谷《讀故許昌薛尚書詩集》,《全唐詩》卷六七六。

⑤ 《容齋隨筆》卷七"薛能詩"條,《四部叢刊》續編景宋本配明本。

⑥ 《苕溪漁隱叢話》前集卷一四《杜少陵九》引《(潛溪)詩眼》,人民文學出版社廖德明校點本。

美大體丰度。”[①]皮日休、陸龜蒙、杜荀鶴亦爲晚唐著名詩人，三人繼承杜甫、白居易等人關心民生疾苦、反映社會現實的優良傳統，寫出了一些膾炙人口的詩篇（皮陸詳後介紹）。顧雲《唐風集序》謂杜荀鶴："其壯語大言，則决起逸發，可以左攬工部袂，右拍翰林肩，吞賈喻八九於胸中，曾不蔕介。或情發乎中，則極思冥搜，游泳希夷，形兀枯木，五聲勞於呼吸，萬象悉於抉剔，信詩家之雄傑者也。”[②]荀鶴《哭陳陶》詩云："耒陽山下傷工部，采石江邊吊翰林。兩地荒墳各三尺，却成開解哭君心。”[③]其《寄温州崔博士》云："懷君勞我寫詩情，窣窣陰風有鬼聽。縣宰不仁工部餓，酒家無識翰林醒。眼昏經史天何在，心盡英雄國未寧。好向賢侯話吟侶，莫教辜負少微星。”[④]也是李杜並舉的。無名氏（甲）評《山中寡婦》詩云："前六句叙事而總括在末句，不獨爲一人也。詩與少陵氣脈相通，豈非小杜賢子耶。”[⑤]賀裳極贊荀鶴詩云："如詠《廢宅》曰：'人生當貴盛，修德可延之。不慮有今日，争教無破時。'《送人宰吴縣》曰：'海漲兵荒後，爲官合動情。字人無異術，至論不如清。'即曲江、少陵不能過也。吾尤喜其《春宫怨》一評，杜詩曰：'風暖鳥聲碎'，鍾（惺）云：'三字開詩餘思路。'此真精識矣。”[⑥]皮日休、陸龜蒙、杜荀鶴、羅隱、聶夷中等人組成了一個晚唐淺俗詩派，進一步發展了杜甫、白居易等以俚俗言語入詩的傾向，故王楙曰："唐人詩句中用俗語者，惟杜荀鶴、羅隱爲多。杜荀鶴詩，如曰'衹恐爲僧僧不了，爲僧得了盡輸僧'，曰'乍可百年無稱意，難教一日不吟詩'，曰'啼得血

---

① 《唐詩紀事》卷六〇，文淵閣《四庫全書》影印本。

② 顧雲《唐風集序》，《文苑英華》卷七一四，第3688頁。

③ 杜荀鶴《哭陳陶》，《全唐詩》卷六九三。

④ 杜荀鶴《寄温州崔博士》，《全唐詩》卷六九二。

⑤ 《瀛奎律髓彙評》卷三二，上海古籍出版社1986年李慶甲集評校點本。

⑥ 《載酒園詩話又編·杜荀鶴》，《清詩話續編》本，第392頁。

流無用處,不如緘口過殘春',曰'舉世盡從愁裏老,誰人肯向死前閑',曰'世間多少能言客,誰是無愁打(行)睡人',曰'逢人不説人間事,便是人間無事人',曰'莫道無金空有壽,有金無壽欲何如'。羅隱詩,如曰'西施若解亡人國,越國亡來又是誰',曰'今宵有酒今宵醉,明日愁來明日愁',曰'能消造化幾多力,不受陽和一點恩',曰'只知事逐眼前去,不覺老從頭上來',曰'時來天地皆同力,運去英雄不自由',曰'采得百花成蜜後,不知辛苦爲誰甜',曰'明年更有新條在,繞亂春風卒未休'。今人多引此語,往往不知誰作。"①余成教曰:"晚唐詩人有佳句而多俗言者,杜彦之荀鶴是也。'承恩不在貌,教妾若爲容','溪山入城郭,户口半漁樵','古宫閑地少,水港小橋多','九州有路休爲客,百歲無愁即是仙','故園何啻三千里,新雁纔聞一兩聲','高下麥苗新雨後,淺深山色晚晴時',皆爲佳句。'生應無暇(輟)日,死是不吟時','舉世盡從愁裏過(老),誰人肯向死前休(閑)',雖俗而有意趣。其餘如'世間何事好,最好莫過詩','争知百歲不百歲,未合白頭今白頭'之類,未免詩如説話矣。"②

第一節　第一部尊杜唐詩選本——顧陶編《唐詩類選》

顧陶(783—856後),錢塘(今浙江杭州)人。武宗會昌四年(844)進士。宣宗大中間官太子校書郎。與章孝標、劉得仁、儲嗣宗等爲友。章孝標有《和顧校書新開井》詩。劉得仁有《寄春坊顧校書》詩云:"寧因不得志,寂寞本相宜。冥目冥心坐,花開花落時。

① 《野客叢書》卷一四《杜荀鶴羅隱詩》,中華書局王文錦點校本。
② 余成教《石園詩話》卷二,《清詩話續編》本,第1777—1778頁。

數畦蔬甲出，半夢鳥聲移。只恐龍樓吏，歸山又見違。”①儲嗣宗《送顧陶校書歸錢塘》詩云：“清苦月偏知，南歸瘦馬遲。橐輕緣換酒，鬓白爲吟詩。水色西陵渡，松聲伍相祠。聖朝思直諫，不是掛冠時。”②儲嗣宗大中十三年（859）登進士第，嘗任校書郎，與顧陶爲同僚。據顧陶《唐詩類選後序》所云：“余爲《類選》三十年，神思耗竭，不覺老之將至。今大綱已定，勒成一家，庶及生存，免負平昔。……行年七十有四，一名已成，一官已棄，不懼勢逼，不爲利遷。”③是儲詩當作于顧陶棄官歸里時。顧陶歷時三十年于大中十年（856）74 歲時編成《唐詩類選》二十卷，收録唐詩 1 232 首，其中收杜甫詩可考者 29 首。其《唐詩類選序》云：“國朝以來，人多反古，德澤廣被。詩之作者繼出，則有杜、李挺生於時，群才莫得而並。其亞則昌齡、伯玉、雲卿、千運、應物、益、適、建、況、鵠、當、光羲、郊、愈、籍合十數子，挺然頹波間。得蘇、李、劉、謝之風骨，多爲清德之所諷覽，乃能抑退浮僞流豔之辭宜矣。爰有律體，祖尚清巧，以切語對爲工，以絶聲病爲能。則有沈、宋、燕公、九齡、嚴、劉、錢、孟、司空曙、李端、二皇甫之流，實繁其數，皆妙於新韵，播名當時，亦可謂守章句之範，不失其正者矣。……始自有唐，迄於近殁，凡一千二百三十二首，分爲二十卷，命曰《唐詩類選》。篇題屬興，類之爲伍而條貫，不以名位卑崇、年代遠近爲意。騷雅綺麗，區别有可觀，寧辭披揀之勞，貴及文明之代。”④向來世稱“李杜”，而陶獨稱“杜李”，特意將杜置於李前，可見其對杜甫的推重。而將陳子昂、沈佺期、宋之問、張説、張九齡、王昌齡、高適、韓愈等等大家置於杜李之下。把杜甫封爲唐詩第一人，這是顧陶超越前人的地方。

---

① 劉得仁《寄春坊顧校書》，《全唐詩》卷五四四。
② 儲嗣宗《送顧陶校書歸錢塘》，《全唐詩》卷五九四。
③ 顧陶《唐詩類選後序》，《全唐文》卷七六五。
④ 顧陶《唐詩類選序》，《全唐文》卷七六五。

所以著名學者卞孝萱稱《唐詩類選》爲“第一部尊杜選本”[1]。《新唐書·藝文志》、陳振孫《直齋書録解題》均載此書,皆爲二十卷。焦竑《國史經籍志》亦著録此書,意明代時尚存,今已佚。《全唐文》收顧文二篇,即《唐詩類選序》與《後序》。

《唐詩類選》雖佚,但在宋方深道輯《諸家老杜詩評》、姚寬撰《西溪叢語》、曾季貍撰《艇齋詩話》、吴曾撰《能改齋漫録》、計有功撰《唐詩紀事》等書中,仍保留了《唐詩類選》的諸多資料,尤其是有關杜詩的記載,頗有文獻參考價值。有關《唐詩類選》選録杜詩的情況,卞孝萱《〈唐詩類選〉是第一部尊杜選本》和胡可先《杜甫詩學引論》,都做了詳細的考證,但有疏漏和未盡之處。今據以上著作及其他有關資料,詳考《唐詩類選》有關杜詩的著録情況。

一,吴曾《能改齋漫録》卷十一《杜子美集無〈遣憂〉詩》:“余家有唐顧陶大中丙子歲所編《唐詩類選》,載杜子美《遣憂》一詩云:‘亂離知又甚,消息苦難真。受諫無今日,臨危憶故臣。紛紛乘白馬,攘攘著黄巾。隋氏營宫室,焚燒何太頻。’世所傳杜集皆無此詩。”[2]《宋本杜工部集》(以下簡稱“宋本”)不載此詩。曾季貍《艇齋詩話》云:“顧陶《唐詩類選》二十卷,其間載杜詩多與今本不同。顧陶,唐大中間人,去杜不遠,所見本必稍真。”[3]錢謙益《錢注杜詩》(以下簡稱“錢箋”)卷十八後“附録”載《遣憂》詩云:“亂離知又甚,消息苦難真。受諫無今日,臨危憶古人(錢箋、仇兆鰲《杜詩詳注》[以下簡稱“仇注”]卷十二校語:“顧作‘傷故臣’。”朱鶴齡《杜工部詩集輯注》[以下簡稱“朱注”]“集外詩”注:“顧陶作‘傷

① 卞孝萱《〈唐詩類選〉是第一部尊杜選本》,載《學林漫録》八集,中華書局1983年版。

② 此據文淵閣《四庫全書》影印本《能改齋漫録》,以下所引《能改齋漫録》文字,皆據此本,不另注出。

③ 曾季貍《艇齋詩話》,《歷代詩話續編》本,第318頁。以下所引《艇齋詩話》文字,皆據此本,不另注出。

故臣’。”清編《全唐詩》卷二三四:“一作‘傷故臣’。”)。紛紛乘白馬,攘攘著(仇注:“一作‘看’。”)黄巾。隋氏留(錢箋、朱注、仇注:“顧作‘營’。”《全唐詩》:“一作‘營’。”)宫室,焚燒何太頻。”錢箋於詩後注云:“吴曾《漫録》:‘唐顧陶大中丙子歲,編《唐詩類選》載此詩,世所傳杜集皆無之。”又云:“朝奉大夫員安宇所收。”員安宇爲宋仁宗時人。以上諸本俱作“傷故臣”,與《能改齋漫録》所載“憶故臣”不同,而正文亦不從顧陶本。唯何焯撰《義門讀書記》卷五六引《遣憂》云:“‘臨危憶故人’,憶古人自咎,不能如古人之納諫。按顧陶本作‘故臣’,第七句‘留’作‘營’,則是指明皇也。然此篇云‘亂離又甚’,自屬代宗幸陜之事,可憂甚矣。所可遣者,受柳抗(伉)之諫,起郭子儀於閑廢,或不至遂爲隋氏,差可遣懷耳。從顧本爲是。注家誤以‘故臣’爲曲江,不知凡故舊之臣皆是。《傳》所謂‘今急而求子’也。向之所以致此變者,原於拒諫諍、棄元臣,亂至覺悟亦已晚矣。此聯其懲而毖後患也。”

二,《艇齋詩話》:“山谷用‘酒渴愛江清’爲韵,人知爲唐人詩,而不知其爲誰氏也。顧陶《詩選》作暢當作,當有詩名。其詩云《軍中醉飲作》。其前四句云:‘酒渴愛江清,餘酣漱晚汀。軟莎欹坐穩,冷石醉眠醒。’皆佳句,狀得醉與酒渴之意極工。”而《諸家老杜詩評》引《潘淳〈詩話補遺〉四十九事》則謂杜甫作:“唐顧陶《集詩選》二十卷,載暢當《軍中醉飲寄沈八劉叟》詩:‘酒渴愛江清,餘酲嫩(當爲“漱”之訛)晚汀。軟沙欹坐穩,冷石醉眠醒。野膳隨行帳,華音發從伶。數杯君不見,都以遣沈冥。’山谷頃在蜀道見古石刻有唐人詩,以老杜‘酒渴愛江清’爲韵,人各賦一詩,非少陵不能作。山谷之言如此。”[①]《文苑英華》卷二一五則作暢當詩。故彭叔夏《文苑英華辨證》卷六《名氏三》云:“其有可疑及當兩存者,如暢當《軍中醉飲寄沈八劉叟》詩:‘酒渴愛江清,餘酣漱晚汀。’司空曙

① 《諸家老杜詩評》卷四,北京大學圖書館藏清初抄本。

《杜鵑行》:'古時杜宇稱望帝,魂作杜鵑何微細。'今並載《杜甫集》。"《全唐詩》卷二三四作杜甫詩,又注云:"一作暢當詩。"而卷二八七作暢當詩,又注云:"一作杜甫詩。"

三,《能改齋漫録》卷四《杜詩字不同》云:"顧陶所編杜詩有題云《倦秋夜》,而今本止云《倦夜》,内一聯云:'飛螢自照水,宿鳥競相呼。'今本乃云:'暗飛螢自照,水宿鳥相呼。'雖一字不同,便覺語勝於前。"《艇齋詩話》亦云顧陶本作"飛螢自照水,宿鳥競相呼"。仇注卷十四《倦夜》題下注亦云:"顧陶《類編》作《倦秋夜》。"又於"暗飛螢自照,水宿鳥相呼"句下注:"顧陶《類編》作'飛螢自照水,宿鳥競相呼'。"何焯撰《義門讀書記》卷五四亦云:"《倦夜》,顧陶《類編》題云《倦秋夜》。"

四,《能改齋漫録》卷四《杜詩字不同》云:"又陶所編杜《田舍》詩云:'楊柳枝枝弱,枇杷對對香。'考今本乃云:'櫸柳枝枝弱,枇杷樹樹香。'櫸、楊二字不同,櫸字非也。枇杷止一物,櫸柳則二物矣,然'對對'亦差勝'樹樹'也。"《艇齋詩話》亦云顧陶作"楊柳枝枝弱,枇杷對對香"。蔡夢弼《杜工部草堂詩箋》(以下簡稱"蔡本")卷十八注云:"'櫸柳',唐顧陶作'楊柳'。""'樹樹',唐顧陶作'對對'。"錢箋卷十一:"'櫸',唐顧陶作'楊'。""櫸柳",朱注卷七校語:"吴曾云:唐顧陶《類編》作'楊柳'。""樹樹",錢箋、朱注:"顧陶作'對對'。"仇注卷九正文則從顧陶作"楊柳",並云:"唐顧陶《類編》作'楊柳',一作'櫸柳'。櫸,居許切,《正異》作柜。""對對",仇注:"從顧陶本,一作'樹樹'。"

五,《能改齋漫録》卷三《犬迎曾宿客》:"今詩所傳杜詩:'犬迎曾宿客,鴉護落巢兒。'余家有唐顧陶所編杜詩,乃是'犬憎閑宿客',二字不同,然皆有理。"《艇齋詩話》亦云:"顧陶《唐詩選》載少陵'犬迎曾宿客'作'犬憎閑宿客',語意極粗。然顧陶唐大中間人,所見本又不應誤,不知何也?""犬迎曾宿客",爲杜詩《重過何氏五首》之二詩句。錢箋卷九:"吴曾《漫録》:顧陶本作'犬憎閑宿客’。”朱注卷二：“吴曾云：顧陶本作‘犬憎閑宿客’。”仇注卷三：“顧陶本作‘犬憎閑宿客’。”

六，《能改齋漫録》卷三又云：“《對月》詩舊本作‘斫却月中桂’，陶本作‘折盡月中桂’，二字亦不同。”《艇齋詩話》亦云顧陶本作“折盡月中桂”。“斫却月中桂”，爲杜詩《一百五日夜對月》詩句。“斫却”，錢箋卷九、仇注卷四云：“顧陶本作‘折盡’。”而朱注卷三却云：“顧陶本作‘扺盡’。”疑“扺盡”乃“折盡”之誤。

七，《能改齋漫録》卷三又云：“惟寄高適詩舊本乃‘天上多鴻雁，池中足鯉魚’，陶本乃以‘池’爲‘河’，似不及‘河’也。”二句爲杜詩《寄高三十五詹事》詩句。“池”，《文苑英華》卷二五一正文亦作“河”，校語：“集作‘池’。”錢箋卷十、朱注卷五、仇注卷六：“一作‘河’。”

八，《艇齋詩話》云：“老杜：‘破柑霜落爪，嘗稻雪翻匙。’顧陶《詩選》作‘破瓜霜落刃’。”又云：“烏蠻瘴遠隨”作“黔溪瘴遠隨”。所引爲杜詩《孟冬》詩句。“柑”，錢箋卷十六校語：“一作‘瓜’。”“烏蠻”，宋本卷十六、宋刻本郭知達編《新刊校定集注杜詩》（以下簡稱“宋九家本”）卷三二、朱注卷十七校語：“一作‘黔溪’。”宋刻本《黄氏補千家集注杜工部詩史》（以下簡稱“宋千家本”）卷三二、宋刻本《王狀元集百家注編年杜陵詩史》（以下簡稱“宋百家本”）卷二九、宋刻本《分門集注杜工部詩》（以下簡稱“宋分門本”）卷二又冠以“洙曰”二字；蔡本卷四十校語：“一作‘黔溪’，一作‘烏沙’。”錢箋卷十六：“一作‘沙’，一作‘黔溪’。”明抄本趙次公《新定杜工部古詩近體詩先後並解》（以下簡稱“趙本”）成帙卷十、《文苑英華》卷一五八、仇注卷二十正文作“黔溪”，趙本校語：“舊正作‘烏蠻瘴遠隨’，非。”《英華》校語：“集作‘烏沙’。”仇注校語：“一作‘烏蠻’。”

九，《艇齋詩話》謂《唐詩類選》“‘山河扶繡户’作‘星河浮繡户’”。“山河扶繡户”，係杜詩《冬日洛城北謁玄元皇帝廟》詩句。

宋刻諸本均作“山河扶繡户”。

十,《艇齋詩話》謂《唐詩類選》“‘老夫貪費日’作‘老夫貪賞日’”。“老夫貪費日”,係杜詩《和裴迪登新津寺寄王侍郎》詩句。“費”,宋刻諸本均作“佛”,宋本卷十一“佛”下校語:“一作‘賞’,一作‘費’。”蔡本卷十九校語:“一作‘費’,非是。”錢箋卷十一校語:“一云‘賞’,一云‘費’。”而仇注卷九於“貪”字下云:“一作‘賞’,一云‘費’。”恐誤。《文苑英華》卷二三四則正文作“老夫探賞日”,“賞”下校語:“集作‘佛’。”

十一,《艇齋詩話》謂《唐詩類選》“‘秋至輒分明’作‘秋至轉分明’”,“‘伴月落邊城’作‘伴月下邊城’”。所引係杜詩《天河》詩句。“輒”,宋本卷十校語:“刊作‘最’。”錢箋卷十:“一作‘最’。”宋九家本卷二十:“一作‘轉’。”宋千家本卷二十、宋百家本卷九、宋分門本卷一正文作“最”,無校語;蔡本卷十四作“轉”,校語:“一作‘最’,一作‘輒’。”仇注卷七正文作“轉”,校語:“從趙本,一作‘最’,吴作‘輒’。”是趙本亦作“轉”。

十二,《艇齋詩話》謂《唐詩類選》“‘家貧仰母慈’作‘家貧賴母慈’”。“家貧仰母慈”,係杜詩《遣興》(“驥子好男兒”首)詩句。而宋刻諸本均作“家貧仰母慈”。

十三,《艇齋詩話》謂《唐詩類選》“‘賦或似相如’作‘賦或比相如’”。“賦或似相如”,係杜詩《酬高使君相贈》詩句。宋刻諸本均作“似”,《文苑英華》卷二四二作“比”,校語:“集作‘似’。”錢箋卷十一:“一云‘比’。”仇注卷九、《全唐詩》卷二二六:“一作‘比’。”

十四,《艇齋詩話》謂《唐詩類選》“‘老思筇竹杖’作‘老思筇竹柱’”。“老思筇竹杖”,係杜詩《送梓州李使君之任》詩句。“筇竹杖”,宋本卷十三校語:“一云‘筇杖柱’。”宋百家本卷十九、宋分門本卷二一又冠以“洙曰”二字;宋千家本卷二五校語:“洙曰:一云‘筇竹柱’。”宋九家本、蔡本無此校語。錢箋卷十三:“一云‘筇杖拄’。”“竹杖”,朱注卷九、仇注卷十一校語:“一云‘杖拄’。”

十五,《艇齋詩話》謂《唐詩類選》“‘衰疾那能久’作‘衰病那能久’”。“衰疾那能久”,係杜詩《遣興》(“干戈猶未定”首)詩句。宋刻諸本均作“疾”。

十六,《艇齋詩話》謂《唐詩類選》“‘吾豈獨憐才’作‘惟我獨憐才’”。“豈”,宋刻諸本均作“意”。所引係杜詩《不見》詩句。

十七,《艇齋詩話》謂《唐詩類選》“‘勝迹隗囂宫’作‘傳是隗囂宫’”,又“‘丹青野殿空’作‘丹霄野殿空’”。所引係杜詩《秦州雜詩二十首》之二詩句。宋本卷十校語:“‘勝迹’,一云‘傳是’。”宋百家本卷九、宋千家本卷二十、蔡本卷十五、錢箋卷十、朱注卷六、仇注卷七同宋本。

十八,《艇齋詩話》謂《唐詩類選》“‘欲掛留徐劍’作‘欲把留徐劍’”。“欲掛留徐劍”,係杜詩《哭李尚書之芳》詩句。“掛”,《文苑英華》卷三〇三亦作“把”,朱注卷十九、仇注卷二二:“《英華》作‘把’。”

十九,《艇齋詩話》謂《唐詩類選》“‘乘爾亦已久’作‘乘汝亦已久’”,又“‘感動一沈吟’作‘感激一沈吟’”。所引係杜詩《病馬》詩句。“爾”,《文苑英華》卷三三〇亦作“汝”,校語:“集作‘爾’。”“動”,《文苑英華》亦作“激”,校語:“集作‘動’。”

二十,《艇齋詩話》謂《唐詩類選》“‘白花簷外朵,青柳檻前梢’作‘白花筵外朵,青柳檻前梢’”。所引係杜詩《題新津北橋樓得郊字》詩句。宋刻諸本均作“白花簷外朵”。

二十一,《艇齋詩話》謂《唐詩類選》“‘取醉他鄉客,相逢故國人’作‘取醉他鄉酒,相逢故里人’”。所引係杜詩《上白帝城二首》之一詩句。宋刻諸本均作“取醉他鄉客,相逢故國人”。

二十二,《艇齋詩話》謂《唐詩類選》“‘興來今日盡君歡’作‘興來終日盡君歡’”,又“‘羞將短髮還吹帽’作‘羞將短髮猶吹帽’”,又“‘明年此會知誰健’作‘明年此會知誰在’”。所引係杜詩

《九日藍田崔氏莊》詩句。“今”,《文苑英華》卷一五八作“終”,校語:“集作‘今’。”錢箋卷九、朱注卷五、仇注卷六:“一作‘終’。”“健”,《英華》作“在”,校語:“集作‘健’。”宋九家本卷十九、朱注、仇注:“一作‘在’。”宋千家本卷十九、錢箋:“一云‘在’。”

二十三,《艇齋詩話》謂《唐詩類選》“‘去年今日侍龍顔’作‘去年冬至侍君顔’”。“去年今日侍龍顔”,係杜詩《至日遣興奉寄北省舊閣老兩院故人二首》(宋九家本作《至日遣興奉寄兩院遺補二首》)之二詩句。“今日”,《文苑英華》卷一五八亦作“冬至”。仇注卷六:“胡云:《英華》作‘冬至’。”宋刻諸本均作“去年今日侍龍顔”。

二十四,《艇齋詩話》謂《唐詩類選》“‘九重春色醉仙桃’作‘九天春色醉仙桃’”。“九重春色醉仙桃”,係杜詩《奉和賈至舍人早朝大明宫》詩句。“重”,《文苑英華》卷一九〇正文亦作“天”,校語:“集作‘重’。”宋九家本卷十九、宋千家本卷十九、錢箋卷十、朱注卷四、仇注卷五:“一作‘天’。”

二十五,《艇齋詩話》謂《唐詩類選》“‘不通姓字粗豪甚’作‘不通姓字粗豪困’”。“不通姓字粗豪甚”,係杜詩《少年行》詩句。“粗豪甚”,宋本卷十一:“一云‘粗疏甚’。”龔頤正《芥隱筆記》引南唐寫本作“粗疏甚”,仇注:“龔(指龔頤正)作‘疏’。”“甚”,今傳宋刻諸本無作“困”者。

二十六,《艇齋詩話》謂《唐詩類選》“‘宫女開函近御筵’作‘宫女開函進御筵’”。“宫女開函近御筵”,係杜詩《贈獻納使起居田舍人澄》詩句。“近”,宋闕名編《草堂先生杜工部詩集》宋刻殘本卷十六、宋百家本卷四、錢箋卷九、朱注卷二云:“一作‘捧’。”宋千家本卷十八、宋分門本卷十九則冠以“洙曰”二字。蔡本卷八云:“一作‘俸’。”今按:當是“捧”之訛。無作“進”者,只有元刊本《杜工部詩范德機批選》(以下簡稱“范本”)同《艇齋詩話》作“進”。仇注卷三則正文作“捧”,校語:“一作‘近’。”

二十七,《艇齋詩話》謂《唐詩類選》"'黄牛峽静灘聲轉'作'黄牛峽淺灘聲急'"。"黄牛峽静灘聲轉",係杜詩《送韓十四江東省覲》詩句。"轉",錢箋卷十一、《文苑英華》卷二八四、朱注卷八、仇注卷十:"一作'急'。"而宋本卷十一、宋九家本卷二二、宋百家本卷十四、宋千家本卷二二、宋分門本卷二一、蔡本卷三一、范本卷五均作"黄牛峽静灘聲轉",更無"静"作"淺"者。

二十八,《艇齋詩話》謂《唐詩類選》"'俯視但一氣'作'俯視但吁氣'"。"俯視但一氣",係杜詩《同諸公登慈恩寺塔》詩句。宋刻諸本均作"俯視但一氣"。

二十九,《艇齋詩話》謂《唐詩類選》"'明我長相憶'作'知我長相憶'",又"'何以有羽翼'作'何以生羽翼'"。所引係杜詩《夢李白二首》之一詩句。宋刻諸本均作"明我長相憶","何以有羽翼"。

三十,《艇齋詩話》云:"顧陶《唐詩類選》二十卷,其間載杜詩,多與今本不同。……又載《風涼原上作》一首,今杜詩無之,其詩全録於此:'陰森宿雲端,霧露濕松柏。風淒日初晚,下嶺望川澤。連山無晦明,秋水千里白。佳氣欝未央,聖人在凝碧。關門阻天下,信是帝王宅。海内方宴然,廟堂有良策。時貞守全運,罷去遊説客。余忝南臺人,尋憂免貽責。'以此見杜詩尚多,今集中所載,亦不能盡也。"而《文苑英華》卷一六一、《唐詩品彙》卷十、《全唐詩》卷一四一等均作王昌齡詩,文字頗有差異。

綜上所列,宋人著作中所存《唐詩類選》所選杜詩,對杜詩校勘頗有參考價值。

第二節 杜甫影響下的"小李杜"

杜牧和李商隱是晚唐最有成就的兩位詩人,故被譽爲"小李杜"。所以稱之爲"小李杜",固然與他們後於李白、杜甫又與之同姓有關,但更主要的,是他們對李杜都非常尊崇,他們的詩歌創作又深受李杜的影響而取得很高的成就。杜牧《雪晴訪趙嘏街西所居三韵》即云:"命代風騷將,誰登李杜壇。少陵鯨海動,翰苑鶴天寒。"[①]又《冬至日寄小侄阿宜詩》:"李杜泛浩浩,韓柳摩蒼蒼。近者四君子,與古争强梁。"李商隱《漫成五章》其二亦云:"李杜操持事略齊,三才萬象共端倪。集仙殿與金鑾殿,可是蒼蠅惑曙雞。"[②]但就李杜分别而論,二人所受杜甫影響似乎更大些。何焯就説:"晚唐中牧之與義山俱學子美。"[③]杜牧確實學杜甫更多些,他在詩中很少提到李白,但對長他三十多歲的韓愈似更崇拜些。其《讀韓杜集》即云:"杜詩韓集愁來讀,似倩麻姑癢處抓。天外鳳凰誰得髓,無人解合續弦膠。"韓集,一作"韓筆",似更精確些。看來他推崇的是杜甫的詩、韓愈的文。而"天外鳳凰誰得髓,無人解合續弦膠",乃化用杜詩《病後過王倚飲贈歌》之"麟角鳳嘴世莫辨,煎膠續弦奇自見"。後二句用奇特的比喻,説明無人能够繼承杜甫和韓愈在詩文上的高度成就。李商隱亦與之相似。其《樊南甲集序》云:"十年京師寒且餓,人或目曰韓文杜詩,彭陽章檄,樊南窮凍,人或知之。"彭陽,指令狐楚。徐樹穀箋曰:"樊南之詩,不師漢魏,而師少陵;其文不師班、馬,而師昌黎;其四六不師徐、庾,而師彭陽。平生述作於數語見之。"[④]方回在評杜甫《江漢》時提道:"此詩余幼而學書有此古印本爲式,云杜牧之書也。味之久矣,愈老而愈見其工。"[⑤]杜牧親書杜甫的詩,可見對杜詩的喜愛。劉克莊記云:"頃見考亭(即朱熹)稱牧行草書能不愧於詩,有頡頏李杜之目,乃知文

① 《樊川文集》卷二,《四部叢刊》景明本。以下杜牧詩,皆見此本,不另注出。

② 《李義山詩集》卷六,《四部叢刊》景明本。

③ 《義門讀書記》卷五七《李義山詩集》,文淵閣《四庫全書》影印本。

④ 徐樹穀箋《李義山文集箋注》卷九,文淵閣《四庫全書》影印本。

⑤ 《瀛奎律髓》卷二九,文淵閣《四庫全書》影印本。

公亦愛其才。"①葛立方説:"杜牧之詩,字意多用老杜。如《觀東兵長句》云'黑稍(矟)將軍一鳥輕',蓋用子美'身輕一鳥過'也。《遊樊川》詩云'野竹疏還密,巖泉咽復流',蓋用子美雨止還作'斷雲疏復行'也。蓋其心景復之切則下語自然相符,非有意於蹈襲。故其論杜詩云'天外鳳凰誰得髓,何人解合續弦膠',豈非自以爲得髓者耶。"②"斷雲疏復行",乃杜詩《雨四首》之一詩句。《唐宋詩醇》卷十三評杜詩《送蔡希曾都尉還隴右因寄高三十五書記》亦云:"杜牧詩:'射鵰都尉萬人敵,黑矟將軍一鳥輕。'雖本此詩,然語意天然遜子美遠矣。"③杜詩《王閬州筵奉酬十一舅惜别之作》云:"萬壑樹聲滿,千崖秋氣高。"陳師道則謂:"世稱杜牧'南山與秋色,氣勢兩相高'爲警絶,而子美才用一句,語益工,曰'千崖秋氣高'也。"④此類尚多。如牧詩《池州送孟遲先輩》詩云:"我欲東召龍伯翁,上天揭取北斗柄。蓬萊頂上斡海水,水盡到底看海空。"葉矯然評云:"咄咄奇語,與老杜'頓轡海徒湧,神人身更長'之語相當。"⑤牧詩《初冬夜飲》後二句"砌下梨花一堆雪,明年誰此憑闌干",即用杜詩《九日藍田崔氏莊》"明年此會知誰健,醉把茱萸仔細看"詩意,而情調更爲淒婉。又如杜詩《見王監兵馬使説,近山有白黑二鷹,羅者久取,竟未能得。王以爲毛骨有異他鷹,恐臘後春生,騫飛避暖,勁翮思秋之甚,眇不可見,請余賦詩二首》第一首,《宋本杜工部集》云:"雪飛玉立盡清秋,不惜奇毛恣遠遊。在野只教心力破,千人何事網羅求?"⑥千,蔡夢弼《杜工部草堂詩箋》卷四四則云:"晋、

① 《後村詩話》卷一三,文淵閣《四庫全書》影印本。
② 《韻語陽秋》卷四,上海古籍出版社 1984 年影宋本,第 54 頁。
③ 《唐宋詩醇》卷一三,文淵閣《四庫全書》影印本。
④ 《後山詩話》,《歷代詩話》本,第 307 頁。
⑤ 葉矯然《龍性堂詩話續集》,《清詩話續編》本,第 1039 頁。
⑥ 《宋本杜工部集》卷一五,商務印書館影印《古逸叢書》本。

謝皆作'干'。"①錢謙益《錢注杜詩》卷十六亦云:"晋作'干',或作'于'。"②朱鶴齡《杜工部詩集輯注》卷十八正文即作"干"。可見比《宋本杜工部集》更早的五代後晋開運二年(945)官書本《杜工部集》作"干",似更可信。而杜牧《齊安郡中偶題二首》之二則曰:"自滴階前大梧葉,干君何事動哀吟。"所以翁方綱説:"小杜詩'自滴階前大梧葉,干君何事動哀吟',亦在南唐'吹皺一池春水'語之前,可證杜《黑白鷹》語。"③杜牧學老杜,自不限於字句模擬,方回即説杜牧"頗能用老杜句律,自爲翹楚"④。潘德輿則謂牧詩"伉爽有逸氣","骨沈氣勁,頗欲追步少陵"⑤。黄叔燦更贊杜牧名詩《九日齊山登高》:"通幅氣體豪邁,直逼少陵。"⑥方回則謂:"重九詩,自老杜之外,便當以杜牧之《齊山》詩爲亞。"⑦又進而曰:"此以'塵世'對'菊花',開闔抑揚,殊無斧鑿痕,又變體之俊者。後人得其法,則詩如禪家散聖矣。"⑧司空圖《退居漫題七首》其五云:"詩家通籍美,工部與司勳。高賈雖難敵,微官偶勝君。"⑨前引孫僅《讀杜工部詩集序》亦謂杜牧得老杜詩之"豪健",雖"出公之奇偏爾,尚軒軒然自號一家,赫世烜俗"。杜牧古體詩多以政治、社會生活爲題材,風格跌宕豪雄。近體詩力求生新,富有獨創性。尤其是絶

---

① 蔡夢弼《杜工部草堂詩箋》卷四四,《古逸叢書》本。

② 錢謙益《錢注杜詩》卷一六,第588頁。

③ 《石洲詩話》卷二,《清詩話續編》本,第1393頁。

④ 《瀛奎律髓》卷四《長安雜題長句六首》之一評語,文淵閣《四庫全書》影印本。

⑤ 潘德輿《養一齋詩話》卷一〇,《清詩話續編》本,第2156頁。

⑥ 黄叔燦《唐詩箋注・七言律詩》,清乾隆三十年刻本。

⑦ 《瀛奎律髓》卷一六陳師道《次韵李節推九日登山》評語,文淵閣《四庫全書》影印本。

⑧ 《瀛奎律髓》卷二六《變體類》。

⑨ 司空圖《退居漫題七首》其五,《全唐詩》卷六三二。

句,能於拗折峭健之中,兼寓風華掩映之美,給人一種俊爽清麗而又明快自然的情韵。懷古詠史詩,不拘一格,千變萬化。故《新唐書·杜牧傳》云:“牧於詩,情致豪邁,人號爲‘小杜’,以别杜甫云。”①潘若同《郡閣雅言》甚至説杜牧“與杜甫齊名,時號大小杜”②。《詩話總龜》引此則作《郡閣雅談》。《宋史·藝文志》《唐詩紀事》《直齋書録解題》等則作潘若沖,書名或作《郡閣雜言》《雅言雜載》。據考,當作潘若沖《郡閣雅談》③。潘若沖爲五代、宋初人,尚早于《新唐書》。

李商隱有着和杜甫相似的人生遭遇,時牛(僧孺)李(德裕)黨争激烈,商隱無辜受其牽累,屢遭排擠,先後做過校書郎、秘書省正字、縣尉、節度判官一類小官,在憂憤潦倒中度過一生。崔珏説他“虚負凌雲萬丈才,一生襟抱未曾開”④。故其詩傷時憂國,深情綿邈,用事婉曲,寄托遥深,字字錘煉,精密華麗,博取衆長,獨標一格,張綖譽爲“晚唐之冠”⑤。李商隱深受杜甫影響,學杜最有成就。王安石“以爲唐人知學老杜而得其藩籬,惟義山一人而已。每誦其‘雪嶺未歸天外使,松州猶駐殿前軍’,‘永憶江湖歸白髮,欲回天地入扁舟’,與‘池光不受月,暮氣欲沈山’,‘江海三年客,乾坤百戰場’之類,雖老杜亡以過也”⑥。管世銘則謂:“善學少陵七言律者,終唐之世,惟李義山一人。胎息在神骨之間,不在形貌。《蜀

---

① 《新唐書·杜牧傳》,第5097頁。

② 陶宗儀《説郛》卷一七下引,文淵閣《四庫全書》影印本。

③ 雲國霞《〈郡閣雅談〉研究》,《中南民族大學學報》(社科版)2006年第3期。

④ 崔珏《哭李商隱》,《全唐詩》卷五九一。

⑤ 張綖《刊西崑詩集序》,《西崑酬唱集》卷首,《四部叢刊》景明本。

⑥ 《苕溪漁隱叢話》前集卷二二引《蔡寬夫詩話》,人民文學出版社廖德明校點本。

中離席》一篇，轉非其至也。義山當朋黨傾危之際，獨能乃心王室，便是作詩根源。其《哭劉蕡》《重有感》《曲江》等作，不減老杜憂時之作。"①施補華亦謂："義山七律，得於少陵者深。故穠麗之中，時帶沉鬱。如《重有感》《籌筆驛》等篇，氣足神完，直登其堂入其室矣。"②程千帆、張宏生更著專文指出："我們檢索李商隱那些表現政治内容的七律，可以發現杜甫所開創的這一傳統，正是在李商隱詩中得到了真正的繼承，並在某種程度上得到了發展。"③其實不止七律，他詩亦然。賀裳云："義山綺才豔骨，作古詩乃學少陵，如《井泥》《驕兒》《行次西郊》《戲題樞言草閣》《李肱所遺畫松》，頗能質樸。"④郭麐云："杜之長律，學之似而工者義山也。"⑤錢良擇云："義山學杜，其嚴重得杜之骨，其雄厚得杜之氣，其微妙得杜之神。所稍異者，杜無所不有，義山自成一家，杜如天造地設，義山錘煉工勝，此時爲之也，亦作者、述者必然之勢也。"⑥義山有自覺學杜者，如《河清與趙氏昆季燕集得擬杜工部》，全詩骨格蒼老，頗有杜詩遺風。三四句"虹收青嶂雨，鳥没夕陽天"，寫景尤爲清麗，並微露孤鳥遠去的悽愴之意。姚培謙評曰："上半首，席間勝概；下半首，自叙情懷。第五句轉接得力，是杜法。"⑦有化用杜句者，如《歸墅》："行李逾南極，旬時到舊鄉。楚芝應遍紫，鄧橘未全黄。渠濁村春急，旗高社酒香。故山歸夢喜，先入讀書堂。"趙次公評杜詩《村夜》

---

① 《讀雪山房唐詩序例・七律凡例》，《清詩話續編》本，第1555頁。

② 《峴傭説詩》一六八，《清詩話》本，第993頁。

③ 《七言律詩中的政治内涵——從杜甫到李商隱、韓偓》，《被開拓的詩世界》，上海古籍出版社1990年版，第53頁。

④ 《載酒園詩話又編・李商隱》，《清詩話續編》本，第374頁。

⑤ 郭麐《杜詩集評序》，《靈芬館雜著》卷二，清嘉慶十三年刊本。

⑥ 《唐音審體》卷一〇《鄠杜馬上念漢書》評，清康熙四十三年昭質堂刻本。

⑦ 姚培謙《李義山詩集箋注》卷五，清乾隆四年松桂讀書堂刊本。

"村春雨外急"即曰:"李商隱云:'渠濁村春急。'則分明是使杜公之句。"[1]又如《屬疾》"秋蝶無端麗,寒花只暫香",則全襲杜詩《薄遊》"病葉多先墮,寒花只暫香"。正因李商隱"忠君愛國直紹子美"[2],反對藩鎮割據、宦官專權,維護祖國統一,揭露社會黑暗,所以他的各體詩都有憂時傷世的篇章。義山一生遭遇的最大政治事件,就是文宗大和九年(835)冬發生的"甘露之變",事變中宰相王涯等一千餘人慘遭殺害。這場"流血塗地,京師大駭"的大慘案,正是唐朝後期宦官專權惡性發展的結果。對這一震驚朝野的政治事件,李商隱一連寫了好幾首詩。如《有感二首》,原注:"乙卯年有感,丙辰年詩成。"乙卯,即文宗大和九年;丙辰,即文宗開成元年(836)。此詩正是針對甘露之變而發的感慨。詩中直斥篡權亂政、氣焰囂張的宦官爲"兇徒",顯示其膽識過人。全詩風格沉鬱頓挫,表達了詩人對國家命運的强烈關注之情。何焯以爲:"唐人論甘露事當以此爲最,筆力亦全。"[3]鍾惺亦謂:"風切時事,詩典重有體,從老杜《傷春》等作得來。"[4]張采田評曰:"二詩悲憤交集,直以議論出之。筆筆沉鬱頓挫,波瀾倍極深厚,屬對又復精整,雖少陵無以遠過,豈晚唐纖瑣一派所能望其項背哉!"[5]劉學鍇、余恕誠將其與杜的淵源説得更剴切:"詩以議論出之,然詩之論固不同史論。忠憤激烈之氣,關注國運之情,盤鬱流注於字裏行間。此種抒情性

① 《新刊校定集注杜詩》卷二二,中華書局 1982 年影宋本。

② 胡念修《擬西崑酬唱集四首(用劉中山韵)并序》,《靈仙館詩抄》卷六。

③ 沈厚塽《李義山詩集輯評》引,中華書局 1988 年版《李商隱詩歌集解》第 118 頁引此則曰:"是否何氏評,未可定。"

④ 《唐詩歸》卷三三《晚唐一》,《續修四庫全書》本,第 1590 冊,第 223 頁。

⑤ 《李義山詩辨正》,《李商隱詩歌集解》第 121 頁引。

議論,杜甫最爲擅長,義山此詩,可謂得其真傳。”[①]《重有感》是《有感二首》的姊妹篇,同樣表達了對國家命運憂心如焚的感情。詩刻意學杜,風格沉鬱頓挫,用典精切嚴密,虛字的錘煉照應頗見匠心。屈復評曰:“此首即杜之《諸將》也。”[②]五古長篇《行次西郊作一百韵》:“又聞理與亂,在人不在天。我願爲此事,君前剖心肝。叩頭出鮮血,滂沱汙紫宸。九重黯已隔,涕泗空沾唇。”寫于開成二年冬作者從興元(今陝西漢中)返回長安時。這是追溯唐初至“甘露之變”時治亂興衰的歷史,集中表達自己政治觀點的一篇重要作品。詩中對唐王朝衰敗過程中出現的嚴重社會政治危機有多方面的揭露,對藩鎮割據與人民窮困尤爲關注。作者在構思立意、表現手法上明顯受到杜甫《北征》等詩的影響,鋪叙波瀾不平,語言質樸不俗,夾叙夾議,氣格蒼勁,是唐人政治詩中少見的長篇巨製。何焯即謂:“此等傑作,可稱詩史,當與少陵《北征》並傳。”[③]馮浩亦謂:“樸拙盤鬱,擬之杜公《北征》,面貌不同,波瀾莫二。”[④]紀昀則云:“亦是長慶體裁,而準擬工部氣格以出之,遂衍而不平,質而不俚,骨堅氣足,精神鬱勃,晚唐豈有此第二手。”[⑤]程夢星更指出此詩用韵亦是學杜:“韵以真、文、元、寒、山、先六部並用,本之杜、韓。又有重韵,亦本杜、韓。”[⑥]又有《曲江》詩:“望斷平時翠輦過,空聞子夜鬼悲歌。金輿不返傾城色,玉殿猶分下苑波。死憶華亭聞唳鶴,老憂王室泣銅駝。天荒地變心雖折,若比傷春意未多。”朱鶴齡注曰:“此詩前四句追感玄宗與貴妃臨幸時事,後四句則言王涯等被

---

① 《李商隱詩歌集解》,第123頁。

② 《玉溪生詩意》卷五,《李商隱詩歌集解》,第129頁。

③ 《義門讀書記》卷五八《李義山詩集》,文淵閣《四庫全書》影印本。

④ 《玉溪生詩箋注》卷一,《李商隱詩歌集解》,第255頁。

⑤ 紀昀《玉溪生詩説》卷上,清朱記榮編《槐廬叢書三編》本。

⑥ 《重訂李義山詩集箋注》卷下,《李商隱詩歌集解》,第255頁。

禍,憂在王室,而不勝‘天荒地變’之悲也。”[①]何焯則曰:“蓋此篇句句與少陵《哀江頭》相對而言也。”[②]劉學鍇、余恕誠按曰:“義山此詩學杜,重在杜詩感慨時事之精神,而非承襲其具體題材。詩以麗句寫荒涼,以綺語寓感慨,亦深得杜詩神髓。”[③]《安定城樓》爲開成三年春,義山初到涇原節度使王茂元幕充當幕僚時,登涇州(安定郡)城樓覽眺抒懷之作。首二句登樓即景,後六句皆借用典故抒懷寄慨,將憂念國事、感傷身世、抨擊腐朽、蔑視功名利禄等内容既含蓄又確切地表達出來。頸聯“永憶江湖歸白髮,欲回天地入扁舟”,全學杜詩《將赴荆南寄别李劍州》頸聯“路經灩澦雙蓬鬢,天入滄浪一釣舟”,千錘百煉而出以自然,爲王安石所激賞,以爲“雖老杜亡以過也”。馮班直謂此詩爲“杜體”[④]。方東樹則謂“此詩脈理清,句格似杜”[⑤]。摯友劉蕡因正直敢言而遭宦官嫉恨誣陷,銜冤被貶,客死異鄉,李商隱悲憤不已,連寫四詩哭吊。《哭劉司户二首》之一云:“一叫千回首,天高不爲聞。”之二云:“有美扶皇運,無誰薦直言。已爲秦逐客,復作楚冤魂。”後二句即從杜詩《天末懷李白》“應共冤魂語,投詩贈汨羅”化出。何焯評曰:“二詩格調甚高,一氣寫成,極似少陵。”[⑥]《哭劉蕡》云:“上帝深宫閉九閽,巫咸不下問銜冤。廣陵别後春濤隔,湓浦書來秋雨翻。只有安仁能作誄,何曾宋玉解招魂。平生風義兼師友,不敢同君哭寢門。”尾聯不但表達了作者對正直敢言的劉蕡含冤客死異鄉的悲慟,而且突出了對劉蕡高風亮節的由衷欽佩,顯示了與劉蕡深摯情誼的政治基礎。姚鼐

---

① 《李義山詩集注》卷三上,文淵閣《四庫全書》影印本。

② 《義門讀書記》卷五八《李義山詩集》。

③ 《李商隱詩歌集解》,第139頁。

④ 《瀛奎律髓彙評》卷三九,第1461頁。

⑤ 《昭昧詹言》卷一九《李義山》九,第436頁。

⑥ 《李義山詩集輯評》卷上,《李商隱詩歌集解》,第966頁。

評曰:“義山此等詩,殆得少陵之神,不僅形貌。”①宣宗大中五年(851)所作《杜工部蜀中離席》,極力模仿杜詩風格,且兼具杜詩神韵。首聯“人生何處不離群,世路干戈惜暫分”用反詰,曲折頓挫,矯健有力,有杜詩筆勢。頷聯“雪嶺未歸天外使,松州猶駐殿前軍”,境界闊大,飽含詩人對國事的憂慮。頸聯“座中醉客延醒客,江上晴雲雜雨雲”,當句對的句法亦創自杜甫。或以爲此詩是代杜甫寫杜甫時事,可備一説。金聖歎曰:“起手七字,便是工部神髓,其突兀而起,淋漓而下,真乃有唐一代無數巨公曾未得闖其籬落者。”②何焯亦曰:“起句尤似杜。鮑令暉詩:‘人生誰不别,恨君早從戎。’發端奪胎於此。一則干戈滿路,一則人麗酒濃,兩路夾寫出惜别。如此結構,真老杜正嫡也。”③黄子雲則曰:“《蜀中離席》詩,上半酷仿少陵。”④

李商隱的許多懷古詠史詩,亦多承襲老杜,甚有“青出於藍而勝於藍”者。如七律《籌筆驛》,爲大中九年李商隱隨東川節度使柳仲郢回長安途經籌筆驛作,吊古傷今,無限感慨。末二句“他年錦里經祠廟,梁父吟成恨有餘”,即化用杜詩《登樓》尾聯“可憐後主還祠廟,日暮聊爲《梁甫吟》”。沈德潛評曰:“瓣香老杜,故能神完氣足,邊幅不窘。”⑤楊守智則曰:“沉鬱頓挫,絶似少陵。”⑥《唐宋詩醇》卷十五則將其與杜詩《蜀相》相比,認爲後來可與杜詩匹敵者,“惟李商隱《籌筆驛》耳”,“二詩局陣各異,工力悉敵”⑦。《隋宫》(“紫泉宫殿鎖煙霞”首),諷刺隋煬帝貪婪昏頑、至死不悟的本

① 姚鼐《今體詩抄》卷九,上海古籍出版社標點本。
② 《貫華堂選批唐才子詩》卷六,浙江古籍出版社排印本。
③ 《義門讀書記》卷五七《李義山詩集》,文淵閣《四庫全書》影印本。
④ 《野鴻詩的》二八,《清詩話》本,第854頁。
⑤ 《唐詩别裁集》卷一五,上海古籍出版社富壽蓀校點本。
⑥ 馮浩《玉溪生詩箋注》卷四引,《四部備要》本。
⑦ 《唐宋詩醇》卷一五,文淵閣《四庫全書》影印本。

性，是一首出色的詠史政治諷刺詩。何焯贊曰："無句不佳，三四尤得杜家骨髓。"①《漢宫詞》借詠史諷刺現實，巧妙地借漢武帝諷刺唐武宗的迷信和昏庸。《茂陵》亦借漢武帝托諷唐武宗，姜炳璋評曰："一氣趕下，忽以末二撥轉，雄厚足配老杜。"②《賈生》將精辟的議論和深沉的諷慨融爲一體，深刻揭示了封建君主的腐朽本質，同時寓有自己懷才不遇的感慨。姚培謙評曰："老杜'前席竟爲榮'，一'竟'字已含此一首意。"③敖英評《嫦娥》曰："此詩翻空斷意，從杜詩'斟酌嫦(姮)娥寡，天寒奈九秋'變化出來。"④他如《富平少侯》《隋師東》《隋堤》《陳後宫》《武侯廟古柏》《華清宫》《馬嵬》《驪山》《龍池》等，亦大多借古諷今，有所寄寓。所以沈德潛説："(義山)詠史十數章，得杜陵一體。"⑤李商隱還寫有幾首詠宋玉的詩，如《宋玉》《楚吟》《有感》(非關宋玉有微詞)等，實以宋玉自況，感歎身世。馮浩評《有感》詩曰："全從杜詩《宋玉》一章化出。"⑥所謂"《宋玉》一章"，即指《詠懷古迹五首》第二首"摇落深知宋玉悲，風流儒雅亦吾師"云云。

義山學杜似杜者，隨處可見，不勝枚舉。如《夜飲》："卜夜容衰鬢，開筵屬異方。燭分歌扇淚，雨送酒船香。江海三年客，乾坤百戰場。誰能辭酩酊，淹卧劇清漳。"此詩作於晚年在梓州幕時。頸聯泛言身世漂泊，時世艱難，有明顯的學杜痕迹，深得王安石贊賞。馮舒評曰："極似少陵。"⑦楊守智則謂："(結聯)神似少陵。"⑧義山

① 《義門讀書記》卷五七《李義山詩集》，文淵閣《四庫全書》影印本。
② 《選玉溪生詩補説》，《李商隱資料彙編》，中華書局 2001 年版，第 743 頁。
③ 《李義山詩集箋注》卷一六，清乾隆四年松桂讀書堂刊本。
④ 《唐詩選脈箋釋會通評林·晚七絶上》，明崇禎乙亥刊本。
⑤ 沈德潛《説詩晬語》卷上，《清詩話》本，第 541 頁。
⑥ 《玉溪生詩箋注》卷四，《四部備要》本。
⑦ 《瀛奎律髓彙評》卷三九，第 1454 頁。
⑧ 《玉溪生詩箋注》卷三引，《四部備要》本。

學杜不是簡單的模擬,而是有所發展,有所創新。如杜詩用典是一大特色,向爲後人稱道,黄庭堅甚至説杜詩"無一字無來處"。而李詩亦是頻用典故,甚者一詩用六個典故,如《人日即事》。又如《牡丹》:"錦幃初卷衛夫人,繡被猶堆越鄂君。垂手亂翻雕玉佩,招腰争舞鬱金裙。石家蠟燭何曾剪,荀令香爐可待熏。我是夢中傳彩筆,欲書花葉寄朝雲。"此詩詠牡丹以遥寄情思,既借佳人以詠牡丹,又借牡丹以喻佳人,兩者實爲一體,構思巧妙。全詩八句用八個典故,但絲毫不嫌堆垛,而又細膩熨帖,被譽爲"登峰造極之作"。

義山之學杜,蓋因其忠君愛國之懷略同,壯志難酬之慨近似,深情綿邈之思相仿,二人可謂"心有靈犀一點通"。姚瑩嘗云:"世知玉溪生善學杜詩,而不知杜詩有酷似義山者。《曲江對雨》一篇,即西崑之先聲也。'龍武新軍深駐輦,芙蓉别殿漫焚香',非義山佳句乎! 至若'花萼夾城通御氣,芙蓉小苑入邊愁',則李或未之有也。"①"花萼夾城通御氣,芙蓉小苑入邊愁",爲《秋興八首》其六詩句。杜之《秋興八首》《曲江》諸詩,敘時事不露痕迹,使典實貼切入微,語偏穠麗,思近朦朧,對義山詩,特别是所謂《無題》詩,都有深刻的影響。朱鶴齡《李義山詩集注》序云:"義山之詩,乃風人之緒音,屈宋之遺響,蓋得子美之深而變出之者也。豈徒以徵事奥博,擷采妍華,與飛卿、柯古争霸一時哉!"②紀昀批曰:"'變出之'三字,爲千古揭出正法眼藏。知李之所以學杜,知所以學李矣。若撏撦字句,株守格律,皆屬淺嘗,至于拾一二尖薄語以自快,則下劣詩魔,不可藥救矣。"③李商隱正是將杜詩的沉鬱頓挫,發展演變爲沉博絶麗。需要指出的是,杜詩已開宋詩之先聲,而義山詩正是從杜詩到宋詩的一座橋梁。朱弁説得好:"李義山擬老杜詩云:'歲月

---

① 姚瑩《識小録》卷二《李義山詩》,黄山書社校點本。

② 《李義山詩集注》卷首,文淵閣《四庫全書》影印本。

③ 《玉溪生詩説》卷首朱鶴齡序注語,清朱記榮編《槐廬叢書三編》本。

行如此,江湖坐渺然。'直是老杜語也。其他句:'蒼梧應露下,白閣自雲深'、'天意憐幽草,人間重晚情(當作晴)'之類,置杜集中,亦無愧矣。然未似老杜沉涵汪洋、筆力有餘也。義山亦自覺,故別立門户,成一家。後人挹其餘波,號西崑體,句律太嚴,無自然態度。黄魯直深悟此理,乃獨用崑體工夫,而造老杜渾成之地。今之詩人少有及此者。禪家所謂更高一著也。"①故嚴虞惇《偶題四絶句》云:"竟説西崑創李温,義山原是杜陵孫。無端輕薄誇宫樣,拾得殘膏倚市門。"②

第三節　皮、陸與"吴體"之謎

皮日休與陸龜蒙爲晚唐著名詩人,他們繼承杜甫、白居易等人關心民生疾苦、反映社會現實的優良傳統,寫出了一些膾炙人口的詩篇。皮日休的《正樂府》十首更是直承杜甫"即事名篇"的新樂府。杜甫首創百韵長律,皮、陸則以律化百韵古詩繼之。如皮日休《吴中苦雨因書一百韵寄魯望》《魯望昨以五百言見貽過有褒美内揣庸陋彌增愧悚因成一千言上述吾唐文物之盛次叙相得之歡亦迭和之微旨也》,陸龜蒙《奉酬襲美先輩吴中苦雨一百韵》《襲美先輩以龜蒙所獻五百言既蒙見和復示榮唱至於千字提奬之重蔑有稱實再抒鄙懷用伸酬謝》。皮的《魯望昨以五百言見貽過有褒美……》即云:"猗與子美思,不盡如轉輇。縱爲三十車,一字不可捐。既作風雅主,遂司歌詠權。誰知耒陽土,埋却真神仙。當於李杜際,名

① 朱弁《風月堂詩話》卷下,文淵閣《四庫全書》影印本。

② 嚴虞惇《偶題四絶句》,郭紹虞、錢仲聯、王遽常編《萬首論詩絶句》,第361頁。

輩或泝沿。”①對杜甫極爲推崇。其《郢州孟亭記》亦云:“明皇世,章句之風,大得建安體。論者推李翰林、杜工部爲尤。”②陸時雍更盛贊陸的《奉酬襲美先輩吴中苦雨一百韵》“滚滚汩汩,相注而來,絶無排疊堆垛之病,所以爲難。自少陵以來,可稱絶響”③。可見孫僅《讀杜工部詩集序》謂“陸龜蒙得其贍博”,不爲無據。楊慎就認爲陸龜蒙的《引泉詩》和杜甫的《行官張望補稻畦水歸》“二詩曲盡農田之景,然而詞語且宕落”④。

皮、陸與杜甫的關係,最令人訝異的是步杜甫後塵而作的“吴體”詩。大曆二年(767)春,杜甫在夔州作有《愁》詩一首:“江草日日唤愁生,巫峽泠泠非世情。盤渦鷺浴底心性,獨樹花發自分明。十年戎馬暗萬國,異域賓客老孤城。渭水秦山得見否,人今罷病虎縱横。”題下原注:“强戲爲吴體。”詩特標以“吴體”,杜詩只此一例,當時及其後亦無提及或效仿者。直到一百年後,皮日休出仕蘇州,與陸龜蒙結爲詩友,二人曾以“吴體”唱和,竟有六首之多。

陸龜蒙《早春雪中作吴體寄襲美》云:

> 迎春避臘不肯下,欺花凍草還飄然。光填馬窟蓋塞外,勢壓鶴巢偏殿巔。山爐癭節萬狀火,墨突乾衰孤穗煙。君披鶴氅獨自立,何人解道真神仙。⑤

皮日休《奉和魯望早春雪中作吴體見寄》云:

---

① 皮日休《魯望昨以五百言見貽過有褒美……》,《全唐詩》卷六〇九。

② 《皮子文藪》卷七,蕭滌非、鄭慶篤整理本,上海古籍出版社1981年版。

③ 陸時雍《唐詩鏡》卷五二,文淵閣《四庫全書》影印本。

④ 楊慎《升庵集》卷五七《引泉詩》條,文淵閣《四庫全書》影印本。

⑤ 陸龜蒙《早春雪中作吴體寄襲美》,《全唐詩》卷六二四。

威仰噤死不敢語，瓊花雲魄清珊珊。溪光冷射觸鸝鴰，柳帶凍脆攢欄杆。竹根乍燒玉節快，酒面新潑金膏寒。全吴縹瓦十萬户，惟君與我如袁安。①

陸龜蒙《獨夜有懷因作吴體寄襲美》云：

人吟側景抱凍竹，鶴夢缺月沉枯梧。清澗無波鹿無魄，白雲有根虬有鬚。雲虬澗鹿真逸調，刀名錐利非良圖。不然快作燕市飲，笑撫肉枅眠酒壚。②

皮日休《奉和魯望獨夜有懷吴體見寄》云：

病鶴帶霧傍獨屋，破巢含雪傾孤梧。濯足將加漢光腹，抵掌欲捋梁武鬚。隱几清吟誰敢敵，枕琴高卧真堪圖。此時枉欠高散物，楠瘤作樽石作壚。③

陸龜蒙《早秋吴體寄襲美》云：

荒庭古樹只獨倚，敗蟬殘蛩苦相仍。雖然詩膽大如斗，争奈愁腸牽似繩。短燭初添蕙幌影，微風漸折蕉衣稜。安得彎弓似明月，快箭拂下西飛鵬。④

皮日休《奉和魯望早秋吴體次韻》云：

---

① 皮日休《奉和魯望早春雪中作吴體見寄》，《全唐詩》卷六一三。
② 陸龜蒙《獨夜有懷因作吴體寄襲美》，《全唐詩》卷六二四。
③ 皮日休《奉和魯望獨夜有懷吴體見寄》，《全唐詩》卷六一三。
④ 陸龜蒙《早秋吴體寄襲美》，《全唐詩》卷六二六。

書淫傳癖窮欲死，譊譊何必頻相仍。日乾陰蘚厚堪剥，藤把欹松牢似繩。擣藥香侵白袷袖，穿雲潤破烏紗稜。安得瑶池飲殘酒，半醉騎下垂天鵬。①

陸龜蒙又有《新秋月夕，客有自遠相尋者，作吴體二首以贈》：

風初寥寥月乍滿，杉篁左右供餘清。因君一話故山事，憶鶴互應深溪聲。雲門老僧定未起，白閣道士遥相迎。日聞羽檄日夜急，掉臂欲歸巖下行。

驚聞遠客訪良夜，扶病起坐綸巾欹。清談白紵思悄悄，玉繩銀漢光離離。三吴煙霧且如此，百越琛贐來何時。林端片月落未落，强慰别情言後期。②

皮、陸之後，晚唐五代再無人踵武爲"吴體"者。而宋以後，却代不乏人。劉克莊《後村詩話》即云："蘇子美歌行雄放于聖俞，軒昂不羈如其爲人，及蟠屈爲吴體，則極平夷妥帖。絶句云：'别院深深夏簟清，石榴開遍透簾明。樹陰滿地日卓午，夢覺流鶯時一聲。'又云：'春陰垂野草青青，時有幽花一樹明。晚泊孤舟古祠下，滿川風雨看潮生。'極似韋蘇州。《垂虹亭觀中秋月》云：'佛氏解爲銀世界，仙家多住玉華宫。'極工。而世惟詠其上一聯'金餅彩虹'之句，何也？'山蟬帶響穿疏户，野蔓蟠青入破窗'，亦佳句。"③"别院深深夏簟清"云云，爲蘇舜欽《夏意》絶句；"春陰垂野草青青"云云，爲蘇舜欽《淮中晚泊犢頭》絶句；而"佛氏解爲銀世(色)界，仙

---

① 皮日休《奉和魯望早秋吴體次韻》，《全唐詩》卷六一四。

② 陸龜蒙《新秋月夕，客有自遠相尋者，作吴體二首以贈》，《全唐詩》卷六二四。

③ 劉克莊《後村詩話》卷二，文淵閣《四庫全書》影印本。

家多住玉華宫",則爲蘇舜欽七律《中秋松江新橋對月和柳令之作》頸聯詩句,而詩題不作"垂虹亭觀中秋月";"山蟬帶響穿疏户"二句,爲蘇氏七律《滄浪静吟》頷聯。但劉克莊所舉詩與詩句,蘇舜欽本集都未標示"吴體",不知原因爲何。而宋代標示"吴體"最早者,爲張方平(1007—1091)《柳》:"翠眉含愁展新葉,長袖善舞拖舊條。黄鶯初囀一何喜,紅桃相映不勝嬌。行人歇馬近驛路,漁叟繫舟臨溪橋。斜風細雨與殘照,不妨意氣常飄飄。"題下小注:"吴體。"①其後直標"吴體"的有:

黄庭堅《二月丁卯喜雨吴體爲北門留守文潞公作》:

> 乘輿齋祭甘泉宫,遣使駿奔河岳中。誰與至尊分旰食,北門卧鎮司徒公。微風不動天如醉,潤物無聲春有功。三十餘年霖雨手,淹留河外作時豐。②

史浩《次韵鮑以道天童育王道中吴體》:

> 逆雲佛塔金千尋,傍聳滴翠玲瓏岑。春供萬象富遠目,響答兩地紛啼禽。風摇野幘去復去,露浥乳竇深尤深。奇聲俊逸鮑夫子,蓮社不掛淵明心。③

胡銓《過三衢呈劉共父》(原注:予自兵侍罷歸,從三衢城外遵陸,以兩夫肩籃輿,太守劉共父謂予云:"兩夫肩輿,甚似微服過

① 張方平《柳》,《全宋詩》卷三〇七,北京大學出版社 1998 年版,第 6 册,第 3860 頁。

② 黄庭堅《二月丁卯喜雨吴體爲北門留守文潞公作》,《全宋詩》卷一〇〇〇,第 17 册,第 11460 頁。

③ 史浩《次韵鮑以道天童育王道中吴體》,《全宋詩》卷一九七三,第 35 册,第 22113 頁。

宋。"因作此戲簡,效吴體):

别離如許每引領,邂逅幾何還着鞭。微服過宋我何敢,大國賜秦公不然。衰鬢凋零已子後,高名崒嵂方丁年。即看手握天下砥,山中宰相從雲眠。①

胡銓《王司業龜齡口占絶句奇甚用韵和呈效吴體》:

南山舊説王隱者,北斗今看韓退之。不須覓句花照眼,行見調羹酸著枝。②

王十朋《胡秘監贈詩一絶〈司業口占絶句奇甚銓輒用韵和呈效吴體〉"南山舊説王隱者"云云,某依韵奉酬》:

平生恨未識剛者,今日豈期親見之。欲把江梅比孤潔,江梅無此歲寒枝。③

陸游《吴體寄張季長》:

---

① 胡銓《過三衢呈劉共父》,《全宋詩》卷一九三四,第34册,第21590頁。

② 胡銓《王司業龜齡口占絶句奇甚用韵和呈效吴體》,《兩宋名賢小集》卷一七七《澹菴詩集》,文淵閣《四庫全書》影印本。《全宋詩》詩題作"司業口占絶句奇甚銓輒用韵和呈效吴體",見《全宋詩》卷一九三四,第34册,第21587頁。

③ 王十朋《胡秘監贈詩一絶〈司業口占絶句奇甚銓輒用韵和呈效吴體〉"南山舊説王隱者"云云,某依韵奉酬》,《梅溪後集》卷七,文淵閣《四庫全書》影印本。《全宋詩》詩題作"依韵奉酬胡秘監",自注:"時胡丈同館中諸公見訪,因留小酌。予舉和程泰之梅詩'壓到屋檐斜入枝'句,胡頗稱賞,和枝字韵以贈。"見《全宋詩》卷三〇三〇,第36册,第22755頁。

九月十月天雨霜,江南劍南途路長。平生故人阻攜手,萬里一書空斷腸。人生强健已難恃,世事變遷那可常。兩家子孫各長大,他年窮達毋相忘。①

陸游《夜聞大風感懷賦吴體》:

故都宫闕污膻腥,原野久稽陳大刑。未須校尉戍西域,先要將軍空朔庭。意言揮戈可退日,身乃讀書方聚螢。病起窗前髮如雪,夜聞風聲孤涕零。②

李洪《隱巖吴體》:

屋頭日日闖雲山,簿領沉迷肯放閑。一行作吏遽如許,三徑就荒那得還。緑陰留與後人憩,叢桂時招好客攀。邂逅清泉與白石,岸巾時得洗衰顔。③

汪炎昶《俞伯初見訪,示吴體詩,既去,而江和叔至,甚恨相後先也,是夕用韵寄二君子》:

一日二子各兩屐,踏碎一徑松花黄。人好禽魚亦光耀,山空水石逾荒凉。胸次似滌冰雪瑩,笑語欲染煙霞香。癡絶猶嫌不聯袂,此已天幸寬愁腸。④

---

① 陸游《吴體寄張季長》,《全宋詩》卷二一九一,第40册,第24997頁。

② 陸游《夜聞大風感懷賦吴體》,《劍南詩稿》卷一六,文淵閣《四庫全書》影印本。

③ 李洪《隱巖吴體》,《全宋詩》卷二三六六,第43册,第27166頁。

④ 汪炎昶《俞伯初見訪,示吴體詩,既去,而江和叔至,甚恨相後先也,是夕用韵寄二君子》,《全宋詩》卷三七二五,第71册,第44822頁。

方回《賓暘來飲秀山予醉小跌次韵爲吴體》:

無冰爲水柘爲漿,深入醉鄉心自涼。微官誤身魚中餌,俗士縛禮龜楮牀。未妨賣書笑杜甫,寧能食乳羡張蒼。顛崖仆樹幸無損,當復與君浮萬觴。①

又《冰崖楊明府德藻攜紅酒殽果來飲歸舟獨坐熊皮索筆作字且出示篋中書爲賦吴體》:

有美一人升秋堂,木犀花中清言香。熊皮端坐雪衣潔,兔穎疾揮葱指長。琥珀味濃酒溢□,□□價重書盈箱。忽羔剪韭兒輩問,此豈拜石米元章。②

又《約端午到家復不果賦吴體》:

略無一點南來風,日日褰裳泥雨中。端午到家復失約,良辰闕酒非真窮。世情故宜俗眼白,時事不改戎葵紅。三年爲客可歸矣,亦念兒曹思乃翁。③

又《寄還程道益直諒道大直方昆季詩卷》(自序云:朱文公謂吾州山峭厲水清激,故其人物亦然,而文章亦然。……因賦吴體寄之曰):

① 方回《賓暘來飲秀山予醉小跌次韵爲吴體》,《全宋詩》卷三四八五,第66册,第41492頁。

② 方回《冰崖楊明府德藻攜紅酒殽果來飲歸舟獨坐熊皮索筆作字且出示篋中書爲賦吴體》,《全宋詩》卷三四八五,第66册,第41498頁。

③ 方回《約端午到家復不果賦吴體》,《全宋詩》卷三四九二,第66册,第41614頁。

山水吾州稱絶奇，間生傑出當如之。不行天上五嶺路，焉識人間二程詩。無逸幼槃金華似，才翁子美歐陽知。怒流洶湧各分派，萬折到海夫奚疑。[1]

又《飲天慶觀即席賦吴體》：

寂静日月白雲鄉，漂摇湖海龐眉郎。壁間猶見畫龍在，柱表不聞歸鶴翔。杯酒新竹與同色，爐熏異花無此香。索茗澆渴上馬去，緑樹含雨山蒼凉。[2]

元代王惲作有《托陶晋卿借鄭氏所藏劉房山行草效吴體出入格》：

房山一字三過筆，此帖揮洒何其殊。臨池親睹長史作，透綃又是涪翁書。春葩舞女多姿態，遠韵高風見步趨。手追心摹情正切，托君爲借今何如？

又《復作一詩以繼前韵》：

鄭家數幅房山書，自笑伎癢須臨摹。五陵裘馬見年少，兩漢劍履多文儒。游談得叙真可壯，破塚求法何其愚。煩君更擊馮夷鼓，未信驪龍不吐珠。[3]

---

① 方回《寄還程道益直諒道大直方昆季詩卷》，《全宋詩》卷三四九六，第 66 册，第 41679 頁。

② 方回《飲天慶觀即席賦吴體》，《全宋詩》卷三四九九，第 66 册，第 41731 頁。

③ 以上王惲二詩，見《秋澗集》卷一九，文淵閣《四庫全書》影印本。

洪焱祖有《初冬晴暖歷永康、武義、金華三縣境賦吴體以紀之》：

我行婺女愛平陛，遠勝括山多澗岡。千林柏子凍的皪，數點梅萼春微茫。窮檐炙背傲行客，新店當壚多豔妝。薑疇蔗壟不足筭，木棉軋軋霜機張。①

唐元有《擬吴體》二首：

黄牛三峽厭朝暮，瀼溪歸愛清漣漪。非宫非商調自古，兼風兼雨常如斯。浣紗小女足屢滑，角力篙師聲更悲。武夷山前棹歌發，頭白老父思吾兒。

神仙變幻事已古，桃杏妖嬈春正遲。樓高自可摘星斗，句好何用求毛皮。暖融迸地笋滿尺，坐久煮茶藤一枝。参同契好不易讀，鄒訢談笑真吾師。②

明代黄仲昭有《致仕歸言懷效吴體四首》：

失脚一下蒼苔磯，頓覺世途多險巇。聖代敢言輕去就，時評或恐迷是非。混雌與雄烏莫辨，隔形吠聲尨曷知。歸來穩坐茅簷下，閒看白雲出翠微。

婞阿媚世吾所慚，便尋舊隱南山南。寸心静觀元了了，衆口可笑猶喃喃。秋風仕途雙眼冷，夜雨吟窩孤夢酣。羹有溪魚飯有粟，一飽豈必求肥甘。

白日不照我肺肝，曲學阿世誠何顔。詩書聊堪遺孫子，杞

---

① 洪焱祖《初冬晴暖歷永康、武義、金華三縣境賦吴體以紀之》，見《杏庭摘藁》，文淵閣《四庫全書》影印本。

② 唐元《擬吴體》二首，見《筠軒集》卷六，文淵閣《四庫全書》影印本。

菊亦足供盤餐。銅山鑄錢彼爲得，瓦甕灌畦吾所安。自笑無能成巧宦，只合歸伴沙鷗閒。

達心徇禄非吾情，春田夜雨思歸耕。經綸誰能贊化育，出處我豈關重輕。王侯只如槐蟻夢，詩酒聊尋花鳥盟。勳烈無階上鐘鼎，且免青史遺臭名。①

桑悦有《題鳳洲草堂效吴體》：

江水四面圍高丘，草堂結在丘山頭。頻經春雨打不漏，苦耐秋風吹未休。枕邊驚聞櫓聲過，檻外俯看雲影浮。我約吴郎來借住，并吞沙草占溪鷗。②

符錫有《舟中月夜有懷偶效吴體》：

北風遥遥吹客舟，涼月下瞰疏幃秋。遲回莎岸蟲唧唧，顧眄玉宇鴻悠悠。日暮晴雲斂海色，天南宿草連芳洲。美人若爲成遠别，含情一上江之樓。③

李達有《立春吴體》：

江東客裏逢立春，節物風光愁殺人。盤中生菜不可食，門前柳條還欲嚬。悠悠西塞獨身遠，杳杳南國多兵塵。中興宗

---

① 黄仲昭《致仕歸言懷效吴體四首》，《未軒文集》卷九，文淵閣《四庫全書》影印本。

② 桑悦《題鳳洲草堂效吴體》，《明詩綜》卷二八，文淵閣《四庫全書》影印本。

③ 符錫《舟中月夜有懷偶效吴體》，《潁江漫稿》卷三，明刊本。

社大臣在,悵望涕淚沾衣巾。①

清代全祖望有《薄暮過愚亭,見其少子五郎讀罷灌園,甚有古意,爲賦吴體二律》:

郎君説經長兀兀,聊爾荷鋤道則通。采蘭佳句本束氏,剥棗新説嗤荆公。夏苴冬葵在曲禮,早菘晚韭饒清風。阿翁有子致足樂,切莫落萁荒厥功。

高門群從半紈絝,那得清况供清吟。種槖駝樹悟王道,賣青門瓜識天心。誰言孺仲兒寒素,爲笑南郡家慆淫。春園春草多生意,與爾觀物一披襟。②

邊連寶有《戲仿吴體》:

一枝兩枝野菊芳,三點五點晚鴻翔。落葉相追響刺桐,孤雲不動高蒼涼。鬢邊白髮苦不放,日裏赤烏有底忙。筋力如何聊小試,枯藜茫屩好扶將。③

乾隆時惜欽保所作七言八句詩,末署"吴體":

詔開六琯恩龐鴻,衢歌巷舞熙春風。日耋曰期古斯尚,以

① 李達《立春吴體》,(朝鮮)李達編《蓀谷集一》卷四,朝鮮萬曆四十六年刊本。

② 全祖望《薄暮過愚亭,見其少子五郎讀罷灌園,甚有古意,爲賦吴體二律》,《全祖望集彙校集注·鮚埼亭詩集》卷四,上海古籍出版社 2000 年版,第 2119 頁。

③ 邊連寶《戲仿吴體》,《隨園詩集》卷二二"隨園病餘草",中國人民大學圖書館藏稿本。

引以翼今尤隆。酺歡高列千叟集，嵩祝齊聽三呼同。五老遊河長生宇，飛星入昴堯天崇。①

就檢索所及，直署“吴體”者不過四五十首，但有的未署“吴體”却被認爲“吴體”者尚有不少。如杜詩《釋悶》，趙次公即謂：“詩六韵，謂之古詩；而中四韵盡對，謂之近體，而字眼不順，句之平仄不拘，蓋所謂吴體者乎？”②杜詩《寄岑嘉州》，趙次公謂：“詩乃吴體，故不拘詩眼。”③《曉發公安數月憩自（息）此縣》，趙次公曰：“此篇蓋吴體矣。”④方回《瀛奎律髓》曰：“拗字詩在老杜集七言律詩中謂之‘吴體’。老杜七言律一百五十九首，而此體凡十九出。不止句中拗一字，往往神出鬼没。雖拗字甚多，而骨格愈峻峭。今江湖學詩者，喜許渾詩‘水聲東去市朝變，山勢北來宫殿高’、‘湘潭雲盡暮山出，巴蜀雪消春水來’，以爲丁卯句法。殊不知始于老杜，如‘負鹽出井此溪女，打鼓發船何郡郎’、‘寵光蕙葉與多碧，點注桃花舒小紅’之類是也。如趙嘏‘殘星幾點雁横塞，長笛一聲人倚樓’，亦是也。唐詩多此類，獨老杜‘吴體’之所謂拗，則才小者不能爲之矣。五言律亦有拗者，止爲語句要渾成，氣勢要頓挫，則换易一兩字平仄無害也，但不如七言‘吴體’全拗爾。”⑤他評杜詩《七月一日題終明府水樓》其二云：“後詩謂之吴體，惟山谷能學而肖之，餘人似難及也。”⑥評《十二月一日三首》云：“此三詩，張文潛集中多有似之者，氣象大，語句熟，雖或拗字近吴體，然他人拘平仄者，反不

---

① 《欽定千叟宴詩》卷二二，文淵閣《四庫全書》影印本。
② 《九家集注杜詩》卷一三，文淵閣《四庫全書》影印本。
③ 《九家集注杜詩》卷二九，文淵閣《四庫全書》影印本。
④ 《九家集注杜詩》卷三五，文淵閣《四庫全書》影印本。
⑤ 《瀛奎律髓》卷二五，文淵閣《四庫全書》影印本。
⑥ 《瀛奎律髓》卷一二，文淵閣《四庫全書》影印本。

如也。"[1]評《江村》《南鄰》《狂夫》云:"老杜七言律詩一百五十餘首,求其郊野閒適如此者,僅三篇。……格高律熟,意奇句妥,若造化生成。爲此等詩者,非真積力久,不能到也。學詩者以此爲準,爲吴體拗字變格,亦不可不知。"[2]評《題省中院壁》云:"此篇八句俱拗,而律吕鏗鏘,試以微吟,或以長歌,其實文從字順也。以下吴體皆然。"包括《愁》《晝夢》《暮歸》《早秋苦熱堆案相仍》,"乃取吴體五篇於此。他如《鄭駙馬宴洞中》《九日》《至後》《崔氏草堂》《曉發公安》等篇,自當求之集中"[3]。謂《釋悶》"此亦所謂吴體拗字"[4]。與趙次公同。何焯則謂:"《赤甲》,吴體。"[5]"《晝夢》,亦吴體。"[6]梁運昌《杜園説杜》卷十二"七律鈔全卷"不録《愁》詩,獨録《晝夢》一首作爲杜甫"吴體"之代表,並云:"是吴體之佳者。吴體獨録此首,以備一格,他皆拗律也。説者以杜老晚作頹唐,不知皆是吴體也。在夔峽間多作此格,所謂'老去詩篇渾漫與'者也。……吴體與拗律不同,凡篇中雜以方語諧詞者皆是吴體。"[7]施鴻保《讀杜詩説》注《愁》詩云:"後《晝夢》、《江雨有懷鄭典設》、《暮春》、《即事》四首,《赤甲》一首,皆同此體,或是同時所作,此注蓋統言也。"[8]果如此,則杜詩"吴體"多達二十餘首矣。

而他人未署"吴體"而被認爲吴體的,如方回《瀛奎律髓》謂梅

---

① 《瀛奎律髓》卷一三,文淵閣《四庫全書》影印本。

② 《瀛奎律髓》卷二三,文淵閣《四庫全書》影印本。

③ 《瀛奎律髓》卷二五,文淵閣《四庫全書》影印本。

④ 《瀛奎律髓》卷三二,文淵閣《四庫全書》影印本。

⑤ 《義門讀書記》卷五五,文淵閣《四庫全書》影印本。

⑥ 《義門讀書記》卷五六,文淵閣《四庫全書》影印本。

⑦ 《杜園説杜》卷一二"七律鈔全卷",書目文獻出版社 1995 年影印本,第 845 頁。

⑧ 《讀杜詩説》卷一八,上海古籍出版社 1983 年版。

堯臣《依韵和李舍人旅中寒食感事》："此乃吴體。"①謂黄庭堅《題落星寺》其二："此學老杜所謂拗字吴體格。"謂黄庭堅《汴岸置酒贈黄十七》："此見山谷外集，亦吴體學老杜者。"謂黄庭堅《題胡逸老致虚庵》："亦近吴體。又山谷《永州題淡山巖》前詩，亦全是此體。"謂張耒《寒食》《曉意》詩："宛丘吴體二首，皆頓挫有味，窮而不怨。"謂謝逸《聞徐師川自京師歸豫章》："此吴體。"謂謝薖《飲酒示坐客》："此學山谷，亦老杜吴體。"謂汪藻《次韵向君受感秋》："此效吴體。"謂曾幾《張子公召飲靈感院》："此其生逼山谷，然亦所謂老杜吴體也。此體不獨用之八句律，用爲絶句尤佳。山谷《荆江亭病起十絶》是也。"謂曾幾《南山除夜》："合入時序詩中，以其爲拗字吴體，近追山谷，上擬老杜，故列諸此。"②謂曾幾《郡中禁私釀嚴甚戲作》："此吴體，三四絶佳。"謂曾幾《家釀紅酒美甚戲作》："此詩三四不甚入律，然終篇發明紅酒之妙，前此未有，當時時玩味之。乃老杜吴體、山谷詩法也。"③謂曾幾《瓶中梅》："此詩吴體也，可謂神清蕭散。"④謂范成大《人鮓甕》："此吴體。"⑤謂范成大《重午》："後四句有用吴體。"⑥謂王質《東流道中》："此詩乃吴體而遒美。"⑦謂趙蕃《上巳》："老杜集此等詩謂之吴體，昌父乾道中詩，猶少作也。"⑧謂趙蕃《晚晴》："聱牙細潤，吴體也。讀至尾句(脱却世故甘傭耕)，乃與山谷逼真。此章泉學詩妙言也。"⑨約略二十

① 《瀛奎律髓》卷一六，文淵閣《四庫全書》影印本。
② 以上黄庭堅、張耒、二謝、汪、曾詩評，俱見《瀛奎律髓》卷二五。
③ 以上曾二詩俱見《瀛奎律髓》卷一九。
④ 《瀛奎律髓》卷二十。
⑤ 《瀛奎律髓》卷四。
⑥ 《瀛奎律髓》卷一六。
⑦ 《瀛奎律髓》卷一四。
⑧ 《瀛奎律髓》卷一六。
⑨ 《瀛奎律髓》卷一七。

餘首。

以上只是約略列出了直署"吴體"或被認爲是"吴體"的詩,但爲什麽稱"吴體"?"吴體"到底是一種什麽詩體?并没有明確的定義和解釋,而千餘年來,仍衆説紛紜,莫衷一是。可能是因爲最早效仿杜詩"吴體"的皮日休、陸龜蒙,時在蘇州(陸是蘇州人,皮在蘇州爲官),於是有的論者就與吴中、吴音、吴歌聯繫起來。黄生即云:"皮陸集中,亦有吴體詩,大抵即拗律詩耳。乃知當時吴中俚俗爲此體,詩流不屑效之。獨杜公篇什既衆,時出變調,凡集中拗律,皆屬此體。偶發例於此,曰'戲'者,明其非正聲也。"①許印芳亦謂:"七律拗體變格,本名吴體,見老杜《愁》詩小注,皮、陸兩家集中,亦有此體詩。蓋當時吴中歌謡,有此格調,詩流亦效用之也。"②夏承燾步其後塵,則謂:"我以爲杜作'吴體'本是用民間歌謡聲調,並没有什麽字聲上的規律。皮、陸承律體作法大備之後,於打破律體一部分格律之外,又嚴守拗句相救的格律,而亦以'吴體'命名,實非老杜本體。"③郭紹虞《論吴體》更明確提出了"吴體"實是吴地民歌的觀點:"所謂吴體原指民間詩體。……杜甫在二十歲至二十四歲時曾游吴越,吴中歌謡格調,當所習知,晚年戲效其體,自屬可能。"又引皮日休、陸龜蒙詩爲證:"陸氏原爲吴人,故所作特多吴體,皮氏之詩純爲和陸而作,所以亦效其體。於此,也可證明吴體原出吴中民間詩。"又説:"吴體,則是運用古調的拗律,而又深受民歌的影響者。""必須通首平仄參錯,而又接近民歌風格者,才成吴體。所以吴體實是拗體中不用古調而又接近民歌風格之拗

---

① 《杜詩説》卷九,清康熙三十五年一木堂刻本。

② 許印芳《詩譜詳説》卷四《七律拗體》,臺北新文豐出版公司《叢書集成續編》本,第199册,第604頁。

③ 夏承燾《杜詩札記》,《杜甫研究論文集》(二輯),中華書局1963年版,第224—225頁。

體。……所謂吴體則是拗體中接近民歌之格。……所以吴體是民歌體的拗體,而還不是蒼茫歷落純用古調的拗體。"[1]任半塘則對此觀點提出質疑:"唐人所謂'吴體',實近於文字修辭,不屬於聲樂歌唱。""近人夏承燾《杜詩札記》謂杜詩'吴體'乃'仿效南方民歌聲調',按當時南方民歌之辭無傳,是否用七言八句拗格爲聲調,不可知;古民歌長至八句者亦少見,此説殆想象耳。"[2]鄺健行《"吴體源於民歌説"新議》一文,則對"民歌説"提出了商榷,鄺文從源流、音律、風貌等方面對吴體作了詳細剖析,指出:"吴體不源於民歌,當然也不源於吴中歌謡。"[3]王輝斌《杜詩"吴體"探論》據梁運昌《杜園説杜》"凡篇中雜以方語諧詞者皆是吴體"的説法,進一步發揮説:"梁運昌從'方言(按:原文作"語")諧詞'的角度考察杜詩中的'吴體',不僅方法令人首肯,而且結論也是值得稱道的。换言之,梁運昌的'方言諧詞'説,既爲我們解開了'吴體'之'吴'所指的謎案,又揭示了'吴體'爲什麽在平仄上會出現'拗句'的原因之所在,因爲詩中'雜以'吴地的'方言諧詞',而使之構成了特點獨具的'吴聲',所以其不符合北方'官話'之律。"[4]又回到了前面所提到的吴音、吴歌之説。其實,整首《愁》詩很少吴語獨用方言詞,也很少巴渝風味。倒是《戲作俳諧體遣悶二首》多用巴渝方言俗語:

> 異俗可吁怪,斯人難並居。家家養烏鬼,頓頓食黄魚。舊識難爲態,新知已暗疏。治生且耕鑿,只有不關渠。

---

① 郭紹虞《論吴體》,《復旦學報》增刊(1980年《古典文學論叢》)。

② 任半塘《任半塘文集·唐聲詩》第一章"範圍與定義",上海古籍出版社2006年版,第30—31頁。

③ 鄺健行《杜甫新議集》,臺北萬卷樓圖書股份有限公司2004年版。

④ 王輝斌《杜詩"吴體"探論》,《太原師範學院學報(社會科學版)》第8卷第5期(2009年9月)。

西歷青羌坂，南留白帝城。於菟侵客恨，粔籹作人情。瓦卜傳神語，畬田費火耕。是非何處定？高枕笑浮生。

又如《夜歸》詩，粗鹵質俚，亦是俳諧體。杜甫夔州所作詩，多有用方言俗語諧詞者。陳僅《竹林答問》謂"吴體即俳諧體"①，是混二爲一，不足爲訓。正如葛景春所指出的：杜甫的吴體詩，並不是按吴地方音聲調寫的，而是按唐朝流行的《切韵》和《唐韵》來寫的，只是不按律詩的平仄聲律而已。即使是吴越地區的詩人，也並不用吴語聲調來寫律詩，也一樣用《切韵》《唐韵》所規定的平仄聲調，律詩的平仄聲調是用官韵來作標準的，全國統一②。

"吴體"不源於吴地、吴歌，殆源於人耶？而確有如此主張者。桂馥《札樸》即云："杜詩七言拗律題下自注云：戲效吴體。案：《梁書・吴均傳》：'均文體清拔有古氣，好事者或斅之，謂爲吴均體。'杜所謂吴體，蓋謂均也。清拔言不拘聲病。"③明確指出所謂"吴體"即齊梁時之"吴均體"。今人鮑恒深以爲然，特予指出："此條材料多爲今之學者所疏忽，但却頗有見地，足解'吴體'之謎。"並詳論曰："需要指出的是，杜甫'吴體'雖源於'吴均體'，但絶不是'吴均體'的簡單的翻版，與'吴均體'相比已有了很大的不同。大而言之，如杜爲七言詩，吴均則多五言，時代之别昭然。因此，杜甫之'吴體'是經過杜甫加工改造過的'吴均體'。杜甫自注云：'强戲爲吴體。'一個'戲'字，已表明他並不是以認真的態度來嚴格地模仿'吴均體'（其實吴均體以其無特定的形式之體也無法進行嚴格的模仿），而是偶一爲之，借'吴均體'之某些特點來表達自己的

① 陳僅《竹林答問》，《清詩話續編》本，第2241頁。

② 葛景春《吴體是杜甫所創的新體古詩》，《杜甫研究學刊》2018年第2期。

③ 桂馥《札樸》第六"吴體"條，中華書局1992年版，趙智海點校本。

某種思想感情,可謂借‘吴均’之名而行‘杜甫’之實。换言之,這是一種帶有杜甫個人和時代鮮明特徵的‘吴均體’,或可稱作‘杜體’。杜甫‘吴體’除了保留‘吴均體’感喟憤世的作意與風格特徵外,在語言形式與表達方式上也有了創造性的發展。這種創造突出地表現在兩個方面:一是以唐人諳熟之七言律詩爲基本表現形式,又故意突破這種形式的格律要求,借語音之拗展現心中之不平以顯其怪。二是用俗語入詩以對時人之所謂雅,以此表現與社會中心的疏離以顯其怒。這一點在杜詩中尤爲突出。……正由於杜甫‘吴體’具有明顯的獨創性,故後之學者很難把它與齊梁時的‘吴均體’聯繫起來,從而亦使‘吴體’來歷變得模糊不清。”①其實早在桂馥之前,宋初編纂的《册府元龜》即云:“(吴)均文體清拔,有古氣,好事者或效之,謂爲‘吴體’。”②《册府元龜》竟然將《梁書·吴均傳》中的“吴均體”直書爲“吴體”,恐不是疏忽所致,當有所據依,但幾乎所有研究者都未言及。

杜甫“吴體”當指“吴均體”,有别於“齊梁體”。馮班《鈍吟雜録》云:“永明之代,王元長、沈休文、謝朓三公皆有盛名於一時,始創聲病之論,以爲前人未知,一時文體驟變,文字皆避八病,一簡之内音韵不同,二韵之間輕重悉異,其文二句一聯,四句一絶,聲韵相避,文字不可增減。自永明至唐初皆齊梁體也,至沈佺期、宋之問變爲新體,聲律益嚴,謂之律詩。陳子昂學阮公爲古詩,後代文人始爲古體詩。唐詩有古律二體,始變齊梁之格矣。今叙永明體,但云齊諸公之詩,不云自齊至唐初,不云沈謝,知其胸中憒憒也。齊

① 鲍恒《歷史誤讀與範式確立——杜甫‘吴體’新論》,《文學評論叢刊》第6卷第1期(2008年)。

② 《册府元龜》卷八三九《總録部·文章第三》,文淵閣《四庫全書》影印本。周勛初等校訂之《册府元龜》與此文字全同,亦作“吴體”,見鳳凰出版社2006年版,第10册,第9743頁。

時如江文通詩,不用聲病;梁武不知平上去入,其詩仍是太康、元嘉舊體。若直言齊梁諸公,則混然矣。齊代短祚,王元長、謝玄暉皆殁於當代,不終天年;沈休文、何仲言、吴叔庠、劉孝綽皆一時名人,並入梁朝,故聲病之格通言齊梁,若以詩體言,則直至唐初皆齊梁體也。白太傅尚有格詩,李義山、温飛卿皆有齊梁格詩,但律詩已盛,齊梁體遂微,後人不知,或以爲古詩。若明辨詩體,當云齊梁體創於沈謝,南北相仍,以至唐景雲、龍紀始變爲律體。"①就齊而言,是"永明體",連兩朝言之,則謂"齊梁體",二而一也。陸時雍《詩鏡總論》所謂四傑"調入初唐,時帶六朝錦色"②,範圍大了一點,實則一也。杜甫之前,唐詩直標"齊梁體"的,只有岑參《夜過盤石隔河望永樂寄閨中效齊梁體》:"盈盈一水隔,寂寂二更初。波上思羅襪,魚邊憶素書。月如眉已畫,雲似鬌新梳。春物知人意,桃花笑索居。"③沈佺期的《和杜麟臺元志春情》:"嘉樹滿中園,氛氲羅秀色。不見仙山雲,倚琴空太息。沉思若在夢,緘怨似無憶。青春坐南移,白日忽西匿。蛾眉返清鏡,閨中不相識。"④趙執信《聲調譜》亦謂"齊梁體"⑤。"齊梁體",亦稱"齊梁格"。白居易有《九日代羅樊二妓招舒著作(齊梁格)》:"羅敷斂雙袂,樊姬獻一杯。不見舒員外,秋菊爲誰開。"⑥又有《洛陽春贈劉李二賓客(齊梁格)》,劉禹錫和詩則作《和樂天洛城春齊梁體八韵》。據范攄《雲溪友議》載:"文宗元年(827)秋,詔禮部高侍郎鍇復司貢籍,曰:'夫宗子維城,本枝百代,封爵便宜,無令廢絶。常年宗正寺解送人,恐有浮薄,以忝科名。在卿精揀藝能,勿妨賢路。其所試,賦則準常規,詩

① 馮班《鈍吟雜録》卷五,文淵閣《四庫全書》影印本。

② 陸時雍《詩鏡總論》,文淵閣《四庫全書》影印本。

③ 岑參《夜過盤石隔河望永樂寄閨中效齊梁體》,《全唐詩》卷二〇〇。

④ 沈佺期《和杜麟臺元志春情》,《全唐詩》卷九五。

⑤ 趙執信《聲調譜》卷二,文淵閣《四庫全書》影印本。

⑥ 白居易《九日代羅樊二妓招舒著作齊梁格》,《全唐詩》卷四四四。

則依齊梁體格。'乃試《琴瑟合奏賦》《霓裳羽衣曲詩》。"①李商隱有《齊梁晴雲》,温庭筠有《邊笳曲(一作齊梁體)》《春日(一作齊梁體)》《詠嚬(一作齊梁體)》《太子西池二首(一作齊梁體)》,曹鄴有《霽後作(齊梁體)》,貫休有《擬齊梁體寄馮使君三首》等。以上所舉"齊梁體"或"齊梁格"詩,都是五言詩,或八韵,或六韵,或四韵,或二韵不等。但皮日休《寄題天台國清寺齊梁體》:"十里松門國清路,飯猨臺上菩提樹。怪來煙雨落晴天,元是海風吹瀑布。"②陸龜蒙《寄題天台國清寺齊梁體》:"峰帶樓臺天外立,明河色近罘罳濕。松間石上定僧寒,半夜楢溪水聲急。"③則爲七言二韵。而温庭筠《春曉曲(一作齊梁體)》:"家臨長信往來道,乳燕雙雙拂煙草。油壁車輕金犢肥,流蘇帳曉春雞早。籠中嬌鳥暖猶睡,簾外落花閒不掃。衰桃一樹近前池,似惜紅顔鏡中老。"④則爲七言四韵。這種變化值得注意。杜甫是個富有創造性的詩人,早在《題李尊師松樹障子歌》中,他就説"老夫平生好奇古",求新求奇是杜詩的一大特點。《蔡寬夫詩話》云:"文章變態固亡窮盡,然高下工拙亦各繫其人才。子美以'盤渦鷺浴底心性,獨樹花發自分明'爲吴體,以'家家養烏鬼,頓頓食黄魚'爲俳諧體,以'江上誰家桃樹枝,春寒細雨出疏籬'爲新句。雖若爲戲,然不害其格力。"⑤"家家養烏鬼"二句,見《戲作俳諧體遣悶二首》其一。"江上誰家桃樹枝"二句,見《風雨看舟前落花戲爲新句》。大而言之曰"齊梁體",其中又可分各家體。如皇甫冉有《送張南史效何記室體》,李紳有《移九江效何水部》

① 《雲溪友議》卷上《古製興》條,《唐五代筆記小説大觀》本,上海古籍出版社 2000 年版,第 1271 頁。

② 皮日休《寄題天台國清寺齊梁體》,《全唐詩》卷六一五。

③ 陸龜蒙《寄題天台國清寺齊梁體》,《全唐詩》卷六二八。

④ 温庭筠《春曉曲(一作齊梁體)》,《全唐詩》卷五七七。

⑤ 胡仔《苕溪漁隱叢話》前集卷一四引《蔡寬夫詩話》,人民文學出版社廖德明校點本。

《泛五湖效謝惠連》《憶登棲霞寺峰效梁簡文》《憶東郭居效丘遲》,李商隱有《效徐陵體贈更衣》,羅隱有《仿玉臺體》,等等。杜甫《贈畢四曜》即云:"流傳江鮑體。""吴均體"亦是其中一體,梁紀少瑜有《擬吴均體應教》:"庭樹發春煇,遊人競下機。却匣擎歌扇,開箱擇舞衣。桑萎不復惜,看花遽將夕。自有專城居,空持迷上客。"[①]李紳《上家山》亦是"吴均體",其題注曰:"余頃居梅里,常於惠山肄業,舊室猶在,垂白重遊,追感多思,因效吴均體。"[②]"吴均體"自有特色,别是一家,這就是《梁書・吴均傳》所説的"清拔有古氣",清拔指不拘聲病,古氣則高古質樸。正如韓愈《送靈師》所云:"古氣參彖繫,高標摧太玄。"[③]於是杜甫對"吴均體"加以改造變化,以上所舉各家效仿齊梁體及齊梁各家詩,除皮、陸、温庭筠《春曉曲》外,都是五言詩,而杜甫變五言爲七言(吴均現存詩一百四十餘首,只有《行路難五首》爲七言),這是因襲,也是創變,故曰"强戲爲吴體"。爲了説明杜甫的因襲變化,特將《愁》詩并標示平仄如下:

江草日日喚愁生,巫峽泠泠非世情。
平仄仄仄仄平平　平仄平平平仄平
盤渦鷺浴底心性,獨樹花發自分明。
平平仄仄仄平仄　仄仄平仄仄平平
十年戎馬暗萬國,異域賓客老孤城。
仄平平仄仄仄仄　仄仄平仄仄平平
渭水秦山得見否,人今罷病虎縱横。
仄仄平平仄仄仄　平平平仄仄平平

---

① 紀少瑜《擬吴均體應教》,逯欽立輯校《先秦漢魏晋南北朝詩》梁詩卷一三,中華書局 1983 年版,第 1778 頁。

② 李紳《上家山》,《全唐詩》卷四八一。

③ 韓愈《送靈師》,《全唐詩》卷三三七。

像首聯上句後五字平仄，吴均《詠懷詩二首》其一首聯“僕本報恩人，走馬救東秦”二句①、《胡無人行》四聯“男兒不惜死，破膽與君嘗”下句，亦都作仄仄仄平平。首聯下句後五字平仄，吴均《傷友詩》首聯“可憐桂樹枝，懷芳君不知”下句，《至湘洲望南岳詩》二聯“鳥飛不復見，風聲猶可聞”下句，《别鶴》首聯“别鶴尋故侣，聯翩遼海間”下句，《詠懷詩二首》其一之二、三聯“黄龍暗迢遞，青泥寒苦辛。野戰劍鋒盡，攻城才智貧”每聯的下句，《主人池前鵝詩》四聯“懷恩未忍去，非無江海心”下句，亦是都作平平平仄平。二聯“盤渦鷺浴底心性，獨樹花發自分明”上句後五字平仄，吴均《登二妃廟詩》二聯“折菡巫山下，采荇洞庭腹”下句、《詠懷詩二首》其一之三聯“野戰劍鋒盡，攻城才智貧”上句，也都作仄仄仄平仄；而七言詩《行路難五首》其一“年年月月對君子，遥遥夜夜宿未央”一聯上句、《行路難五首》其三“盡是昔日帝王處，歌姬舞女達天曙”一聯下句，則與杜詩全同，作平平仄仄仄平仄。杜詩二、三、四聯下句後五字都作平仄仄平平，吴均《送吕外兵詩》一、二聯“白雲浮海際，明月落河濱。送君長太息，徒使淚沾巾”每聯下句，《别鶴》二聯“單棲孟津水，驚唳隴頭山”下句，《胡無人行》三聯“高秋八九月，胡地早風霜”下句，《主人池前鵝詩》二聯“摧藏多好貌，清唳有奇音”下句，《别王謙詩》首聯“嚴光不逐世，流轉任飛蓬”下句，也都作平仄仄平平。杜詩四聯上句“渭水秦山得見否”後五字平仄，吴均《詠懷詩二首》其一之四聯“唯餘一死在，留持贈主人”上句，《主人池前鵝詩》四聯“懷恩未忍去，非無江海心”上句，《胡無人行》三、四聯“高秋八九月，胡地早風霜。男兒不惜死，破膽與君嘗”每聯上句，《别王謙詩》首聯“嚴光不逐世，流轉任飛蓬”上句，也都作平平仄仄仄。而吴均《行路難五首》其五“玉堦行路生細草，金鑪香

---

① 以下引吴均詩，均見逯欽立輯校《先秦漢魏晋南北朝詩》梁詩卷一〇、卷一一。

炭變成灰”一聯下句，則與杜詩四聯下句平仄全同，作平平平仄仄平平。杜詩尾聯與吴均《行路難五首》其一“白璧規心學明月，珊瑚映面做風花”一聯，則都是律聯。

僅就以上有限的平仄對勘，可見杜甫“吴體”《愁》詩，確實是變化“吴均體”而爲之，特别是每聯下句多因襲，每聯上句多變化。而後之學杜者如皮、陸，平仄格式與杜多不同，細檢皮、陸八首吴體詩，多用三平調，與《愁》詩平仄同者只有數句，如皮日休《奉和魯望早秋吴體次韵》二聯下句“藤把欹松牢似繩”，與杜詩首聯下句“巫峽泠泠非世情”同作“平仄平平平仄平”；陸龜蒙《新秋月夕，客有自遠相尋者，作吴體二首以贈》其一之二聯上句“因君一話故山事”，其二首聯上句“驚聞遠客訪良夜”，與杜詩二聯上句“盤渦鷺浴底心性”同作“平平仄仄仄平仄”；陸龜蒙《早秋吴體寄襲美》三聯上句“短燭初添蕙幌影”，皮日休《奉和魯望早秋吴體次韵》三聯上句“搗藥香侵白袷袖”，與杜詩四聯上句“渭水秦山得見否”同作“仄仄平平仄仄仄”。就是被認爲杜詩吴體的《暮春》，只有二聯下句“巫峽長吹千里風”，與《愁》詩首聯下句“巫峽泠泠非世情”平仄同，作平仄平平平仄平。七言六韵的《釋悶》，也只有第五聯上句“但恐誅求不改轍”，與《愁》詩四聯上句“渭水秦山得見否”平仄同，而六聯中竟有五聯的下句都作三平調。《白帝城最高樓》無一句與《愁》詩平仄同者，而前三聯下句都作三平調，與《釋悶》略同。多用三平調，這點倒與皮、陸吴體相似。而《寄岑嘉州》六聯與《愁》詩無一句平仄同者。由此可見，杜詩吴體的確是“不拘聲病，自創音節”的。

杜甫戲作吴體詩，另一重要原因，就是“清拔有古氣”的“吴均體”，與杜甫求新求奇的藝術追求是靈犀相通的。隋末大儒王通對六朝文學攻擊不遺餘力，他就痛斥吴均説：“吴筠（當爲“均”）、孔（稚）圭，古之狂者也，其文怪以怒。”①吴均詩，造語恢奇崛峭，時有

① 王通《中説・事君篇》，文淵閣《四庫全書》影印本。

一股不平之氣,抑鬱之情充溢其間。王嗣奭評《愁》詩即云:"愁起於心,真有一段鬱戾不平之氣,而因以拗語發之,公之拗體大都如是。此詩前四句是愁,後四句是所以愁。愁人心事,觸目可憎,如江草自生,以爲唤愁;巫峽自流,怪非世情;'盤渦鷺浴',此自得也,而疑其心性。……此等語當會其意,不可以文義求之者。"①又評《曉發公安數月憩息此縣》曰:"七言律之變至此而極妙,亦至此而神。此老夔州以後詩,七言律無一篇不妙,真山谷所云'不煩繩削而合'者。"②盧世㴶亦評曰:"更瘦更狂,摇曳脱灑,真七言律中散聖。"③杜甫《戲爲六絶句》云:"不薄今人愛古人,清詞麗句必爲鄰。竊攀屈宋宜方駕,恐與齊梁作後塵。"這"清詞麗句必爲鄰",正是對六朝文學的肯定;而"恐與齊梁作後塵",則是對六朝文學的批評。前引唐人"齊梁體"詩,除皮、陸外,大都"猶帶六朝錦色",故杜甫未有直標"齊梁體"詩,而獨標"吴體",自有深意存焉。而杜甫"吴體"實亦不同於"齊梁體"。

"吴體"究竟屬何詩體,至今衆説紛紜,不能一一縷述。但就其齊言、用韵、格律、對仗等構成因素看,既不是古體詩,也不是新體詩(永明體、齊梁體),應屬近體詩(律詩)。但自從方回、胡應麟、黄生等人主張拗律以來,大多認爲吴體屬拗體七律。若單就杜甫吴體《愁》詩而言,此説尚可;但通觀歷代自標"吴體"或被稱爲"吴體"詩者,尚有二韵(七絶)、六韵(七排)等詩,統言拗體七律,未免以偏概全。許印芳《詩譜詳説》云:"解杜詩者,一云拗體皆是吴體,老杜《愁》詩自注所以發凡起例。然《愁》詩以前諸拗律,未有如《愁》詩之奇變者。吴體之名,不注於前而注此詩之下,作者本自分明,解者何庸附會,故知吴體爲拗律之變調,非拗

① 王嗣奭《杜臆》卷七,第245頁。

② 王嗣奭《杜臆》卷一〇,第362頁。

③ 盧世㴶《杜詩胥鈔餘論·論七言律詩》,明崇禎間刻本。

律之總名耳。”[1]郭紹虞亦云:“吴體雖是拗體,然亦微有分别:拗體可該吴體,吴體不可該拗體,這全是義界大小的關係。”[2]又云:“杜甫的拗體,有時看去好似很隨便,但同時必須看到他對拗體的煞費苦心處。”[3]早在宋代,宋誼《杜工部詩序》即云:“唐之時以詩鳴者最多,而杜子美迥然特異。……其詞曲而中,其意肆而隱,雖怪奇偉麗,變態百出,而一之於法度,不幾於古之言志而詠情者乎!”[4]這“怪奇偉麗,變態百出,而一之於法度”,可説是“吴體”的一個根本特徵。故我以爲“吴體”稱爲“七言拗律的一種特殊形式”較爲近是!

第四節　韓偓與韋莊

韓偓爲李商隱外甥,十歲即能詩,李商隱曾稱贊他“十歲裁詩走馬成,冷灰殘燭動離情。桐花萬里丹山路,雛鳳清於老鳳聲”[5]。而韓偓亦深受李商隱的影響。趙衡即謂“其忠孝大節形于文墨者,非唯義山不能與抗顔行,而調適上遂追及杜公軼塵,並殿全唐爲後勁”[6]。程千帆、張宏生《七言律詩的政治内涵——從杜甫到李商隱韓偓》認爲韓偓習慣用七言律詩表現其思想,“遠紹杜甫,而且更受

① 許印芳《詩譜詳説》卷四《七律拗體》,《叢書集成續編》第199册,第604頁。

② 郭紹虞《論吴體》,《復旦學報》增刊(1980年《古典文學論叢》)。

③ 郭紹虞《關於七言律的音節問題兼論杜律的拗體》,《古代文學理論研究》第二輯(1980年)。

④ 宋誼《杜工部詩序》,《四部叢刊》景宋本《分門集注杜工部詩》卷首。

⑤ 李商隱《韓冬郎即席爲詩相送……因呈二絶寄酬兼呈畏之員外》其一,《全唐詩》卷五四〇。

⑥ 《韓翰林集叙》,民國十二年武强賀氏刻本《韓翰林集》卷首。

到李商隱的影響”,“韓偓七言律詩從根本上繼承了杜、李的傳統,即集中反映社會的重大政治問題,而具體的表現對象則完全是從其所處的時代出發的”,“韓偓遭際亂離,更甚于杜甫。他的許多憂時傷亂、感懷身世的七言律詩,或慷慨悲涼,或情致纏綿,深受杜詩影響,是杜詩在唐末的最好繼承者”①,給予了極高的評價。管世銘亦曰:“唐末七言,韓致堯爲第一,去其《香奩》諸作,多出於愛君憂國,而氣格頗近渾成。”②其實《香奩集》亦不盡香豔之作,且有香草美人之思。錢謙益即曰:“余觀楊孟載論李義山《無題》詩,以爲音調清婉,雖極穠麗,皆托於臣不忘君之意,因以深悟風人之旨。若韓致堯遭唐末造,流離閩越,縱浪香奩,亦起興比物,申寫托寄,非猶夫小夫浪子沈湎流連之云也。”③馮舒甚至説:“能作‘香奩體’者定是情至人,正用之,决爲忠臣義士。”④王夫之亦曰:“唐之將亡,無一以身殉國之士,其韓偓乎!”⑤韓偓於後梁乾化二年(912)所作《安貧》詩云:“手風慵展一行書,眼暗休尋九局圖。窗裏日光飛野馬,案頭筠管長蒲盧。謀身拙爲安蛇足,報國危曾捋虎鬚。滿世可能無默識,未知誰擬試齊竽。”時偓定居泉州南安縣,安貧樂道,誓不投靠朱全忠。詩感慨身世,流露了晚年生活寂寥,内心又始終對國事念念不忘的心情。方回評云:“當崔胤、朱全忠表裏亂國,獨守臣節不變,寧不爲相,而在翰苑無俸,竟忤全忠貶濮州司馬。事見本傳。所謂‘報國危曾捋虎鬚’,非虚語也。”⑥延君壽則曰:“‘謀身

① 《被開拓的詩世界》,第58—68頁。

② 《讀雪山房唐詩序例·七律凡例》,《清詩話續編》本,第1556頁。

③ 《讀梅村宫詹豔詩有感書後四首序》,《牧齋有學集》卷四,上海古籍出版社1996年版,第116頁。

④ 《瀛奎律髓彙評》卷七《幽窗》評,第279頁。

⑤ 王夫之《讀通鑑論》卷二七,中華書局《中華國學文庫叢書》本。

⑥ 《瀛奎律髓》卷三二,文淵閣《四庫全書》影印本。

拙爲安蛇足,報國危曾捋虎鬚。'至今讀之,猶有生氣。"[①]四庫館臣對韓偓其人其作亦給予高度評價:"偓爲學士時,内預秘謀,外争國是,屢觸逆臣之鋒,死生患難,百折不渝。晚節亦管寧之流亞,實爲唐末完人。其詩雖局於風氣,渾厚不及前人,而忠憤之氣,時時溢於語外。性情既摯,風骨自遒。慷慨激昂,迥異當時靡靡之響。其在晚唐,亦可謂文筆之鳴鳳矣。變風變雅,聖人不廢,又何必定以一格繩之乎。"[②]黄庭堅更把韓偓與杜甫相提並論:"老杜身雖在流落顛沛中,其心未嘗一日不在本朝,故善陳時事,句律精深,超古作者。忠義之氣,激發而然。韓偓貶逐,後依王審知,如集中所載此詩(指《偶題》),其詞悽楚,切而不迫,亦不忘其君者也。"[③]陳僅則謂:"大凡古人學業,至晚年始成。少陵夔州以後,坡公渡海以後,韓致堯晚年,粹然悉出於正,名家大抵如此。"[④]韓偓對唐忠貞不貳,横眉冷對宦官和强藩,唐亡但記甲子,仍署唐朝官職,頗似陶淵明。有人則將其比作屈原。明薛寀即云:"韓致光情事絶似屈靈均。……嗟乎,致光,唐人中第一流。"[⑤]震鈞《香奩集發微序》更極力發揮云:"韓致堯,有唐之屈靈均也。《香奩集》,有唐之《離騷》《九歌》也。……致堯官翰林承旨,見怒于朱温,被忌于柳燦,斥逐海嶠,使天子有失股肱之痛。唐季名臣,未有或之先者。似此大節彪炳,即使其小作豔語,始廣平之賦梅花,亦何貶於致堯。乃夷考其辭,無一非忠君愛國之忱,纏綿於無窮者。然則靈均《九歌》所云'滿堂兮美人,忽獨與余兮目成'(按:係《大司命》語),信爲名教罪人乎?《香奩》之作,亦猶是也。然自唐末至今近千歲矣,絶無一

---

① 延君壽《老生常談》,《清詩話續編》本,第 1845 頁。
② 《四庫全書總目·别集類四·韓内翰别集提要》。
③ 《詩林廣記》前集卷九引《潘子真詩話》,文淵閣《四庫全書》影印本。
④ 陳僅《竹林答問》,《清詩話續編》本,第 2257 頁。
⑤ 薛寀《重刻韓致光集序》,見《常州先哲遺書》本《堆山先生前集鈔》。

人表而出之，徒使耿耿孤忠不白於天下。”①他進而評《幽窗》曰：“《香奩》之所以同於《離騷》，以其同是愛君也；所以異於《離騷》，《離騷》以美人比君，《香奩》以美人自比。如第一首《幽窗》，純描怨女之態，而實以寫羈臣也。大抵致堯素性秀潔，不肯同流合污，故以静女自方。然杜陵之‘絶代有佳人’，自是處子未嫁；致堯之‘刺繡非無暇’，則樂昌之生離矣。”又評《别緒》云：“命意與《楚辭·涉江》同。已至高處，仍思向上，所謂絶世獨立者也。‘悔聽’句，與杜老‘不嫁惜娉婷’同意。”“悔聽”句，指“悔聽酒壚琴”句。薛雪評《寄湖南從事》亦云：“詩中情境，竟可與屈大夫把臂。”②以上評論不必盡是，但韓偓與杜甫都有着同樣的忠君愛國的堅定節操，則是毫無疑義的。他的關注時事，以詩反映唐亡前後的亂世現實，與杜甫以詩反映安史之亂前後的社會巨變，也是一脈相承的，所以他的詩亦被譽爲“唐末之詩史”。吴喬評《惜花》即云：“余讀韓致堯《惜花》詩結聯，知其爲朱温將篡而作，乃以時事考之，無一不合。起語云‘皺白離情高處切，膩紅愁態静中深’，是題面。又曰‘眼隨片片沿流去’，言君民之東遷也。‘恨滿枝枝被雨淋’，言諸王之見殺也。‘總得苔遮猶慰意’，言李克用、王師範之勤王也。‘若教泥汙更傷心’，言韓建之爲賊臣弱帝室也。‘臨軒一盞悲春酒，明日池塘是緑陰’，意顯然矣。此詩使子美見之，亦當心服。”③如《亂後却至近甸有感》：“狂童容易犯金門，比屋齊人作旅魂。夜户不扃生茂草，春渠自溢浸荒園。關中忽見屯邊卒，塞外翻聞有漢村。堪恨無情清渭水，東流（一作“渺茫”）依舊繞秦原。”此詩當是昭宗天復三年（903）隨駕自鳳翔還至長安時作。“亂後”，即指昭

---

① 震鈞《香奩集發微》，民國八年上海掃葉山房石印本。以下凡引震鈞語，皆據此書，不另注出。

② 薛雪《一瓢詩話》，《清詩話》本，第711頁。

③ 吴喬《圍爐詩話》卷一，《清詩話續編》本，第496頁。

宗被宦官韓全誨劫持至鳳翔後被平息。"狂童"即指韓全誨。而尾聯"堪恨無情清渭水,東流依舊繞秦原",即化用杜詩《哀江頭》"清渭東流劍閣深"與《秦州雜詩二十首》之二:"清渭無情極,愁時獨向東。"清渭東流乃用典。《北史・魏本紀》載:北魏孝武帝元修永熙三年(534),帝爲高歡所逼,去洛陽至關中,時當七月,"八月,宇文泰遣大都督趙貴、梁禦甲騎二千來赴,乃奉迎。帝過河謂禦曰:'此水東流而朕西上,若得重謁洛陽廟,是卿等功也。'帝及左右皆流涕"①。《哀江頭》"清渭東流",乃指安史之亂爆發,潼關失守,唐玄宗逃出長安奔蜀途經馬嵬兵變事。馬嵬南濱渭水,渭水由西向東流向長安。劍閣,在今四川劍閣縣北,爲玄宗西行入蜀所經之地。清渭東流,玄宗西去,時亦相當,事亦相類,用典恰切。韓偓用此典,則指昭宗被劫持至鳳翔而又回到長安,故曰"東流依舊繞秦原"。又《乾寧三年丙辰在奉天重圍作》:"仗劍夜巡城,衣襟滿霜霰。賊火遍郊坰,飛焰侵星漢。積雪似空江,長林如斷岸。獨憑女牆頭,思家起長歎。"乾寧三年丙辰,即公元896年。是年七月,唐昭宗爲藩鎮所逼,倉促離京,而受韓建挾制駐蹕華州,史無幸奉天的記載。故陳繼龍曰:"余意:唐昭宗到達華州後,因受韓建挾制,於是年八月曾經自華州至奉天。韓詩所記可補史籍之不足。"②《自沙縣抵龍溪縣值泉州軍過後村落皆空因有一絶》:"水自潺湲日自斜,盡無雞犬有鳴鴉。千村萬落如寒食,不見人煙空見花。"此詩作於後梁開平四年(910)避難閩中時,描繪沿途所見,通過具有典型意義的村莊景物的描寫,揭露了唐亡後藩鎮軍閥的罪惡行徑,反映了兵荒馬亂、民不聊生的社會現實,語極沉痛悲涼。《殘春旅舍》:"旅舍殘春宿雨晴,恍然心地憶咸京。樹頭蜂抱花鬚落,池面魚吹柳絮行。禪伏詩魔歸静域,酒衝愁陣出奇兵。兩梁免被塵埃

---

① 李延壽《北史》卷五《魏本紀》,中華書局1974年校點本,第173頁。
② 陳繼龍《韓偓詩注》,學林出版社2001年版,第302頁。

汙,拂拭朝簪待眼明。"此詩寫於後梁乾化二年(912),時韓偓定居泉州南安縣,抒發對唐王朝的懷念之情。首聯因題起興,將相距數千里之"旅舍"與"咸京"由殘春之景縮在一起,與杜詩《秋興八首》"瞿塘峽口曲江頭,萬里風煙接素秋"之故國之思,感慨同深。尾聯表達了忠於唐朝、不肯變節仕梁的心情,並希望有朝一日能看到山河重光、唐朝恢復。陳善曰:"子美云'魚吹細浪摇歌扇',李洞云'魚弄晴波影上簾',韓偓云'池面魚吹柳絮行',此三句皆言魚戲,而韓當爲優。"①顧宸評杜詩《野人送朱櫻》云:"野人有贈,羈旅得嘗,而金盤玉筯,消息杳然。我雖如飄蓬之轉,亦宜任之,不復敢自憐自惜矣。此與'天子不在咸陽宫'同一嗚咽。後韓致光《櫻桃詩》'金鑾歲歲常宣賜,忍淚看天憶帝都',本公意而悲感之意淺矣。"②"金鑾歲歲常宣賜,忍淚看天憶帝都",爲韓偓《湖南絶少含桃偶有人以新摘者見惠感事傷懷因成四韵》詩句。他如偓詩《傷亂》"故國幾年猶戰鬥,異鄉終日見旌旗",全從杜詩《出郭》"故國猶兵馬,他鄉亦鼓鼙"化出。《村居》"二月三月雨晴初,舍南舍北唯平蕪",乃因襲杜詩《春水生二絶》之一"二月六夜春水生"、《客至》"舍南舍北皆春水"。《息慮》"道向危時見,官因亂世休",襲用杜詩《旅夜書懷》"名豈文章著,官應老病休"。杜詩《院中晚晴懷西郭茅舍》云:"淡雲疏雨過高城。"偓詩《春盡》即云:"斷雲含雨入孤村。"杜詩《奉待嚴大夫》云:"重鎮還須濟世才。"偓詩《疏雨》即云:"傅野非無濟世才。"杜詩《喜達行在所三首》其三:"死去憑誰報,歸來始自憐。"偓詩《息兵》:"正當困辱殊輕死,已過艱危却戀生。"與杜句意正合。此類尚多,可見韓偓對杜甫的學習和崇仰。

韋莊(約836—910)爲晚唐五代的著名詩人和詞人,他和杜甫有着一層不同於他人的關係。《蜀檮杌》卷上載:"莊,字端己,杜陵

① 陳善《捫虱新話》上集卷一《論詩人下句優劣》條,《儒學警悟》本。
② 顧宸《辟疆園杜詩注解》七律卷三,康熙二年吴門書林刊本。

人,見素之後。"[①]《新五代史・王建世家》載:"建雖起盜賊,而爲人多智詐,善待士。故其僭號,所用皆唐名臣世族:(韋)莊,見素之孫。"[②]《資治通鑑》卷二六六亦謂:"莊,見素之孫也。"《考異》注云:"韋見素,天寶之末爲相。"[③]《唐詩紀事》卷六八、《十國春秋・韋莊傳》所載同。韋見素(687—762),字會微。天寶十三載(754)八月,拜武部尚書、同中書門下平章事,充集賢院學士,知門下省事,代陳希烈。十四載(755),杜甫有《上韋左相二十韵》云:"鳳曆軒轅紀,龍飛四十春。八荒開壽域,一氣轉洪鈞。霖雨思賢佐,丹青憶老臣。應圖求駿馬,驚代得麒麟。"原注:"見素相公之先人,遺風餘烈,至今稱之。"又云:"北斗司喉舌,東方領搢紳。持衡留藻鑒,聽履上星辰。獨步才超古,餘波德照鄰。聰明過管輅,尺牘倒陳遵。豈是池中物,由來席上珍。廟堂知至理,風俗盡還淳。"詩先叙朝廷昇平,君思良臣,次頌見素品望,末乃自述困窮,希冀汲引援手。詩稱"左相"者,仇兆鰲曰:"見素初入相,在天寶十三載之秋,詩云'四十春',蓋天寶十四載初春作。且壽域、洪鈞、廟堂、風俗等句,絶不及憂亂之詞。後爲左相,在至德二載(按:當爲"元載")。題中'左相'二字,黄鶴謂是後來追書,是也。"[④]十五載(756)六月,安史叛軍攻破潼關,唐玄宗倉惶逃出京城長安,韋見素扈從玄宗幸蜀。七月,至巴西郡,兼左相、武部尚書。至蜀郡,加金紫光禄大夫,進封豳國公。肅宗即位,命與房琯齎傳國寶、玉册奉使靈武。至德二載(757)三月,除左僕射,罷知政事。五月,遷太子太師。十一月,肅宗還京,詔入蜀奉迎太上皇。十二月,上皇至京師,以奉上

① 《蜀檮杌》卷上,文淵閣《四庫全書》影印本。

② 《新五代史》卷六三《前蜀世家・王建》,中華書局 1974 年版,第 787 頁。

③ 《資治通鑑》卷二六六,第 8685 頁。

④ 《杜詩詳注》卷三,第 224 頁。

皇幸蜀功,加開府儀同三司。上元中,以足疾致仕。寶應元年(762)十二月卒,贈司空,謚忠貞。杜甫對韋見素的稱揚,想來韋莊是不會忘記的。加之杜甫祖籍亦是杜陵,“城南韋杜,去天尺五”,鄉梓之誼,韋莊對杜甫當更多一份敬意。而杜甫驚天地、泣鬼神的瑰麗詩篇,更是韋莊無限崇仰的。其《漳亭驛小櫻桃》詩云:“當年此樹正花開,五馬仙郎載酒來。李白已亡工部死,何人堪伴玉山頹。”儼然以李杜知音自命。唐昭宗光化三年(900),韋莊選唐 150 人詩爲《又玄集》。其《又玄集序》云:“謝玄暉文集盈編,止誦‘澄江’之句。曹子建詩名冠古,唯吟‘清夜’之篇。是知美稼千箱,兩岐奚少,繁弦九變,大濩殊稀,入華林而珠樹非多,閱衆籟而紫簫唯一。所以擷芳林下,拾翠巖邊,沙之汰之,始辨辟寒之寶,載雕載琢,方成瑚璉之珍。故知頷下採珠,難求十斛。管中窺豹,但取一斑。自國朝大手名人,以至今之作者,或百篇之内,時紀一章,或全集之中,微徵數首。但掇其清詞麗句,録在西齋,莫窮其巨派洪瀾,任歸東海。總其記得者,才子一百五十人;誦得者,名詩三百首。”“昔姚合所撰《極玄集》一卷,傳於當代,已盡精微。今更採其玄者,勒成《又玄集》三卷,記方流而目眩,閱麗水而神疲。魚兔雖存,筌蹄是棄。所以金盤飲露,惟採沆瀣之精。花界食珍,但享醍醐之味。非獨資於短見,亦可貽於後昆。採實去華,俟諸來者。光化三年七月二日,前左補闕韋莊述。”①序云收 150 人 300 首詩,而據今傳日本享和三年(1803)江户昌平阪學問所刊之官板本《又玄集》,實收 146 人 299 首詩②。韋莊所編《又玄集》,特别值得注意的有兩點:一是在流傳至今的十幾種“唐人選唐詩”中,只有《又玄集》選入杜甫詩;二是在入選詩人中,將杜甫排在首位,且收詩最多,共 7 首,計有五律《西郊》《春望》《禹廟》《山寺》《遣興》(“干戈猶未定”

① 《文苑英華》卷七一四,第 3690 頁。

② 傅璇琮《又玄集·前記》,《唐人選唐詩新編》,第 578 頁。

首),七律《送韓十四東歸覲省》《南鄰》;李白第二,收詩4首;王維第三,收詩4首;孟浩然4首;高適、岑參各一首;韓愈、白居易各2首。特别有意思的是收入了任華的《雜言寄李白》《雜言寄杜拾遺》兩首詩。這是今存十幾種唐人選唐詩唯一選杜詩的選本。有人據此就斷定杜詩在唐代流傳不廣,未免偏頗。例如芮挺章《國秀集》(收開元至天寶三載間詩)就未收李白、高適、岑參的詩;李康成《玉臺後集》和高仲武《中興間氣集》(收至德至大曆十四年間詩),都未收李白、王維、孟浩然、高適、岑參等人的詩;令狐楚《御覽詩》(此書之撰進當在元和九年至十二年間)未收李白、王維、孟浩然、高適、岑參、韓愈、白居易、元稹詩;姚合《極玄集》未收李白、孟浩然、岑參、高適、白居易、元稹、韓愈等人詩。難道我們據此就可以斷定上述諸人的詩没有得到廣泛流傳嗎?

《又玄集序》云"掇其清詞麗句",與杜甫《戲爲六絶句》之"清詞麗句必爲鄰"的詩學主張是一脈相承的;而所云"筌蹄是棄",亦是襲用杜甫《寄劉峽州伯華使君四十韵》之"妙取筌蹄棄"。選定《又玄集》的次年,即天復元年(901),韋莊入蜀依王建,爲其掌書記。第二年即在杜甫草堂舊址結茅而居。其弟韋藹《浣花集序》即云:"余家之兄莊……辛酉(即天復元年)春,應聘爲西蜀奏記。明年,浣花溪尋得杜工部舊址,雖蕪没已久,而柱砥猶存。因命芟夷,結茅爲一室,蓋欲思其人而成其處,非敢廣其基構耳。藹便因閒日録兄之稾草中,或默記於吟詠者,次爲若干首,目之曰《浣花集》,亦杜陵所居之義也。"[①]"思其人而成其處",並將自己的詩集名爲《浣花集》。韋莊有一首《菩薩蠻》詞:"洛陽城裏春光好,洛陽才子他鄉老。柳暗魏王堤,此時心轉迷。　桃花春水渌,水上鴛鴦浴。凝恨對斜暉,憶君君不知。"對於這首詞的寫作時地和主旨,迄今未有定解。曹麗芳通過對韋莊的生平事蹟和思想軌迹的詳細考察,發

---

① 韋藹《浣花集序》,《浣花集》卷首,文淵閣《四庫全書》影印本。

現這首詞當有另外一種解釋或許更接近作者的原意。她認爲:"詞作于唐昭宗天復二年(902)韋莊在成都浣花溪畔尋得杜甫草堂舊址並結茅而居之後的某個春天,'洛陽才子'當指杜甫,這首詞是作者居其處而思其人,通過對杜甫寓蜀時期思想情感的深刻體會,並聯想到自身的平生遭遇,表達了對自己一生追慕的前輩詩人的異代知音之感。"①所論甚詳亦有據,可從。而韋莊的死,也與杜甫有着耐人尋味的靈犀相通。宋人計有功《唐詩紀事》卷六八載:"(韋莊)《閑卧》詩云:'誰知閑卧意,非病亦非眠。'又:'手從雕扇落,頭任漉巾偏。'識者知其不祥。後誦子美詩:'白沙翠竹江村暮,相送柴門月色新。'吟諷不輟。是歲卒于花林坊,葬于白沙。"②時爲前蜀武成三年(910)。所誦杜詩爲上元元年(760)杜甫寓居草堂時所作《南鄰》詩句。這般對杜甫的尊崇和紀念,古往今來,一人而已。所以馮繼聰《論唐詩絶句·韋莊》之一云:"校書亦是杜陵人,工部遺蹤近且親。摭拾遺詩千百首,一編想見浣花春。"③正因如此,韋莊的詩憂時傷世,體恤民情,多有與杜詩相類者。余成教即云:"韋端己疏曠不拘小節,後仕王建爲平章。《浣花集》十卷,其弟藹所編也。如'詠詩信行馬,載酒喜逢人'(《曲池作》),'樹老風聲壯,山高臘候融(濃)'(《潁陽縣》),'萬物不如酒,四時唯愛春'(《晚春》),'一杯今日酒,萬里故鄉心'(《婺州水館重陽日作》),'静極却嫌流水鬧,閑多翻笑野雲忙'(《山墅閑題》),'老去不知花有態,亂來唯覺酒多情'(《與東吴生相遇及第後出關作》),及《憶昔》《陪金陵府相中堂夜宴》《題姑蘇凌處士莊》《過内黄縣》《南昌

---

① 曹麗芳《韋莊〈菩薩蠻〉"洛陽城裏春光好"新解》,《名作欣賞》2005年第2期。

② 計有功《唐詩紀事》卷六八,文淵閣《四庫全書》影印本。

③ 馮繼聰《論唐詩絶句·韋莊》,郭紹虞、錢仲聯、王遽常編《萬首論詩絶句》,第1186頁。

晚眺》《投寄舊知》《咸陽懷古》《長安清明》《古離别》《立春日作》《寄江南逐客》《離筵訴酒》《臺城》《燕來》《令狐亭》《虎迹》諸詩，感時懷舊，頗似老杜筆力。"①胡震亨更謂："韋莊詩'静極却嫌流水鬧，閑多翻笑野雲忙'，本于老杜之'水流心不競，雲在意俱遲'，但多著一嫌字、笑字，覺非真閑、真静耳。"②他如化用杜詩杜句的，亦是所在多有。如杜甫《送蔡希魯都尉還隴右因寄高三十五書記》詩云："身輕一鳥過。"韋莊《贈邊將》則云："馬出榆關一鳥飛。"杜甫《收京三首》其二云："忽聞哀痛詔，又下聖明朝。"又《有感五首》其五云："願聞哀痛詔，端拱問瘡痍。"韋莊《贈薛秀才》則云："但聞哀痛詔，未睹凱旋歌。"杜甫《秋興八首》其七云："織女機絲虚月夜，石鯨鱗甲動秋風。"韋莊《上元縣》則云："止竟霸圖何物在，石麟無主卧秋風。"杜甫《發同谷縣》云："臨岐别數子，握手淚再滴。"韋莊《漢州》則云："臨岐無限臉波横。"杜甫《江南逢李龜年》云："正是江南好風景，落花時節又逢君。"韋莊《清平樂》詞則云："門外馬嘶郎欲别，正是落花時節。"③韋莊繼承杜詩沉鬱頓挫的風格，形成自己清麗與沉鬱相統一的風格。

特别值得注意的，是韋莊有一首《酒渴愛江清》詩："酒渴何方療，江波一掬清。瀉甌如練色，漱齒作泉聲。味帶他山雪，光含白露精。只應千古後，長稱伯倫情。"而杜甫有一首《軍中醉歌寄沈八劉叟》："酒渴愛江清，餘酣漱晚汀。軟沙攲坐穩，冷石醉眠醒。野膳隨行帳，華音發從伶。數杯君不見，都已遣沉冥。"此詩《文苑英華》卷二〇五作暢當詩，彭叔夏《文苑英華辨證》卷六《名氏三》云："其有可疑及當兩存者，如暢當《軍中醉飲寄沈八劉叟》詩：'酒渴

① 余成教《石園詩話》卷二，《清詩話續編》本，第1782頁。
② 《唐音癸籤》卷一一《評彙七》，第109頁。
③ 《花間集》卷二，文淵閣《四庫全書》影印本。

愛江清,餘酣漱晚汀。'……今並載《杜甫集》。"①而宋人黄伯思《校定杜工部集》作杜甫詩。方回《瀛奎律髓》卷十九則云:"山谷嘗用'酒渴愛江清'爲韵賦詩,任淵注亦云杜詩,而白本杜詩亦有此篇。或以爲暢當詩,然頓挫翕忽,不可以律縛,恐暢當未辨此也。"②而早于方回的方深道所編《諸家老杜詩評·潘淳(錞)〈詩話補遺〉四十九事》載:"山谷頃在蜀道見古石刻有唐人詩,以老杜'酒渴愛江清'爲韵,人各賦一詩,非少陵不能作。山谷之言如此。"③潘淳,字子真,師事黄庭堅,其言當可信。黄庭堅有《以"酒渴愛江清"作五小詩寄廖明略學士兼簡初和父主簿》,任淵注即云:"老杜詩:'酒渴愛江清,餘酣漱晚汀。'"④注《山谷外集》的史容亦作杜甫詩。黄庭堅貶居蜀中,酷嗜杜詩,曾盡書杜甫兩川夔峽詩,刻石藏于大雅堂,並爲之作《大雅堂記》,又有《刻杜子美巴蜀詩序》;任淵、史容皆爲蜀人,注山谷詩頗爲精審,他們認定杜甫詩當是有據的。而黄庭堅五詩亦多化用杜甫詩句,如其一"此翁今惜醉,舊不論升斗",即化用杜甫《遭田父泥飲美嚴中丞》:"月出遮我留,仍嗔問升斗。"其二"平生思故人,江漢不解渴",即化用杜詩《七月三日,亭午已後校熱退,晚加小凉,穩睡有詩,因論壯年樂事,戲呈元二十一曹長》:"閉目踰十旬,大江不止渴。"其三"連臺盤拗倒,故人不相貸",即化用杜詩《醉爲馬墜諸公攜酒相看》:"共指西日不相貸,喧呼且覆杯中淥。"其四"竹林文章伯,國士無與雙",即化用杜詩《戲贈閿鄉秦少府短歌》"每語見許文章伯"、《暮春陪李尚書李中丞過鄭監湖亭泛舟得過字韵》"海内文章伯"。又"時時能度曲,秀句入新腔",即化用杜詩《解悶十二首》其八:"最傳秀句寰區滿。"其五"斯人絶少

① 《文苑英華辨證》卷六,中華書局影印本,第5281頁。

② 《瀛奎律髓》卷一九,文淵閣《四庫全書》影印本。

③ 張忠綱編《杜甫詩話六種校注》,齊魯書社2002年版,第73頁。

④ 《山谷内集詩注》卷一九,文淵閣《四庫全書》影印本。

可,白眼視公卿。每與俗物逢,三沐取潔清”,即化用杜詩《飲中八仙歌》“宗之瀟灑美少年,舉觴白眼望青天”、《漫成二首》其一“眼邊無俗物,多病也身輕”、《壯遊》“飲酣視八極,俗物都茫茫”。江西派詩人李彭有《以“酒渴愛江清”爲韵寄秦廿四》,亦是五首①,顯然是和黄庭堅一時唱酬之作,他人詩或已遺佚。據此,韋莊的《酒渴愛江清》詩,當是見杜詩有感而和作,只是未標明而已,或後有遺佚,亦未可知。

第五節　劉昫《舊唐書・杜甫傳》平議

劉昫(888—947),字耀遠,五代涿州歸義(今河北雄縣)人。新、舊《五代史》有傳。後梁時爲易州節度衙推,改觀察推官。後唐莊宗即位,授太常博士,擢翰林學士,歷比部郎中、知制誥,改庫部郎中。明宗天成元年(926)十一月,爲中書舍人。歷户部侍郎、兵部侍郎、端明殿學士。長興四年(933)正月,爲中書侍郎、平章事。末帝清泰元年(934)四月,兼判三司,蠲除殘租積負,民德之。十月,罷相,守右僕射。後晋高祖天福二年(937)七月,充東都留守,兼判河南府事。四年(939)五月,封譙國公。出帝天福八年(943)八月,爲太子太傅。開運元年(944)七月,守司空兼門下侍郎平章事、監修國史、判三司。二年(945),史臣修《唐書》(宋以後稱《舊唐書》)成,因其時爲宰相,由其領銜奏進,故題爲修撰人。三年(946),以眼疾罷相,守太保。後漢高祖天福十二年(947)卒,享年六十。

《舊唐書・文苑傳》收有杜甫專傳,其《文苑傳》序云:“故貞觀之風,同乎三代。高宗、天后,尤重詳延,天子賦横汾之詩,臣下繼

---

① 李彭《以“酒渴愛江清”爲韵寄秦廿四》,《日涉園集》卷四,文淵閣《四庫全書》影印本。

柏梁之奏,巍巍濟濟,煇爍古今。如燕、許之潤色王言,吴、陸之鋪揚鴻業,元稹、劉蕡之對策,王維、杜甫之雕蟲,並非肄業使然,自是天機秀絶。若隋珠色澤,無假淬磨,孔璣翠羽,自成華彩,致之文苑,實焕緗圖。其間爵位崇高,别爲之傳。今采孔紹安已下,爲《文苑》三篇,覬懷才憔悴之徒,千古見知於作者。"①(《全唐文》卷八五三作劉昫《文苑表》,文字稍異)這裏的"雕蟲",當指詩賦創作,顯然是以王維、杜甫爲其代表,給予很高的地位。

但正如中華書局1975年版《舊唐書》的《出版説明》指出的:"《舊唐書》是在充滿着割據和混戰的環境中、在短期内匆促修成的,作者對史學又没有出色的見解和才能,因而對唐代史官的著述因襲多而加工少,缺乏必要的剪裁、整理和概括。"對前人著述"照抄不改"。而《杜甫傳》的作者水平更差,對杜甫生平缺乏深入的瞭解和研究,致使錯謬紛出,以訛傳訛。如云:"甫天寶初應進士不第。天寶末,獻《三大禮賦》,玄宗奇之,召試文章,授京兆府兵曹參軍。十五載,禄山陷京師,肅宗徵兵靈武。甫自京師宵遁赴河西,謁肅宗於彭原郡,拜右拾遺。"②這段叙述錯誤有三:一是杜甫"應進士不第"是在開元二十四年,不是"天寶初"。二是杜甫天寶九載冬預獻《三大禮賦》後,直到天寶十四載十月方授河西尉,不就,旋改任右衛率府兵曹參軍。《官定後戲贈》所謂"不作河西尉,淒涼爲折腰。老夫怕趨走,率府且逍遥。耽酒須微禄,狂歌托聖朝",而不是"京兆府兵曹參軍"。三是杜甫謁肅宗於鳳翔,拜左拾遺,而不是"謁肅宗於彭原郡,拜右拾遺"。元稹《唐故工部員外郎杜君墓係銘并序》即云:"屬京師亂,步謁行在,拜左拾遺。"

《杜甫傳》又云:"上元二年冬,黄門侍郎、鄭國公嚴武鎮成都,奏爲節度參謀、檢校尚書工部員外郎,賜緋魚袋。"這與史實不符。

---

① 《舊唐書・文苑傳》序,第4982頁。
② 《舊唐書・杜甫傳》,第5054頁。

上元二年(761)冬,是嚴武首次鎮成都。寶應元年(762)四月,玄宗、肅宗相繼去世,代宗即位,召武還朝。七月,嚴武入朝,杜甫一直送他到綿州奉濟驛。想不到嚴武離開成都後,劍南兵馬使徐知道就造反作亂,杜甫不能回成都,遂流浪梓、閬一帶。廣德二年(764)正月,嚴武又以黄門侍郎拜成都尹充劍南節度使,重鎮成都,并幾次寫信希望杜甫回到成都。二月,杜甫在閬州聞知消息,欣喜若狂,揮筆寫下了《奉待嚴大夫》詩:"殊方又喜故人來,重鎮還須濟世才。常怪偏裨終日待,不知旌節隔年回。欲辭巴徼啼鶯合,遠下荆門去鷁催。身老時危思會面,一生襟抱向誰開?"在攜家歸蜀途中,他又一連寫了五首詩寄給嚴武,表達了自己無限欣喜的心情:"得歸茅屋赴成都,直爲文翁再剖符","生理只憑黄閣老,衰顔欲付紫金丹"(《將赴成都草堂途中有作先寄嚴鄭公五首》)。在"計拙無衣食"的艱難情況下,他簡直把自己的生計完全托付給老朋友了。杜甫回到成都。六月,嚴武表薦杜甫爲節度參謀、檢校尚書工部員外郎,賜緋魚袋。

《杜甫傳》又云:"武與甫世舊,待遇甚隆。甫性褊躁,無器度,恃恩放恣,嘗憑醉登武之床,瞪視武曰:'嚴挺之乃有此兒!'武雖急暴,不以爲忤。甫於成都浣花里種竹植樹,結廬枕江,縱酒嘯詠,與田畯野老相狎蕩,無拘檢。嚴武過之,有時不冠,其傲誕如此。"此乃撮合范攄《雲溪友議》與李肇《唐國史補》之説而成。《雲溪友議》曰:"(嚴)武年二十三,爲給事黄門侍郎。明年,擁旄西蜀。累於飲筵對客騁其筆札。杜甫拾遺乘醉而言曰:'不謂嚴定之有此兒也!'武恚目久之,曰:'杜審言孫子,擬捋虎鬚?'合座皆笑,以彌縫之。武曰:'與公等飲饌謀歡,何至於祖考耶?'"①《唐國史補》曰:"嚴武少以强俊知名,蜀中坐衙,杜甫袒跣登其機案,武愛其才,終

① 范攄《雲溪友議》卷上《嚴黄門》,《唐五代筆記小説大觀》本,第1270頁。

不害。”①

《杜甫傳》又云:“寓居耒陽。甫嘗遊嶽廟,爲暴水所阻,旬日不得食。耒陽聶令知之,自棹舟迎甫而還。永泰二年,啖牛肉白酒,一夕而卒於耒陽,時年五十九。”杜甫死于牛炙白酒,葬於耒陽,此説最早見於唐鄭處誨《明皇雜録》:“杜甫後漂寓湘潭間,旅於衡州耒陽縣,頗爲令長所厭。甫投詩於宰,宰遂致牛炙白酒以遺,甫飲過多,一夕而卒,集中猶有贈聶耒陽詩也。”②《贈聶耒陽》詩,即杜甫《聶耒陽以僕阻水書致酒肉療飢荒江詩得代懷興盡本韵至縣呈聶令陸路去方田驛四十里舟行一日時屬江漲泊於方田》詩。鄭處誨《明皇雜録》所載,唐人崔珏、皮日休、鄭谷、杜荀鶴、羅隱、曹松、裴諧、裴説、貫休、齊己,五代孟賓于等人都程度不同地沿襲其説,新、舊《唐書》更把這一傳説寫入正史,以致誣妄流傳,影響廣遠。宋人張齊賢、鄭文寶、趙師古、孫何、王洙、張方平、徐介、宋敏求、吕陶、王令、胡宗愈、蘇軾、彭汝礪、米芾、姜光彦、蔡興宗等人亦信其説。

此説之不可信,前人今人駁論已詳,不能盡述。但批駁最有力而又最早者,當屬王得臣(1036—1116)。他在《麈史》卷中云:“世言子美卒於衡之耒陽,故《寰宇記》亦載其墳在縣北二里,不知何緣得此?《唐新書》稱:‘耒陽令遺白酒牛肉,一夕而死。’予觀子美僑寄巴峽三歲,大曆三年二月(當爲“正月中旬”),始下峽,流寓荆南,徙泊公安,久之,方次岳陽,即四年(當爲三年)冬末也。既過洞庭,入長沙,乃五年之春。四月,遇臧玠之亂,倉皇往衡陽,至耒陽,舟中伏枕,又畏瘴,復沿湘而下,故有《回棹》之作,末云:‘舟師煩爾送,朱夏汲寒泉。’又《登舟將適漢陽》云:‘春色棄汝去,秋帆催客

---

① 李肇《唐國史補》卷上,《唐五代筆記小説大觀》本,第167頁。

② 鄭處誨《明皇雜録·補遺》,《唐五代筆記小説大觀》本,第973—974頁。

歸。'蓋回棹在夏末,此篇已入秋矣。繼之以《暮秋將歸秦留别湖南幕府親友》云:'北歸衝雨雪,誰憫舊貂裘。'則子美北還之迹見此三篇,安得卒於耒陽耶? 要其卒當在潭岳之間,秋冬之際。按元微之《子美墓志》稱:'子美孫嗣業啓子美柩,襄祔事於偃師,途次於荆,拜余爲志,辭不能絶。'其係略曰:'嚴武狀爲檢校工部員外郎參謀軍事,旋又棄去,扁舟下荆楚,竟以寓卒,旅殯岳陽。'近時故丞相吕公爲《杜詩年譜》云:'大曆五年辛亥,是年還襄漢,卒於岳陽。'以前詩及微之之志考之,爲不妄,但言是年夏,非也。"[1]王氏"其卒當在潭岳之間,秋冬之際"十二字,可謂精核之論。所謂"故丞相吕公",即吕大防。只是"辛亥"應爲庚戌,乃吕譜原誤。其後,趙子櫟、魯訔、黄鶴諸譜皆從王説,大致是不錯的。《杜甫傳》謂杜甫卒於永泰二年,更是大誤!《杜甫傳》末云:"甫有文集六十卷。"開運二年刊印的《杜工部集》,即後人稱作"開運官書本杜集"的,當爲六十卷。此集雖佚,但據後世杜集有關開運官書本的校勘文字,尚可考定此本收有杜詩111題126首(附嚴武詩1首),其中就有《喜聞盜賊蕃寇總退口號五首》,這組詩的第五首即云:"大曆三年調玉燭,玄元皇帝聖雲孫。"而《杜甫傳》作者竟然説杜甫卒於永泰二年,何茫然不察如此!

《杜甫傳》又云:"天寶末詩人,甫與李白齊名,而白自負文格放達,譏甫齷齪而有'飯顆山'之嘲誚。"所謂"飯顆山之嘲誚",最早見於孟啓《本事詩・高逸第三》:"(李白)戲杜曰:'飯顆山頭逢杜甫,頭戴笠子日卓午。借問别來太瘦生,總爲從前作詩苦。'蓋譏其拘束也。"[2]此詩首見於《本事詩》,宋蜀本《李太白集》未收,故多疑爲僞詩。如胡仔《苕溪漁隱叢話》曰:"李太白《戲子美》詩:'飯顆山頭逢杜甫,頭戴笠子日卓午。借問别來太瘦生,只爲從前作詩

---

① 王得臣《塵史》卷中,《知不足齋叢書》本。

② 孟啓《本事詩》,《歷代詩話續編》本,第14頁。

苦。'《李翰林集》亦無此詩,疑後人所作也。"[1]洪邁《容齋隨筆》曰:"所謂飯顆山頭之嘲,亦好事者所撰耳。"[2]然在孟啓《本事詩》之前,段成式《酉陽雜俎》即曰:"衆言李白唯戲杜考功'飯顆山頭'之句,成式偶見李白《祠亭上宴别杜考功》詩。"[3]則在段成式之時,早已有"飯顆山"一詩流傳,似已爲晚唐時人所熟知,只是《酉陽雜俎》雖已提及該詩,却未全引,至孟啓《本事詩》方首次引録全詩,遂爲後人所據。此後《唐摭言》卷一二、《唐詩紀事》卷一八等均據《本事詩》轉録"飯顆山"一詩,文字稍異。而從文獻出現的時間來看,《酉陽雜俎》《本事詩》作于晚唐五代,距離李杜生活的時代較遠。雖然後世也有人爲"飯顆山"一詩的真實性進行過辯護[4],但是其出於晚唐人僞造的可能性極大。不過《本事詩》和《舊唐書》所載的李白"飯顆山"之譏,却引發了後人對李杜之間關係及李杜優劣論的熱議。如陳正敏《遯齋閑覽》引王安石曰:"'飯顆山頭'之嘲,雖一時戲劇之談,然二人者名既相逼,亦不能無相忌也。"[5]郭沫若則認爲,此詩既非嘲誚、戲贈,也非僞作,詩的後二句乃一問一答,不是李白的獨白,而是李杜兩人的對話。"别來太瘦生"是李白發問,"總爲從前作詩苦"是杜甫的回答。因此這首詩表現了李白對杜甫的親切與關心[6]。安旗、葛景春等亦認爲李白所作。而關於此詩的寫作年代也有争議,即作于天寶三載初,或作于天寶十二載。關於作此詩的地點也有作于東魯瓻山、長安長樂坡、洛陽南

---

① 《苕溪漁隱叢話》後集卷八,人民文學出版社廖德明校點本。

② 《容齋隨筆》四筆卷三,《四部叢刊》續編景宋本配明本。

③ 段成式《酉陽雜俎》前集卷一二,中華書局 1981 年版,第 116 頁。

④ 如明代都穆《南濠詩話》曰:"古人嘲戲之語,集中往往不載,不特太白爲然。"(《歷代詩話續編》本,第 1348 頁)

⑤ 方深道輯《諸家老杜詩評》卷五引,張忠綱《杜甫詩話六種校注》本,第 86 頁。

⑥ 郭沫若《李白與杜甫》,人民文學出版社 1971 年版,第 162—164 頁。

"飯坡"(在今河南嵩縣陸渾水庫西南)等幾種觀點①。孟啓認爲,在"飯顆山"詩中,李白譏諷了杜甫作詩之"拘束",具有明顯的揚李抑杜傾向,而《杜甫傳》的作者似無此意。

《舊唐書》作爲國家正史,而《杜甫傳》的撰寫,雜湊各家之説,缺乏嚴謹的去蕪存菁之審斷,粗疏草率,洵非良史!但作爲國家正史的第一篇爲杜甫立傳的文字,自是功不可没。特别是引用了元稹《唐故工部員外郎杜君墓係銘并序》中對杜甫評價的全部文字,占到傳文篇幅的一半以上:

> 元和中,詞人元稹論李杜之優劣曰:予讀詩至杜子美而知小大之有所總萃焉。始堯、舜之時,君臣以賡歌相和。是後詩人繼作,歷夏、殷、周千餘年,仲尼緝拾選揀,取其干預教化之尤者三百,餘無所聞。騷人作而怨憤之態繁,然猶去風、雅日近,尚相比擬。秦、漢已還,採詩之官既廢,天下妖謡民謳、歌頌諷賦、曲度嬉戲之辭,亦隨時間作。至漢武賦《柏梁》而七言之體具。蘇子卿、李少卿之徒,尤工爲五言。雖句讀文律各異,雅鄭之音亦雜,而辭意簡遠,指事言情,自非有爲而爲,則文不妄作。建安之後,天下文士遭罹兵戰。曹氏父子鞍馬間爲文,往往横槊賦詩,故其遒壯抑揚、冤哀悲離之作,尤極於古。晋世風概稍存。宋、齊之間,教失根本,士以簡慢翕習舒徐相尚,文章以風容色澤、放曠精清爲高,蓋吟寫性靈、留連光景之文也,意義格力無取焉。陵遲至於梁、陳,淫豔刻飾、佻巧小碎之詞劇,又宋、齊之所不取也。唐興,學官大振,歷世之文,能者互出。而又沈、宋之流,研練精切,穩順聲勢,謂之爲律詩。由是之後,文變之體極焉。然而莫不好古者遺近,務華

① 詳見葛景春《飯顆山到底在哪裏?——關于李白〈戲贈杜甫〉寫作時間和地點的臆測》,《杜甫研究學刊》2019 年第 2 期。

者去實，效齊、梁則不逮於魏、晉，工樂府則力屈於五言，律切則骨格不存，閒暇則纖濃莫備。至於子美，蓋所謂上薄風、騷，下該沈、宋，言奪蘇、李，氣吞曹、劉，掩顔、謝之孤高，雜徐、庾之流麗，盡得古今之體勢，而兼人人之所獨專矣。使仲尼考鍛其旨要，尚不知貴其多乎哉！苟以爲能所不能，無可無不可，則詩人已來未有如子美者。是時山東人李白，亦以文奇取稱，時人謂之李、杜。予觀其壯浪縱恣，擺去拘束，模寫物象，及樂府歌詩，誠亦差肩於子美矣。至若鋪陳終始，排比聲韵，大或千言，次猶數百，詞氣豪邁，而風調清深，屬對律切，而脱棄凡近，則李尚不能歷其藩翰，况堂奥乎！予嘗欲條析其文，體别相附，與來者爲之準，特病懶未就爾。

引文與原文只稍異數字，並云："自後屬文者，以稹論爲是。"殊爲可貴。後《新唐書・杜甫傳》亦曰："故元稹謂'詩人以來，未有如子美者'。"①實是受《舊唐書》影響。

第六節　開運官書本杜集考索

後晋開運二年(945)，《舊唐書》成，因劉昫其時爲宰相，由其領銜奏進，故題爲修撰人。同年刊印《杜工部集》，即後人稱作"開運官書本杜集"者。

開運官書本杜集，不見公私書目著録。宋吴若《杜工部集後記》即云："凡稱樊者，樊晃小集也；稱晋者，開運二年官書本也。"②蔡夢弼《杜工部草堂詩箋跋》亦云："凡校讎之例，題曰樊者，唐潤州

① 《新唐書・杜甫傳》，第5738頁。

② 吴若《杜工部集後記》，《錢注杜詩》附録，第714頁。

刺史樊晃小集本也;題曰晋者,晋開運二年官書本也。"①各本杜集多參校開運官書本。或謂趙次公注的底本即爲"吴若注本",而著名的錢謙益《錢注杜詩》也自稱以所謂"吴若本"爲底本,沿襲了"吴若本"的杜詩排列和編年次序,並對其做了一些删改。錢氏所據之吴若本,今已不得見。而《宋本杜工部集》於1957年由商務印書館影印問世,其書後有張元濟跋,對吴若本論之確鑿。張氏將錢注本及其所附吴若《後記》,與《宋本杜工部集》相較,以爲"若合符節,是必吴若刊本無疑義"。張元濟跋考定《宋本杜工部集》係毛氏汲古閣所藏兩種相儷之南宋刻本,一爲南宋初年浙江覆刻嘉祐四年(1059)王琪增刻王洙編訂原本,一爲紹興三年(1133)吴若校刊本。而有的學者提出疑義,認爲後一本"是與吴若本極爲相近的範本",當刻於紹興末年;或認爲後一本當是時間更晚的吴若本的翻刻本。而缺卷缺頁則爲毛氏補鈔,亦據兩本。細檢之,則影印《宋本杜工部集》之卷十至卷十四爲宋刻吴若本,故保留了一些開運官書本的校勘文字。而《錢注杜詩》雖是清人著述,對於杜詩校勘方面,亦極爲重要。今即據《宋本杜工部集》(以下簡稱"宋本")、再造善本蔡夢弼《杜工部草堂詩箋》(以下簡稱"蔡本",該本係據中國國家圖書館、北京大學圖書館藏宋刻本影印)、上海古籍出版社1979年版《錢注杜詩》(以下簡稱"錢箋"),以及因襲錢箋的朱鶴齡《杜工部詩集輯注》(清康熙間金陵葉永茹萬卷樓刻本,以下簡稱"朱注")和仇兆鰲《杜詩詳注》(1979年中華書局標點排印本,以下簡稱"仇注"),將五本有關開運官書本的校勘文字,按詩題開列如下:

1.《夜宴左氏莊》:"風林纖月落。"風林,錢箋卷九、朱注卷一:"晋作'林風'。"仇注卷一正文作"林風",校語:"晋作'林風',舊

① 蔡夢弼《杜工部草堂詩箋跋》,《古逸叢書》本。

作‘風林’。”

2.《過宋員外之問舊莊》:“淹留問耆老。”老,朱注卷一:“晋作‘舊’。”仇注卷一:“一作‘舊’。”

3.《冬日洛城北謁玄元皇帝廟》:“五聖聯龍衮。”聯,蔡本卷二、錢箋卷九、朱注卷一、仇注卷二:“晋作‘連’。”

4.《憶幼子》:“聰慧與誰論。”慧,錢箋卷九、朱注卷三、仇注卷四:“晋作‘惠’。”

5.《一百五日夜對月》:“想像顰青蛾。”蛾,錢箋卷九、朱注卷三:“晋作‘娥’。”仇注卷四:“晋作‘娥’,非。”

6.《喜聞官軍已臨賊境二十韵》:“弓矢尚秋毫。”尚,錢箋卷十:“晋作‘向’。”仇注卷五正文作“向”,校語:“一作‘尚’。”

7.《鄭駙馬池臺喜遇鄭廣文同飲》:“丹心一寸灰。”寸,宋本卷十、錢箋卷十、朱注卷三、仇注卷五:“晋作‘片’。”

8.《送長孫九侍御赴武威判官》:“名聲國中老。”國,錢箋卷二、朱注卷三、仇注卷五:“晋作‘閣’。”

9.《塞蘆子》:“誰能叫帝閽。”能,錢箋卷二:“晋作‘敢’。”朱注卷三、仇注卷四:“一作‘敢’。”

10.《九成宫》:“天王守太白。”守,蔡本卷十一、錢箋卷二:“晋、晁並作‘狩’。”朱注卷四:“晋、晁並作‘狩’。鮑欽止云:守,讀如狩。”仇注卷五:“晋、晁並作‘狩’。趙云:守音狩。”

11.《玉華宫》:“溪回松風長。”回,蔡本卷十一:“晋作‘迴’。”錢箋卷二、朱注卷四、仇注卷五:“一作‘迴’。”

12.《彭衙行》:“小留周家窪。”周,錢箋卷二:“晋作‘固’,一作‘同’。”朱注卷四、仇注卷五正文作“同”,校語:“晋作‘固’,一作‘周’。”

13.《曲江二首》之一:“何用浮名絆此身。”用,宋本卷十、錢箋卷十:“晋作‘事’。”朱注卷四、仇注卷六:“一作‘事’。”

14.《曲江對雨》,蔡本卷十二題作《曲江值雨》,並有校語:

"值,一作'對'。"對雨,宋本卷十、錢箋卷十:"晋作'值雨'。"對,朱注卷四、仇注卷六:"晋作'值'。"

15.《望嶽》:"箭栝通天有一門。"栝,宋本卷十:"晋作'閣'。"蔡本卷十三:"栝,古活切。栝,一作'闕'。"錢箋卷十:"晋作'閣',一作'闕'。"朱注卷五:"一作'括',按《韵會》:'筈',通作'栝',亦作'括'。"仇注卷六:"朱作'柏',晋作'閣',一作'闕',一作'括'。《韵會》'筈'與'栝'、'括'通用。"仇云"朱作'柏'",不知何據?

16.《垂老别》:"縱死時猶寬。"猶,蔡本卷十三、錢箋卷二、仇注卷七:"晋作'獨'。"

17.《夏日歎》:"陵天經中街。"陵天經,錢箋卷二、朱注卷五、仇注卷七:"晋作'經天陵'。"

18.《送韋十六評事充同谷郡防禦判官》:"羌兒青兕裘。"蔡本卷十、錢箋卷二、朱注卷三、仇注卷五:"晋作'漢兵黑貂裘'。"

19.《有懷台州鄭十八司户》:"昔如水上鷗。"水,蔡本卷十四:"一作'江'。"錢箋卷三、仇注卷七:"一作'江',晋作'天'。"又"更被時俗惡",被,蔡本、錢箋:"晋作'遭'。"朱注卷五、仇注:"一作'遭'。"

20.《遣興五首》之三:"豈無柴門歸。"歸,蔡本卷十五:"晋作'掃'。"錢箋卷三、仇注卷六(作《遣興三首》之一):"一作'掃'。"

21.《貽阮隱居昉》:"自益毛髪古。"自,蔡本卷十五、錢箋卷三、朱注卷五:"晋作'白'。"仇注卷七正文作"白",校語:"一作'自'。"

22.《佳人》:"摘花不插髪。"髪,蔡本卷十六:"一作'髾',晋又作'鬢'。"錢箋卷三:"一作'髾',晋作'鬢'。"朱注卷五、仇注卷七:"一作'髾',一作'鬢'。"

23.《西枝邨尋置草堂地夜宿贊公土室二首》之一:"苦陟陰嶺沍。"陟,錢箋卷三:"晋作'步'。"蔡本卷十六、朱注卷六、仇注卷七正文作"涉",蔡本校語:"晋作'步'。"朱注校語:"一作'步',一作

‘陟’。”仇注校語:“晋作‘步’,一作‘陟’。”又之二:“月出人更静。”人,錢箋卷三:“晋作‘天’。”朱注:“晋作‘山’。”蔡本、仇注正文作“山”,蔡本校語:“一作‘人’。”仇注校語:“晋作‘山’,一作‘人’。”

24.《日暮》:“城頭鳥尾訛。”鳥,宋本卷十、錢箋卷十:“晋作‘烏’。”蔡本卷十六、朱注卷六、仇注卷八正文作“烏”,蔡本校語:“一作‘鳥’,非是。”朱注、仇注校語:“一作‘鳥’,蔡定作‘烏’。”

25.《佐還山後寄三首》之二:“味豈同金菊。”金,宋本卷十:“晋作‘甘’。”錢箋卷十、朱注卷六、仇注卷八:“一作‘甘’。”

26.《西郊》:“江路野梅香。”路,宋本卷十一、錢箋卷十一:“晋作‘岸’。”朱注卷八、仇注卷九:“一作‘岸’。”又“看題減藥囊”,減,宋本、錢箋:“晋作‘檢’。”蔡本卷十八正文作“撿”,校語:“或作‘減’,非是。”朱注、仇注正文作“檢”,朱注校語:“趙云:一作‘減’,非。”仇注校語:“一作‘減’。”

27.《贈蜀僧閭丘師兄》:“始與道侶敦。”始,錢箋卷四、仇注卷九:“晋作‘如’。”宋刻諸本均作“始”。

28.《絶句漫興九首》之三:“熟知茅齋絶低小。”熟知,宋本卷十一、錢箋卷十二、朱注卷七、仇注卷九:“晋作‘孰如’。”

29.《徐步》:“整履步青蕪。”履,宋本卷十一、錢箋卷十一、朱注卷八:“一作‘屐’,晋作‘屣’。”仇注卷十:“一作‘屐’,一作‘屣’。”

30.《寒食》:“鄰家鬧不違。”鬧,宋本卷十一、錢箋卷十一:“晋作‘問’。”朱注卷八、仇注卷十正文作“問”,校語:“一作‘鬧’。”又“地偏相識盡”,識,宋本:“晋作‘失’。”錢箋、仇注:“一作‘失’。”

31.《水檻遣心二首》之二:“何得尚浮名。”尚,宋本卷十二、錢箋卷十二、朱注卷八:“晋作‘向’。”仇注卷十:“一作‘向’。”

32.《奉和嚴中丞西城晚眺十韵》:“層城臨暇景。”層,宋本卷十二:“晋作‘曾’。”

33.《江畔獨步尋花七絶句》之五:“可愛深紅愛淺紅。”第二個“愛”字,宋本卷十二、錢箋卷十二、朱注卷八:“一云‘映’,晋作‘與’。”蔡本卷十八正文作“映”,校語:“一作‘愛’。”仇注卷十:“晋作‘映’,一作‘愛’,一作‘與’。”

34.《贈别鄭煉赴襄陽》:“地闊峨眉晚。”晚,宋本卷十一、錢箋卷十一、朱注卷八:“一作(錢箋作“云”)‘曉’,晋作‘遠’。”仇注卷十:“一作‘曉’,或作‘遠’。”

35.《柟樹爲風雨所拔歎》:“幹排雷雨猶力争。”幹,錢箋卷四、仇注卷十:“晋作‘榦’。”

36.《杜鵑行》:“爾豈摧殘始發憤。”始,錢箋卷四、仇注卷十:“晋作‘如’。”

37.《范二員外邈吴十侍御郁特枉駕闕展待聊寄此作》:“暫往比鄰去。”去,宋本卷十一、錢箋卷十一、仇注卷十:“晋作‘至’。”

38.《江頭五詠・麗春》:“少須好顔色。”朱注、仇注作“少須顔色好”。須,宋本卷十二、錢箋卷十二、朱注卷八:“晋作‘頃’。”仇注卷十:“一作‘頃’。”又“如何貴此重”,宋本、錢箋:“晋作‘稀如可貴重’。”蔡本卷十八:“一作‘希如可貴重’。”朱注:“一作‘此貴重’,晋作‘稀如此貴重’,《正異》云‘如何貴此重’,當作‘種’,舊作‘重’,乃缺文。”仇注卷十正文作“如何此貴重”,校語:“《正異》作‘如何貴此種’,晋作‘稀如此貴重’。”宋刻本《新刊校定集注杜詩》卷二三正文作“如何貴此重”,注曰:“蔡伯世《正異》‘如何貴此重’,當作‘種’,舊作‘重’,乃缺文也。”宋刻本《黄氏補千家集注杜工部詩史》卷二三正文亦作“如何貴此重”,注曰:“洙曰:一作‘稀如可貴重’。”

39.附嚴武《寄題杜二錦江野亭》:“終須重(朱注、仇注作‘直’)到使君灘。”須,宋本卷十二、錢箋卷十二、朱注卷九:“晋作‘當’。”蔡本卷二二:“一作‘當’。”仇注卷十正文作“當”,校語:“一作‘須’。”

40.《大麥行》:“部領辛苦江山長。”部,蔡本卷二六、朱注卷九:“晋作‘簿’。”錢箋卷四:“一作‘簿’。”仇注卷十一正文作“簿”,校語:“一作‘部’。”

41.《觀打魚歌》:“回風颯颯吹沙塵。”回,蔡本卷二二、錢箋卷五、朱注卷九、仇注卷十一:“晋作‘西’。”

42.《從事行贈嚴二别駕》(錢箋作《相從歌[蔡本作“行”]贈嚴二别駕》):“誰謂俄頃膠在漆。”俄頃,蔡本卷二三、錢箋卷五、仇注卷十一:“晋作‘我傾’。”

43.《陳拾遺故宅》:“郭振起通泉。”振,蔡本卷二三、錢箋卷五、朱注卷九:“晋作‘震’。”仇注卷十一正文作“震”,校語:“晋作‘震’,一作‘振’。”

44.《謁文公上方》:“窈窕入風磴。”窈,錢箋卷五、朱注卷九、仇注卷十一:“晋作‘窅’。”

45.《春日梓州登樓二首》之二:“移柳更能存。”移,宋本卷十二、錢箋卷十二、仇注卷十一:“晋作‘栘’。”蔡本卷二三作“栘”,注:“音‘移’。”又:“更,一作‘豈’。”

46.《望兜率寺》:“霏霏雲氣重。”重,宋本卷十二:“晋作‘動’。”錢箋卷十二:“一云‘動’。”朱注卷十:“一作‘動’。”仇注卷十二正文作“動”,校語:“一作‘重’。”

47.《椶拂子》:“亦用顧盻稱。”用,錢箋卷五:“晋作‘由’。”朱注卷十、仇注卷十二正文作“由”,仇注校語:“一作‘用’。”

48.《釋悶》:“揚鞭忽是過胡城。”胡,錢箋卷五:“晋作‘湖’。”蔡本卷二六、朱注卷十一、仇注卷十二正文作“湖”。

49.《寄題江外草堂》:“卧痾遺所便。”遺,錢箋卷五、朱注卷十、仇注卷十二:“晋作‘遣’。”蔡本卷二五:“一作‘遣’。”

50.《草堂》:“眼前列杻械。”列,蔡本卷二七、朱注卷十一、仇注卷十三:“晋作‘引’。”

51.《丹青引》:“但恨無過王右軍。”無,蔡本卷二五、錢箋卷

五、朱注卷十、仇注卷十三:"晋作'未'。"

52.《送韋諷上閬州録事參軍》:"賢者貴爲德。"蔡本卷二四、錢箋卷五、朱注卷十、仇注卷十三:"晋作'賢俊愧爲力'。"又"當令豪奪吏",當令,蔡本、錢箋、朱注、仇注:"晋作'因循'。"

53.《嚴氏溪放歌》:"天下甲馬未盡銷。"甲,蔡本卷二三、錢箋卷五:"晋作'兵'。"朱注卷十:"一作'兵'。"仇注卷十二正文作"兵",校語:"一作'甲'。"

54.《南池》:"南有漢王祠。"王,蔡本卷二五、錢箋卷五、朱注卷十:"晋作'主'。"仇注卷十三:"一作'主'。"

55.《憶昔二首》之一:"出兵整肅不可當。"當,蔡本卷三三:"音作'忘'。""音",當是"晋"之訛。錢箋卷五、仇注卷十三:"一作'忘'。"又之二:"九州道路無豺虎。"虎,錢箋、朱注卷十一、仇注:"晋作'狼'。"又"灑血江漢身衰疾",血,蔡本、錢箋:"晋作'淚'。"朱注:"一作'淚'。"仇注正文作"淚",校語:"一作'血'。"

56.《閬山歌》:"應結茅齋看青壁。"錢箋卷五、朱注卷十一:"一作'應著茅齋向青壁'。"又"看",錢箋:"一作'著'。"蔡本卷二五、朱注:"晋作'著'。"仇注卷十三正文作"應結茅齋著青壁",又"結",校語:"一作'著'";"著",校語:"涉畧切。一作'向',一作'看'。"

57.《太子張舍人遺織成褥段》:"氣豪直阻兵。"直,錢箋卷五、朱注卷十一:"晋作'真'。"仇注卷十三:"一作'真'。"

58.《寄李十四員外布十二韵》:"宿陰繁素㮈。"㮈,宋本卷十三:"晋作'柰'。"蔡本卷四六:"㮈,奴帶切,正作'奈'。"錢箋卷十三、朱注卷二十、仇注卷十三正文作"柰"。

59.《哭嚴僕射歸櫬》:"風送蛟龍雨。"雨,宋本卷十四:"晋作'匣'。"錢箋卷十四、朱注卷十二:"一作'匣'。"仇注卷十四正文作"匣",校語:"一作'雨'。"

60.《船下夔州郭宿雨濕不得上岸别王十二判官》:"晨鐘雲外

濕。”外,宋本卷十四、錢箋卷十四、朱注卷十二:“晋作‘岸’。”仇注卷十五正文作“岸”,校語:“晋作‘岸’,一作‘外’,《杜臆》作‘徑’。”

61.《熱三首》之一:“何似兒童歲。”何,宋本卷十四、錢箋卷十五、朱注卷十三、仇注卷十五:“晋作‘那’。”蔡本卷三五:“一作‘那’。”又之二“江上只空雷”,空,錢箋、朱注:“晋作‘聞’。”蔡本、仇注:“一作‘聞’。”又之三“雕胡炊屢新”,胡,宋本、錢箋、朱注:“晋作‘菰’。”仇注:“一作‘菰’。”蔡本正文作“菰”。

62.《夔州歌十絶句》之五:“江北江南春冬花。”江北江南,蔡本卷三五、錢箋卷十四、朱注卷十三、仇注卷十五:“晋作‘江南江北’。”又之十“中有高堂天下無”,堂,錢箋:“晋作‘唐’。”朱注:“諸本同,晋作‘唐’。”仇注正文作“唐”,校語:“一作‘堂’。”

63.《催宗文樹雞柵》:“終日憎赤幘。”憎,蔡本卷三五:“晋作‘帽’。”錢箋卷六、朱注卷十三:“一作‘增’,晋作‘帽’。”又“牆東有隙地”,隙,蔡本:“晋作‘散’。”有隙,錢箋、朱注、仇注卷十五:“晋作‘閒散’。”又“避熱時來歸”,來,蔡本、錢箋、朱注、仇注:“晋作‘未’。”

64.《牽牛織女》:“神光竟難候。”光,蔡本卷三六:“晋作‘仙’。”錢箋卷六:“一作‘仙’。”又“世人亦爲爾”,亦,蔡本:“晋作‘以’。”

65.《暇日小園散病將種秋菜督勒耕牛兼書觸目》:“牛力晚來新。”晚,蔡本卷三六:“晋作‘曉’。”錢箋卷六、朱注卷十六、仇注卷十九:“一作‘曉’。”

66.《貽華陽柳少府》:“柳侯披衣笑。”笑,錢箋卷六、朱注卷十三、仇注卷十五:“晋作‘嘯’。”

67.《雨不絶》:“鳴雨既過漸細微。”漸細,宋本卷十四、蔡本卷三三、錢箋卷十四、朱注卷十三、仇注卷十五:“晋作‘細雨’。”又“未待安流逆浪歸”,待,宋本、錢箋、仇注:“晋作‘得’。”朱注:“一作'得'。"蔡本正文作"得",校語:"一作'待'。"

68.《種萵苣》:"雨聲先已風。"已,蔡本卷三六、黎庶昌刻《古逸叢書》蔡本卷二九、錢箋卷六、朱注卷十三:"晋作'以'。"仇注卷十五正文作"以",校語:"晋作'以',一作'已'。"

69.《謁先主廟》:"得士契無鄰。"士,錢箋卷十四、仇注卷十五:"晋作'土'。"

70.《晴二首》之一:"碧知湖外草。"外,宋本卷十四、蔡本卷三三、錢箋卷十五、朱注卷十六:"晋作'上'。"仇注卷十五:"一作'上'。"

71.《八哀詩・贈司空王公思禮》:"意無流沙磧。"意無,錢箋卷七:"晋作'氣無'。"意,仇注卷十六:"一作'氣'。"無,朱注卷十四:"晋作'氣'。"又"肅肅自有適",肅肅,蔡本卷二九、錢箋、朱注、仇注:"晋作'蕭蕭'。"又"嗟嗟鄧大夫",嗟嗟,錢箋:"晋作'諾諾'。"朱注、仇注:"晋作'喏喏'。"

又《故司徒李公光弼》:"雅望與英姿。"與,錢箋卷七:"晋作'歎'。"

又《贈秘書監江夏李公邕》:"洞徹寶珠惠。"洞徹,錢箋、仇注:"晋作'涸轍'。"又"擺落多藏穢",藏,蔡本、錢箋、仇注:"晋作'贓'。"又"面折二張勢",二,蔡本、錢箋、朱注:"晋作'三'。"仇注:"一作'三'。"又"忠貞負冤恨",冤,蔡本、錢箋、朱注:"晋作'怨'。"仇注:"一作'怨'。"《文苑英華》卷三〇一作"怨",校語云:"集作'冤'。"又"指盡流水逝",指,錢箋、朱注:"晋作'推'。"仇注:"一作'推'。"

又《故秘書少監武功蘇公源明》:"吏禄亦累踐。"吏禄,蔡本正文作"吏緣",校語:"一作'吏禄',晋作'禄史'。"黎庶昌刻《古逸叢書》蔡本卷二四則云:"晋作'禄吏'。"錢箋:"晋作'椽吏'。"朱注:"《英華》作'掾吏'。"仇注正文作"掾吏",校語:"一作'吏禄'。"何焯《義門讀書記・杜工部集》云:"注:晋作'掾吏'。按,作‘掾吏’爲是。”又“始泰則終蹇”，則，錢箋：“晋作‘即’。”朱注：“《英華》作‘即’。”蔡本、仇注：“一作‘即’。”

又《故著作郎貶台州司户滎陽鄭公虔》：“平昔濫吹奬。”吹，錢箋：“晋作‘咨’。”朱注：“晋作‘咨’，趙作‘推’。”仇注正文作“推”，校語：“從趙本。一作‘吹’，晋作‘咨’。”

又《故右僕射相國張公九齡》：“用才文章境。”才，蔡本卷二九：“晋作‘寸’。”仇注卷十六：“‘境’，韵重，或作‘炳’。”

72.《夔府書懷四十韵》：“豺遘哀登楚。”遘，錢箋卷十五、仇注卷十六：“一作‘構’。”朱注卷十五：“晋作‘構’。”

73.《存殁口號二首》之一：“玉局他年無限笑。”笑，蔡本卷三二：“魯作‘事’。”錢箋卷十六：“一作‘事’。”朱注卷十四：“晋作‘事’。”仇注卷十六正文作“事”，校語：“一作‘笑’。”

74.《往在》：“賊臣表逆節。”節，蔡本卷三四、錢箋卷七、朱注卷十五、仇注卷十六：“晋作‘帥’。”

75.《壯遊》：“呼鷹皁櫪林。”櫪，蔡本卷四一、錢箋卷七：“晋作‘櫟’。”朱注卷十五、仇注卷十六：“一作‘櫟’。”

76.《西閣二首》之一：“層軒俯江壁。”層，朱注卷十三：“晋作‘曾’。”仇注卷十七：“一作‘曾’。”

77.《秋興八首》之八：“紫閣峰陰入渼陂。”渼，錢箋卷十五：“晋作‘漾’。”

78.《能畫》：“皇恩斷若神。”恩，錢箋卷十五、朱注卷十七：“晋作‘明’。”仇注卷十七正文作“明”，校語：“晋作‘明’，一作‘恩’。”

79.《鷗》：“雪暗還須浴。”浴，蔡本卷三二、朱注卷十七：“晋作‘落’。”錢箋卷十六、仇注卷十七：“一作‘落’。”

80.《閣夜》：“野哭幾家聞戰伐。”幾，蔡本卷三二、錢箋卷十四：“晋作‘千’。”仇注卷十八正文作“千”，校語：“一作‘幾’。”又“夷歌數處起漁樵”，數，錢箋：“晋作‘是’。”朱注卷十五正文作“是”，校語：“晋作‘幾’，一作‘數’。”仇注正文作“幾”，校語：“一作‘數’,一作‘是’。”

81.《暮春題瀼西新賃草屋五首》之三:“錦樹曉來青。”曉,宋本卷十四、明抄本趙次公注成帙卷二、錢箋卷十四、朱注卷十六:“晋作‘晚’。”仇注卷十八:“一作‘晚’。”又之四:“壯年學書劍。”年,宋本、蔡本卷三三、錢箋、仇注:“晋作‘志’。”又之五:“時危人事急,風逆羽毛傷。”急,宋本、蔡本、錢箋、朱注:“晋作‘惡’。”仇注:“一作‘惡’。”逆,宋本、蔡本、錢箋、朱注:“晋作‘急’。”仇注:“一作‘急’。”

82.《見王監兵馬使説近山有白黑二鷹羅者久取竟未能得王以爲毛骨有異他鷹恐臘後春生騫飛避暖勁翮思秋之甚眇不可見請余賦詩二首》之一:“千人何事網羅求。”千,蔡本卷四四:“晋、謝皆作‘干’。”錢箋卷十六:“晋作‘干’,或作‘于’。”朱注卷十八正文作“干”,校語:“一作‘于’。”仇注卷十八正文作“于”,校語:“一作‘千’,一作‘干’。”

83.《江雨有懷鄭典設》:“春雨闇闇塞峽中。”塞,宋本卷十四、蔡本卷三三、朱注卷十六:“晋作‘發’。”錢箋卷十六:“一作‘發’。”仇注卷十八:“音色。晋作‘發’。”

84.《承聞河北諸道節度入朝歡喜口號絶句十二首》之三:“始是乾坤王室正。”始,宋本卷十四、錢箋卷十五:“晋作‘作’。”蔡本卷三四:“卞圜曰:始音試。”朱注卷十六:“晋作‘自’。”仇注卷十八正文作“自”,校語:“一作‘始’。”

85.《得舍弟觀書自中都已達江陵今兹暮春月末行李合到夔州悲喜相兼團圓可待賦詩即事情見乎詞》:“爾到江陵府。”到,宋本卷十四、蔡本卷三四、錢箋卷十六、朱注卷十六:“晋作‘過’。”仇注卷十八正文作“過”,校語:“一作‘到’。”

86.《喜觀即到復題短篇二首》之二:“愁絶始星星。”愁,錢箋卷十六:“一作‘撚’。”蔡本卷三四、朱注卷十六正文作“撚”,蔡本校語:“一作‘愁’。”朱注校語:“晋作‘愁’。”仇注卷十八正文作

“愁絶始惺惺”,愁,校語:“一作‘撚’。”惺惺,校語:“從趙汸本。舊作‘星星’。”

87.《園人送瓜》:“仍看小童抱。”抱,蔡本卷三五、朱注卷十六、仇注卷十九:“晋作‘飽’。”明抄本趙次公注成帙卷三正文作“飽”。

88.《課伐木并序》:“必昏黑樘突。”樘(蔡本、朱注、仇注作“揨”),蔡本卷三五:“晋作‘撐’。揨,徒郎切。”錢箋卷六、朱注卷十六、仇注卷十九:“晋作‘撐’,一作‘搪’。”

89.《柴門》:“杉清延月華。”蔡本卷三六作“杉青延日華”,校語:“青,一作‘清’。”清,錢箋卷六、朱注卷十六:“晋作‘青’。”仇注卷十九:“一作‘青’。”

90.《樹間》:“幾回霑葉露。”葉,錢箋卷十四:“一作‘落’。”朱注卷十六、仇注卷十九:“晋作‘落’。”

91.《孟氏》:“負米力葵外。”力,蔡本卷三六:“一作‘夕’,晋作‘寒’。”錢箋卷十五:“晋作‘寒’,一作‘夕’。”朱注卷十六、仇注卷十九正文作“夕”,朱注校語:“晋作‘寒’。他本作‘力’,非。”仇注校語:“晋作‘寒’。一作‘力’,非。”

92.《奉酬薛十二丈判官見贈》:“東南兩岸坼。”兩岸坼,錢箋卷七:“晋作‘岸兩坼’。”兩岸,蔡本卷四一、朱注卷十七、仇注卷十九:“晋作‘岸兩’。”坼,蔡本作“拆”。

93.《同元使君舂陵行并序》:“萬物吐氣。”蔡本卷三七:“晋作‘百姓壯氣’。”物吐,錢箋卷七、朱注卷十二、仇注卷十九:“晋作‘姓壯’。”又“不必寄元”,元,蔡本、錢箋、仇注:“晋作‘云’。”又“色阻金印大”,阻,錢箋:“晋作‘沮’。”蔡本:“一作‘沮’。”仇注正文作“沮”,校語:“一作‘阻’。”

94.《秋日夔府詠懷奉寄鄭監審李賓客之芳一百韵》:“開襟驅瘴癘。”驅,錢箋卷十五、朱注卷十五:“晋作‘祛’。”仇注卷十九:“一作‘祛’。”又“披拂雲寧在。”拂,錢箋、朱注、仇注:“一作‘晤’,

晋作‘豁’。”

95.《園官送菜》:“埋没在中園。”在,錢箋卷六、朱注卷十六:“晋作‘自’。”仇注卷十九:“一作‘自’。”

96.《課小豎鉏斫舍北果林枝蔓荒穢净訖移床三首》之二:“吟詩坐回首。”坐,蔡本卷三八、黎庶昌刻《古逸叢書》蔡本卷三一、朱注卷十七:“晋作‘重’。”錢箋卷十四:“一作‘重’。”仇注卷二十正文作“重”,校語:“義從平聲,讀用去聲。一作‘坐’。”

97.《自瀼西荆扉且移居東屯茅屋四首》之四:“回首憶朝班。”憶,錢箋卷十四:“晋作‘想’。”朱注卷十七、仇注卷二十:“一作‘想’。”

98.《刈稻了詠懷》:“旭日散雞豚。”豚,朱注卷十七:“晋作‘豘’。”仇注卷二十:“一作‘豘’。”

99.《久雨期王將軍不至》:“泥濘漠漠飢鴻鵠。”濘,錢箋卷七:“一云‘滓’。”朱注卷十七:“晋作‘澤’。”仇注卷二十:“一作‘滓’。”

100.《寄裴施州》:“自從相遇感多病。”感,蔡本卷四一:“一作‘減’,一作‘咸’。”錢箋卷六:“晋作‘減’。”朱注卷十八:“《英華》作‘減’。”仇注卷二十正文作“減”,校語:“一作‘感’。”

101.《復愁十二首》之一:“野鶻翻窺草。”鶻,蔡本卷三九:“一作‘雉’。”錢箋卷十五、朱注卷十七、仇注卷二十:“一作‘鶴’,又作‘鷂’,晋作‘雉’。”

102.《九日五首》之二:“茱萸賜朝士。”茱萸,蔡本卷三二:“晋作‘萸芳’。”黎庶昌刻《古逸叢書》蔡本卷二七作“茱芳”。錢箋卷十六、朱注卷十七:“晋作‘萸房’。”仇注卷二十:“一作‘萸房’。”

103.《别崔潩因寄薛據孟雲卿》:“荆州過薛孟。”過,蔡本卷三二:“晋作‘遇’。”仇注卷十八正文作“遇”,校語:“一作‘過’。”

104.《寫懷二首》之二:“營營爲私實。”實,錢箋卷七、朱注卷十八:“晋作‘室’。”蔡本卷四十、仇注卷二十:“一作‘室’。”

105.《虎牙行》:"秋風欻吸吹南國。"欻吸,蔡本卷四二、錢箋卷七、仇注卷二十:"晋作'欻欻'。"

106.《季秋蘇五弟纓江樓夜宴崔十三評事韋少府侄三首》之二:"浮雲薄漸遮。"漸,錢箋卷十六:"晋作'暫'。"朱注卷十七:"一作'暫'。"仇注卷二十作第三首,校語:"一作'暫'。"

107.《昔遊》:"暮升艮岑頂。"岑,錢箋卷三:"晋作'峰'。"蔡本卷四三、朱注卷五、仇注卷二十:"一作'峰'。"又"含悽向寥廓",悽,錢箋:"晋作'淒'。"仇注:"一作'淒'。"蔡本正文作"淒",校語:"一作'悽'。"朱注正文作"淒"。

108.《喜聞盜賊蕃寇總退口號五首》之一:"北極轉愁龍虎氣。"極,蔡本卷三四、錢箋卷十五、朱注卷十八、仇注卷二一:"晋作'闕'。"又之二:"數通和好止煙塵。"止,蔡本:"一作'問'。"錢箋、朱注:"晋作'尚'。"仇注:"一作'尚'。"又之三:"崆峒西極過崑崙。"西極,蔡本:"晋作'西北'。"極,錢箋:"晋作'北'。"仇注:"一作'北'。"又之四"少答胡王萬匹羅",胡,宋本卷十四、蔡本、錢箋、仇注:"晋作'朝'。"

109.《送田四弟將軍將夔州柏中丞命起居江陵節度使陽城郡王衛公幕》:"空醉山翁酒。"空,錢箋卷十六:"晋作'定'。"朱注卷十八、仇注卷二一正文作"定",校語:"一作'空'。"

110.《遠遊》:"江闊浮高棟。"棟,蔡本卷三九、錢箋卷十五、仇注卷二二:"晋作'凍'。"

111.《别張十三建封》:"范雲堪晚友。"晚,蔡本卷四七:"或作'結'。"錢箋卷八:"晋作'結'。"朱注卷二十正文作"范雲堪晚交",校語:"堪,一作'結';晚交,一作'結友'。"仇注卷二三正文作"范雲堪結友",校語"結友,一作'晚交'。"

據統計,以上各本杜集校語有"晋作某"者,計 111 題 126 首(附嚴武詩 1 首),幾占今存杜詩的十二分之一,涉及杜甫各個時期的詩。又各本校語稍有不同,但可看出,仇注正文多從"晋作",態度是審慎的。這對杜詩的校勘具有非常重要的意義。

第七節　唐五代遺逸杜集考索

唐五代時期,由於印刷業尚欠發達,後期戰亂頻仍,有關杜集的各種版本存世甚少,宋以後更湮没無聞。今據後世文獻廣爲蒐求輯佚,除前述樊晃《杜工部小集》與開運官書本杜集外,尚得十數種,開列如下:

一、杜甫集　六十卷　(唐)闕名編

唐樊晃《杜工部小集序》云:"文集六十卷,行于江漢之南。"①《舊唐書・杜甫傳》云:"甫有文集六十卷。"②《新唐書・藝文志》載:"《杜甫集》六十卷。"③或謂此集爲杜甫生前親自編定。宋王洙《杜工部集記》云:"甫集初六十卷,今秘府舊藏,通人家所有稱大小集者,皆亡逸之餘,人自編摭,非當時第叙矣。"④是王洙編杜集時六十卷本已不存。

二、杜員外集　二卷　(唐)闕名編

日僧圓仁(793—864)《入唐新求聖教目録》著録。圓仁(日本天台宗第三代座主)于唐文宗開成三年(838)隨日本第十八次

① 樊晃《杜工部小集序》,錢謙益《錢注杜詩》附録,第709頁。

② 《舊唐書・杜甫傳》,第5057頁。

③ 《新唐書・藝文志》,第1603頁。

④ 王洙《杜工部集記》,《宋本杜工部集》卷首,商務印書館影印《古逸叢書》本。

遣唐使藤原常嗣入唐求法，宣宗大中元年（847）回國時攜帶漢籍584部，計802卷。其中就有《杜員外集二卷》。杜員外，當即杜甫。

三、古本杜甫集　二卷　（唐）闕名編

王洙《杜工部集記》云："蒐裒中外書，凡九十九卷（古本二卷，蜀本二十卷，集略十五卷，樊晃序小集六卷，孫光憲序二十卷，鄭文寶序少陵集二十卷，別題小集二卷，孫僅一卷，雜編三卷），除其重複，定取千四百有五篇。"將其列於各集之首，當是唐本。又張耒《明道雜志》云："杜甫之父名閑，而甫詩不諱閑。某在館中時，同舍屢論及此。余謂甫天姿篤于忠孝，于父名非不獲已，宜不忍言。試問王仲至（即王洙之子王欽臣）討論之，果得其由，大都本誤也。《寒食》詩云：'田父邀皆去，鄰家閑不違。'仲至家有古寫本杜詩，作'問不違'。作'問'實勝'閑'。又《諸將》詩云：'見愁汗馬西戎逼，曾閃朱旗北斗閑。'寫本作'殷'字，亦有理，語更雄健。"①此"古寫本"即王洙所云"古本"。已佚。

四、唐寫本杜詩　（唐）闕名抄

胡仔《苕溪漁隱叢話》後集卷八引《詩說雋永》云："王性之（銍）嘗見唐人寫本杜詩云：'孤城此日堪腸斷，愁對寒雲雪滿山。'乃'白滿山'也。"②所引二句見杜詩《至日遣興奉寄北省舊閣老兩院故人二首》其二。仇兆鰲《杜詩詳注》卷六引黃生曰："唐本作'白滿山'，非是。"③已佚。

---

① 張耒《明道雜志》，《顧氏文房小說》本。

② 胡仔《苕溪漁隱叢話》後集卷八，人民文學出版社廖德明校點本。

③ 仇兆鰲《杜詩詳注》卷六，第498頁。

五、杜員外詩集　（唐）闕名編

蘇軾《東坡題跋》"記子美逸詩"云："《聞惠子過東溪》詩云：'惠子白驢瘦，歸溪唯病身。皇天無老眼，空谷滯斯人。巖蜜松花熟，山杯竹葉春。柴門了無事，黄綺未稱臣。'此一篇予與劉斯立得之於管城人家葉子册中，題云《杜員外詩集》，名甫字東（子）美。其餘諸篇，語多不同。"[①]而錢謙益《錢注杜詩》卷十八"附録"吴若本逸詩題作《聞惠二過東溪特一送》云："惠子白駒（一作'魚'，坡作'驢'）瘦，歸溪唯病身。皇天無老眼，空谷滯（一作'值'）斯人。崖蜜松花熟（一作'白'，一作'古'），山杯（一作'村醪'）竹葉新。柴門了無（一作'生'）事，黄（一作'園'）綺未稱臣。"[②]周紫芝《竹坡詩話》亦云："近世士大夫家所藏杜少陵逸詩，本多不同。余所傳古律二十八首，其間一詩，陳叔易記云：得於管城人家册子葉中。"[③]《洪駒父詩話》又云："劉路左車爲余言：嘗收得唐人雜編時人詩册，有老杜《送惠二歸故居》詩云：'惠子白駒瘦，歸溪唯病身。皇天無老眼，空谷值斯人。崖蜜松花白，山杯竹葉新。柴門了生事，黄綺未稱臣。'真子美語也。'白駒'，或作'驢'字。"[④]此條亦見《侯鯖録》卷二、《苕溪漁隱叢話》前集卷十三和《詩人玉屑》卷十四，而文字有異。《侯鯖録》題目作《送惠二過東溪》；《苕溪漁隱叢話》和《詩人玉屑》俱無"老杜"二字；"駒"，三本俱作"驢"；"值"，三本俱作"滯"；"新"，《侯鯖録》作"春"。此本蘇軾明言爲杜甫《杜員外詩集》，《洪駒父詩話》又云"唐人雜編時人詩册"，則此本當爲唐人鈔本。已佚。

---

① 《東坡題跋》卷二，《津逮秘書》本。

② 錢謙益《錢注杜詩》卷一八"附録"，第637頁。

③ 周紫芝《竹坡詩話》，《歷代詩話》本，第345頁。

④ 方深道輯《諸家老杜詩評》卷二引，張忠綱《杜甫詩話六種校注》本，第39頁。

六、杜氏詩律詩格　一卷　（唐）佚名撰

《通志·藝文略·詩評類》著録。又《宋秘書省續編到四庫闕書目·文史類》著録佚名撰《杜氏十二律詩格》一卷；胡應麟《詩藪·雜編》卷二載《杜氏詩格》一卷，列爲“唐人詩話”。或謂當是一書。或疑所謂林越《少陵詩格》爲此書改頭換面之作。

七、吴越寫本杜詩　（五代）吴越闕名抄

胡仔《苕溪漁隱叢話》後集卷八引《詩説雋永》云：“晁氏嘗於中壺緘綫纊夾中得吴越人寫本杜詩，諱‘流’字之類，乃盛文肅故書也。如‘日出籬東水’等絶句六首乃九首，其一云：‘漫道春來好，狂風大放顛。飛花隨水去，翻却釣魚船。’”[①]周紫芝《竹坡詩話》卷二亦云：“又五詩，謝仁（當作“任”）伯記云：得于盛文肅家故書中，猶是吴越錢氏所録。”[②]此本已佚。盛文肅，即盛度（968—1041），歷仕太宗、真宗、仁宗三朝，官至參知政事、知樞密院事，卒謚文肅。家富藏書，好學不倦，敏于爲文，嘗奉詔同編《續通典》《文苑英華》。

八、蜀本杜詩　二十卷　（五代）闕名編

王洙《杜工部集記》云：“蒐裒中外書，凡九十九卷（古本二卷，蜀本二十卷，集略十五卷，樊晃序小集六卷，孫光憲序二十卷，鄭文寶序少陵集二十卷，别題小集二卷，孫僅一卷，雜編三卷），除其重複，定取千四百有五篇。”而王得臣《增注杜工部詩集序》則云：“按鄭文寶《少陵集》，張逸爲之序，又有蜀本十卷。”[③]嚴羽《滄浪詩

---

① 胡仔《苕溪漁隱叢話》後集卷八引《詩説雋永》，人民文學出版社廖德明校點本。

② 《竹坡詩話》，《歷代詩話》本，第345頁。

③ 王得臣《增注杜工部詩集序》，宋刻本《黄氏補千家集注杜工部詩史》卷首。

話·考證》云:"舊蜀本杜詩,並無注釋,雖編年而不分古近二體,其間略有公自注而已。今豫章庫本以爲翻鎮江蜀本,雖分雜注,又分古律,其編年亦且不同。近寶慶間,南海漕臺雕《杜集》(指曾噩刊刻郭知達《九家集注杜詩》),亦以爲蜀本,雖删去假坡之注,亦有王原叔以下九家,而趙注(指趙次公注)比他本最詳,皆非舊蜀本也。"①郭紹虞箋注云:"案鎮江蜀本既與舊蜀本不同,疑即是王洙所編,而王琪所刻、裴煜所補之本。其與舊蜀本不同之點有二:據陳振孫《直齋書録解題》卷十六謂'王洙原叔定其千四百五篇,古詩三百九十九,近體千有六',則是此本雖無注而分體,與滄浪之説正同。又云'蜀本大略同,而以遺文入正集中,則非其舊也',則知舊蜀本遺文不入正集,是又與新蜀本不同之一點。"②杜集有新舊蜀本之分,王洙所用之本,當爲舊蜀本。後蜀韋縠《才調集叙》云:"暇日因閲李杜集、元白詩,……各有編次。"③是當時杜集已在蜀地流傳。則此本或爲五代後蜀時刊印。已佚。

九、杜甫集略　十五卷　闕名編

疑爲唐五代人編。見王洙《杜工部集記》。已佚。

一〇、南唐抄本杜甫詩　(五代)南唐闕名抄

龔頤正《芥隱筆記》云:"王仲言(明清)自宣城歸,得杜甫詩三帙,有南唐澄心堂紙,有建鄴文房印、沈思遠印及敕賜印。筆法精妙,殆能書者。試考一二詩,多與今本不同。如《憶李白》詩:'白也詩無數,飄然意不群。清新庾開府,豪邁鮑參軍。渭北春天樹,江東日暮雲。何時一樽酒,重與話斯文。'《九日》詩乃云:'今朝醉裹

---

① 嚴羽《滄浪詩話·考證》,《歷代詩話》本,第703頁。

② 郭紹虞《滄浪詩話校釋》,人民文學出版社1983年版。

③ 韋縠《才調集叙》,《四部叢刊》景述古堂景宋鈔本。

爲君歡'、'笑倩傍人爲正冠'及'再把茱萸仔細看'。又'芹泥隨燕觜,蕊粉上蜂鬚','宫草霏霏隨委佩'、'雲近蓬萊常五色','酒醒思汗簟','已近苦寒夜','長貧怪婦愁','雨映行宫辱贈詩','騎馬誰家白面郎'、'不通姓字麄疎甚','忍待江山麗'之類,不可概舉也。"①《憶李白》詩,即《春日憶李白》,王洙《宋本杜工部集》全文則作:"白也詩無敵,飄然思不群。清新庾開府,俊逸鮑參軍。渭北春天樹,江東日暮雲。何時一樽酒,重與細論文。"竟有六字不同!《九日》詩,即《九日藍田崔氏莊》,"今朝醉裹爲君歡",《宋本杜工部集》作"興來今日盡君歡";"再把茱萸仔細看",《宋本杜工部集》作"醉把茱萸子細看",宋刻他本則云"一作'再'"。"芹泥隨燕觜,蕊粉上蜂鬚",出杜詩《徐步》,《宋本杜工部集》則作"芹泥隨燕觜,花蕊上蜂鬚",校語云:"'花蕊',一作'蕊粉'。""宫草霏霏隨委佩"與"雲近蓬萊常五色",出杜詩《宣政殿退朝晚出左掖》,"宫草霏霏隨委佩",《宋本杜工部集》則作"宫草微微承委佩",校語云:"'微微',一云'霏霏'。""酒醒思汗簟",出杜詩《陪鄭廣文游何將軍山林十首》其六,《宋本杜工部集》則作"酒醒思卧簟"。"已近苦寒夜",出杜詩《擣衣》,《宋本杜工部集》則作"已近苦寒月"。"長貧怪婦愁",出杜詩《屏迹三首》其三,《宋本杜工部集》則作"長貧任婦愁"。"雨映行宫辱贈詩",出杜詩《中丞嚴公雨中垂寄見憶一絶奉答二絶》其一,詩句與《宋本杜工部集》同;"宫"字,宋刻蔡夢弼本作"雲",校語云:"'雲',一作'宫',一作'官',非是。"但《永樂大典》卷八〇八引《項安世家説》云:"杜詩有《遣行官張望視稻》詩,又《答嚴武》云:'雨映行官辱贈詩。'蓋唐人例呼官力爲行官,若今散從官、衙官之類。韓退之《與孟簡書》云'行官自南回,得吾兄書'者是也。如杜詩有馬軍送酒,盧仝詩有軍將送酒,皆當時

---

①　龔頤正《芥隱筆記》"杜詩古今本不同"條,文淵閣《四庫全書》影印本。

送書之人。後人不知,遂以'雨映行官'爲'雨映行宫',其去本事遠矣。"①"騎馬誰家白面郎"與"不通姓字麄疎甚",均出杜詩《少年行》,"騎馬誰家白面郎",《宋本杜工部集》作"馬上誰家薄媚郎",校語云:"'馬上',一云'騎馬'。'薄媚',一云'白面'。""不通姓字麄疎甚",《宋本杜工部集》作"不通姓字麤豪甚",校語云:"'麤豪甚',一云'麄疎甚'。""忍待江山麗",出杜詩《戲寄崔評事表姪蘇五表弟韋大少府諸姪》。

龔頤正(1140—1201),本名敦頤,避光宗諱改,字養正,號芥隱,爲南宋著名學者,尤長於史學。所著《芥隱筆記》一卷,《四庫全書・子部十・雜家類二》著録,"提要"稱其"考證博洽,具有根柢……統合全編,則精核者居多,要不在沈括《筆談》、洪邁《隨筆》之下"。王明清(1127?—1202?),字仲言,亦以史學知名,著有《揮麈録》《投轄録》《玉照新志》等。《四庫全書・子部十二・小説家類一》之"《玉照新志》提要"云:"明清博物洽聞,兼嫻掌故,故隨筆記録,皆有裨見聞。"故龔、王所見所録當屬實,則此本杜集,王洙編《杜工部集》時未及見,故於杜集校勘甚有參考價值,惜其已佚。

一一、孫光憲序杜甫集　二十卷　(五代)孫光憲編

孫光憲(901—968),字孟文,自號葆光子。陵州貴平(今四川省仁壽縣向家鄉貴坪村)人。唐末爲陵州判官,後唐天成元年(926),爲荆南高季興掌書記。歷三世,累官荆南節度副使、朝議郎、檢校秘書少監、試御史中丞。入宋,授黄州刺史。爲政頗有治聲。光憲"性嗜經籍,聚書凡數千卷。或自鈔寫,孜孜校讎,老而不廢"②。著述甚豐,有《北夢瑣言》《荆臺集》《橘齋集》等,僅《北夢瑣言》傳世。能詩工詞,爲"花間派"詞人,詞存八十四首。《宋史》

① 《永樂大典》卷八〇八引《項安世家説》,商務印書館排印本。

② 《十國春秋・孫光憲傳》,文淵閣《四庫全書》影印本。

卷四八三、《十國春秋》卷一〇二有傳。

據王洙《杜工部集記》,光憲有序杜集二十卷,惜書與序皆不傳。

一二、薛向藏杜詩故本　(五代)闕名編

蔡居厚《蔡寬夫詩話》云:"唐人避家諱嚴甚。……杜子美詩一部,未嘗使'閑'字,獨一聯云:'見愁汗馬西戎逼,曾閃朱旗北斗閑。'一處而已。頃見王侍郎欽臣云:'舊嘗疑此,以謂既不避,則不應只犯一字。後於薛樞密向家,得五代時人故本較之,乃是'殷'字,恐好事因本朝廟諱易之,而不暇省其父名也。"①薛向(1016—1081),字師正,宋河中萬泉人。治平二年(1065)進士及第。曾知鄜州,遷陝西轉運使。元豐元年(1078),召同知樞密院事。卒年六十六。《宋史》卷三二八有傳。王欽臣,字仲至,爲王洙子,博學能詩,家藏書數萬卷,手自校正,所言當不虛。"見愁汗馬西戎逼,曾閃朱旗北斗閑",爲《諸將五首》之一詩句,因觸杜甫家諱,宋人多有考訂。早於胡仔所引,趙令畤《侯鯖録》即云:"王立之云:老杜家諱'閑',而詩中有'翩翩戲蝶過閑幔',或云:恐傳者謬。又有'泛愛憐霜鬢,留歡卜夜閑'。余以爲皆當以'閑'爲正,臨文恐不自諱也。迂叟李國老云:余讀《新唐書》,方知杜甫父名閑,檢杜詩,果無'閑'字。唯蜀本杜詩二十卷,内《寒食》詩云:'鄰家閑不違。'後見王琪本作'問不違'。又云:'曾閃朱旗北斗閑',後見趙仁約説薛向家本作'北斗殷'。由是言之,甫不用'閑'字明矣。"②張耒《明道雜志》亦云:"杜甫之父名閑,而甫詩不諱閑。某在館中時,同舍屢論及此。余謂甫天姿篤於忠孝,於父名非不獲已,宜不忍言。試問王仲至討論之,果得其由,大都本誤也。《寒食》詩云:'田父邀皆

① 胡仔《苕溪漁隱叢話》前集卷二〇引,人民文學出版社廖德明校點本。

② 趙令畤《侯鯖録》卷七,《知不足齋叢書》本。

去,鄰家閑不違。’仲至家有古寫本杜詩,作‘問不違’,作‘問’實勝‘閑’。又《諸將》詩云:‘見愁汗馬西戎逼,曾閃朱旗北斗閑。’寫本作‘殷’字,亦有理,語更雄健。又有‘娟娟戲蝶過閑幔,片片驚鷗下急湍’,本作‘開幔’。開幔語更工,因開幔見蝶過也。惟《韓幹畫馬贊》有‘御閑敏’,寫本無異説。雖容是‘開敏’,而禮‘卒哭乃諱’,《馬贊》容是父在所爲也。”[①]而《文苑英華》正文即作“開敏”,校語云:“‘開’,集作‘閑’。”[②]後邵博在《河南邵氏聞見後録》亦云:“杜甫父名閑,故詩中無閑字。其曰:‘鄰家閑不違’者,古本‘問不違’。‘曾閃朱旗北斗閑’者,古本‘北斗殷’。”[③]對何以爲“殷”字,説得最精確合理的,是南宋周必大的《二老堂詩話》:“世言杜子美詩兩押‘閑’字,不避家諱。”“七言詩‘曾閃朱旗北斗閑’,俗傳孫覿《杜詩押韵》亦用二字,其實非也。”“‘北斗閑’者,蓋《(後)漢書》有‘朱旗絳天’,今杜詩既云‘曾閃朱旗’,則是因朱旗絳天,斗色亦赤。本是‘殷’字,於斤切,盛也;又於顔切,紅色也。故音雖不同,而字則一體。是時宣祖正諱‘殷’字,故改作‘閑’,全無義理。今既祧廟不諱,所謂‘曾閃朱旗北斗殷’,又何疑焉!”[④]“宣祖”,趙匡胤之父名弘殷,廟號宣祖,故諱“殷”字。正因如此,故王洙《宋本杜工部集》及其他宋本杜詩正文皆作“曾閃朱旗北斗閑”,無作“殷”者。只有已佚的蔡居厚(字伯世)《重編少陵先生集》作“殷”字,而博雅如趙次公却反駁説:“蔡伯世本改作‘北斗殷’,師民瞻本改作‘北斗間’,蓋牽於杜公父名‘閑’,必不使‘閑’字而以意改耳。”“今所云‘北斗閑’,皆臨文不諱。”[⑤]胡仔亦云:

① 張耒《明道雜志》,《顧氏文房小説》本。

② 《文苑英華》卷七八四《畫馬贊》,第4143頁。

③ 邵博《河南邵氏聞見後録》卷一四,《津逮秘書》本。

④ 周必大《文忠集》卷一七八《二老堂詩話》下“辨杜詩閑殷闌韵”條,文淵閣《四庫全書》影印本。

⑤ 趙次公《新定杜工部古詩近體詩先後並解》末帙卷六,明鈔本。

"'曾閃朱旗北斗殷',介甫刊作'閑'字,豈非臨文不諱之義乎?"①蔡居厚本之所以作"殷",乃是根據王欽臣告知的薛向藏"五代時人故本",可惜此本已佚。

一三、舊鈔本杜少陵詩　闕名編

黄伯思《東觀餘論》卷下"跋洛陽所得杜少陵詩後"條云:"政和二年夏在洛陽,與法曹趙來叔因檢校職事,同出上陽門。於道北古精舍中避暑,于法堂壁間弊簏中得此帙,所録杜子美詩,頗與今行槧本小異。如'忍對江山麗',印本'對'乃作'待';'雅量涵高遠',印本'涵'乃作'極',當以此爲正。若是者尚多。予方欲借之,寺僧因以見與,遂持歸。校所藏本,是正頗多,但偶忘其寺名耳。六年二月十一日,舟中偶繙舊書見之,因題得之所自云。山陽還丹陽,是夕宿揚州郭外。長睿父題。"②"忍對江山麗",爲《戲寄崔評事表姪蘇五表弟韋大少府諸姪》詩句,而《宋本杜工部集》及諸宋本"對"俱作"待";"雅量涵高遠",爲《移居公安敬贈衛大郎鈞》詩句,而《宋本杜工部集》"涵"作"極",其他宋刻本多作"涵"。是王洙編《宋本杜工部集》時未見此本,所謂"今行槧本"當指王洙本。疑此本或爲唐五代鈔本,已佚。

① 《苕溪漁隱叢話》前集卷二〇,人民文學出版社廖德明校點本。

② 黄伯思《東觀餘論》卷下,《津逮秘書》本。

第四章　唐五代筆記小説有關杜甫記載考索

如前所述，杜詩在中唐已大行於天下。到晚唐、五代，亦應得到廣泛的流傳。但因此時期戰亂頻仍，社會很不安定，故保存下來的資料比較少。杜甫天寶十三載(754)所獻《進〈雕賦〉表》即説："自七歲所綴詩筆，向四十載矣，約千有餘篇。"而流傳至今的，天寶十三載以前所作詩不過一百多首。所以韓愈《調張籍》云："李杜文章在，光焰萬丈長。……流落人間者，泰山一毫芒。"韓愈那時就如此，自後杜甫的作品散佚恐怕更多。所以，僅以今存資料的多少而斷定杜詩在當時的影響，難免有所偏失。證明杜詩在晚唐仍然得到廣泛地流傳，一個顯著的例子，就是高彦休《唐闕史》所載《韋進士見亡妓》："京兆韋氏子，舉進士，門閥甚盛。嘗納妓於潞，顏色明秀，尤善音律，慧心巧思，衆寡其倫。韋曾令寫杜工部詩，得本甚舛缺，妓隨筆鉛正，文理曉然，以是韋頗惑之。十六歸京兆，二十一而雕落。"①高彦休《唐闕史》序云："中和歲，齊偷構逆，翠華幸蜀，搏虎未期，鳴鑾在遠，旅泊江表，問安之暇，出所記述，亡逸過半，其間近屏幃者，涉疑誕者，又删去之，十存三四焉。共五十一篇，分爲上下卷，約以年代爲次，討尋經史之暇，時或一覽，猶至味之有菹醢也。甲辰歲清和月編次。"所謂"齊偷構逆，翠華幸蜀"，指的是黄巢起義，攻破長安，唐僖宗倉皇逃到四川。而"甲辰歲"，即僖宗中和

① 高彦休《唐闕史》卷下，《唐五代筆記小説大觀》本，第 1356 頁。以下所引《唐闕史》文字，皆據此本，不另注出。

四年(884)。而《唐闕史》所記大多爲代宗大曆至僖宗乾符(766—879)年間事,“約以年代爲次”。而《韋進士見亡妓》條下即《盧尚書莊墮雷工》條,所記乃乾符二年(875)事,又後《迎佛骨事》條,所記唐懿宗咸通十四年(873)事。故《韋進士見亡妓》所記之事,最晚亦當在乾符以前。一個下層的妓女,對杜詩竟如此熟悉,他人可知。而從“得本甚舛缺”,亦可見當時杜詩在民間流傳之廣,影響之大。所以在唐五代筆記小説中,有關杜甫和杜詩的記載甚多。這些記載,内容駁雜,有的有事實根據,頗有價值;有的一鱗半爪,想象虚構;有的道聽塗説,記載失實。它們多方面地反映了杜甫及杜詩的影響,有的對後世影響頗大。

第一節　《本事詩》第一次標出杜詩“詩史”説

孟啓《本事詩·高逸第三》載:“李太白初自蜀至京師,舍於逆旅。賀監知章聞其名,首訪之。既奇其姿,復請所爲文。出《蜀道難》以示之。讀未竟,稱歎者數四,號爲‘謫仙’,解金龜换酒,與傾盡醉。期不間日,由是稱譽光赫。賀又見其《烏棲曲》,歎賞苦吟曰:‘此詩可以泣鬼神矣。’故杜子美贈詩及焉。曲曰:‘姑蘇臺上烏棲時,吴王宫裏醉西施。吴歌楚舞歡未畢,西山欲銜半邊日。金壺丁丁漏水多,起看秋月墮江波。東方漸高奈樂何!’或言是《烏夜啼》二篇,未知孰是,故兩録之。《烏夜啼》曰:‘黄雲城邊烏欲棲,歸飛啞啞枝上啼。機中織錦秦川女,碧紗如煙隔窗語。停梭向人問故夫,欲説遼西淚如雨。’白才逸氣高,與陳拾遺齊名,先後合德。其論詩云:‘梁陳以來,豔薄斯極。沈休文又尚以聲律,將復古道,非我而誰與?’故陳、李二集律詩殊少。嘗言:‘興寄深微,五言不如四言,七言又其靡也。況使束於聲調俳優哉。’故戲杜曰:‘飯顆山頭逢杜甫,頭戴笠子日卓午。借問何來太瘦生,總爲從前作詩苦。'蓋譏其拘束也。玄宗聞之,召入翰林。以其才藻絶人,器識兼茂,欲以上位處之,故未命以官。嘗因宫人行樂,謂高力士曰:'對此良辰美景,豈可獨以聲伎爲娱,倘時得逸才詞人吟詠之,可以誇耀於後。'遂命召白。時寧王邀白飲酒,已醉。既至,拜舞頹然。上知其薄聲律,謂非所長,命爲宫中行樂五言律詩十首。白頓首曰:'寧王賜臣酒,今已醉。倘陛下賜臣無畏,始可盡臣薄技。'上曰:'可。'即遣二内臣掖扶之,命研墨濡筆以授之。又令二人張朱絲欄於其前。白取筆抒思,略不停綴,十篇立就,更無加點。筆迹遒利,鳳跱龍拏。律度對屬,無不精絶。其首篇曰:'柳色黄金嫩,梨花白雪香。玉樓巢翡翠,金殿宿鴛鴦。選妓隨雕輦,徵歌出洞房。宫中誰第一?飛燕在昭陽。'文不盡録。常出入宫中,恩禮殊厚,竟以疏從乞歸。上亦以非廊廟器,優詔罷遣之。後以不羈流落江外,又以永王招禮,累謫於夜郎。及放還,卒於宣城。杜所贈二十韵,備叙其事。讀其文,盡得其故迹。杜逢禄山之難,流離隴蜀,畢陳於詩,推見至隱,殆無遺事,故當時號爲'詩史'。"①

據作者序稱該書作於"光啓二年",即公元886年,已是晚唐,時李杜並稱已久,撰者多喜並引李杜之事。孟啓《本事詩》所記則多爲詩之"本事",上引李杜之詩則記載了李白和杜甫的生平之"事",最後特别提到杜甫的《寄李十二白二十韵》,此詩全文如下:

> 昔年有狂客,號爾謫仙人。筆落驚風雨,詩成泣鬼神。聲名從此大,汩没一朝伸。文彩承殊渥,流傳必絶倫。龍舟移棹晚,獸錦奪袍新。白日來深殿,青雲滿後塵。乞歸優詔許,遇我宿心親。未負幽棲志,兼全寵辱身。劇談憐野逸,嗜酒見天真。醉舞梁園夜,行歌泗水春。才高心不展,道屈善無鄰。處

① 《本事詩·高逸第三》,《歷代詩話續編》本,第14—15頁。

> 士禰衡俊，諸生原憲貧。稻粱求未足，薏苡謗何頻。五嶺炎蒸地，三危放逐臣。幾年遭鵩鳥，獨泣向麒麟。蘇武元還漢，黄公豈事秦。楚筵辭醴日，梁獄上書辰。已用當時法，誰將此議陳？老吟秋月下，病起暮江濱。莫怪恩波隔，乘槎與問津。

全詩概述李白一生行迹，充溢着對李白的全面理解和深切同情。首十二句，盛贊李白的詩才及其以詩承玄宗優寵之事；次八句，言李白因小人讒毁，遂求放還，遇杜甫同遊梁宋、齊魯，交契深厚；次十句，痛陳李白被罪長流夜郎之遭遇；最後十句，仗義爲李白申枉，而憤朝廷無人代白辯冤。故王嗣奭評曰："此詩分明爲李白作傳，其生平履歷備矣。白才高而狂，人或疑其乏保身之哲，公故爲之剖白。"①汪灝亦曰："他處贈李詩多錯綜，獨此章未免直叙，何也？蓋公忿李之無罪受冤，竟欲叩九閽而代爲申訴，明是一道奏疏，題曰寄李，竊冀朝宁聞之耳。"②所以孟啓稱"杜所贈二十韵，備叙其事。讀其文，盡得其故迹"。由杜贈白詩聯想到杜甫在"安史之亂"中顛沛流離的生活經歷及其詩作，認爲杜甫的詩"推見至隱，殆無遺事"，堪稱"詩史"。"推見至隱"，出自司馬遷《史記·司馬相如列傳》太史公曰："《春秋》推見至隱，《易》本隱之以顯。"裴駰《集解》引韋昭曰："推見事至於隱諱，謂若晋文召天子，經言'狩河陽'之屬。"司馬貞《索隱》引李奇曰："'隱'猶'微'也。言其義彰而文微。"《索隱》又引虞喜《志林》曰："《春秋》以人事通天道，是推見以至隱也。《易》以天道接人事，是本隱以之明顯也。"③"見"讀如"現"，與下"顯"字同。謂《春秋》乃由事蹟之顯著，而至於精微。何焯則謂："推見至隱，言由人事之見著者，推而

---

① 仇兆鰲《杜詩詳注》卷八引，第664頁。今本《杜臆》未見。
② 汪灝《樹人堂讀杜詩》卷八，清道光十二年銀城麥浪園刻本。
③ 《史記·司馬相如列傳》，中華書局校點本，1982年第2版，第3073頁。

至於天道之隱微也。"[1]後世對"推見至隱"有不同的闡釋。張高評曰:"推見,歷史敘事(史事);至隱,指歷史哲學(史義),謂《春秋》所敘述的齊桓晉文稱霸一類的事件,採取的文體形式是歷史,主要表達的則是作者自己的義理。"[2]也就是説,詩人所寫的並非是單純"顯"事,而是在"顯"事中含蓄地"顯"露出作者的褒貶態度和思想立場,即所謂"微言大義"的"春秋書法"。

不少論者都注意到孟啓對"本事"的强調以及"詩史"概念的引用,並不是一個偶然的現象,而是繼承了儒家經典《春秋》書寫的傳統,並與杜甫當時《春秋》學的興起不無關係,這是頗有道理的。由啖助開創、趙匡繼之,又經陸質發揮、傳播的《春秋》學隨時運大興,而這與當時孟子地位的提高是相聯繫的。啖助(724—770)與杜甫是同時人。趙州(今河北趙縣)人,後徙關中。天寶末,調臨海尉、丹陽主簿。後隱居不仕。淹該經術,尤精《春秋》。以十年之功"考覈三傳,舍短取長"[3],撰成《春秋集傳集注》。陸淳(?—805)拜啖助爲師,"秉筆持簡,侍于啖先生左右十有一年",即肅宗上元元年(760)到代宗大曆五年(770),"述釋之間,每承善誘,微言奥指,頗得而聞"[4],從而對啖助的《春秋》新學有深入的瞭解,並深受其影響。啖助、趙匡、陸質形成的這個新《春秋》學派,在當時及後世都有很大影響。宋人陳振孫即云:"漢儒以來言《春秋》者惟宗三傳,三傳之外,能卓然有見於千載之後者,自啖氏始,不可没也。"[5]清末

① 《義門讀書記》卷一八《前漢書》,文淵閣《四庫全書》影印本。

② 張高評《左傳之文韜》附録"方苞義法與《春秋》書法",臺灣高雄麗文文化事業股份有限公司1994年版,第239頁。

③ 陸淳《春秋集傳纂例》卷一《啖氏集傳注義第三》,文淵閣《四庫全書》影印本。

④ 《春秋集傳纂例》卷一《重修集傳義第七》,文淵閣《四庫全書》影印本。

⑤ 陳振孫《直齋書録解題》卷三,文淵閣《四庫全書》影印本。

皮錫瑞也説:“《春秋》雜采三傳,自啖助始。”①又説:“今世所傳合三傳爲一書者,自唐陸淳《春秋纂例》始。”“淳本啖助、趙匡之説,雜采三傳,以意去取,合爲一書,變專門爲通學,是《春秋》經學一大變。宋儒治《春秋》者,皆此一派。”②

杜甫與啖、趙、陸三人是同時人,可能有所交往。天寶十三載(754),杜甫有《橋陵詩三十韵因呈縣内諸官》云:“王劉美竹潤,裴李春蘭馨。鄭氏才振古,啖侯筆不停。遣辭必中律,利物常發硎。綺繡相輾轉,琳琅愈青熒。”或疑詩中“啖侯”爲啖助,時任京兆奉先縣屬官。確否?尚待詳考。比杜甫稍小的趙匡,從啖助研究《春秋》之學,時人稱爲“趙夫子”。他在《舉人條例》中云:“其有通《禮記》《尚書》《論語》《孝經》之外,更通《道德》諸經,通《玄經》《孟子》《荀卿子》《吕氏春秋》《管子》《墨子》《韓子》,謂之茂才舉。達觀之士,既知經學,兼有諸子之學,取其所長,舍其偏滯,則於理道,無不該矣。”③在此之前,《孟子》一直被列爲子書,不能稱“經”。但“安史之亂”以後,隨着社會的劇烈變化,隨着孔子及儒學地位的提高,孟子的思想越來越受到有識之士的重視,要求把《孟子》列爲經書的呼聲也越來越高。杜甫的友人禮部侍郎楊綰(?—777)於寶應二年(763)六月二十日所上《條奏貢舉疏》中已有“孔孟之道”的稱謂,將孟子與孔子相提並論,而他在本年七月二十六日奏貢舉條目時,更請求升《孟子》爲經:“《論語》《孝經》皆聖人深旨,《孟子》亦儒門之達者,其學官望兼習此三者,共爲一經。”④唐代宗把楊綰的建議交由大臣李栖筠、賈至、嚴武等討論,他們認爲“今綰所請,實爲正論”,但“以爲舉人循習,難於速變,請自來歲始”。代宗“乃

---

① 皮錫瑞《經學歷史》第七章《經學統一時代》,中華書局1959年版。

② 皮錫瑞《經學通論》之四《春秋》,中華書局1954年版。

③ 《舉人條例》,《全唐文》卷三五五,中華書局1983年影印本,第3604頁。

④ 《唐會要·貢舉中·孝廉舉》,中華書局1990年版,第1396頁。

詔明經、進士與孝廉兼行"[①]。雖因種種原因,孝廉科于德宗建中元年(780)即停,但却反映了孟子在當時的影響和地位。杜甫是原始儒家思想即孔孟思想的繼承者和實踐者[②],他的闡釋和恢復原始儒家道統的思想,遠在韓愈之前。有的論者稱"杜甫是唐代儒學復興運動的孤明先發者"[③]。杜甫是實踐孟子"惻隱之心爲仁"的典型,宋人就説"老杜似孟子"[④]。孟子極爲重視《春秋》,可謂講明《春秋》宗旨的第一人。他説:"王者之迹熄而《詩》亡,《詩》亡然後《春秋》作。"[⑤]顧炎武解釋説:"《二南》也,《豳》也,小、大《雅》也,皆西周之詩也。至於幽王而止。其餘十二《國風》,則東周之詩也。'王者之迹熄而詩亡',西周之詩亡也。詩亡而列國之事迹不可得而見,於是晋之《乘》、楚之《檮杌》、魯之《春秋》出焉。是之謂《詩》亡然後《春秋》作也。"[⑥]孟子又説:"世道衰微,邪説暴行有作,臣弑君者有之,子弑其父者有之。孔子懼,作《春秋》。《春秋》者,天子之事也。是故孔子曰:知我者其惟《春秋》乎!罪我者其惟《春秋》乎!""孔子成《春秋》,而亂臣賊子懼。"[⑦]正如吕紹綱所説:"首先指出《春秋》是明義之書的是孟子。""説孟子最瞭解《春秋》,是兩千多年《春秋》學的奠基人,他是當之無愧的。"[⑧]皮錫瑞則説:"孟子

---

① 《新唐書・選舉志上》,第 1168 頁。

② 詳見拙文《杜甫是孔孟思想的繼承者和實踐者》,《中華文史論叢》第 78 期,後收入拙著《詩聖杜甫研究》,上海古籍出版社 2015 年版。

③ 鄧小軍《杜甫是唐代儒學復興運動的孤明先發者》,《杜甫研究學刊》1990 年第 4 期。

④ 黄徹《碧溪詩話》卷一,《歷代詩話續編》本,第 347 頁。

⑤ 《孟子・離婁下》,《十三經注疏》本,中華書局 1980 年版。

⑥ 顧炎武《日知録》卷三,文淵閣《四庫全書》影印本。

⑦ 《孟子・滕文公下》,《十三經注疏》本,中華書局 1980 年版。

⑧ 吕紹綱《孟子論〈春秋〉》,《史學史研究》1986 年第 1 期。

開宋學宗派,其學廣大精微,重在傳道。"①啖助等人的《春秋》學繼承和發揮了孔孟的"仁政""民本"思想,啖助即説:"夫子之志,冀行道以拯生靈也。"②陸淳對吕温也説:"以生人爲重,社稷次之。"③"生人"即"生民",乃避唐太宗李世民諱而改稱。這是直接繼承了孟子的"民爲貴,社稷次之,君爲輕"④的思想。柳宗元盛贊陸淳"其道以生人爲主,以堯舜爲的"⑤。這與杜甫"致君堯舜上,再使風俗淳"的理想是一致的。啖助等的《春秋》新學直接導致了韓愈、柳宗元倡導的古文運動,肇開宋學之風;杜甫的新題樂府則直接導致了白居易、元稹領導的新樂府運動,杜詩則肇示了中國古典詩歌由所謂"唐音"向"宋調"的轉變。這不是歷史的巧合,而是"安史之亂"所引起的時代劇變的風雲交匯,意識形態領域適應劇變而形成的新氣象。

孟啓《本事詩》在杜詩學史上第一次標出"詩史"説,揭櫫了杜詩具有的根本特徵之一,有着特殊的歷史意義,對後世産生了深遠的影響。宋祁《新唐書·杜甫傳》即云:"甫又善陳時事,律切精深,至千言不少衰,世號'詩史'。"⑥胡震亨亦云:"知詩史之評,原出唐人也。"⑦孫明君更認爲"'詩史'之名在杜甫生前已經廣泛流傳"⑧。

① 吴仰湘整理《皮錫瑞〈經學家法〉手稿》,《經學研究集刊》創刊號,2005年10月。

② 陸淳《春秋集傳纂例》卷一《春秋宗指議第一》,文淵閣《四庫全書》影印本。

③ 吕温《吕衡州集》卷八《祭陸給事文》,文淵閣《四庫全書》影印本。

④ 《孟子·盡心下》,《十三經注疏》本,中華書局1980年版。

⑤ 《柳河東集注》卷九《唐故給事中皇太子侍讀陸文通先生墓表》,文淵閣《四庫全書》影印本。

⑥ 《新唐書·杜甫傳》,第5738頁。

⑦ 胡震亨《唐音癸籤》卷六,第54頁。

⑧ 孫明君《解讀"詩史"精神》,《北京大學學報》1999年第2期,第93頁。

這與我們在第一章中論述的杜甫生前即有“李杜並稱”的説法是相得益彰的。

“安史之亂”是唐王朝由盛轉衰的轉折點,而杜甫用他的詩廣泛而深刻地反映了“安史之亂”前後廣闊社會生活的巨大變化,可謂實録。一部杜詩可謂杜甫本人的一部自傳。宋魏了翁即云:“杜少陵所爲號詩史者,以其不特模寫物象,凡一代興替之變寓焉。”① 明許宗魯亦云:“夫謂杜詩爲史者,豈不信哉! 是故開元治平之迹,天寶喪亂之因,至德中興之由,上元、寶應迄乎大曆,紛攘小康之故,靡不綜述,夫其裨史氏之遺略,備一代之典籍,蓋深有徵焉者,故謂之爲史者,信矣! 信矣!”②楊義則謂:“歷史磨人,人磨歷史,在雙重磨難中詩篇把個人自傳與民族命運融合在一起。在其後對安史之亂和自己漂泊巴蜀的抒寫中,詩篇以民族歷史解釋個人歷史,以個人歷史透視民族歷史,從而使詩史思維的自傳化和心靈化,充實以非常真摯而沉重的歷史悲劇的内涵。”③使人産生歷史的興亡之感,這正是杜甫“詩史”精神的實質。“安史之亂”爆發前夜,杜甫即在《後出塞》中警醒世人:“主將位益崇,氣驕淩上都。邊人不敢議,議者死路衢。”“坐見幽州騎,長驅河洛昏。”而在安史既叛朝廷尚未知的天寶十四載十一月初所作《自京赴奉先縣詠懷五百字》中,更形象地警告時勢危殆:“群冰從西下,極目高崒兀。疑是崆峒來,恐觸天柱折。”“憂端齊終南,澒洞不可掇。”戰亂初起,陷賊長安時,則有《悲陳陶》《悲青坂》《對雪》《塞蘆子》《哀江頭》《哀王孫》《春望》等詩。逃出長安,任職左拾遺時,則有《喜達行在所三首》《述懷》《彭衙行》《羌村三首》《北征》《喜聞官軍已臨賊寇二

① 魏了翁《程氏東坡詩譜序》,《鶴山集》卷五一,文淵閣《四庫全書》影印本。

② 許宗魯《刻杜工部詩序》,明嘉靖萬氏刻本《唐李杜詩集》卷首。

③ 楊義《李杜詩學》,北京出版社 2001 年版,第 543 頁。

十韻》《收京三首》等詩。官華州司功時，則有《觀安西兵過赴關中待命二首》《觀兵》《洗兵馬》《新安吏》《石壕吏》《潼關吏》《新婚别》《垂老别》《無家别》等詩。直到代宗寶應二年（763）春，河南、河北諸州郡盡爲唐軍收復，延續八年之久的"安史之亂"宣告平息，時流寓梓州（今四川三台）的杜甫聞知這個大快人心的消息，欣喜若狂，遂走筆寫下"生平第一首快詩"《聞官軍收河南河北》："劍外忽傳收薊北，初聞涕淚滿衣裳。却看妻子愁何在，漫捲詩書喜欲狂。白日放歌須縱酒，青春作伴好還鄉。即從巴峽穿巫峽，便下襄陽向洛陽。"其餘或非專章敘及，或乃晚年追憶，杜詩中語涉"安史之亂"者，更是不勝枚舉。可以説，杜甫用他的如椽之筆藝術地再現了八年之久的"安史之亂"的全過程及其産生的種種影響，孟啓謂其"畢陳於詩，推見至隱，殆無遺事"，可謂確評！

環顧杜甫的同輩詩人，傑出如李白、王維、高適、岑參者，又皆杜甫之友，交往頗密，但他們都没有像杜甫這樣用大量的詩歌來全面而深刻地反映自身親歷的這一重大歷史事變。安史亂起，李白避難江南。至德二載（757）正月，隱居廬山，永王李璘派謀士韋子春三次上山聘請入幕府。永王敗，因此獲罪，入獄。乾元元年（758），流放夜郎。中途遇赦東歸。寶應元年（762），在當塗與世長辭。由於這一特殊情況，李白直接反映"安史之亂"的詩較少，大約有十幾首。道教信仰，浪漫情懷，反映戰亂自與杜甫不同。如戰亂初起時，從游仙的角度"俯視洛陽川，茫茫走胡兵。流血塗野草，豺狼盡冠纓"①，以抒發其悲憤之情。逃亡途中，作有《奔亡道中五首》，其四云："函谷如玉關，幾時可生還？洛陽爲易水，嵩嶽是燕山。俗變羌胡語，人多沙塞顔。申包惟慟哭，七日鬢毛斑。"②《扶風豪士歌》云："洛陽三月飛胡沙，洛陽城中人怨嗟。天津流水波赤

① 李白《古風》一九，《全唐詩》卷一六一。

② 《奔亡道中五首》其四，《全唐詩》卷一八一。

血,白骨相撑如亂麻。"①《猛虎行》亦云:"旌旗繽紛兩河道,戰鼓驚山欲傾倒。秦人半作燕地囚,胡馬翻銜洛陽草。一輸一失關下兵,朝降夕叛幽薊城。巨鼇未斬海水動,魚龍奔走安得寧?"②《經亂後將避地剡中留贈崔宣城》又云:"中原走豺虎,烈火焚宗廟。太白晝經天,頹陽掩餘照。王城皆蕩覆,世路成奔峭。四海望長安,嚬眉寡西笑。蒼生疑落葉,白骨空相吊。連兵似雪山,破敵誰能料?"③參加永王李璘幕府,有"三川北虜亂如麻,四海南奔似永嘉。但用東山謝安石,爲君談笑浄胡沙"④、"試借君王玉馬鞭,指揮戎虜坐瓊筵。南風一掃胡塵静,西入長安到日邊"⑤之豪言壯語。在《經亂離後天恩流夜郎憶舊遊書懷贈江夏韋太守良宰》這首自傳體長詩中較多地寫到這次戰亂的具體情況:"十月到幽州,戈鋋若羅星。君王棄北海,掃地借長鯨。呼吸走百川,燕然可摧傾。……炎涼幾度改,九土中横潰。漢甲連胡兵,沙塵暗雲海。草木摇殺氣,星辰無光彩。白骨成丘山,蒼生竟何罪。函關壯帝居,國命懸哥舒。長戟三十萬,開門納兇渠。公卿如犬羊,忠讜醢與菹。二聖出遊豫,兩京遂丘墟。"⑥"長鯨"指的就是安禄山。《贈王判官時余歸隱居廬山屏風疊》則流露了親歷戰亂與貶謫後的消極心態:"大盜割鴻溝,如風掃秋葉。吾非濟代人,且隱屏風疊。中夜天中望,意君思見君。明朝拂衣去,永與海鷗群。"⑦

安禄山陷兩京,王維扈從不及,爲叛軍所獲。服藥取痢,僞稱

---

① 《扶風豪士歌》,《全唐詩》卷一六六。

② 《猛虎行》,《全唐詩》卷一九。

③ 《經亂後將避地剡中留贈崔宣城》,《全唐詩》卷一七一。

④ 《永王東巡歌》其二,《全唐詩》卷一六七。

⑤ 《永王東巡歌》其十一,《全唐詩》卷一六七。

⑥ 《經亂離後天恩流夜郎憶舊遊書懷贈江夏韋太守良宰》,《全唐詩》卷一七〇。

⑦ 《贈王判官時余歸隱居廬山屏風疊》,《全唐詩》卷一七〇。

痦病。禄山迎置洛陽,拘於普施寺,迫以僞署。禄山宴於凝碧宫,其樂工皆梨園弟子、教坊工人。維聞之悲惻,潛爲詩曰:"萬户傷心生野煙,百寮何日更朝天?秋槐葉落空宫裹,凝碧池頭奏管弦。"①至德二載(757)冬,陷賊官以六等定罪。維以《凝碧詩》聞於行在,肅宗嘉之。會弟縉請削己憲部侍郎以贖兄罪,特宥之,乾元元年(758)二月,責授太子中允。事後爲官,唯在"退朝之後,焚香獨坐,以禪誦爲事"②,悲歎"一生幾許傷心事,不向空門何處銷"③,對戰亂國難,民生疾苦,幾不言及。

至於高適,天寶十一載(752)辭封丘尉,客游長安。秋冬之際,任涼州河西節度使哥舒翰幕掌書記。安禄山反,徵哥舒翰討賊,拜適左拾遺,轉監察御史,仍佐翰守潼關。十五載(756),翰兵敗降賊,適自駱谷西馳,奔赴行在,及河池郡,謁見玄宗。尋遷侍御史。至成都,八月,制授諫議大夫。至德二載(757),永王璘起兵于江東,欲據揚州。授適揚州大都督府長史、淮南節度使、兼御史大夫,詔與江東節度來瑱率本部兵平永王之亂,對李白之陷囹圄及流放夜郎,亦未設法營救。平亂後,又討伐安史叛軍,曾解睢陽之圍。李輔國惡其敢言,乾元元年(758),左授太子少詹事,兼御史中丞,分司東都。杜甫有《寄高三十五詹事》詩。高適雖高踞節帥,親自參與平永王亂,討安史叛,但對兩次征伐竟無一詩。直到乾元二年(759)出爲彭州刺史後,才在《酬裴員外以詩代書》中叙及自己坎坷的仕途經歷與"安史之亂"後的社會動亂情况:"乙未將星變,賊臣候天災。胡騎犯龍山,乘輿經馬嵬。千官無倚着,萬姓徒悲哀。誅吕鬼神動,安劉天地開。奔波走風塵,倏忽值雲雷。擁旄出淮

① 王維《菩提寺禁裴迪來相看説逆賊等凝碧池上作音樂供奉人等舉聲便一時淚下私成口號誦示裴迪》,《全唐詩》卷一二八。

② 《舊唐書·王維傳》,第5052頁。

③ 王維《嘆白髮》,《全唐詩》卷一二八。

甸,入幕徵楚材。誓當剪鯨鯢,永以竭駑駘。小人胡不仁,讒我成死灰。賴得日月明,照耀無不該。留司洛陽宫,詹府唯蒿萊。是時掃氛祲,尚未殲渠魁。背河列長圍,師老將亦乖。歸軍劇風火,散卒争椎埋。一夕瀍洛空,生靈悲曝腮。衣冠投草莽,予欲馳江淮。登頓宛葉下,棲遑襄鄧隈。城池何蕭條,邑屋更崩摧。縱横荆棘叢,但見瓦礫堆。行人無血色,戰骨多青苔。遂除彭門守,因得朝玉階。"①

至德二載(757),岑參自北庭到達鳳翔肅宗行在,六月十二日,杜甫等五人薦岑參可爲諫官,肅宗以岑參爲右補闕。十月,扈從肅宗歸長安。後改任太子中允,兼任殿中侍御史,充任關西節度判官。寶應元年(762)十月,天下兵馬元帥雍王李适會師陝州討伐史朝義,岑參任掌書記。岑參在鳳翔作《行軍詩二首(時扈從在鳳翔)》:"吾竊悲此生,四十幸未老。一朝逢世亂,終日不自保。胡兵奪長安,宫殿生野草。傷心五陵樹,不見二京道。我皇在行軍,兵馬日浩浩。胡雛尚未滅,諸將懇征討。昨聞咸陽敗,殺戮净如掃。積屍若丘山,流血漲豐鎬。干戈礙鄉國,豺虎滿城堡。村落皆無人,蕭條空桑棗。儒生有長策,無處豁懷抱。塊然傷時人,舉首哭蒼昊。""早知逢世亂,少小謾讀書。悔不學彎弓,向東射狂胡。偶從諫官列,謬向丹墀趨。未能匡吾君,虚作一丈夫。撫劍傷世路,哀歌泣良圖。功業今已遲,覽鏡悲白鬚。平生抱忠義,不敢私微軀。"②反映戰亂慘況具體深刻,身爲諫官,抱持忠義,不惜微軀。但在《岑嘉州集》近四百首詩中,僅此二詩。後從雍王李适討伐安史叛軍,亦無詩詠及。後任嘉州刺史,在《西蜀旅舍春歎,寄朝中故人呈狄評事》詩云:"春與人相乖,柳青頭轉白。生平未得意,覽鏡私自惜。四海猶未安,一身無所適。自從兵戈動,遂覺天地窄。功業

---

① 高適《酬裴員外以詩代書》,《全唐詩》卷二一一。

② 岑參《行軍詩二首》,《全唐詩》卷一九八。

悲後時，光陰歎虚擲。”[1]可見亂後豪情衰颯之心境矣。

綜上所述，在反映天崩地解“安史之亂”前後唐代社會生活的變化方面，不論就詩歌的數量和質量，反映現實的廣度和深度，杜甫都較李白、王維、高適、岑參爲優，遑論他人！把“詩史”的桂冠戴在杜甫頭上，可謂實至名歸。宋以後，“詩史”與“詩聖”“集大成”幾乎成爲杜甫研究的三大理論範疇，但對“詩史”内涵的闡釋可謂歧見紛出，褒貶互見，這是後話，此不贅述。

第二節　《戲贈杜甫》引起的一樁公案

上引《本事詩·高逸第三》：“（李白）戲杜曰：‘飯顆山頭逢杜甫，頭戴笠子日卓午。借問何來太瘦生，總爲從前作詩苦。’蓋譏其拘束也。”即所謂《戲贈杜甫》詩。而在《本事詩》之前，段成式（？—863）《酉陽雜俎》已提及：“衆言李白唯戲杜考功‘飯顆山頭’之句，成式偶見李白《祠亭上宴别杜考功》詩。”[2]只是未引全詩。因宋蜀本《李太白集》未收此詩，故真僞之辨至今不絶。主張僞詩的，如胡仔《苕溪漁隱叢話》曰：“李太白《戲子美詩》：‘飯顆山頭……’，《李翰林集》亦無此詩，疑後人所作也。”[3]洪邁《容齋隨筆》亦曰：“所謂‘飯顆山頭’之嘲，亦好事者所撰也。”[4]但其所編《萬首唐人絶句》卷五九却又作李白《戲贈杜甫》詩。王定保《唐摭言》卷十二、曾慥《類説》卷三四、計有功《唐詩紀事》卷十八等均録

① 岑參《西蜀旅舍春歎寄朝中故人呈狄評事》，《全唐詩》卷一九八。

② 《酉陽雜俎》前集卷一二，第116頁。

③ 《苕溪漁隱叢話》後集卷八，人民文學出版社廖德明校點本。

④ 《容齋隨筆·四筆》卷三《李杜往來詩》，《四部叢刊》續編景宋本配明本。

有"飯顆山"一詩,文字稍異。《舊唐書》又將此事寫入杜甫本傳:"天寶末詩人,甫與李白齊名,而白自負文格放達,譏甫齷齪,而有飯顆山之嘲誚。"[①]但宋人似乎多認爲李白所作。如王安石曰:"'飯顆'之嘲,雖一時戲劇之談,然二人者名既相逼,亦不能無相忌也。"[②]葛立方曰:"李白論杜甫則曰:'飯顆山頭逢杜甫……'似譏其太愁苦也。"[③]蘇軾詩中屢屢提及此詩,如云:"爾來子美瘦,正坐作詩苦。"[④]"早衰怪我遽如許,苦學憐君太瘦生。"[⑤]"後來太守更風流,要伴前人作詩瘦。"[⑥]"征西自有家雞肥,太白應驚飯山瘦。"[⑦]"不獨飯山嘲我瘦,也應糠覈怪君肥。"[⑧]"故人飛上金鑾殿,遷客來從飯顆山。"[⑨]"從來破釜躍江魚,只有清詩嘲飯顆。"[⑩]看來蘇軾認定是李白所作了!而陸游亦云:"面餘作詩瘦,趨拜尚不俗。"[⑪]"人譏作詩瘦,自憫著書窮。"[⑫]"兒因作詩瘦,家爲買書貧。"[⑬]"玉門關外何妨死,飯顆山頭不怕窮。"[⑭]"竹竿坡面老别駕,飯顆山頭瘦拾遺。"[⑮]

---

① 《舊唐書·杜甫傳》,第5055頁。

② 《苕溪漁隱叢話》前集卷六引《遯齋閑覽》。

③ 葛立方《韵語陽秋》卷一,文淵閣《四庫全書》影印本。

④ 《東坡全集》卷二三《次韵表兄程正輔江行見桃花》,文淵閣《四庫全書》影印本。

⑤ 《東坡全集》卷九《次韵答頓起二首》其二。

⑥ 《東坡全集》卷二〇《次韵王滁州見寄》。

⑦ 《東坡全集》卷八《答孔周翰求書與詩》。

⑧ 《東坡全集》卷六《次韵沈長官三首》其一。

⑨ 《東坡全集》卷一五《次韵錢穆父》。

⑩ 《東坡全集》卷一二《徐使君分新火》。

⑪ 《劍南詩稿》卷五《野飯》,文淵閣《四庫全書》影印本。

⑫ 《劍南詩稿》卷一七《自嘲用前韵》。

⑬ 《劍南詩稿》卷四五《老民》。

⑭ 《劍南詩稿》卷一六《野興》。

⑮ 《劍南詩稿》卷三〇《秋晚》。

“瘦如飯顆吟詩面,飢似柴桑乞食身。”①“汝方僵卧糍團巷,我亦飢吟飯顆山。”②明代都穆則曰:“古人嘲戲之語,集中往往不載,不特太白爲然。”③此類尚多,兹不枚舉。但亦有斥爲僞作者。如嚴羽則曰:“少陵與太白,獨厚于諸公,詩中凡言太白十四處,至謂‘世人皆欲殺,吾意獨憐才’,‘醉眠秋共被,攜手日同行’,‘三夜頻夢君,情親見君意’,其情好可想。《遯齋閑覽》謂二人名既相逼,不能無相忌,是以庸俗之見而度賢哲之心也。予故不得不辨。”④《杜詩詳注》的作者仇兆鰲更説:“此詩,唐人謂譏其太愁肝腎也。今按李集不載,洪容齋謂是好事者爲之耳。李杜文章知己,心相推服,斷無此語,且詩詞庸俗,一望而知爲贋作也。”⑤四庫館臣亦云:“其李白《飯顆山頭》一詩,論者頗以爲失實。”⑥陳僅亦曰:“太白平生最篤於友朋之誼……‘飯顆’之詩,僞托無疑。”⑦

“文化大革命”中,郭沫若於 1971 年出版《李白與杜甫》,力主此詩爲李白所作:“但有一首詩却被人誤解得很厲害,那就是第四首的所謂《戲贈杜甫》了。‘戲’字無疑是後人誤加的。……詩的後二句的一問一答,不是李白的獨白,而是李杜兩人的對話。再説詳細一點,‘别來太瘦生’是李白發問,‘總爲從前作詩苦’是杜甫的回答。這樣很親切的詩,却完全被專家們講反了。……這樣親切而認真的詩,被解爲‘嘲誚’,解爲‘戲贈’,解爲譏杜甫‘拘束’或甚至‘齷齪’,未免冤枉了李白,也唐突了杜甫!”⑧郭説影響頗大。安

① 《劍南詩稿》卷四五《春來食不繼戲作》。
② 《劍南詩稿》卷六八《子虡調官行在……》。
③ 《南濠詩話》,《歷代詩話續編》本,第 1348 頁。
④ 《滄浪詩話・考證》,《歷代詩話》本,第 700—701 頁。
⑤ 《杜詩詳注》附編《諸家詠杜》之《太白逸詩》識語,第 2258 頁。
⑥ 《四庫全書》集部九詩文評類《本事詩》提要。
⑦ 《竹林答問》,《清詩話續編》本,第 2262 頁。
⑧ 《李白與杜甫》,人民文學出版社 1971 年版,第 162—163 頁。

旗主編《李白全集編年注釋》即云:“郭説可從。詩蓋别後重逢之作。上年二人同遊於梁宋,本年(按:指天寶四載)重遊於東魯,因繫於此。”[①]郁賢皓在近著《李太白全集校注》此詩引郭説後“按”云:“前人因長樂坡在長安,而李杜從未在長安見過面,故認爲此詩乃僞托。然《本事詩》作‘飯顆山頭’,其地不詳;似不能據一作異文而定其爲僞。且郭説甚有見地,可從。李杜相會僅在天寶三、四載(七四四、七四五)間遊梁宋齊魯之時,此詩當爲天寶四載之作。”[②]由《戲贈杜甫》的真僞之辨,又引出其中的地名之辨。“飯顆山”在哪裏?安旗主編《李白全集編年注釋》、詹鍈主編《李白全集校注彙釋集評》和郁著都説是“無考”[③]。葛景春《飯顆山到底在哪裏?——關於李白〈戲贈杜甫〉寫作時間和地點的臆測》則云:“關於作此詩的地點也有作于東魯甑山、作于長安長樂坡等幾種觀點。本人認爲,此詩是李白在天寶三載初夏出長安在洛陽與杜甫相會,和杜甫一同到杜甫家洛陽南的陸渾山莊路經‘飯坡’(在今河南嵩縣陸渾水庫西南)時所作。”[④]甑山,在今山東省兖州市。陳林《〈戲贈杜甫〉非僞作》即主此説,並詳解曰:“甑本蒸飯器具,飯顆即飯粒,李白以飯代甑,把甑山誇小爲飯顆山是極言山體之微。”[⑤]此前徐葉翎、樊英民等人已主此説[⑥]。

---

① 《李白全集編年注釋》,巴蜀書社 1990 年版,第 719 頁。

② 《李太白全集校注》卷三〇《宋本集外詩文》,鳳凰出版社 2015 年版,第 4117 頁。

③ 《李白全集編年注釋》,第 718 頁;《李白全集校注彙釋集評·集外詩文》,百花文藝出版社 1996 年版,第 4423 頁;《李太白全集校注》,第 4115 頁。

④ 葛景春《飯顆山到底在哪裏?——關於李白〈戲贈杜甫〉寫作時間和地點的臆測》,《杜甫研究學刊》2019 年第 2 期。

⑤ 陳林《〈戲贈杜甫〉非僞作》,《中華讀書報》2018 年 2 月 14 日。

⑥ 見兖州人脈資源信息交流平臺《兖州人》2011 年 6 月 14 日《李杜飯顆山唱和作詩》及樊英民《飯顆山即兖州甑山説》(壽石齋地方文史叢稿之四)。

至於“長樂坡”的出處，五代王定保(870—941)《唐摭言》載：“李白戲贈杜甫曰：‘長樂坡前逢杜甫，頭戴笠子日卓午。借問形容何瘦生？只爲從來學詩苦’。”①四庫本與中華書局據雅雨堂叢書排印本都是如此。一本“長樂坡前”作“飯顆坡前”。四庫本《類説》卷三四引《摭言》“只爲從來學詩苦”作“只爲從來作詩苦”。安旗根據新的發現特撰《長樂坡前逢杜甫——天寶十二載李杜重逢於長安説》一文，改變舊説，提出新説：“天寶十二載(753)，即安史之亂前兩年，五十三歲的李白與四十二歲的杜甫，曾在西京長安重逢，較之初逢，其意義之重大，有過無不及。”“所謂‘飯顆山’者，實即其上有太倉之長樂坡也。太倉之米炊而爲飯，長樂坡豈非飯顆山乎？故知‘飯顆山頭逢杜甫’亦即‘長樂坡前逢杜甫’，二而一也。此一詩之兩傳者，集中多有之。且太白屢有爲山水命名之事，如改青陽九子山曰九華山……似此，則‘飯顆山’者，李白爲長樂坡所取之諢名也。”又説：“李白此詩，其所以一作‘長樂坡前’而一作‘飯顆山頭’者，或出於以下情況：乍見之下，脱口而出，故初作‘長樂坡前’；稍後得知杜甫近年窘況，竟瀕於餓死，遂改爲‘飯顆山頭’。將‘太瘦生’之杜甫置於飯顆如山背景之前，頓使此詩成爲一幅諷刺漫畫，而時政可知。李白之爲長樂坡起一諢名，其意蓋在斯乎？”安旗將“李杜二人於天寶十二載春重逢於長安”作爲她“李白三入長安”説的重要發現，興奮不已，文末滿懷激情地説：“探索未已，感慨轉深，恨不能起聞一多先生於地下，請他以詩人之筆爲李杜重逢再一次大書而特書。前一次初逢用的是金墨，這一次重逢應該用朱砂，赤紅如血的朱砂，像他們在長樂坡前生離死别的眼淚。”文末親書：“2000 年冬—2001 年春於古都長安太平坊之西曲。”②安旗將這一重大新説

① 王定保《唐摭言》卷一二《輕佻》，文淵閣《四庫全書》影印本。

② 安旗《長樂坡前逢杜甫——天寶十二載李杜重逢於長安説》，《北京社會科學》2001 年第 2 期。

納入後來修改出版的《李白全集編年箋注》中,在《戲贈杜甫》一詩注釋中云:"飯顆山頭,清乾隆丙子(二十一年)雅雨堂本《摭言》作'長樂坡前',所據爲南宋官刻本,其跋云:'唐以進士爲重,《摭言》所載最爲詳備。刊之宜春郡齋。嘉定辛未重午日柯山鄭昉跋。'鄭跋之後,又有朱彝尊、王士禛跋,稱爲善本。長樂坡猶在,位於今西安市東北朝陽門外七公里處;據《唐兩京城坊考》,在禁苑之光泰門東七里。長樂坡下,有陝郡太守韋堅所開廣運潭,潭即漕運之終點,其近旁地勢高處有太倉。據《唐兩京城坊考》之《西京三苑圖》,光泰門外適有米倉村;據《通鑑·唐紀》興元元年所記,米倉村即在長樂坡上。因知所謂'飯顆山'者,實即其上有太倉之長樂坡也;'飯顆山頭逢杜甫'亦即'長樂坡前逢杜甫',二而一也。"①薛天緯在《後記》中滿懷深情地説:"這一成果的獲得,不但憑藉了文獻考據及文本解析,更是安旗先生實地考察的結果。2001年,七十五歲高齡的安旗先生不顧身體孱弱,在西安東郊踏勘長樂坡,將歷史事件、古今地名以及地形變遷相互參照,得出'所謂"飯顆山"者,實即上有太倉之長樂坡也','"飯顆山頭逢杜甫"亦即"長樂坡前逢杜甫",二而一也'的結論,從而對《戲贈杜甫》一詩作出了全新的解讀,並爲天寶十二載'李杜二人重逢于長安',即李白'三入長安'找到了一條有力的證據。……安旗先生確實是以全部心血和感情來從事李白研究的。"②

由《戲贈杜甫》的真僞引發的這場歷時千年而不絶的辯難,令人歎爲觀止,此亦可見李杜二人的藝術與人格魅力和後人對詩仙詩聖的摯愛。

---

①　安旗、薛天緯、閻琦、房日晰《李白全集編年箋注》卷一〇,中華書局2015年版,第955—956頁。

②　《李白全集編年箋注·第三版後記》,中華書局2015年版,第2019頁。

第三節　嚴武欲殺杜甫之辨

范攄《雲溪友議》卷上《嚴黄門》條云:"武年二十三,爲給事黄門侍郎。明年,擁旄西蜀,累於飲筵對客騁其筆札。杜甫拾遺乘醉而言曰:'不謂嚴定之有此兒也!'武恚目久之,曰:'杜審言孫子,擬捋虎鬚?'合座皆笑,以彌縫之。武曰:'與公等飲饌謀歡,何至於祖考耶?'房太尉綰亦微有所忤,憂怖成疾。武母恐害賢良,遂以小舟送甫下峽,母則可謂賢也。然二公幾不免於虎口矣!李太白爲《蜀道難》,乃爲房、杜之危也。……支屬刺史章彝,因小瑕,武遂棒殺。後爲彝外家報怨,嚴氏遂微焉。"①

嚴武欲殺杜甫之説,雖經許多杜詩研究者的批駁,但仍有人信其説,或不敢信其有,亦不能斷其無,依違兩者之間。看來,這是應該加以澄清,爲嚴武辨誣的。

《雲溪友議》所記,多得之傳聞,不少失實之處。這段文字,錯訛甚多,就其大者,有以下數端:

一,將武父嚴挺之誤爲"定之",將房琯誤爲"房綰",蓋因音近而誤,可知純係傳聞。

二,作者對嚴武履歷幾乎全然不知。如云:"武年二十三,爲給事黄門侍郎,明年擁旄西蜀。"唐無給事黄門侍郎之名。杜佑《通典》謂:秦官有黄門侍郎,漢因之。秦漢别有給事黄門之職,後漢併爲一官,故有給事黄門侍郎,至隋煬帝而去給事之名,直曰黄門侍郎②。嚴武生于開元十四年(726),卒于永泰元年(765),享年四十。二十三歲爲天寶七載(748)。安史之亂起,嚴武從玄宗入蜀,

---

① 《雲溪友議》卷上,《唐五代筆記小説大觀》本,第1270頁。

② 杜佑《通典》卷二一《職官三》,文淵閣《四庫全書》影印本。

擢諫議大夫。至德初,宰相房琯薦武爲給事中。寶應元年(762)四月,玄宗、肅宗相繼去世,代宗即位,召武還朝。七月,嚴武入朝,拜京兆尹,兼御史大夫,並被任命爲二聖山陵橋道使,封鄭國公,遷黄門侍郎,頗受重用。廣德二年(764)正月,嚴武以黄門侍郎拜成都尹充劍南節度使。則武遷黄門侍郎,最早亦在廣德元年(763)。明年重鎮成都,武已三十九歲矣。《雲溪友議》所述,全然不合。

三,《雲溪友議》云:"武母恐害賢良,遂以小舟送甫下峽。"杜甫離蜀在嚴武死後,而非生前。再説,作爲節度使的嚴武,真要殺杜甫,甫乘小舟豈能逃脱?

四,《雲溪友議》云:"李太白爲《蜀道難》,乃爲房、杜之危也。"關於《蜀道難》的寫作年代,儘管説法不一,但最遲不當晚于天寶初年。但無論如何,《蜀道難》與"房、杜之危"是風馬牛不相及的。前人和今人已詳論之,兹不贅述。

據此看來,《雲溪友議》所謂嚴武欲殺杜甫云云,純係小説家言,是完全不足信的。早于范攄的李肇,在《唐國史補》卷上云:"嚴武少以强俊知名,蜀中坐衙,杜甫袒跣登其機桉,武愛其才終不害。然與韋(當作"章")彝素善,再入蜀,談笑殺之。及卒,母喜曰:'而今而後,吾知免官婢矣。'"①並無殺甫之説,只是説到殺章彝。《雲溪友議》云"支屬刺史章彝,因小瑕,武遂棒殺。後爲彝外家報怨,嚴氏遂微焉",即指此。李肇名其書曰《唐國史補》,意在補國史之不足,態度自然是嚴肅認真的。《舊唐書・杜甫傳》雖云:"武與甫世舊,待遇甚隆。甫性褊躁,無器度,恃恩放恣。嘗憑醉登武之牀,瞪視武曰:'嚴挺之乃有此兒!'武雖急暴,不以爲忤。甫於成都浣花里種竹植樹,結廬枕江,縱酒嘯詠,與田畯野老相狎蕩,無拘檢。嚴武過之,有時不冠,其傲誕如此!"②但亦明言"武雖急暴,不以爲

---

① 《唐國史補》卷上,《唐五代筆記小説大觀》本,第167頁。

② 《舊唐書・杜甫傳》,第5054—5055頁。

忤。"《嚴武傳》亦不載殺甫之説。到宋祁寫《新唐書》,始將殺甫之説載於正史,分别寫入杜甫傳和嚴武傳,遂致謬種流傳①。難怪錢謙益斥曰:"《國史補》:嚴武少以强俊知名,蜀中坐衙,杜甫袒跣登其几案,武愛其才,終不加害。此所謂'將軍禮數寬'也。'鈎簾欲殺'之語,最爲誣罔,不知宋子京《新書》何以載之本傳?"②王應麟亦曰:"《新史·嚴武傳》多取《雲溪友議》,宜其失實也。"③對嚴武欲殺杜甫事,宋人已辯其非。洪邁即云:"甫集中詩,凡爲武作者幾三十篇,送其還朝者曰:'江村獨歸處,寂寞養殘生。'喜其再鎮蜀曰:'得歸茅屋赴成都,直爲文翁再剖符。'此猶是武在時語。至《哭其歸櫬》及《八哀詩》'記室得何遜,韜鈐延子荆',蓋以自况;'空餘老賓客,身上媿簪纓',又以自傷。若果有欲殺之怨,必不應眷眷如此!好事者但以武詩有'莫倚善題《鸚鵡賦》'之句,故用證前説,引黄祖殺禰衡爲喻,殆是'癡人面前,不得説夢'也,武肯以黄祖自比乎?"④而郭沫若在《李白與杜甫》中,對此採取了模棱兩可的態度。他説:"要之,嚴武動過'欲殺'的念頭和嚴母的緩頰,看來,並不是完全不可能的事。""一定要説杜甫决不曾酒後失言,一定要説

---

① 《新唐書·杜甫傳》云:"會嚴武節度劍南東、西川,往依焉。武再帥劍南,表爲參謀,檢校工部員外郎。武以世舊,待甫甚善,親入其家。甫見之,或時不巾,而性褊躁傲誕,嘗醉登武牀,瞪視曰:'嚴挺之乃有此兒!'武亦暴猛,外若不爲忤,中銜之。一日欲殺甫及梓州刺史章彝,集吏於門。武將出,冠鈎于簾三,左右白其母,奔救得止,獨殺彝。"(第5737—5738頁)《新唐書·嚴武傳》則云:"梓州刺史章彝始爲武判官,因小忿殺之。琯以故宰相爲巡内刺史,武慢倨不爲禮。最厚杜甫,然欲殺甫數矣。李白爲《蜀道難》者,乃爲房與杜危之也。永泰初卒,母哭,且曰:'而今而後,吾知免爲官婢矣。'"(第4484頁)

② 《錢注杜詩》卷一二,第413頁。

③ 《困學紀聞》卷一四,翁元圻注、樂保群等校點本,上海古籍出版社2008年版,第1599頁。

④ 《容齋隨筆》續筆卷六《嚴武不殺杜甫》,《四部叢刊》續編景宋本配明本。

嚴武决不會動欲殺之念，看來，都不免是一偏之見。”①依然留下一條尾巴，嚴武之被誣冤案，還是得不到徹底平反。

殺甫之説完全不符事實，還可以從杜甫和嚴武的詩中得到證實。如前所述，杜甫和嚴武交情甚篤，“一生襟抱向誰開？”杜甫是把嚴武作爲知己看待的。王嗣奭在説杜《九日奉寄嚴大夫》和嚴《巴嶺答杜二見憶》詩時指出：“讀此二詩，見二公交情之厚，形骸不隔，故知欲殺之誣也。”②杜甫退出幕府後，寫有《敝廬遣興奉寄嚴公》，詩云：“府中瞻暇日，江上憶詞源。亦忝朝廷舊，情依節制尊。還思長者轍，恐避席爲門。”仇兆鰲評曰：“暇日、詞源，想及嚴公。朝舊、情依，自叙故交。末望重過草廬，仍致繾綣之意。”③哪有欲殺的迹象？劉克莊在論《哭嚴僕射歸櫬》詩時亦説：“世傳嚴武欲殺子美，殆未必然。觀‘親老如宿昔，部曲異平生’之句，極其悽愴，至位置武于《八哀詩》中，忠厚藹然，異于‘幕府少年今白髮’之作矣。”他説此詩是“感知己之遇”④。流寓夔州時，杜甫對嚴武的恩情仍念念不忘，《客堂》詩云：“上公（指嚴武）有記者，累奏資薄禄。”《八哀詩》對嚴武更是推崇備至，一往情深。如云：“鄭公瑚璉器，華岳金天晶。昔在童子日，已聞老成名。嶷然大賢後，復見秀骨清。開口取將相，小心事友生。”王嗣奭評曰：“觀‘小心事友生’句，知武無欲殺公事。”⑤

在杜甫廣泛的交遊中，關係最密切而又相處時間最久的，當推嚴武。現存杜詩，只是在題上或注中明確標明與嚴武有關的，就有35首，在杜甫贈友輩詩中是最多的。所以浦起龍説：“公所至落落

---

① 《李白與杜甫》，第343—344頁。
② 《杜臆》卷五，第154頁。
③ 《杜詩詳注》卷十四，第1202頁。
④ 《後村詩話》卷一，文淵閣《四庫全書》影印本。
⑤ 《杜詩詳注》卷一六引，第1384頁。今本《杜臆》無此語。

難合，獨於嚴有親戚骨肉之愛，是亦宿世緣分。”①從而斷言：“嚴係知己中第一人，自爾情至。”②

縱觀杜甫與嚴武交往的歷史，大致可分爲四個階段：

第一個階段爲長安時期。

《舊唐書·杜甫傳》云：“武與甫世舊，待遇甚隆。”《新唐書·杜甫傳》亦云：“武以世舊，待甫甚善。”觀此，則知杜、嚴兩家早有交往，杜甫與武父嚴挺之早就相識。甫長武十四歲，係忘年交。至德初，嚴武爲給事中。至德二載（757）四月，杜甫由長安潛歸鳳翔，五月，授爲左拾遺。與武同屬門下省，二人爲同僚，關係很密切，杜甫在《奉贈嚴八閣老》詩中說：“扈聖登黄閣，明公獨妙年。蛟龍得雲雨，雕鶚在秋天。客禮容疏放，官曹可接聯。”對嚴武年少得志，寄予很大希望。後房琯罷相，甫與琯爲布衣交，因疏救房琯，觸怒肅宗，八月被放還鄜州省家。臨行前，寫詩與嚴武等告别，詩云：“田園須暫往，戎馬惜離群。去遠留詩别，愁多任酒醺。”（《留别賈嚴二閣老兩院補闕》）眷戀情深，不忍遽别。在當時的政治鬥争中，杜甫與嚴武同屬“房黨”，共同的利害關係更加深了他們之間的友誼。乾元元年（758）六月，房琯被貶邠州刺史，嚴武被貶巴州刺史，杜甫貶爲華州司功。第二年秋天，杜甫棄官流寓到秦州，仍念念不忘嚴武。他懷着悲憤而淒苦的心情寫下了《寄岳州賈司馬六丈巴州嚴八使君兩閣老五十韵》這首長詩。對“故人俱不利，謫官兩悠然”的遭遇深致感慨，對“恩榮同拜手，出入最隨肩。晚著華堂醉，寒重繡被眠。轡齊兼秉燭，書枉滿懷箋”的同朝共宦生活表示了深深的懷戀，“他鄉饒夢寐，失侣自迍邅”，在顛沛流離的生活中他仍然深深

① 《讀杜心解》卷四之一《將赴成都草堂途中有作先寄嚴鄭公五首》注，第635頁。

② 《讀杜心解》卷一之五《八哀詩·贈左僕射鄭國公嚴公武》注，第149頁。

地懷念着被貶遠方的老朋友。但他没有消沉,“如公盡雄俊,志在必騰騫”,最後仍熱切地盼望着老朋友東山再起,大展雄圖。

第二個階段爲上元二年(761)底至寶應元年(762)七月。

杜甫於乾元二年(759)十二月,到達成都,卜居浣花溪。嚴武上元元年(760)四月尚在巴州。據武《巴州古佛龕記》云:“山南西道度支判官衛尉少卿兼侍御史内供奉嚴武奏:臣頃牧巴州……乾元三年四月十三日。”①乾元三年即上元元年,是年閏四月改元。據此,嚴武離開巴州遷東川節度使,最早亦在四月。後由東川節度使遷劍南兩川節度使。關於武遷劍南兩川節度使的時間,新、舊《唐書》均語焉不詳。錢謙益引趙抃《玉壘記》云:“上元二年,東劍段子璋反,李奂走成都,崔光遠命花驚定平之,縱兵剽掠士女,至斷腕取金,監軍按其罪,冬十月恚死,其月廷命嚴武。”②魯訔《年譜》引《玉壘記》則作“十二月恚死”③。

武到成都後,與甫過從甚密。他經常去拜訪杜甫,並攜酒饌與甫宴飲,竹裏行廚,花邊立馬,野亭歡宴,很是親熱。嚴武還送給他青城山道士乳酒,在經濟上經常給以接濟。杜甫也經常去嚴武幕府造訪,同詠蜀道畫圖,同登西城晚眺,生活過得很愜意。嚴武不僅在生活上照顧杜甫,而且在政治上關心杜甫。他勸杜甫出來做官,不要甘做隱士。《寄題杜二錦江野亭》詩云:“漫向江頭把釣竿,懶眠沙草愛風湍。莫倚善題《鸚鵡賦》,何須不著鵔鸃冠。腹中書籍幽時曬,肘後醫方静處看。興發會能馳駿馬,終當直到使君灘。”④但杜甫謝絶了老友的好意,仍願過幽棲的生活。

寶應元年(762)七月,嚴武應詔入朝,杜甫一直送他到綿州奉

① 《唐文拾遺》卷二二,中華書局1983年影印本。
② 《錢注杜詩》卷七《八哀詩·贈左僕射鄭國公嚴公武》注,第205頁。
③ 魯訔《杜工部詩年譜》引《玉壘記》,文淵閣《四庫全書》影印本。
④ 嚴武《寄題杜二錦江野亭》,《杜詩詳注》卷十附,第885頁。

濟驛。一路上，他寫了不少詩爲嚴武送行。“公若登台輔，臨危莫愛身”（《奉送嚴公入朝十韵》），對老朋友寄予深切的期望。“此生那老蜀，不死會歸秦”（同上），也表達了自己如有機會定要回到故都的心願。對老友的離别，他戀戀不捨，“幾時杯重把，昨夜月同行”，“江村獨歸處，寂寞養殘生”（《奉濟驛重送嚴公》），老朋友走了，他感到難忍的孤獨和寂寞。

可是，事出不測。嚴武離開成都，劍南兵馬使徐知道就造反作亂，並扼守劍閣，阻塞嚴武的歸路。武在巴山受阻，直到九月尚未出川。時在梓州的杜甫聽到消息，很是不安，趕忙寄詩嚴武，表示慰問。他在《九日奉寄嚴大夫》詩中説：“九日應愁思，經時冒險艱。不眠持漢節，何路出巴山。”爲老朋友的生命安全深深擔憂。嚴武讀到杜甫的寄詩，很是感動，立即寫了《巴嶺答杜二見憶》的詩回答他：“卧向巴山落月時，兩鄉千里夢相思。……跋馬望君非一度，冷猿秋雁不勝悲。”[①]兩詩情真意篤，可見二人交情之深，思念之切。這次杜甫和嚴武相處，只有半年多的時間。嚴武一走，蜀中大亂。杜甫不能回到成都，就在梓、閬一帶度過了一年又九個月的顛沛流離的生涯。

第三個階段爲廣德二年（764）三月至永泰元年（765）四月。

嚴武還朝，拜京兆尹，兼御史大夫，並被任命爲二聖山陵橋道使，封鄭國公，遷黄門侍郎，頗受重用。很可能是由於嚴武的推薦，廣德二年（764）杜甫被任命爲京兆功曹參軍，不知什麽原因，他没有赴任，仍滯留在梓、閬一帶。儘管梓州刺史兼東川留後章彝等人熱情地接待他，但“三年奔走空皮骨”（《將赴成都草堂先寄嚴鄭公五首》之四）的漂泊生活，“常恐性坦率，失身爲杯酒”（《將適吴楚留别章使君留後兼幕府諸公》）的政治恐懼感，使他不願在蜀繼續待下去了，他在詩中一再表示了出峽東歸的思想：“厭蜀交遊冷，思

---

① 嚴武《巴嶺答杜二見憶》，《杜詩詳注》卷一一附，第935頁。

吴勝事繁,應須理舟楫,長嘯入荆門。"(《春日梓州登樓二首》其二)"劍南歲月不可度,邊頭公卿仍獨驕。"(《嚴氏溪放歌》)"老夫復欲東南征,乘濤鼓枻白帝城。"(《桃竹杖引》)"即從巴峽穿巫峽,便下襄陽向洛陽"(《聞官軍收河南河北》),出峽回鄉的路綫他都擬定好了。杜甫已經做好了出川的各種準備,東下的船隻也弄到了,章彝還特地爲他舉行了告别宴會,餞行酒也喝了,"終作適荆蠻,安排用莊叟"(《將適吴楚留别章使君留後兼幕府諸公》)。但是,嚴武的重鎮成都,完全改變了杜甫的行程。

廣德二年(764)正月,嚴武以黄門侍郎拜成都尹充劍南節度使,並幾次寫信希望杜甫回到成都。二月,杜甫在閬州聞知消息,欣喜若狂,揮筆寫下了《奉待嚴大夫》詩:"殊方又喜故人來,重鎮還須濟世才。常怪偏裨終日待,不知旌節隔年回。欲辭巴徼啼鶯合,遠下荆門去鷁催。身老時危思會面,一生襟抱向誰開?"可謂視嚴武爲唯一知己矣。在攜家歸蜀途中,他又一連寫了五首詩寄給嚴武,表達了自己無限欣喜的心情:"得歸茅屋赴成都,直爲文翁再剖符","生理只憑黄閣老,衰顔欲付紫金丹"(《將赴成都草堂途中有作先寄嚴鄭公五首》)。在"計拙無衣食"的艱難情況下,他簡直把自己的生計完全托付給老朋友了。由此可知,杜甫"不成向南國,復作遊西川"(《赴蜀山行三首》之一)的唯一原因,就是嚴武的重鎮成都。

杜甫回到草堂,重睹舊物,一草一木都使他感到分外親切。"大官喜我來,遣騎問所須"(《草堂》),嚴武對他的生活非常關切,可謂照顧備至。這年六月,嚴武又表薦杜甫爲節度參謀、檢校尚書工部員外郎,賜緋魚袋。這在杜甫一生中是最高的政治待遇。"何補參軍乏,歡娱到薄躬"(《陪鄭公秋晚北池臨眺》),看來,杜甫開始是樂於在幕府供職的。夏六月,他剛剛到職,就協助嚴武訓練士卒,並陪武檢閲騎兵。嚴武整軍練武,欲收復陷入吐蕃的松、維、保三州,使蜀地重得安寧,這大大激發了杜甫的報國壯懷,他終於决定不再南適荆楚了。入幕後,他與嚴武或分韵賦詩,或北池臨眺,摩訶池泛舟,或同觀岷山、沱江畫圖,關係非同一般。由於嚴武對他格外優待,他感到“禮寬心有適,節爽病微瘳”(《立秋雨院中有作》)。但杜甫入幕後的心情又是非常矛盾的。他在詩中屢屢透露出居幕的苦悶心情和重返草堂的願望。在《遣悶奉呈嚴公二十韵》中,杜甫向嚴武傾吐了自己的苦衷,“烏鵲愁銀漢,駑駘怕錦幪。會希全物色,時放倚梧桐”,他希望嚴武答應他退出幕府還歸草堂。嚴武挽留不成,只好答應了他的要求,永泰元年(765)正月三日,杜甫終於結束了半年的幕府生活,回到了浣花溪。

杜甫退幕後,仍和嚴武保持着來往,還不時寄詩,頻致繾綣之情。永泰元年四月,嚴武不幸病逝。杜甫失去依靠,鑒於上次嚴武離蜀的教訓,他預感到矛盾重重、鈎心鬥角的成都官場將會爆發一場惡戰。蜀中將亂,於是他於五月就匆匆離開成都乘舟南下,“轉作瀟湘遊”,從而結束了他“五載客蜀郡,一年居梓州”(《去蜀》)的“窮途仗友生”(《客夜》)的生活。

第四個階段爲嚴武死後。

嚴武死後,杜甫離蜀,但他仍眷眷不忘嚴武的友情,嚴武的母親護送嚴武的靈柩歸葬故里,船過忠州,杜甫登舟慰問,寫下了《哭嚴僕射歸櫬》詩,深致悲悼:“老親如宿昔,部曲異平生”,“一哀三峽暮,遺後見君情”,撫今追昔,無限深情,讀之令人淒然淚下。在《諸將五首》其五中,他深情地回憶了嚴武在成都“共迎中使望鄉臺”的情景,對嚴武鎮蜀的卓越功績和超人才略給予了高度評價。特别是在《八哀詩・贈左僕射鄭國公嚴公武》中,他回顧了嚴武的一生,對他的文治武功,特别是“四登會府地,三掌華陽兵”的卓越建樹,倍加推崇。對嚴武“小心事友生”的深情厚誼感激涕零,“空餘老賓客,身上愧簪纓”,真可謂一字一淚,一往情深。《八哀詩・嚴武》是從杜甫肺肝中流出的血淚凝成的文字,它是杜甫和嚴武真摯友誼的最好見證。大曆五年(770)春,59 歲的杜甫在湖南遇到了曾同在嚴武幕府供職的蕭使君,故人相見,又使他深深地懷念起嚴武來:"昔在嚴公幕,俱爲蜀使臣。艱危參大府,前後間清塵。"(《奉贈蕭十二使君》)這位蕭使君是個很重義氣的人,嚴武死後,老母在堂,他像侍奉自己的老人一樣,照顧無微不至,嚴母仙逝,他又爲之料理喪事。"主典撫孤之情,不減骨肉,則膠漆之契可知矣"(同詩原注)。"食恩慚鹵莽,鏤骨抱酸辛",回思往事,百感交集,杜甫爲自己没有盡到朋友之分而深感羞愧,他覺得對不起生前待己甚厚的嚴武。可以説,杜甫直到死前都是没有忘記老朋友嚴武的。所以浦起龍説:"公於嚴誼最深。"①

第四節　關於杜甫之死的考索

關於杜甫的死因,最早比較詳細的記載,是鄭處誨(?—867)的《明皇雜録》:"杜甫後漂寓湘潭間,旅於衡州耒陽縣,頗爲令長所厭。甫投詩於宰,宰遂致牛炙白酒以遺甫,甫飲過多,一夕而卒,集中猶有《贈聶耒陽》詩也。"②此説影響甚大。其後,唐人崔玨、皮日休、鄭谷、杜荀鶴、羅隱、曹松、裴諧、裴説、貫休、齊己,五代孟賓于等人都程度不同地沿襲其説。如皮日休《陸魯望昨以五百言見貽過有褒美内揣庸陋彌增愧悚因成一千言上述吾唐文物之盛次叙相得之歡亦迭和之微旨也》云:"猗與子美思,不盡如轉輇。縱爲三十車,一字不可捐。既作風雅主,遂司歌詠權。誰知耒陽土,埋却真神仙。"③鄭

① 《讀杜心解》卷五之四《奉贈蕭十二使君》注,第812頁。

② 《太平御覽》卷八六三《飲食部二十一》引《明皇雜録》,文淵閣《四庫全書》影印本。《明皇雜録》原本不存,今本爲後人所輯,此條録於"補遺"。

③ 皮日休《魯望昨以五百言見貽過有褒美内揣庸陋彌增愧悚因成一千言上述吾唐文物之盛次叙相得之歡亦迭和之微旨也》,《全唐詩》卷六〇九。

谷《送田光》云:“九陌低迷誰問我,五湖流浪可悲君。著書笑破蘇司業,賦詠思齊鄭廣文。理棹好攜三百首,阻風須飲幾千分。耒陽江口春山緑,慟哭應尋杜甫墳。”①羅隱《經耒陽杜工部墓》云:“紫菊馨香覆楚醪,奠君江畔雨蕭騷。旅魂自是才相累,閑骨何妨塚更高。騄驥喪來空蹇蹶,芝蘭衰後長蓬蒿。屈原宋玉鄰君處,幾駕青螭緩鬱陶。”②裴説《經杜工部墳》:“騷人久不出,安得國風清。擬掘孤墳破,重教大雅生。皇天高莫問,白酒恨難平。悒怏寒江上,誰人知此情。”③釋齊己《次耒陽作》:“遶岳復沿湘,衡陽又耒陽。不堪思北客,從此入南荒。旦夕多猿狖,淹留少雪霜。因經杜公墓,惆悵學文章。”④孟賓于《耒陽杜工部墓》:“南遊何感思,更甚葉繽紛。一夜耒江雨,百年工部文。青山當日見,白酒至今聞。惟有爲詩者,經過時吊君。”⑤

新、舊《唐書》更把這一傳説寫入正史。《舊唐書·杜甫傳》曰:“甫嘗游嶽廟,爲暴水所阻,旬日不得食。耒陽聶令知之,自棹舟迎甫而還。永泰二年,啖牛肉白酒,一夕而卒于耒陽,時年五十九。”⑥永泰二年(765)十一月,改元大曆,當時杜甫尚在雲安(今重慶雲陽)和夔州(今重慶奉節),距大曆五年(770)杜甫去世,尚有五年之久,《舊唐書》作者何粗疏至此!《新唐書·杜甫傳》則曰:“大曆中,出瞿唐,下江陵,泝沅湘以登衡山,因客耒陽,游岳祠,大水遽至,涉旬不得食,縣令具舟迎之,乃得還。令嘗饋牛炙白酒,大醉,

---

① 鄭谷《送田光》,《全唐詩》卷六七六。

② 羅隱《經耒陽杜工部墓》,《全唐詩》卷六六二。

③ 裴説《經杜工部墳》,《全唐詩》卷七二〇。

④ 釋齊己《次耒陽作》,《全唐詩》卷八四三。

⑤ 孟賓于《耒陽杜工部墓》,《錢注杜詩》附録《唱酬題詠》引《耒陽祠志》,第751頁。

⑥ 《舊唐書·杜甫傳》,第5055頁。

一昔卒,年五十九。"①以致誣妄流傳,影響廣遠。宋人張齊賢、鄭文寶、趙師古、孫何、王洙、張方平、徐介、宋敏求、吕陶、王令、胡宗愈、蘇軾、彭汝礪、米芾、姜光彦等人亦信其説。如張齊賢《書杜工部祠堂》云:"余嘗聞工部死,葬於耒陽縣。縣乃衡之屬邑也。《圖經》云:工部墓在縣北郭内二里。後晋開運中,縣令黄庭翰重興祠宇。……工部因忤蜀帥而適湘楚,時耒陽尹聶公棹舟迎甫,以白酒牛炙饋,無闕焉。以酒沈冥而終。"②趙師古《題工部祠序》云:"工部以文章獨步千古,雖三尺童子皆知之,此不復道。晚遭唐室喪亂,避地死,葬於耒。余按圖經,未嘗不歎息而後已。"③王洙《杜工部集記》:"大曆三年春,下峽,至荆南,又次公安,入湖南,泝沿湘流,遊衡山,寓居耒陽。嘗至嶽廟,阻暴水,旬日不得食。耒陽聶令知之,自具舟迎還。五年夏,一夕,醉飽卒,年五十九。"④張方平《讀杜工部詩》:"文物皇唐盛,詩家老杜豪。……耒陽三尺土,誰爲翦蓬蒿。"⑤徐介《耒陽杜工部祠堂》:"手接汨羅水,天心知所存。故教工部死,來伴大夫魂。流落同千古,風騷共一源。消凝傷往事,斜日隱頹垣。"⑥王令《讀老杜詩集》:"氣吞風雅妙無倫,碌碌當年不見珍。自是古賢因發憤,非關詩道可窮人。鐫鑱物象三千首,照耀乾坤四百春。寂寞有名身後事,惟餘孤冢耒江濱。"⑦蘇軾《次韵張安道讀杜詩》亦曰:"巨筆屠龍手,微官似馬曹。迂疏無事業,

---

① 《新唐書・杜甫傳》,第5738頁。

② 張齊賢《書杜工部祠堂》,《永樂大典》卷八六四八衡字韵。

③ 趙師古《題工部祠序》,《(道光)耒陽縣志》卷一八。

④ 王洙《杜工部集記》,《景印宋本杜工部集》卷首。

⑤ 張方平《讀杜工部詩》,《樂全集》卷二,文淵閣《四庫全書》影印本。

⑥ 徐介《耒陽杜工部祠堂》,《錢注杜詩》附録《唱酬題詠》,第750頁。

⑦ 王令《讀老杜詩集》,《廣陵先生文集》卷一一,文淵閣《四庫全書》影印本。

醉飽死遊遨。"①至蔡興宗作《杜工部詩年譜》,則於"大曆五年庚戌"下云:"按唐史:夏四月八日庚子,湖南兵馬使臧玠殺其觀察使崔瓘,先生避亂,竄還衡州。……尋於江上阻暴水,半旬不食,耒陽聶令具舟致酒肉,迎歸,一夕而卒。舊譜乃書還襄漢,卒於岳陽,尤誤。"蔡氏所説的"舊譜",即吕大防《年譜》。又云:"聞今耒陽縣南猶有先生墳及祠屋在焉,議者謂元微之先爲墓係,而卒不能歸葬也。"②

此説之不可信,前人今人駁論已詳。如宋王觀國《學林》則曰:"近世有小説《麗情集》者,首序子美因食牛肉白酒而卒,此無據妄説,不足信。今注子美詩者,亦假王原叔内翰之名,謂甫一夕醉飽卒者,毋乃用小説《麗情》之語耶?"③《麗情集》乃北宋張君房所著,原書已佚,程毅中據《類説》卷二九、《紺珠集》卷十一、《緑窗新話》及《文苑英華》等書考出其條目42條。而王觀國《學林》此條,不見上述書目之徵引,故程毅中懷疑爲王觀國之誤記,其曰:"按:杜甫一夕醉飽而卒,不似《麗情集》中之語。蔡夢弼《杜工部草堂詩箋》卷首引劉斧《摭遺》有杜子美墳傳説,疑王觀國誤記爲《麗情集》耳。"④且不管《麗情集》中是否真的收録了關於杜甫死因的説法,但是流行於北宋初年的《麗情集》之類的小説中關於杜甫死因的記載,其最終的源頭都是鄭處誨的《明皇雜録》。對此説批駁最有力而又最早者,當屬王得臣《麈史》:"世言子美卒於衡之耒陽。……予觀子美僑寄巴峽三歲,大曆三年二月(當爲正月中旬),始下峽,流寓荆南,徙泊公安,久之,方次岳陽,即四年(當爲三年)冬末也。

---

①　蘇軾《次韵張安道讀杜詩》,《東坡全集》卷二,文淵閣《四庫全書》影印本。

②　蔡興宗《重編杜工部年譜》,《分門集注杜工部詩》卷首,《四部叢刊》景宋本。

③　王觀國《學林》卷五"杜子美"條,文淵閣《四庫全書》影印本。

④　程毅中《程毅中文存》,中華書局2006年版,第230頁。

既過洞庭,入長沙,乃五年之春。四月,遇臧玠之亂,倉皇往衡陽,至耒陽,舟中伏枕,又畏瘴,復沿湘而下,故有《回棹》之作,末云:'舟師煩爾送,朱夏汲寒泉。'又《登舟將適漢陽》云:'春色棄汝去,秋帆催客歸。'蓋回棹在夏末,此篇已入秋矣。繼之以《暮秋將歸秦留别湖南幕府親友》云:'北歸衝雨雪,誰憫舊貂裘。'則子美北還之迹見此三篇,安得卒於耒陽耶?要其卒當在潭岳之間,秋冬之際。"[1]王氏"其卒當在潭岳之間,秋冬之際"十二字,可謂精核之論。其後,趙子櫟、魯訔、黄鶴諸譜皆從王説,大致是不錯的。魯訔即謂"王彦輔辯之爲詳"[2]。趙子櫟《杜工部年譜》則曰:"或謂遊耒陽江上,宿酒家,是夕江水泛漲,爲水漂漲,聶令堆空土爲墳。或謂聶令饋白酒牛炙,脹飫而死。皆不可信。"[3]黄鶴亦爲申説:"先生如郴,因至耒陽,訪聶令,經方田驛,阻水旬餘,聶致酒肉。而史云:'令嘗饋牛炙白酒,大醉,一夕卒。'嘗考先生謝聶令詩有云:'禮過宰肥羊,愁當置清醥。'其詩至云'興盡本韵',又且宿留驛近山亭。若果以飫死,豈復更能爲是長篇,又復游憩山亭?以詩證之,其誣自可不攻。況元微之《志》與《舊史》初無此説。"[4]但他在《風疾舟中伏枕書懷呈湖南親友三十六韵》詩注中却説:"今詩云'瘞夭',又大曆五年卒時,唯存宗武。故志云:'宗武不克葬。'則宗文誠夭矣。意是四年自潭之衡時喪宗文。以與聶令有舊,故瘞于耒陽,而公死不果徙也。"[5]節外生枝,可謂狗尾續貂。故錢謙益斥曰:"黄鶴因'瘞夭'一語,疑爲宗文之故,年譜遂大書曰:'是年四月宗文卒。'則妄矣。潤州刺史樊晃《叙杜工部小集》云:'君有宗文宗武,

---

① 王得臣《麈史》卷中,《知不足齋叢書》本。
② 魯訔《杜工部詩年譜》,文淵閣《四庫全書》影印本。
③ 趙子櫟《杜工部年譜》,文淵閣《四庫全書》影印本。
④ 黄鶴《補注杜詩》之《年譜辨疑》,文淵閣《四庫全書》影印本。
⑤ 《補注杜詩》卷三六《風疾舟中伏枕書懷呈湖南親友三十六韵》詩注。

近知所在，漂寓江陵。'則宗文之亡，實在工部歿後也。"①

還有假托韓愈之名，作《題子美墳》詩以爲杜甫雪冤："一堆空土煙蕪裏，虚使詩人歎悲起。怨聲千古寄西風，寒骨一夜沉秋水。當時處處多白酒，牛肉如今家家有。飲酒食肉今如此，何故常人無飽死？子美當日稱才賢，聶侯見待誠非喜。洎乎聖意再搜求，姦臣以此欺天子。……墳空飫死已傳聞，千古醜聲竟誰洗？明時好古疾惡人，應以我意知終始。"②又有李觀《遺補杜子美傳》云："唐杜甫子美，詩有全才，當時一人而已。洎失意蓬走天下，由蜀往耒陽，依聶侯，不以禮遇之。子美忽忽不怡，多遊市邑村落間，以詩酒自適。一日過江上洲中飲，既醉，不能復歸，宿酒家。是夕江水暴漲，子美爲驚湍漂泛，其尸不知落於何處。洎玄宗還南内，思子美，詔天下求之。聶侯乃積空土於江上，曰：子美爲白酒牛炙脹飫而死，葬於此矣。以此事聞玄宗。吁！聶侯當以實對天子也，既空爲之墳，又醜以酒炙脹飫之事。子美有清才者也，豈不知飲食多寡之分哉。詩人皆憾之，題子美之祠，皆有感歎之意，知非酒炙而死也。……獨韓文公詩，事全而明白，知子美之墳空土也，又非因酒炙而死耳。"③

但人多疑韓愈、李觀之作爲僞作。如鄭印曰："余讀李元賓《遺補傳》及韓退之《題杜工部墳》詩，皆自《摭遺》所載，疑非二公所作。然大曆、元和，時之相去，猶未爲遠，不當與本集抵牾若是，大抵後之好事者托而質之也。"其辨杜甫不卒於耒陽云："嘗考子美以大曆五年四月，臧玠殺崔瓘，由是避地入衡州，至耒陽，遊嶽祠。以

---

① 《錢注杜詩》卷一八《風疾舟中伏枕書懷三十六韵奉呈湖南親友》詩注，第628頁。

② 《題子美墳》，《四部叢刊》景宋本《分門集注杜工部詩》卷首。文淵閣《四庫全書》影印本黄鶴《補注杜詩》作《題杜子美墳》。

③ 黄鶴《補注杜詩》卷首。《分門集注杜工部詩》卷首作"皇宋李觀《遺補傳》"。

大水,涉旬不得食。耒陽聶令具舟迎之。水漲,遂泊方田驛,子美詩以謝之。繼而沿湘流,將適漢陽,暮秋歸秦,有詩别湖南幕府親友。豈以夏而溺死耒陽,復有此作?蓋其卒在潭岳間秋冬之際。元微之志銘,亦略見本末。作史者惑於《摭遺》之説,遂有牛炙白酒一宿卒之語,信史之誤,余不可以不辨。"①蔡夢弼《集注草堂杜工部詩外集・酬唱附録》亦載韓詩,跋云:"此退之《題杜工部墳》,惟見於劉斧《摭遺小説》,韓昌黎正集無之,似非退之所作。……乃後之好事俗儒托而爲之,以厚誣退之,决非退之所作也明矣。"②杜甫死時,唐玄宗已死七年矣,何得"思子美,詔天下求之"?故潘德輿斥之曰:"夫子美卒於代宗時,玄宗之崩久矣。此皆誣妄可笑,不值攻駁者。"③

此後又生出傳説當年杜甫被淹死于耒水後,有一隻靴子漂流到沙洲上,故名靴洲,是一個長約半里的小島。《嘉靖衡州府志》載:"靴洲:在耒水中,世傳杜子美過洲飲,醉宿酒家。是夕江水暴漲,溺死。次日聶令使人求之不得,但得一靴,葬於洲上,因名。"④《湖廣通志》卷十一亦載:"靴洲在(耒陽)縣東耒水中,俗傳葬杜甫遺靴於洲上。明解縉詩:'蔡倫池上霧如紙,杜老祠前秋日黄。爲問靴洲江上水,流船三日到衡陽。"⑤莊昶《耒陽吊工部祠墓》其一云:"不遇龍蛇有屈伸,悲秋可忍更傷春。唐虞回首封比屋,孔孟樂天非旅人。清世獨來真自笑,黑頭何處不堪貧。靴洲五百年來水,誰照逍遥七尺身。"其二又云:"拾遺苦被蒼生累,贏得乾

---

① 鄭卬《跋子美詩并序》,《分門集注杜工部詩》卷首,《四部叢刊》影宋本。

② 蔡夢弼《集注草堂杜工部詩外集・酬唱附録》,黎庶昌《古逸叢書》本。

③ 潘德輿《養一齋李杜詩話》卷三,《清詩話續編》本,第2214頁。

④ 《嘉靖衡州府志》卷二《山川名勝》,《天一閣藏明代方志選刊》本。

⑤ 《湖廣通志》卷一一《山川志・長沙府・耒陽縣》,文淵閣《四庫全書》影印本。

坤不盡愁。"①但查慎行似表懷疑,其《過郴江口有感于杜工部事》詩云:"十載遊巴峽,三年客楚疆。青袍常避亂,白髮儼投荒。許國才難盡,憂時命不長。靴洲疑冢在,過者亦神傷。"②

宋以後,關於杜甫死因與時地的問題,仍聚訟紛紜,迄無定論。一千年後,郭沫若以他曾留學日本學醫的專業知識,認定杜甫確實死於牛酒。他是這樣分析推斷的:"其實死于牛酒,並不是不可能。不過不是'飫死',或'飽飫而死',而是由於中毒。聶令所送的牛肉一定相當多,杜甫一次没有吃完。時在夏天,冷藏得不好,容易腐化。腐肉是有毒的,以腐化後二十四小時至二十八小時初生之毒最爲劇烈,使人神經麻痹、心臟惡化而致死。加以又有白酒促進毒素在血液中的循環,而杜甫的身體本來是在半身不遂的狀况中,他還有糖尿病和肺病,腐肉中毒致死不是不可能,而是完全有可能的。""要之,杜甫死於牛酒是毫無疑義的。"③關於杜甫的死因,還有幾種不同的説法:有的認爲死於醉飽後的急性胰腺炎,有的認爲死於心肌梗塞,有的認爲死於中風,還有的認爲死於因肺疾感染所引起的糖尿病合併症。亦可謂花樣翻新,争訟不已。

鄧紹基《關於杜甫的卒年卒地問題》,以詳細的論證得出杜甫於大曆五年秋後卒於耒陽,旅殯岳陽,最後歸葬偃師的結論④。但其主要依據之一,是所謂戎昱的《耒陽溪夜行》詩:"乘夕棹歸舟,緣源二轉幽。月明看嶺樹,風静聽溪流。嵐氣船間入,霜華衣上浮。猿聲雖此夜,不是别家愁。"詩題下注:"爲傷杜甫作。"見《全唐詩》卷二七〇;又見《全唐詩》卷四八張九齡詩,與戎昱詩只差一字:

---

① 莊昶《耒陽吊工部祠墓》,《定山集》卷五,文淵閣《四庫全書》影印本。

② 查慎行《過郴江口有感于杜工部事》,《敬業堂詩集》卷四八,文淵閣《四庫全書》影印本。

③ 《李白與杜甫》,第320—327頁。

④ 鄧紹基《杜詩别解》,中華書局1987年版,第25—39頁。

“二”作“路”,亦無題注“爲傷杜甫作”五字。然此詩實爲張九齡作,載《曲江集》和明銅活字本《張九齡集》,《文苑英華》於卷一六六、二九一雙載作張詩。蕭滌非先生《〈耒陽溪夜行〉的作者是張九齡——它不可能是杜甫死于耒陽的“鐵證”》一文,對此有詳確的考證,可參看①。蕭先生“一貫主張杜甫不是飫死或溺死耒陽而是病死在由長沙到岳陽的洞庭湖上”②。傅光《杜甫研究(卒葬篇)》,以長達35萬字的篇幅全面論述了杜甫卒葬的問題。是書分研究、考證兩編,對杜甫卒葬的諸家之説及有關材料詳加甄録考辨,尤其對所謂戎昱《耒陽溪夜行》詩、韓愈《題杜工部墳》詩、李觀《杜拾遺補傳》等幾則有關杜甫卒葬的關鍵材料進行了認真的考論。傅光據胡震亨《唐音統籤》認爲《耒陽溪夜行》爲戎昱所作,所載自注“爲傷杜甫作”不是僞造。韓愈的《題杜工部墳》詩和李觀的《杜拾遺補傳》同出於北宋劉斧的《摭遺》一書,傅光認爲李觀不是與韓愈同時的唐人(即字元賓者),而是年代稍早於劉斧的宋人(字夢符者),並由李觀之確有其人,證其《杜拾遺補傳》不是僞托,以此爲旁證可知韓愈詩也不是僞托。傅光力主杜甫於大曆五年(770)夏卒於耒陽,“直接死因還只是飲酒過多”。杜甫初葬耒陽,旅殯岳陽,終葬偃師,三者構成了杜甫靈柩歸葬的全過程。並考證《風疾舟中伏枕書懷》一詩不作於大曆五年冬,而作於“大曆三年(768)冬末,地點在洞庭湖上的舟中”,因而不是杜甫的絶筆詩,而《聶耒陽以僕阻水書致酒肉療飢荒江詩得代懷興盡本韵》詩才是杜甫的絶筆詩③。但傅著所以立論的主要論據是站不住脚的。莫礪鋒《重論杜甫卒於大曆五年冬——與傅光先生商榷》一文,贊同仇兆鰲、蕭滌非等人杜甫卒於大曆五年冬的説法,對傅説提出商榷和質疑: 其一,從文

---

① 蕭滌非《〈耒陽溪夜行〉的作者是張九齡》,《文史哲》1985年第5期。

② 蕭滌非《杜甫研究》再版前言,齊魯書社1980年版。

③ 傅光《杜甫研究(卒葬篇)》,陝西人民出版社1997年版。

獻學角度與詩句重點詞語的辨析論證了傅著稱之爲“杜甫死於耒陽最可靠的鐵證”的《耒陽溪夜行》詩不足爲據(見前蕭滌非先生文章)。其二,又從文獻學角度證明傅説據以爲證的寫到杜甫卒因卒地的所謂韓愈《題杜工部墳》詩是僞作,“此詩與《杜拾遺補傳》根本不能互相證實,倒反而可以互相證謬,以宋人李觀的《補傳》來證明《題杜工部墳》詩出於唐人韓愈之手,在文獻學上是毫無道理的”,因而“傅著將此詩歸於韓愈且用它來證實杜甫卒於耒陽,不能成立”。其三,又通過對杜集中作於耒陽以後的六首詩的考辨與分析,富有邏輯性地推論出:“《風疾舟中》以作於大曆五年(770)冬的可能爲最大,它應該是杜甫的絶筆詩。傅著繫此詩於大曆三年的結論不能成立。”①

老杜命途多舛,顛沛流離,以至死因卒地争訟不已,但這也從一個側面證明了詩聖杜甫的影響之大之深。

第五節　關於《江南逢李龜年》詩的真僞之辨

鄭處誨《明皇雜録》卷下載:“唐開元中,樂工李龜年、彭年、鶴年兄弟三人,皆有才學盛名。彭年善舞,鶴年、龜年能歌,尤妙製《渭川》,特承顧遇。於東都大起第宅。僭侈之制,逾於公侯。宅在東都通遠里,中堂制度甲於都下。其後龜年流落江南,每遇良辰勝賞,爲人歌數闋,座中聞之,莫不掩泣罷酒。則杜甫嘗贈詩,所謂‘岐王宅裏尋常見,崔九堂前幾度聞。正值江南好風景,落花時節又逢君’。崔九堂,殿中監崔滌、中書令湜之第也。”②宋刻杜集多

---

① 莫礪鋒《重論杜甫卒於大曆五年冬——與傅光先生商榷》,《杜甫研究學刊》1998 年第 2 期。

② 鄭處誨《明皇雜録》卷下,《唐五代筆記小説大觀》,第 962 頁。

於詩下小注:"崔九,即殿中監崔滌、中書令湜之弟。"范攄《雲溪友議》卷中亦云:"明皇幸岷山,百官皆竄辱,積屍滿中原,士族隨車駕也。伶官:張野狐觱栗,雷海青琵琶,李龜年唱歌,公孫大娘舞劍。……唯李龜年奔迫江潭,杜甫以詩贈之曰:'岐王宅裏尋常見,崔九堂前幾度聞。正值江南好風景,落花時節又逢君。'"①所引"岐王宅裏尋常見"云云,即所謂流傳千古的杜詩名篇《江南逢李龜年》。而對此詩的真僞,千餘年來争論不休。宋人胡仔即云:"此詩非子美作。岐王開元十四年薨,崔滌亦卒於開元中,是時子美方十五歲。天寶後,子美未嘗至江南。"②明胡震亨則全襲胡仔之説,認爲"他人詩無疑"③。今人李汝倫認爲"這是首内容空洞,感情平淡的詩","很難想象,杜甫竟會這麽平平淡淡地寫了這麽首平平淡淡的詩!"斷定《江南逢李龜年》非杜甫作④。吴企明《唐音質疑録》進而認爲:"范攄記事虚妄,記詩亦誤。《江南逢李龜年》絶不會是杜甫作,當是天寶末流寓江南的士人聽李龜年歌有感而作。轉相傳聞,訛爲杜甫作。"⑤針對李、吴二人之論,傅光特撰《杜甫〈江南逢李龜年〉考辨》一文,以詳確的史實和細緻的辨析進行了批駁,維護了杜甫的創作權⑥。此後,王輝斌撰文認爲此詩"確爲李白所作"⑦,趙海菱則認爲聯繫"安史之亂"爆發後杜甫的行迹,《明皇雜

① 范攄《雲溪友議》卷中,《唐五代筆記小説大觀》,第1290頁。

② 胡仔《苕溪漁隱叢話》前集卷一四,人民文學出版社廖德明校點本。

③ 胡震亨《唐音癸籤》卷三二,文淵閣《四庫全書》影印本。

④ 李汝倫《杜詩論稿·〈江南逢李龜年〉非杜詩辨》,廣東人民出版社1983年版。

⑤ 吴企明《唐音質疑録·杜甫詩辨僞劄記》,上海古籍出版社1985年版。

⑥ 傅光《杜甫〈江南逢李龜年〉考辨》,《草堂》1987年第2期。

⑦ 王輝斌《杜甫研究叢稿·〈江南逢李龜年〉爲李白作》,中國文聯出版社1999年版。

録》《雲溪友議》的有關記載是不正確的。學界一向根據杜甫《壯遊》中的兩句"斯文崔魏徒，以我似班揚"而認定杜甫年少時曾與岐王、崔滌、李龜年等人相識相交，理由是在"斯文"詩句之下，録有杜甫自注："崔鄭州尚，魏豫州啓心。"但近年來陸續出土的《唐故陳王府長史崔府君（尚）志文》《大唐故河南府泗水縣尉長樂馮君墓志銘并序》等史料證實，對杜甫頗爲賞識的崔尚、魏啓心根本未曾做過鄭州刺史、豫州刺史。而王維生平事蹟及其相關詩歌文本顯示，王維不僅在開元年間與岐王、李龜年等人交往密切，而且他亦確曾在江南履職並曾在江南與李龜年重逢，因此，《江南逢李龜年》的作者不是杜甫，而極有可能是王維①。吴明賢《杜甫〈江南逢李龜年〉著作權不容否定》一文，針對南宋胡仔《苕溪漁隱叢話》及其他否定《江南逢李龜年》爲杜甫所作的觀點，詳細考察了該詩版本及其所記歷史與杜甫生平經歷的相合處，辨析了該詩意旨、風格與此期杜詩風格及總體風格的一致性，指出該詩爲杜甫所作毋庸置疑②。柏紅秀《樂人身份與〈江南逢李龜年〉作者之争》一文，從唐代音樂制度的角度又有補證，認爲"李龜年是盛唐京城著名的市井樂人"，仍然維護杜甫的著作權③。吴懷東《杜甫作〈江南逢李龜年〉補證——兼論此詩之情感内涵》，則從歷來學者們所忽視的詩歌意象以及審美反應方式角度進行證實，認爲此詩核心意象"落花"代表着最美的春景，符合當時及杜甫的審美習慣，而此詩對舊友相見場景的如實呈現，既符合杜甫荆湘詩的創作慣例，也有其獨特性。這

---

① 趙海菱《〈江南逢李龜年〉作者發疑》，《社會科學輯刊》2014 年第 5 期。

② 吴明賢《杜甫〈江南逢李龜年〉著作權不容否定》，《杜甫研究學刊》2005 年第 4 期。

③ 柏紅秀《樂人身份與〈江南逢李龜年〉作者之争》，《江海學刊》2014 年第 6 期。

是一首表達“喜相逢”的詩,不必從政治性角度作“過度闡釋”①。

而在同意杜甫所作的學者中,對此詩創作的時地又有不同的説法,歸納起來,主要有潭州、荆南、吴越三説:趙次公認爲大曆四年暮春作於潭州②。後之重要編年注本大多編在大曆五年暮春潭州作。黄鶴則謂:“梁權道編在大曆三年作荆南詩内。按公以是年正月出峽,暮春至江陵,今詩云‘落花時節又逢君’,正其時也。”③洪業則謂:“當是遊吴越時作。當初我受前人影響,仍放此詩於湖南詩内;且疑‘江南’或是‘湖南’之誤。更沉静思維,則覺不但‘江南’不誤,而且此詩之容態俏生,氣韵飄揚,不似杜甫湖南時詩之多悲哀沉鬱,而可合於杜甫二十三歲左右‘越女天下白,鏡湖五月涼’之環境。”④

綜上所述,雖各家所持觀點頗爲分歧,但縱觀千餘年來的歷史記載與演變,對《江南逢李龜年》的著作權還是可以做出判斷的。就現存資料而言,唐五代未見有人對杜甫的著作權提出異議,宋代除胡仔外,亦未見不同的意見。而據現存宋刻杜集及其後大多評注本及研究者,都認爲杜甫作,並稱譽有加。如黄生曰:“此詩與《劍器行》同意。今昔盛衰之感,言外黯然欲絶,見風韵於行間,寓感慨於字裏,即使龍標、供奉操筆,亦無以過。乃知公於此體,非不能爲正聲,直不屑耳。有目公七言絶句爲别調者,亦可持此解嘲矣。”⑤吴瞻泰曰:“此盛唐絶調也,字字風韵,不覺有淒涼之色,而國家之盛衰,人世之聚散,時地之遷流,悉寓於字裏行間,一唱三

---

① 吴懷東《杜甫作〈江南逢李龜年〉補證——兼論此詩之情感内涵》,《浙江工商大學學報》2020年第5期。

② 林繼中輯《杜詩趙次公先後解輯校》已帙卷之四,上海古籍出版社1994年版。

③ 《補注杜詩》卷三四,文淵閣《四庫全書》影印本。

④ 洪業《我怎樣寫杜甫》,《南洋商報》1962年元旦特刊。

⑤ 黄生《杜詩説》卷一〇,清康熙三十五年一木堂刻本。

歎,使人味之於意言之表,雖青蓮、摩詰亦應俯首。”[①]《唐宋詩醇》卷十八曰:“言情在筆墨之外,悄然數語,可抵白氏一篇《琵琶行》矣。……何其超妙,此千古絶調也。”[②]邵長蘅曰:“子美七絶,此爲壓卷。”[③]孫洙曰:“世運之治亂,年華之盛衰,彼此之淒涼流落,俱在其中。少陵七絶,此爲壓卷。”[④]據此,《江南逢李龜年》的著作權應歸杜甫,而《明皇雜録》《雲溪友議》最早揭出杜甫此詩,可謂功不可没。

第六節　《雲仙雜記》等有關杜甫的傳説

舊題馮贄所撰《雲仙雜記》,一作《雲仙散録》,其真僞一直被人質疑。陳振孫《直齋書録解題》載:“《雲仙散録》一卷,稱唐金城馮贄撰。天復元年叙。馮贄者,不知何人。自言取家世所蓄異書,撮其異説,而所引書名,皆古今所不聞;且其記事造語,如出一手,正如世俗所行東坡《杜詩注》之類。然則所謂馮贄者,及其所蓄書,皆子虚烏有也,亦可謂枉用其心者矣。”[⑤]張邦基《墨莊漫録》則謂王銍所作:“近時傳一書曰《龍城録》,云柳子厚所作,非也,乃王銍性之僞爲之。……又作《雲仙散録》,尤爲怪誕,殊誤後之學者。”[⑥]洪邁《容齋隨筆》云:“俗間所傳淺妄之書,如所謂《雲仙散録》《老杜事實》《開元天寶遺事》之屬,皆絶可笑,然士大夫或信之。……孔

---

① 吴瞻泰《杜詩提要》卷一四,《杜詩叢刊》本。

② 《唐宋詩醇》卷一八,文淵閣《四庫全書》影印本。

③ 楊倫《杜詩鏡銓》卷二〇引,第1018頁。

④ 孫洙《唐詩三百首》卷八,中華書局排印四藤吟社刊本。

⑤ 陳振孫《直齋書録解題》卷一一《小説家類》,文淵閣《四庫全書》影印本。

⑥ 張邦基《墨莊漫録》卷二,文淵閣《四庫全書》影印本。

傳《續六帖》采摭唐事殊有工，而悉載《雲仙録》中事，自穢其書。”①《四庫全書》之《雲仙雜記》提要則謂：“《雲仙雜記》十卷，舊本題唐金城馮贄撰。贄履貫無可考。其書雜載古人逸事……然實僞書也。”②曹之《〈雲仙雜記〉真僞考》更謂“《雲仙雜記》是宋人假名唐人編纂的一部僞書”③。但張力偉校點《雲仙散録・前言》則謂：“《雲仙散録》的引書漏洞百出，當屬僞托。不過，從部分書名與内容相貼合這一點來看，僞托也是出自本書作者之手，不大可能是由後人添加。但是，縱然引書上存在着種種花招，却仍不能作爲推翻本書爲五代時人馮贄所作這一説法的有力證據。在宋代著録中，此書都作《雲仙散録》。……《雜記》九、十兩卷的内容全部是新增加的，共七十九條，大部分注明了引書書名，共二十九種。這些書現在大都存在。……顯而易見，這兩卷屬由後人僞托。”④

儘管對該書及作者的真僞所見不同，但書是客觀存在，僞作者也是客觀存在，而且《雲仙雜記》的前八卷所記，當是唐五代時人的傳説，自是可以肯定的。而有關杜甫的幾則逸聞都在前七卷中，如卷一“文星典吏”引《文覽》云：“杜子美十餘歲，夢人令采文於康水，覺而問人，此水在二十里外，乃往求之。見鵝冠童子告曰：‘汝本文星典吏，天使汝下謫，爲唐世文章海，九雲誥已降，可於豆壟下取。’甫依其言，果得一石，金字曰：‘詩王本在陳芳國，九夜捫之麟篆熟，聲振扶桑享天福。’後因佩入葱市，歸而飛火滿室，有聲曰：‘邂逅穢吾，令汝文而不貴。’”⑤“詩王”三句，即所謂《杜公石文

① 洪邁《容齋隨筆》卷一《淺妄書》，《四部叢刊》續編景宋本配明本。

② 《四庫全書》子部十二《小説家類一》《雲仙雜記》提要，文淵閣《四庫全書》影印本。

③ 曹之《〈雲仙雜記〉真僞考》，《古籍整理研究學刊》1992年第4期。

④ 《雲仙散録》，張力偉校點本，中華書局1998年版。

⑤ 《雲仙雜記》卷一《文星典吏》，文淵閣《四庫全書》影印本。以下所引幾則，均見該書，不另注出。

詩》。清吴景旭《歷代詩話》卷五五“詩宰相”條注引此段文字，幾乎全同，但云出《詩話類編》。仇兆鰲《杜詩詳注》卷二三引此亦云出《詩話類編》。聞一多《少陵先生年譜會箋》則謂：“事本不經，聊贅於此（開元十三年），用資談助耳。”①陳尚君於《杜公石文詩》下按云：“此詩可斷定非杜甫作。《雲仙雜記》一書，傳爲唐末人馮贄作，後人雖有疑其爲宋人僞托者，然所舉諸證尚不足以定讞。今仍從舊説視作唐人之作姑附存杜甫名下。”②陳貽焮先生則認爲：“編得太俗氣（唐代道教盛行，這很可能出自世俗道士之口），遠不如講李白的那些傳説膾炙人口，但對杜甫的懷才不遇，也表露了深切的同情。”③

雖是如此，後世詩文還是有涉及這個故事的。如明倪元璐《出春明作（萬曆癸丑）》云：“自疑麟篆久塵埃，豈亦曾經葱肆來。明是無人解鬼語，妄云此子不仙才。去從鵑借三更月，幻作龍拿一部雷。天定未忘三債却，好煩鐵研爲相催。”④清施士潔《簡菽莊鐘社主人並諸同志》其二即云：“自憐馮婦舊生涯，攘臂何堪更下車！杜上魂歸丁令鶴，井中聲鬧子陽蛙。灰心詞客同枯樹，低首詩王向浣花。誰似竹林咸與籍，主盟牛耳屬君家。”又其《林健人公子見和前韵，疊韵酬之》其六亦云：“雙合延津劍欲鳴，能詩叔寶總神清。一樓蜃氣噓成幻，百斛龍文舉獨輕。嘔血我應慚李賀，解頤君已説匡衡。陳芳國裹溪山好，擬挈吟儕學耦耕。”⑤在今河南省鞏義市（即昔之鞏縣）康店鎮，一直流傳着這個“康水采文”的神話故事，而且認爲這個故事就發生在今天康店鎮康南村的南水溝。

---

① 聞一多《唐詩雜論》，第 42 頁。

② 陳尚君《全唐詩補編・續拾》卷一五，中華書局 1992 年版。

③ 陳貽焮《杜甫評傳》上卷，北京大學出版社 2003 年版，第 29 頁。

④ 倪元璐《倪文貞詩集》卷下，文淵閣《四庫全書》影印本。

⑤ 施士潔《後蘇龕詩鈔》卷一〇，《臺灣文獻叢刊》215《後蘇龕合集》本。

像這樣的神話故事，在唐代司空見慣，在唐五代筆記小説及唐傳奇（實際上也是小説）中，比比皆是。如關於李白的傳説，比杜甫還多。李陽冰《草堂集序》云："李白，字太白，隴西成紀人。……神龍之始，逃歸於蜀，復指李樹而生伯陽，驚姜之夕，長庚入夢，故生而名白，以太白字之。世稱太白之精，得之矣。"①范傳正《唐左拾遺翰林學士李公新墓碑并序》云："公之生也，先府君指天枝以復姓，先夫人夢長庚而告祥，名之與字，咸所取象。"②王定保《唐摭言》載："李太白始自蜀至京，名未甚振，因以所業贄謁賀知章。知章覽《蜀道難》一篇，揚眉謂之曰：'公非人世之人，可不是太白星精耶？'"③《新唐書》更將之寫入正史："白之生，母夢長庚星，因以命之。"④李陽冰爲李白族叔，李白生前囑其編集自己的詩文。李陽冰序作於寶應元年（762）十一月乙酉，時李白剛剛去世。據此推測，可能李白生前就盛傳這一傳説，他的"字太白"肯定是有來歷的。

更有趣的例子是白居易。據盧肇（818—882）《逸史》載："唐會昌元年，李師稷中丞爲浙東觀察使。有商客遭風飄蕩，不知所止。月餘，至一大山。瑞雲奇花，白鶴異樹，盡非人間所睹。山側有人迎問曰：'安得至此？'具言之。令維舟上岸。云：'須謁天師。'遂引至一處，若大寺觀，通一道（明抄本"道"下有"士"字）入。道士鬚眉悉白，侍衛數十，坐大殿上，與語曰：'汝中國人，兹地有緣方得一到，此蓬萊山也。既至，莫要看否？'遣左右引於宮内遊觀。玉臺翠樹，光彩奪目，院宇數十，皆有名號。至一院，扃鎖甚嚴，因

① 李陽冰《草堂集序》，王琦《李太白集注》卷三一《序志碑傳》引，文淵閣《四庫全書》影印本。

② 范傳正《唐左拾遺翰林學士李公新墓碑并序》，王琦《李太白集注》卷三一《序志碑傳》引，文淵閣《四庫全書》影印本。

③ 《唐摭言》卷七，文淵閣《四庫全書》影印本。

④ 《新唐書・李白傳》，第 5762 頁。

窺之。衆花滿庭，堂有裀褥，焚香階下。客問之。答曰：'此是白樂天院，樂天在中國未來耳。'乃潛記之，遂别之歸。旬日至越，具白廉使。李公盡録以報白公。先是，白公平生唯修上乘業，及覽李公所報，乃自爲詩二首，以記其事及答李浙東云云。然白公脱屣煙埃，投棄軒冕，與夫昧昧者固不同也，安知非謫仙哉！"①白居易"自爲詩二首"至今俱存，其《客有説（自注：客即李浙東也，所説不能具録其事）》云："近有人從海上回，海山深處見樓臺。中有仙龕虚一室，多傳此待樂天來。"②又《答客説》："吾學空門非學仙，恐君此説是虚傳。海山不是我歸處，歸即應歸兜率天。（自注：予晚年結彌勒上生業，故云。）"③所以葉夢得《避暑録話》云："頃讀盧肇《逸史》，記此事差詳。……唐小説事多誕，此既自見于樂天詩，當不謬。"④盧肇爲會昌三年狀元。會昌元年，即公元 841 年，時盧肇 24 歲，白居易 70 歲，離去世還有五年，乃生前傳説也。明胡應麟《報王中丞先生》即云："嘗夷考古昔才人列名謫籍，若李供奉之長庚，杜拾遺之文星典吏，白舍人之海山使者，皆烜赫可徵。"⑤所言不虚。

雖是神話傳説，但"文星典吏""詩王""文章海"云云，都在在證明對杜甫的崇拜和神化，但又符合杜甫創作所達到的高度成就，可謂實至名歸。由父又及於子。《雲仙雜記》卷七《石斧欲斫斷詩手》引《文覽》曰："杜甫子宗武，以詩示阮兵曹。兵曹答以石斧一具，隨使並詩還之。宗武曰：'斧，父斤也。兵曹使我呈父，加斤削也。'俄而阮聞之，曰：'誤矣！欲子斫斷其手。此手若存，天下詩

---

① 《太平廣記》卷四八《白樂天》引，文淵閣《四庫全書》影印本。
② 白居易《客有説》，《全唐詩》卷四五九。
③ 白居易《答客説》，《全唐詩》卷四五九。
④ 葉夢得《避暑録話》卷上，文淵閣《四庫全書》影印本。
⑤ 胡應麟《少室山房集》卷一一二，文淵閣《四庫全書》影印本。

名，又在杜家矣！’”胡應麟曰：“此事甚新，然史傳不載宗武詩，詩亦竟不傳。豈三世爲將，道家所忌哉。杜嘗命宗武熟精《文選》，又作詩屢令其誦。友人之言，宜有可信者，惜無從互證之。”①杜甫《宗武生日》云：“小子何時見？高秋此日生。自從都邑語，已伴老夫名。詩是吾家事，人傳世上情。”何焯《義門讀書記》即評“自從都邑語”二句云：“宗武當日，亦應有小杜之目。”②杜甫《又示宗武》又云：“覓句新知律，攤書解滿床。試吟青玉案，莫羨紫羅囊。暇日從時飲，明年共我長。應須飽經術，已似愛文章。十五男兒志，三千弟子行。曾參與游夏，達者得升堂。”可見宗武亦早熟能詩。查慎行《題宋山言學詩圖二首》其一即云：“宗武學能傳杜老，小坡才可繼眉山。添他一卷中州集，知己無如父子間。”③顯然是受到《雲仙雜記》的影響。

由子又及乎他人。《雲仙雜記》卷七《焚杜甫詩飲以膏蜜》引《詩源指訣》曰：“張籍取杜甫詩一帙，焚取灰燼，副以膏蜜，頻飲之，曰：‘令吾肝腸從此改易。’”雖是小説家言，但亦可反映出張籍對杜甫的無限景仰。張洎《張司業集序》即謂：“公爲古風最善。自李杜之後，風雅道喪，繼其美者，唯公一人。”④而張籍的樂府詩確已繼承并發揚了杜甫的現實主義詩歌傳統。鄭日奎《讀少陵集》：“古今作者代不同，都來涵孕神明中。一語縱橫散屨足，得其爪距皆稱雄。歎我研尋猶未得，蟲魚瑣瑣紛空積。擬焚灰燼副以膏，頻飲令吾腸胃易。”⑤即用此典故。

---

①　仇兆鰲《杜詩詳注》卷二一《又示宗武》詩注引，第1851頁。

②　何焯《義門讀書記》卷五六《杜工部集》，文淵閣《四庫全書》影印本。

③　查慎行《題宋山言學詩圖二首》其一，《敬業堂詩集》卷二七，文淵閣《四庫全書》影印本。

④　張洎《張司業集序》，《張司業詩集》卷首，《四部叢刊》景明本。

⑤　鄭日奎《讀少陵集》，仇兆鰲《杜詩詳注》附編《諸家詠杜》，第2297—2298頁。

類似怪異的傳説，在《樹萱録》裏多有記載①。宋蔡絛《西清詩話》載："《樹萱録》云：'杜子美自負其詩，鄭虔妻病瘧，過之，云：當誦予詩，瘧鬼自退。初云："日月低秦樹，乾坤繞漢宫。"不愈，則誦："子章（當作"璋"）髑髏血模糊，手提擲還崔大夫。"又不愈，則誦："虬鬚似太宗，色映塞外春。"若又不愈，則盧扁無如何矣。'此唐末俗子之論。少陵與虔結交，義動生死，若此，乃昨暮小兒語耳，萬無此理。'虬鬚似太宗'，乃《八哀詩》謂汝陽王璡也，璡雖死先於虔，而《八哀詩》乃鄭虔輩没後同時作，則虔不及見此詩，明矣。"②"日月低秦樹，乾坤繞漢宫"，爲《投贈哥舒開府翰二十韵》詩句；"子璋髑髏血模糊，手提擲還崔大夫"，爲《戲作花卿歌》詩句；"虬鬚似太宗，色映塞外春"，爲《八哀詩・贈太子太師汝陽郡王璡》詩句。蔡絛當不信此説，故斥之爲"此唐末俗子之論"。胡仔則云："世傳杜詩能除瘧，此未必然。蓋其辭意典雅，讀之者脱然不覺沉痾之去體也。而好事者乃曰：'鄭廣文妻病瘧，子美令取予"落月滿屋梁，猶疑照顔色"一聯誦之，不已；又令取"虬髯似太宗，色映塞外青"一聯誦之，不已；又令取"子璋髑髏血模糊，手提擲還崔大夫"一聯誦之，則無不愈矣。'此殊可笑！借使瘧鬼誠知杜詩之佳，亦賢鬼也，豈復

① 關於《樹萱録》的作者，舊傳唐劉燾撰。陳振孫《直齋書録解題》卷一一云："《樹萱録》一卷，不著名氏。序稱纂尚書滎陽公所談者，亦不知何人。又云：普聖圜丘之明年。普聖者，僖宗由普王踐位也。書雖見《唐志》，今亦未必真本，或云劉燾無言所爲也。"據序所云此書當作于僖宗乾符年間（874—879），尚書滎陽公爲鄭姓，作者當爲其下屬。何薳《春渚紀聞》卷五《古書托名》云："《樹萱録》劉燾無言自撰也。"張邦基《墨莊漫録》卷八云："《樹萱録》《唐書・藝文志》小説類自有此名，豈無言所作也？此書所載諸事近於寓言，而諸篇詩句皆佳絶，蓋唐人之善詩者爲之。"（文淵閣《四庫全書》影印本）

② 方深道輯《諸家老杜詩評》卷三《蔡約之〈西清詩話〉十六事》引，張忠綱《杜甫詩話六種校注》本。此條與臺灣廣文書局影印《古今詩話續編》本《西清詩話》卷上、《苕溪漁隱叢話》前集卷一一所引，文字稍異。但所引《樹萱録》語不見今傳《五朝小説大觀》與《説郛》本。

屑屑求食於嘔吐之間爲哉？觀子美有云'三年猶瘧疾，一鬼不銷亡。隔日搜脂髓，增寒抱雪霜。徒然潛隙地，有靦屨鮮妝'。則是疾也，杜陵正自不免。"①胡説與《西清詩話》稍不同，並未説出自《樹萱録》，有的則云出自《古今詩話》，文字亦不盡同。"落月滿屋梁，猶疑照顔色"，乃《夢李白二首》其一詩句；"三年猶瘧疾"六句，乃《寄彭州高三十五使君適、虢州岑二十七長史參三十韵》詩句。晁説之《病中謝張簿陽字韵詩》："藥有一君元長厚，病教五鬼逞狂陽。公詩可但能除瘧，萬痾都如律令忙。"②即用此典故。似這等荒誕不經的傳説，雖不足爲訓，但從一個側面證明了杜甫的巨大影響、杜詩的廣泛傳播，説明晚唐五代時期世人對杜甫的崇仰，已經達到了神化的程度。而到宋代以後，杜甫又從"詩王"升到"詩聖"了。

他如《雲仙雜記》卷一《籠桶衫柿油巾》引《浣花旅地志》曰："杜甫在蜀日，以七金買黄兒米半籃、細子魚一串、籠桶衫、柿油巾，皆蜀人奉養之粗者。"卷三《惠一絲二絲》引《浣花旅地志》曰："杜甫寓蜀，每蠶熟，即與兒躬行而乞曰：'如或相憫，惠我一絲二絲。'"卷四《夜飛蟬》引《放懷集》曰："杜甫每朋友至，引見妻子。韋侍御見而退，使其婦送夜飛蟬，以助粧飾。"大曆元年（766）秋，杜甫有《奉漢中王手札報韋侍御蕭尊師亡》云："秋日蕭韋逝，淮王報峽中。少年疑柱史，多術怪仙公。不但時人惜，祇應吾道窮。一哀侵疾病，相識自兒童。"是杜甫與韋侍御早就相識。這些傳聞都比較細微而真實地反映了杜甫流寓巴蜀時的艱苦困窘的生活，恐怕不是無根之談，具有一定的參考價值。

---

① 胡仔《苕溪漁隱叢話》後集卷七，人民文學出版社廖德明校點本。

② 晁説之《病中謝張簿陽字韵詩》，《景迂生集》卷八，文淵閣《四庫全書》影印本。

參 考 文 獻

《史記》,(漢) 司馬遷撰,中華書局 1982 年校點本。

《隋書》,(唐) 魏徵撰,中華書局 2000 年校點本。

《北史》,(唐) 李延壽撰,中華書局 1974 年校點本。

《通典》,(唐) 杜佑撰,文淵閣《四庫全書》影印本。

《舊唐書》,(後晋) 劉昫撰,中華書局 1975 年校點本。

《新唐書》,(宋) 歐陽修等撰,中華書局 1975 年校點本。

《新五代史》,(宋) 歐陽修撰,中華書局 1974 年校點本。

《資治通鑑》,(宋) 司馬光撰,中華書局 1956 年校點本。

《蜀檮杌》,(宋) 張唐英撰,文淵閣《四庫全書》影印本。

《宋史》,(元) 脱脱等撰,中華書局 1977 年校點本。

《唐會要》,(宋) 王溥撰,中華書局 1990 年版。

《孟子音義》,(宋) 孫奭撰,文淵閣《四庫全書》影印本。

《修行本起經》,(後漢) 竺大力、康孟詳共譯,《大正新修大藏經》本。

《廣弘明集》,(唐) 釋道宣撰,文淵閣《四庫全書》影印本。

《法苑珠林》,(唐) 釋道世撰,文淵閣《四庫全書》影印本。

《佛説大乘造像功德經》,(唐) 釋提雲譯,《大正新修大藏經》本。

《大方廣佛華嚴經》,(唐) 實叉難陀譯,《大正新修大藏經》本。

《河岳英靈集》,(唐) 殷璠編,傅璇琮編《唐人選唐詩新編》本。

《中興間氣集》,(唐) 高仲武編,傅璇琮編《唐人選唐詩新編》本。

《篋中集》,(唐) 元結編,文淵閣《四庫全書》影印本。

《唐國史補》,(唐) 李肇著,上海古籍出版社《唐五代筆記小説大觀》本。
《本事詩》,(唐) 孟啓(棨)撰,中華書局《歷代詩話續編》本。
《唐闕史》,(唐) 高彦休撰,上海古籍出版社《唐五代筆記小説大觀》本。
《雲溪友議》,(唐) 范攄撰,上海古籍出版社《唐五代筆記小説大觀》本。
《才調集》,(後蜀) 韋縠撰,《四部叢刊》景述古堂景宋鈔本。
《雲仙雜記》,舊題馮贄撰,文淵閣《四庫全書》影印本。
《雲仙散録》,舊題馮贄撰,中華書局 1998 年張力偉校點本。
《唐詩紀事》,(宋) 計敏夫撰,文淵閣《四庫全書》影印本。
《三體唐詩》,(宋) 周弼編,文淵閣《四庫全書》影印本。
《困學紀聞》,(宋) 王應麟撰,上海古籍出版社 2008 年版。
《唐才子傳》,(元) 辛文房撰,文淵閣《四庫全書》影印本。
《説郛》,(元) 陶宗儀輯,文淵閣《四庫全書》影印本。
《先秦漢魏晋南北朝詩》,逯欽立輯校,中華書局 1983 年版。
《全唐詩(增訂本)》,(清) 彭定求等編,中華書局 1999 年版。
《全唐文》,(清) 董誥等編,中華書局 1983 年影印本。
《唐文拾遺》,(清) 陸心源輯,中華書局 1983 年影印本。
《全宋詩》,傅璇琮等主編,北京大學出版社 1993 年版。
《全宋文》,曾棗莊等主編,上海辭書出版社、安徽教育出版社 2006 年版。
《全宋詞》,唐圭璋編,中華書局 1965 年版。
《册府元龜》,(宋) 王欽若等編,文淵閣《四庫全書》影印本,又鳳凰出版社 2006 年周勛初等校訂本。
《文苑英華》,(宋) 李昉等編,中華書局影印本。
《太平御覽》,(宋) 李昉等編,文淵閣《四庫全書》影印本。
《太平廣記》,(宋) 李昉等編,文淵閣《四庫全書》影印本。
《宋會要輯稿》,(清) 徐松輯,中華書局 1957 年版。

《西崑酬唱集》,(宋) 楊億等撰,《四部叢刊》景明本。
《西崑酬唱集注》,(宋) 楊億等撰,王仲犖注,上海書店出版社 2001 年版。
《宋文鑑》,(宋) 吕祖謙編,文淵閣《四庫全書》影印本。
《琴史》,(宋) 朱長文撰,清曹寅《楝亭藏書十二種》本。
《瀛奎律髓》,(元) 方回撰,文淵閣《四庫全書》影印本。
《瀛奎律髓彙評》,李慶甲集評校點,上海古籍出版社 1986 年版。
《唐詩品彙》,(明) 高棅撰,上海古籍出版社 1988 年影印本。
《唐詩品》,(明) 徐獻忠撰,明嘉靖十九年刻《唐百家詩》本。
《唐詩選脈會通評林》,(明) 周敬、周珽輯,明崇禎八年穀采齋刻本。
《唐詩歸》,(明) 鍾惺、譚元春編,明末刻三色套印本。
《唐詩快》,(清) 黄周星編,清康熙三十二年刻本。
《唐詩評選》,(清) 王夫之撰,王學太校點,文化藝術出版社 1997 年版。
《四庫全書總目》,(清) 永瑢等撰,中華書局 1965 年版。
《東巖草堂評訂唐詩鼓吹》,(清) 朱三錫評,清康熙二十七年刻本。
《唐詩别裁集》,(清) 沈德潛撰,上海古籍出版社富壽蓀校點本。
《御選唐宋詩醇》,清乾隆十五年敕編,文淵閣《四庫全書》影印本。
《唐詩三百首》,(清) 蘅塘退士編選,中華書局排印四藤吟社刊本。
《古典文學研究資料彙編・白居易卷》,陳友琴編,中華書局 1962 年版。
《唐宋詩舉要》,高步瀛撰,上海古籍出版社 1978 年新 1 版。
《唐五代筆記小説大觀》,上海古籍出版社 2000 年版。
《筆記小説大觀》,江蘇廣陵古籍刻印社 1983 年版。
《嘉靖衡州府志》,《天一閣藏明代方志選刊》本。
《湖廣通志》,文淵閣《四庫全書》影印本。

《孟子》,《十三經注疏》本,中華書局 1980 年版。

《陶淵明集箋注》,袁行霈注,中華書局2003年版。
《中説》,(隋)王通撰,文淵閣《四庫全書》影印本。
《王子安集注》,(清)蔣清翊注,上海古籍出版社1995年版。
《李太白集注》,(清)王琦撰,文淵閣《四庫全書》影印本。
《高適詩集編年箋注》,劉開揚箋注,中華書局1981年版。
《岑嘉州詩》,(唐)岑參撰,明正德濟南刊本。
《春秋集傳纂例》,(唐)陸淳撰,文淵閣《四庫全書》影印本。
《吕衡州集》,(唐)吕温撰,文淵閣《四庫全書》影印本。
《元稹集》,(唐)元稹撰,中華書局冀勤校點本。
《元稹集編年箋注(詩歌卷)》,楊軍箋注,三秦出版社2002年版。
《白氏長慶集》,(唐)白居易撰,文淵閣《四庫全書》影印本。
《白居易集箋校》,朱金城箋校,上海古籍出版社1988年版。
《昌黎先生詩集注》,(清)顧嗣立撰,清光緒九年廣州翰墨園三色套印本。
《韓愈全集校注》,屈守元、常思春主編,四川大學出版社1996年版。
《韓詩臆説》,程學恂撰,上海商務印書館1934年鉛印本。
《韓昌黎詩繫年集釋》,錢仲聯集釋,上海古籍出版社1984年版。
《韓愈選集》,孫昌武選注,上海古籍出版社1996年版。
《張司業詩集》,(唐)張籍撰,《四部叢刊》景明本。
《張司業集》,(唐)張籍撰,文淵閣《四庫全書》影印本。
《王司馬集》,(唐)王建撰,文淵閣《四庫全書》影印本。
《姚少監詩集》,(唐)姚合撰,文淵閣《四庫全書》影印本。
《皇甫持正集》,(唐)皇甫湜撰,文淵閣《四庫全書》影印本。
《李長吉詩集》,(唐)李賀撰,明于嘉刻本。
《李賀歌詩編》,(唐)李賀撰,《四部叢刊》影印蒙古本。
《李賀詩歌集注》,(清)王琦等注,上海人民出版社1977年版。
《李長吉詩評注》,(清)吴汝綸評注,鴻章書局石印本。

《李賀詩集譯注》,徐傳武譯注,山東教育出版社 1992 年版。
《余光解輯昌谷集》,(明) 余光解輯,明聽雨堂刊本。
《樊川文集》,(唐) 杜牧撰,《四部叢刊》景明本。
《樊川文集》,(唐) 杜牧撰,文淵閣《四庫全書》影印本。
《酉陽雜俎》,(唐) 段成式撰,中華書局 1981 年版。
《李義山詩集》,(唐) 李商隱撰,《四部叢刊》景明本。
《李義山文集箋注》,(清) 徐樹穀箋、徐炯注,文淵閣《四庫全書》影印本。
《玉溪生詩箋注》,(清) 馮浩箋注,《四部備要》本。
《李義山詩集箋注》,(清) 姚培謙箋,清乾隆四年松桂讀書堂刊本。
《玉溪生詩説》,(清) 紀昀撰,清朱記榮編《槐廬叢書三編》本。
《李商隱詩歌集解》,劉學鍇、余恕誠著,中華書局 1988 年版。
《沈下賢集》,(唐) 沈亞之撰,文淵閣《四庫全書》影印本。
《唐英歌詩》,(唐) 吴融撰,景唐四名家集本。
《甲乙集》,(唐) 羅隱撰,《四部叢刊》景宋本。
《羅隱詩集箋注》,李之亮箋注,岳麓書社 2001 年版。
《皮子文藪》,蕭滌非、鄭慶篤整理,上海古籍出版社 1981 年版。
《司空表聖文集》,(唐) 司空圖撰,文淵閣《四庫全書》影印本。
《禪月集》,(唐) 釋貫休撰,文淵閣《四庫全書》影印本。
《白蓮集》,(唐) 釋齊己撰,《四部叢刊》景印景明鈔本。
《黄御史集》,(唐) 黄滔撰,文淵閣《四庫全書》影印本。
《韓翰林集》,(唐) 韓偓撰,民國十二年武强賀氏刻本。
《韓偓詩集箋注》,齊濤箋注,山東教育出版社 2000 年版。
《韓偓詩注》,陳繼龍注,學林出版社 2001 年版。
《香奩集發微》,(清) 震鈞撰,民國八年上海掃葉山房石印本。
《浣花集》,(唐) 韋莊撰,文淵閣《四庫全書》影印本。
《玄英先生詩集》,(唐) 方干撰,抄本。
《小畜集》,(宋) 王禹偁撰,《四部叢刊》景印宋本配抄本。

《林和靖詩集》,(宋) 林逋撰,沈幼征校注,浙江古籍出版社 1986 年版。
《歐陽修全集》,(宋) 歐陽修撰,李逸安點校,中華書局 2001 年版。
《蘇舜欽集編年校注》,(宋) 蘇舜欽撰,傅平驤、胡問陶校注,巴蜀書社 1991 年版。
《宛陵集》,(宋) 梅堯臣撰,文淵閣《四庫全書》影印本。
《梅堯臣集編年校注》,(宋) 梅堯臣撰,朱東潤校注,上海古籍出版社 2006 年版。
《樂全集》,(宋) 張方平撰,文淵閣《四庫全書》影印本。
《傳家集》,(宋) 司馬光撰,文淵閣《四庫全書》影印本。
《王安石全集》,(宋) 王安石撰,秦克、鞏軍標點,上海古籍出版社 1999 年版。
《王荊公詩注補箋》,(宋) 王安石撰,(宋) 李壁注,李之亮校點補箋,巴蜀書社 2002 年版。
《嘉祐集》,(宋) 蘇洵撰,文淵閣《四庫全書》影印本。
《嘉祐集箋注》,(宋) 蘇洵撰,曾棗莊、金成禮箋注,上海古籍出版社 1993 年版。
《蘇洵集》,(宋) 蘇洵撰,邱少華點校,中國書店 2000 年版。
《東坡全集》,(宋) 蘇軾撰,文淵閣《四庫全書》影印本。
《蘇軾詩集》,(宋) 蘇軾撰,(清) 王文誥輯注,孔凡禮點校,中華書局 1982 年版。
《蘇軾文集》,(宋) 蘇軾撰,孔凡禮點校,中華書局 1986 年版。
《欒城集》,(宋) 蘇轍撰,文淵閣《四庫全書》影印本。
《蘇轍集》,(宋) 蘇轍撰,陳宏天、高秀芳點校,中華書局 1990 年版。
《麈史》,(宋) 王得臣撰,《知不足齋叢書》本。
《廣陵先生文集》,(宋) 王令撰,文淵閣《四庫全書》影印本。
《西塘集》,(宋) 鄭俠撰,文淵閣《四庫全書》影印本。

《豫章黄先生文集》,(宋)黄庭堅撰,明刻本。
《黄庭堅詩集注》,(宋)黄庭堅撰,(宋)任淵等注,劉尚榮校點,中華書局 2003 年版。
《山谷外集詩注》,(宋)黄庭堅撰,(宋)史容注,文淵閣《四庫全書》影印本。
《淮海集》,(宋)秦觀撰,《四部叢刊》景明本。
《秦觀集編年校注》,(宋)秦觀撰,周義敢等編注,人民文學出版社 2001 年版。
《後山詩注補箋》,(宋)陳師道撰,(宋)任淵注,冒廣生補箋,中華書局 1995 年版。
《張耒集》,(宋)張耒撰,李逸安等點校,中華書局 1990 年版。
《嵩山文集》,(宋)晁説之撰,《四部叢刊》續編景舊鈔本。
《景迂生集》,(宋)晁説之撰,文淵閣《四庫全書》影印本。
《河南程氏遺書》,(宋)程顥、程頤撰,上海古籍出版社 2000 年版。
《二程文集》,(宋)程顥、程頤撰,文淵閣《四庫全書》影印本。
《二程遺書》,(宋)朱熹編,文淵閣《四庫全書》影印本。
《梁谿集》,(宋)李綱撰,文淵閣《四庫全書》影印本。
《李清照集校注》,(宋)李清照撰,王仲聞校注,人民文學出版社 1979 年版。
《陳與義集校箋》,(宋)陳與義撰,白敦仁校箋,上海古籍出版社 1990 年版。
《稼軒詞編年箋注》,(宋)辛棄疾撰,鄧廣銘箋注,上海古籍出版社 1993 年版。
《直齋書録解題》,(宋)陳振孫撰,文淵閣《四庫全書》影印本。
《梅溪後集》,(宋)王十朋撰,文淵閣《四庫全書》影印本。
《劍南詩稿校注》,(宋)陸游撰,錢仲聯校注,上海古籍出版社 2005 年版。
《劍南詩稿》,(宋)陸游撰,文淵閣《四庫全書》影印本。

《范石湖集》,(宋) 范成大撰,上海古籍出版社 1981 年版。
《芸庵類藁》,(宋) 李洪撰,文淵閣《四庫全書》影印本。
《鄮峰真隱漫録》,(宋) 史浩撰,文淵閣《四庫全書》影印本。
《朱文公文集》,(宋) 朱熹著,《四部叢刊》本。
《香溪集》,(宋) 范浚撰,文淵閣《四庫全書》影印本。
《誠齋集》,(宋) 楊萬里撰,文淵閣《四庫全書》影印本。
《鶴山集》,(宋) 魏了翁撰,文淵閣《四庫全書》影印本。
《崧庵集》,(宋) 李處權撰,文淵閣《四庫全書》影印本。
《澗泉集》,(宋) 韓淲撰,文淵閣《四庫全書》影印本。
《本堂集》,(宋) 陳著撰,文淵閣《四庫全書》影印本。
《心泉學詩稿》,(宋) 蒲壽宬撰,文淵閣《四庫全書》影印本。
《九華集》,(宋) 員興宗撰,文淵閣《四庫全書》影印本。
《竹溪鬳齋十一藁》,(宋) 林希逸撰,文淵閣《四庫全書》影印本。
《演山集》,(宋) 黄裳撰,文淵閣《四庫全書》影印本。
《浄德集》,(宋) 吕陶撰,《武英殿聚珍版叢書》本。
《永嘉四靈詩集》,(宋) 徐照、徐璣、翁卷、趙師秀撰,浙江古籍出版社 1985 年版。
《石屏詞》,(宋) 戴復古撰,文淵閣《四庫全書》影印本。
《秋崖集》,(宋) 方岳撰,文淵閣《四庫全書》影印本。
《南湖集》,(宋) 張鎡撰,文淵閣《四庫全書》影印本。
《文天祥全集》,(宋) 文天祥撰,中國書店 1985 年版。
《林景熙集校注》,(宋) 林景熙撰,陳增傑校注,浙江古籍出版社 1995 年版。
《汪元量集校注》,(宋) 汪元量撰,胡才甫校注,浙江古籍出版社 1999 年版。
《謝疊山全集校注》,(宋) 謝枋得撰,熊飛等校注,華東師範大學出版社 1999 年版。
《鄭思肖集》,(宋) 鄭思肖撰,陳福康校點,上海古籍出版社 1991

年版。
《元好問全集》,姚奠中主編,山西人民出版社 1990 年版。
《遺山集》,(金)元好問撰,文淵閣《四庫全書》影印本。
《桐江續集》,(元)方回撰,文淵閣《四庫全書》影印本。
《秋澗集》,(元)王惲撰,文淵閣《四庫全書》影印本。
《杏庭摘藁》,(元)洪焱祖撰,文淵閣《四庫全書》影印本。
《筠軒集》,(元)唐元撰,文淵閣《四庫全書》影印本。
《倪文貞詩集》,(明)倪元璐撰,文淵閣《四庫全書》影印本。
《定山集》,(明)莊昶撰,文淵閣《四庫全書》影印本。
《未軒文集》,(明)黄仲昭撰,文淵閣《四庫全書》影印本。
《穎江漫稿》,(明)符錫撰,明刊本。
《蓀谷集》,(朝鮮)李達撰,朝鮮萬曆四十六年刊本。
《升庵集》,(明)楊慎撰,文淵閣《四庫全書》影印本。
《堆山先生前集鈔》,(明)薛寀撰,《常州先哲遺書》本。
《少室山房集》,(明)胡應麟撰,文淵閣《四庫全書》影印本。
《牧齋初學集》,(清)錢謙益撰,《四部叢刊》初編本。
《牧齋有學集》,(清)錢謙益撰,《四部叢刊》初編本。
《宋元學案》,(清)黄宗羲著,中華書局 1986 年版。
《古歡堂集》,(清)田雯撰,上海古籍出版社《清詩話續編》本。
《曝書亭集》,(清)朱彝尊撰,文淵閣《四庫全書》影印本。
《敬業堂詩集》,(清)查慎行撰,文淵閣《四庫全書》影印本。
《樹經堂詩初集》,(清)謝啓昆撰,上海古籍出版社《續修四庫全書》本。
《四松堂集》,(清)敦誠撰,文學古籍刊行社 1955 年版。
《隨園詩集》,(清)邊連寶撰,中國人民大學圖書館藏稿本。
《後蘇龕詩鈔》,(清)施士潔撰,《臺灣文獻叢刊》215《後蘇龕合集》本。
《經學通論》,皮錫瑞撰,中華書局 1954 年版。

《經學歷史》,皮錫瑞撰,中華書局 1959 年版。

《宋詩話全編》,吴文治主編,江蘇古籍出版社 1998 年版。
《歷代詩話》,(清) 何文焕輯,中華書局 1981 年版。
《歷代詩話續編》,丁福保輯,中華書局 1987 年版。
《清詩話》,丁福保輯,上海古籍出版社 1978 年版。
《清詩話續編》,郭紹虞編,上海古籍出版社 1978 年版。
《詩話總龜》,(宋) 阮閲輯,人民文學出版社校點本。
《詞話叢編》,唐圭璋編,中華書局 1981 年版。
《避暑録話》,(宋) 葉夢得撰,文淵閣《四庫全書》影印本。
《後村詩話》,(宋) 劉克莊撰,文淵閣《四庫全書》影印本。
《後村先生大全集》,(宋) 劉克莊撰,《四部叢刊》景鈔本。
《苕溪漁隱叢話》,(宋) 胡仔輯,廖德明校點,人民文學出版社 1962 年版。
《後山詩話》,(宋) 陳師道撰,中華書局《歷代詩話》本。
《學林》,(宋) 王觀國撰,文淵閣《四庫全書》影印本。
《明道雜志》,(宋) 張耒撰,《顧氏文房小説》本。
《古今源流至論》,(宋) 林駉撰,文淵閣《四庫全書》影印本。
《黄氏日抄》,(宋) 黄震撰,文淵閣《四庫全書》影印本。
《容齋隨筆》,(宋) 洪邁撰,《四部叢刊》續編景宋本配明本。
《艇齋詩話》,(宋) 曾季貍撰,上海古籍出版社《歷代詩話續編》本。
《韵語陽秋》,(宋) 葛立方撰,上海古籍出版社 1984 年影宋本。
《風月堂詩話》,(宋) 朱弁撰,文淵閣《四庫全書》影印本。
《詩林廣記》,(宋) 蔡正孫編,文淵閣《四庫全書》影印本。
《臨漢隱居詩話》,(宋) 魏泰撰,中華書局《歷代詩話》本。
《竹坡詩話》,(宋) 周紫芝撰,文淵閣《四庫全書》影印本。
《誠齋詩話》,(宋) 楊萬里撰,上海古籍出版社《歷代詩話續編》本。
《捫虱新話》,(宋) 陳善撰,《儒學警悟》本。
《對床夜語》,(宋) 范晞文撰,上海古籍出版社《歷代詩話續編》本。
《砻溪詩話》,(宋) 黄徹撰,上海古籍出版社《歷代詩話續編》本。
《滄浪詩話》,(宋) 嚴羽撰,中華書局《歷代詩話》本。
《滄浪詩話校釋》,郭紹虞校釋,人民文學出版社 1983 年版。
《歲寒堂詩話》,(宋) 張戒撰,上海古籍出版社《歷代詩話續編》本。
《野客叢書》,(宋) 王楙撰,中華書局王文錦點校本。
《鶴林玉露》,(宋) 羅大經撰,文淵閣《四庫全書》影印本,又中華書局 1983 年版。
《東園叢説》,(宋) 李如篪撰,文淵閣《四庫全書》影印本。
《東坡志林》,(宋) 蘇軾撰,文淵閣《四庫全書》影印本。
《湛淵静語》,(元) 白珽撰,文淵閣《四庫全書》影印本。
《麓堂詩話》,(明) 李東陽撰,上海古籍出版社《歷代詩話續編》本。
《藝苑卮言》,(明) 王世貞撰,上海古籍出版社《歷代詩話續編》本。
《丹鉛摘録》,(明) 楊慎撰,文淵閣《四庫全書》影印本。
《詩藪》,(明) 胡應麟撰,上海古籍出版社 1979 年新 1 版。
《少室山房筆叢》,(明) 胡應麟撰,中華書局 1958 年版。
《恬致堂詩話》,(明) 李日華撰,《叢書集成初編》本。
《詩源辯體》,(明) 許學夷撰,人民文學出版社杜維沫校點本。
《南濠詩話》,(明) 都穆撰,上海古籍出版社《歷代詩話續編》本。
《唐詩鏡》,(明) 陸時雍撰,文淵閣《四庫全書》影印本。
《唐音癸籤》,(明) 胡震亨撰,上海古籍出版社 1981 年版。
《日知録》,(清) 顧炎武撰,文淵閣《四庫全書》影印本。

《貫華堂選批唐才子詩》,(清)金聖歎撰,浙江古籍出版社排印本。
《居易録》,(清)王士禛撰,文淵閣《四庫全書》影印本。
《分甘餘話》,(清)王士禛撰,文淵閣《四庫全書》影印本。
《聲調譜》,(清)趙執信撰,文淵閣《四庫全書》影印本。
《義門讀書記》,(清)何焯撰,文淵閣《四庫全書》影印本。
《原詩》,(清)葉燮撰,上海古籍出版社《清詩話》本。
《載酒園詩話又編》,(清)賀裳撰,上海古籍出版社《清詩話續編》本。
《石洲詩話》,(清)翁方綱撰,上海古籍出版社《清詩話續編》本。
《帶經堂詩話》,(清)張宗柟輯,人民文學出版社戴鴻森校點本。
《劍溪説詩》,(清)喬億撰,上海古籍出版社《清詩話續編》本。
《昭昧詹言》,(清)方東樹撰,人民文學出版社汪紹楹校點本。
《老生常談》,(清)延君壽撰,上海古籍出版社《清詩話續編》本。
《甌北詩話》,(清)趙翼撰,上海古籍出版社《清詩話續編》本。
《唐賢清雅集》,(清)張文蓀撰,清乾隆三十年抄本。
《重訂中晚唐詩主客圖》,(清)李懷民撰,清嘉慶十年刻本。
《協律鈎玄》,(清)陳本禮箋注,清嘉慶十三年陳氏裛露軒刻本。
《圍爐詩話》,(清)吴喬撰,上海古籍出版社《清詩話續編》本。
《秋窗隨筆》,(清)馬位撰,上海古籍出版社《清詩話》本。
《分干詩鈔》,(清)葉舒璐撰,顧雪齋本。
《一瓢詩話》,(清)薛雪撰,上海古籍出版社《清詩話》本。
《然燈記聞》,(清)何世璂記録,上海古籍出版社《清詩話》本。
《養一齋詩話》,(清)潘德輿撰,上海古籍出版社《清詩話續編》本。
《養一齋李杜詩話》,(清)潘德輿撰,上海古籍出版社《清詩話續編》本。
《詩筏》,(清)賀貽孫撰,上海古籍出版社《清詩話續編》本。
《唐詩箋要》,(清)吴瑞榮箋,清乾隆二十四年金陵三樂齋刻本。

《唐詩箋注》,(清)黄叔燦箋注,清乾隆三十年刻本。
《石園詩話》,(清)余成教撰,上海古籍出版社《清詩話續編》本。
《龍性堂詩話續集》,(清)葉矯然撰,上海古籍出版社《清詩話續編》本。
《讀雪山房唐詩序例》,(清)管世銘撰,上海古籍出版社《清詩話續編》本。
《峴傭説詩》,(清)施補華撰,上海古籍出版社《清詩話》本。
《靈芬館雜著》,(清)郭麐撰,清嘉慶十三年刊本。
《唐音審體》,(清)錢良擇撰,清康熙四十三年昭質堂刻本。
《今體詩抄》,(清)姚鼐撰,上海古籍出版社標點本。
《野鴻詩的》,(清)黄子雲撰,上海古籍出版社《清詩話》本。
《説詩晬語》,(清)沈德潛撰,上海古籍出版社《清詩話》本。
《識小録》,(清)姚瑩撰,黄山書社校點本。
《竹林答問》,(清)陳僅撰,上海古籍出版社《清詩話續編》本。
《藝概》,(清)劉熙載撰,上海古籍出版社 1978 年版。
《白雨齋詞話》,(清)陳廷焯撰,中華書局《詞話叢編》本。
《鄭板橋全集》,(清)鄭燮撰,卞孝萱編,齊魯書社 1985 年版。
《鈍吟雜録》,(清)馮班撰,文淵閣《四庫全書》影印本。
《白華山人詩説》,(清)厲志撰,上海古籍出版社《清詩話續編》本。
《白雨齋詞話》,(清)陳廷焯撰,人民文學出版社 1959 年版。
《越縵堂讀書記》,(清)李慈銘撰,商務印書館 1959 年鉛印本。
《詩譜詳説》,(清)許印芳撰,臺北新文豐出版公司版。
《湘綺樓説詩》,王闓運著,甲戌成都日新社印本。
《萬首論詩絶句》,郭紹虞、錢仲聯、王遽常編,人民文學出版社 1991 年版。
《詩境淺説續編》,俞陛雲著,北京出版社 2003 年版。

《宋本杜工部集》,(宋)王洙等編,商務印書館影印《古逸叢書》本。

《新定杜工部古詩近體詩先後並解》,(宋) 趙次公撰,明抄本。
《杜詩趙次公先後解輯校》,林繼中輯校,上海古籍出版社排印本。
《杜工部詩年譜》,(宋) 魯訔撰,文淵閣《四庫全書》影印本。
《杜工部年譜》,(宋) 趙子櫟撰,文淵閣《四庫全書》影印本。
《諸家老杜詩評》,(宋) 方深道輯,北京大學圖書館藏清初抄本。
《新刊校定集注杜詩》,(宋) 郭知達編,中華書局 1982 年影宋本。
《九家集注杜詩》,(宋) 郭知達編,文淵閣《四庫全書》影印本。
《分門集注杜工部詩》,(宋) 闕名編,《四部叢刊》影宋本。
《黄氏補千家集注杜工部詩史》,(宋) 黄希、黄鶴補注,宋刻元刊本。
《補注杜詩》,(宋) 黄希、黄鶴補注,文淵閣《四庫全書》影印本。
《杜工部草堂詩箋》,(宋) 蔡夢弼會箋,《古逸叢書》本。
《集千家注批點杜工部詩集》,(宋) 劉辰翁批點,臺灣大通書局《杜詩叢刊》本。
《文信國集杜詩》,(宋) 文天祥撰,文淵閣《四庫全書》影印本。
《杜工部詩選注》,(元) 董養性撰,日本藏本。
《杜律五言補注》,(明) 汪瑗撰,明萬曆新安汪文英刊本。
《批點杜工部七言律》,(明) 郭正域撰,明崇禎間烏程閔齊伋刊本。
《唐李杜詩集》,(明) 邵勳編,明嘉靖萬氏刻本。
《批選杜工部詩》,(明) 郝敬撰,明天啓六年刻《山草堂集・外編》本。
《杜詩通》,(明) 胡震亨撰,清順治七年朱茂時刊刻本。
《杜詩胥鈔》,(明) 盧世淮撰,明崇禎間刻本。
杜臆》,(明) 王嗣奭撰,上海古籍出版社 1983 年新 1 版。
《錢牧齋箋注杜詩》,(清) 錢謙益撰,清宣統三年上海時中書局石印諸名家評定本。
《錢注杜詩》,(清) 錢謙益撰,上海古籍出版社 1979 年版。
《杜工部詩集輯注》,(清) 朱鶴齡撰,清康熙間金陵葉永茹萬卷樓刻本。
《杜詩論文》,(清)吴見思撰,清康熙十一年常州岱淵堂刻本。
《杜詩闡》,(清)盧元昌撰,康熙二十五年書林刊本。
《杜詩説》,(清)黄生撰,清康熙三十五年一木堂刻本。
《讀書堂杜詩注解》,(清)張溍撰,臺灣大通書局《杜詩叢刊》本。
《辟疆園杜詩注解》,(清)顧宸撰,清康熙二年吴門書林刊本。
《杜律詩話》,(清)陳廷敬撰,清康熙間刊《午亭文編》本。
《問齋杜意》,(清)陳式撰,清康熙間刻本。
《杜詩言志》,(清)佚名撰,江蘇人民出版社 1983 年版。
《讀杜隨筆》,(清)陳訏撰,清雍正十年松柏堂刻本。
《杜詩提要》,(清)吴瞻泰撰,臺灣大通書局《杜詩叢刊》本。
《杜詩詳注》,(清)仇兆鰲撰,中華書局 1979 年版。
《讀杜心解》,(清)浦起龍撰,中華書局 1978 年版。
《杜詩義法》,(清)喬億撰,清刻本。
《杜詩增注》,(清)夏力恕撰,清乾隆十四年古泉精舍刻本。
《杜詩直解》,(清)范廷謀撰,清雍正六年范氏稼石堂刻本。
《杜詩偶評》,(清)沈德潛撰,清乾隆十二年潘承松賦閑草堂初刻本。
《杜詩鏡銓》,(清)楊倫撰,上海古籍出版社 1980 年新 1 版。
《杜詩附記》,(清)翁方綱撰,手抄本。
《杜詩集評》,(清)劉濬輯,臺灣大通書局《杜詩叢刊》本。
《朱竹垞先生杜詩評本》,(清)朱彝尊撰,日本早稻田大學圖書館藏本。
《杜律啓蒙》,(清)邊連寶撰,清乾隆四十二年初刻本。
《杜園説杜》,(清)梁運昌撰,書目文獻出版社 1995 年影印本。
《魯通甫讀書記》,(清)魯一同撰,抄本。
《杜解傳薪》,(清)趙星海撰,稿本。
《讀杜詩説》,(清)施鴻保撰,上海古籍出版社 1983 年新 1 版。

《杜甫戲爲六絶句集解》,郭紹虞集解,人民文學出版社 1978 年版。

《白話文學史(上卷)》,胡適著,東方出版社 1996 年版。
《杜甫研究論文集(一、二、三輯)》,中華書局 1962、1963 年版。
《李白與杜甫》,郭沫若著,人民文學出版社 1971 年版。
《李白全集編年注釋》,安旗主編,巴蜀書社 1990 年版。
《李白全集校注彙釋集評》,詹鍈主編,百花文藝出版社 1996 年版。
《李太白全集校注》,郁賢皓著,鳳凰出版社 2015 年版。
《李白全集編年箋注》,安旗、薛天緯等箋注,中華書局 2015 年版。
《唐詩雜論》,聞一多著,上海古籍出版社 1998 年版。
《唐人絶句精華》,劉永濟著,人民文學出版社 1981 年版。
《古典文學研究資料彙編·杜甫卷》,華文軒編,中華書局 1964 年版。
《杜甫詩史研究》,李道顯著,臺灣華岡出版部 1973 年版。
《王禹偁研究》,黄啓方著,臺灣學海出版社 1979 年版。
《杜甫研究》,蕭滌非著,齊魯書社 1980 年版。
《杜詩論稿》,李汝倫著,廣東人民出版社 1983 年版。
《學林漫録(八集)》,中華書局編輯部編,中華書局 1983 年版。
《談藝録(補訂本)》,錢鍾書著,中華書局 1984 年版。
《杜甫詩論叢》,金啓華著,上海古籍出版社 1984 年版。
《唐音質疑録》,吴企明著,上海古籍出版社 1985 年版。
《杜集書録》,周采泉編著,上海古籍出版社 1986 年版。
《杜詩別解》,鄧紹基著,中華書局 1987 年版。
《唐音佛教辨思録》,陳允吉撰,上海古籍出版社 1988 年版。
《杜詩學發微》,許總著,南京出版社 1989 年版。
《被開拓的詩世界》,程千帆等著,上海古籍出版社 1990 年版。
《杜詩縱横探》,張忠綱著,山東大學出版社 1990 年版。
《全唐詩補編》,陳尚君編,中華書局 1992 年版。

俞平伯先生從事文學活動六十五周年紀念文集,巴蜀書社 1992 年版。
《中國詩體流變》,程毅中著,中華書局 1992 年版。
《杜甫評傳》,莫礪鋒著,南京大學出版社 1993 年版。
《文體演變及其文化意味》,陶東風著,雲南人民出版社 1994 年版。
《文化建構文學史綱(中唐—北宋)》,林繼中著,三秦出版社 1994 年版。
《詩賦與律調》,鄺健行著,中華書局 1994 年版。
《左傳之文韜》,張高評著,臺灣高雄麗文文化事業股份有限公司 1994 年版。
《大曆詩人研究》,蔣寅撰,中華書局 1995 年版。
《全唐詩人名考證》,陶敏著,陝西人民教育出版社 1996 年版。
《杜甫研究(卒葬卷)》,傅光著,陝西人民出版社 1997 年版。
《中唐詩歌之開拓與新變》,孟二冬著,北京大學出版社 1998 年版。
《杜甫研究叢稿》,王輝斌著,中國文聯出版社 1999 年版。
《全唐詩大辭典》,張忠綱主編,語文出版社 2000 年版。
《中國新時期唐詩研究述評》,張忠綱等著,安徽大學出版社 2000 年版。
《李杜詩學》,楊義著,北京出版社 2001 年版。
《杜甫詩話六種校注》,張忠綱著,齊魯書社 2002 年版。
《杜詩藝譚》,韓成武著,河北教育出版社 2002 年版。
《杜甫與六朝詩歌關係研究》,吴懷東著,安徽教育出版社 2002 年版。
《杜詩唐宋接受史》,蔡振念著,臺灣五南圖書公司 2002 年版。
《杜甫評傳》,陳貽焮著,北京大學出版社 2003 年版。
《登科記考補正》,孟二冬補正,北京燕山出版社 2003 年版。
《杜甫詩學引論》,胡可先著,安徽大學出版社 2003 年版。
《唐宋詩學論集》,謝思煒著,商務印書館 2003 年版。

《杜甫新議集》,鄺健行著,臺北萬卷樓圖書股份有限公司 2004 年版。
《盛唐詩》,[美] 斯蒂芬・歐文著,賈晋華譯,生活・讀書・新知三聯書店 2004 年版。
《晚唐士風與詩風》,趙榮蔚著,上海古籍出版社 2004 年版。
《中唐詩歌嬗變的民俗觀照》,劉航著,學苑出版社 2004 年版。
《清代杜詩學史》,孫微著,齊魯書社 2004 年版。
《杜甫詩選》,張忠綱選注,中華書局 2005 年版。
《距離與想象——中國詩學的唐宋轉型》,[日] 淺見洋二著,金程宇等譯,上海古籍出版社 2005 年版。
《韋莊研究》,任海天著,人民文學出版社 2005 年版。
《唐聲詩》,任半塘文集本,上海古籍出版社 2006 年版。
《程毅中文存》,程毅中著,中華書局 2006 年版。
《從唐音到宋調》,曾祥波著,崑崙出版社 2006 年版。
《杜甫集》,張忠綱、孫微編選,鳳凰出版社 2006 年版。
《中唐詩文新變》,吴相洲著,學苑出版社 2007 年版。
《杜詩學研究論稿》,孫微、王新芳著,齊魯書社 2008 年版。
《杜詩語言藝術研究》,于年湖著,齊魯書社 2008 年版。
《杜集叙録》,張忠綱等編著,齊魯書社 2008 年版。
《李賀研究》,張宗福著,巴蜀書社 2009 年版。
《杜甫大辭典》,張忠綱主編,山東教育出版社 2009 年版。
《杜甫詩史因革論》,李新、劉旲暘著,河北大學出版社 2013 年版。
《杜甫全集校注》,蕭滌非主編,張忠綱終審統稿,人民文學出版社 2014 年版。
《杜甫與杜詩學研究》,左漢林著,東方出版社 2015 年版。

後　記

我1964年北大中文系畢業，當年考取了山東大學馮沅君先生的研究生，成爲先生的關門弟子，跟隨先生從事宋元文學的研究。1967年，研究生畢業留校任教。1974年，馮先生不幸病逝。1978年初，人民文學出版社約請蕭滌非先生主編《杜甫全集校注》，蕭先生點名讓我參加校注工作，並在山東大學成立了《杜甫全集》校注組。開始工作很順利，不料“天有不測風雲”。1991年4月15日，蕭先生溘然長逝。後因種種原因，校注工作進展遲緩，一度停滯。2009年初，由於學校領導的重視和外界對杜集校注出版的關切，又重新啓動校注工作，並讓我擔任全書終審統稿人。又經過五個寒暑，這部三代師生接力，歷經36年而完成的680萬字的巨著，終於2014年1月由人民文學出版社出版。可以説，四十多年來，我的研究工作，主要是圍繞唐宋文學，特别是杜甫研究進行的。

1997年，我開始招收唐宋文學專業的博士生。爲了總結這一時段的研究成果，爲研究者提供全面而系統的研究資料，我特地組織力量編寫出版了《全唐詩大辭典》（語文出版社2000年）、《杜甫大辭典》（山東教育出版社2009年）、《中國新時期唐詩研究述評》（安徽大學出版社2000年）和《杜集叙録》（齊魯書社2008年），也使研究生得到了學術訓練，提高了業務水平。我培養博士生，其中有一個大的課題就是“杜甫與中國傳統文化研究”。這個課題又按歷史階段分若干個子課題，《杜詩學通史》就是其中之一，已有兩篇博士論文屬於這一範疇，而《杜甫大辭典》中亦提供了許多古今中外有關研究資料。《杜詩學通史》起步雖早，但因《宋代編》的編撰者中途遘病,延耽時日,故特邀左漢林教授參與編撰。

《杜詩學通史》歷經艱難曲折,終告完成,並有幸入選國家出版基金項目。在編撰過程中,我時時勉勵大家同心同德,砥礪奮發,攻堅克難,鑄造精品。研杜不易,沒有堅忍不拔的毅力和嗜杜如命的精神,不能真正搞深搞好杜甫研究。像《杜甫全集校注》一樣,《杜詩學通史》也是前所未有的著作,應該精益求精,完成這一學術偉業!

在《杜詩學通史》即將出版之際,難捺激動心情,感謝參與編撰的左漢林教授和諸位弟子,感謝爲編輯出版此著付出努力的上海古籍出版社!

張忠綱

癸卯辰月書于敝廬耘齋

已出書目

第一輯

目録版本校勘學論集
秦制研究
魏晋南北朝文體學
李燾學行詩文輯考
杜詩釋地
關中方言古詞論稿

第二輯

兩漢文獻與兩漢文學
秦漢人物散論
秦漢之際的政治思想與皇權主義
文心雕龍學分類索引
宋代文獻學研究
清代《儀禮》文獻研究

第三輯

四庫存目標注(全八册)

第四輯

山左戲曲集成(全三册)

第五輯

鄭氏詩譜訂考

文心雕龍校注通譯

唐詩與民俗關係研究

東夷文化通考

泰山香社研究

第六輯

日名制・昭穆制・姓氏制度研究

易經古歌考釋(修訂本)

儒學視野中的《文心雕龍》

唐代文學隅論

清代《文選》學研究

微湖山堂叢稿

經史避名彙考

第七輯

古書新辨

温柔敦厚與中國詩學

詩聖杜甫研究

宋遼夏金經濟史研究(增訂本)

探尋儒學與科學關係演變的歷史軌迹會通與嬗變

被結構的時間:農事節律與傳統中國鄉村

民衆年度時間生活

里仁居語言跬步集

第八輯

20世紀50年代山東大學民間文學采風資料彙編

先秦人物與思想散論
《論語》辨疑研究
百年"龍學"探究
晚明士人與商業出版
衣食行:《醒世姻緣傳》中的明代物質生活
清代杜詩學文獻考(增訂本)
前主體性詮釋——生活儒學詮釋學

第九輯

杜詩學通史・唐五代編
杜詩學通史・宋代編
杜詩學通史・遼金元明編
杜詩學通史・清代編
杜詩學通史・現當代編
杜詩學通史・域外編